刘慈欣科幻系列

刘慈欣 著

带上她的眼睛

纪念珍藏版

长江出版传媒　长江文艺出版社

图书在版编目（CIP）数据

带上她的眼睛：纪念珍藏版 / 刘慈欣著. -- 武汉：长江文艺出版社，2023.4 (2023.10 重印)
（刘慈欣科幻系列）
ISBN 978-7-5702-2860-7

Ⅰ.①带… Ⅱ.①刘… Ⅲ.①幻想小说－小说集－中国－当代 Ⅳ.①I247.7

中国国家版本馆 CIP 数据核字（2023）第 020695 号

带上她的眼睛
DAISHANG TADE YANJING

责任编辑：田敦国　　　　　　责任校对：毛季慧
封面设计：颜森设计　　　　　责任印制：邱　莉　　王光兴

出版：长江出版传媒　　长江文艺出版社
地址：武汉市雄楚大街 268 号　　邮编：430070
发行：长江文艺出版社
http://www.cjlap.com
印刷：武汉市首壹印务有限公司

开本：680 毫米×970 毫米　　1/16　　印张：18.625　　插页：1 页
版次：2023 年 4 月第 1 版　　2023 年 10 月第 2 次印刷
字数：255 千字

定价：42.00 元

版权所有，盗版必究（举报电话：027—87679308　　87679310）
（图书出现印装问题，本社负责调换）

目 录 Contents

001 / 带上她的眼睛

015 / 中国太阳

048 / 流浪地球

082 / 乡村教师

116 / 微观尽头

123 / 全频带阻塞干扰

164 / 诗云

193 / 思想者

210 / 地球大炮

247 / 赡养人类

286 / 2018年

带上她的眼睛

连续工作了两个多月,我实在累了,便请求主任给我两天假,出去短暂旅游一下散散心。主任答应了,条件是我再带一双眼睛去,我也答应了,于是他带我去拿眼睛。眼睛放在控制中心走廊尽头的一个小房间里,现在还剩下十几双。

主任递给我一双眼睛,指指前面的大屏幕,把眼睛的主人介绍给我,是一个好像刚毕业的小姑娘,呆呆地看着我。在肥大的太空服中,她更显得娇小,一副可怜兮兮的样子,显然刚刚体会到太空不是她在大学图书馆中想象的浪漫天堂,某些方面可能比地狱还稍差些。

"麻烦您了,真不好意思。"她连连向我鞠躬,这是我听到过的最轻柔的声音,我想象着这声音从外太空飘来,像一阵微风吹过轨道上那些庞大粗陋的钢结构,使它们立刻变得像橡皮泥一样软。

"一点都不,我很高兴有个伴儿的。你想去哪儿?"我豪爽地说。

"什么?您自己还没决定去哪儿?"她看上去很高兴。但我立刻感到两个异样的地方,其一,地面与外太空通信都有延时,即使在月球,延时也有两秒钟,小行星带延时更长,但她的回答几乎感觉不到延时,这就是说,她现在在近地轨道,那里回地面不用中转,费用和时间都不需多少,没必要托别人带眼睛去度假。其二是她身上的太空服,作为航天个人装备工程师,我觉得这种太空服很奇怪:在服装上看不到防辐射系统。放在她旁边的头盔的面罩上也没有强光防护系统。我还注意到,这套服装的隔热和冷却系统异常发达。

"她在哪个空间站?"我扭头问主任。

"先别问这个吧。"主任的脸色很阴沉。

"别问好吗?"屏幕上的她也说,还是那副让人心软的小可怜样儿。

"你不会是被关了禁闭吧?"我开玩笑说,因为她所在的舱室十分窄小,显然是一个航行体的驾驶舱,各种复杂的导航系统此起彼伏地闪烁着,但没有窗子,也没有观察屏幕,只有一支在她头顶打转的失重的铅笔说明她是在太空中。

听了我的话,她和主任似乎都愣了一下,我赶紧说:"好,我不问自己不该知道的事了,你还是决定我们去哪儿吧。"

这个决定对她很艰难,她的双手在太空服的手套里握在胸前,双眼半闭着,似乎是在决定生存还是死亡,或者认为地球在我们这次短暂的旅行后就要爆炸了。我不由笑出声来。

"哦,这对我来说不容易,您要是看过海伦·凯勒的《假如给我三天光明》的话,就能明白这多难了!"

"我们没有三天,只有两天。在时间上,这个时代的人都是穷光蛋。但比那个二十世纪盲人幸运的是,我和你的眼睛在三小时内可到达地球的任何一个地方。"

"那就去我们启航前去过的地方吧!"她告诉了我那个地方,于是我带着她的眼睛去了。

草　原

这是高山与平原,草原与森林的交接处,距我工作的航天中心有两千多公里,乘电离层飞机用了15分钟就到了这儿。面前的塔克拉玛干,经过几代人的努力,已由沙漠变成了草原,又经过几代强有力的人口控制,这儿再次变成了人迹罕至的地方。现在大草原从我面前一直延伸到天边,背后的天山覆盖着暗绿色的森林,几座山顶还有银色的雪冠。我掏出她的眼睛戴上。

所谓眼睛就是一副传感眼镜,当你戴上它时,你所看到的一切图像由超高频信息波发射出去,可以被远方的另一个戴同样传感眼镜的人接收到,于是他就能看到你所看到的一切,就像你带着他的眼睛一样。

现在,长年在月球和小行星带工作的人已有上百万,他们回地球度假的费用是惊人的,于是吝啬的宇航局就设计了这玩意儿,于是每个生活在外太空的宇航员在地球上都有了另一双眼睛,由这里真正能去度假的幸运儿带上这双眼睛,让身处外太空的那个思乡者分享他的快乐。这个小玩意开始被当作笑柄,但后来由于用它"度假"的人能得到可观的补助,竟流行开来。最尖端的技术被采用,这人造眼睛越做越精致,现在,它竟能通过采集戴着它的人的脑电波,把他(她)的触觉和味觉一同发射出去。多带一双眼睛去度假成了宇航系统地面工作人员从事的一项公益活动,由于度假中的隐私等原因,并不是每个人都乐意再带双眼睛,但我这次无所谓。

我对眼前的景色大发感叹,但从她的眼睛中,我听到了一阵轻轻的抽泣声。

"上次离开后,我常梦到这里,现在回到梦里来了!"她细细的声音从她的眼睛中传出来,"我现在就像从很深很深的水底冲出来呼吸到空气,我太怕封闭了。"

我从中真的听到她在做深呼吸。

我说:"可你现在并不封闭,同你周围的太空比起来,这草原太小了。"

她沉默了,似乎连呼吸都停止了。

"啊,当然,太空中的人还是封闭的,二十世纪的一个叫耶格尔的飞行员曾有一句话是描述飞船中宇航员的,说他们像……"

"罐头中的肉。"

我们都笑了起来。她突然惊叫:"呀,花儿,有花啊!上次我来时没有的!"是的,广阔的草原上到处点缀着星星点点的小花。

"能近些看看那朵花吗?"我蹲下来看,"呀,真美耶!能闻闻它吗?不,别拔下它!"

我只好半趴到地上闻,一缕淡淡的清香。

"啊,我也闻到了,真像一首隐隐传来的小夜曲呢!"

我笑着摇摇头,这是一个闪电变幻疯狂追逐的时代,女孩子们都浮躁到了极点,像这样的见花落泪的林妹妹真是太少了。

"我们给这朵小花起个名字好吗?嗯……叫它梦梦吧。我们再看看那一朵好吗?它该叫什么呢?嗯,叫小雨吧。再到那一朵那儿去,啊,谢谢,看它的淡蓝色,它的名字应该是月光……"

我们就这样一朵朵地看花,闻花,然后再给花起名字。她陶醉于其中,没完没了地进行下去,忘记了一切。我对这套小女孩的游戏实在厌烦了,到我坚持停止时,我们已给上百朵花起了名字。

一抬头,我发现已走出了好远,便回去拿丢在后面的背包,当我拾起草地上的背包时,又听到了她的惊叫:"天啊,您把小雪踩住了!"

我扶起那朵白色的野花,觉得很可笑,就用两只手各捂住一朵小花,问她:"它们都叫什么?什么样儿?"

"左边那朵叫水晶,也是白色的,她的茎上有分开的三片叶儿;右边那朵叫火苗,粉红色,茎上有四片叶子,上面两片是单的,下面两片连在一起。"

她说得都对,我有些感动了。

"您看,我和它们都互相认识了,以后漫长的日子里,我会好多次一遍遍地想它们每一个的样儿,像背一本美丽的童话书。您那儿的世界真好!"

"我这儿的世界?要是你再这么孩子气地多愁善感下去,这也是你的世界了,那些挑剔的太空心理医生会让你永远待在地球上。"

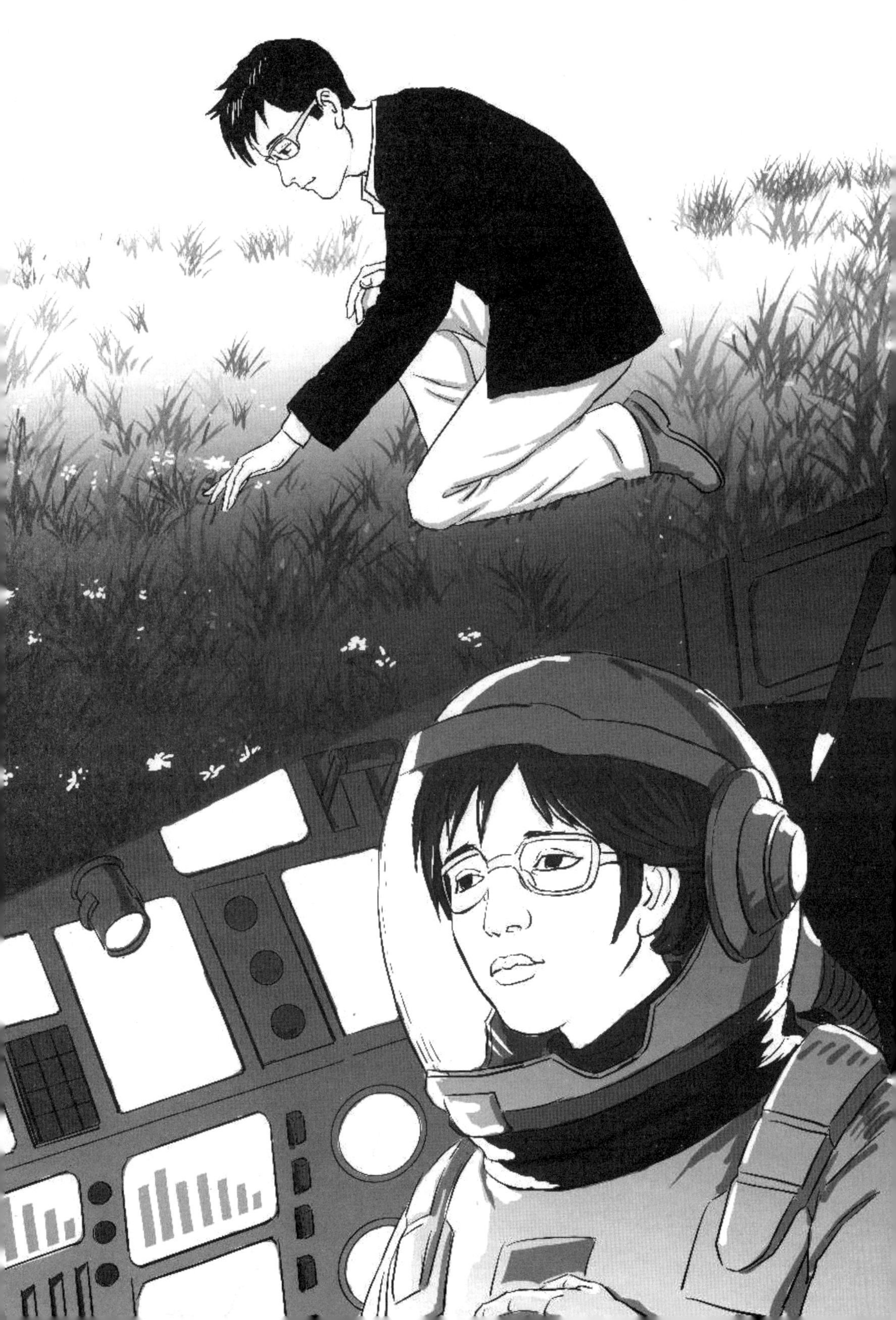

我在草原上无目标地漫步,很快来到一条隐没在草丛中的小溪旁。我迈过去继续向前走,她叫住了我,说:"我真想把手伸到小河里。"

我蹲下来把手伸进溪水,一股清凉流遍全身,她的眼睛用超高频信息波把这感觉传给远在太空中的她,我又听到了她的感叹。

"你那儿很热吧?"我想起了她那窄小的控制舱和隔热系统异常发达的太空服。

"热,热得像……地狱。呀,天啊,这是什么?草原的风?!"这时我刚把手从水中拿出来,微风吹在湿手上凉丝丝的,"不,别动,这真是天国的风呀!"

我把双手举在草原的微风中,直到手被吹干。然后应她的要求,我又把手在溪水中打湿,再举到风中把天国的感觉传给她。我们就这样又消磨了很长时间。

再次上路后,沉默地走了一段,她又轻轻地说:"您那儿的世界真好。"

我说:"我不知道,灰色的生活把我这方面的感觉都磨钝了。"

"怎么会呢?!这世界能给人多少感觉啊!谁要能说清这些感觉,就如同说清大雷雨有多少雨点一样。看天边那大团的白云,银白银白的,我这时觉得它们好像是固态的,像发光玉石构成的高山。下面的草原,这时倒像是气态的,好像所有的绿草都飞离了大地,成了一片绿色的云海。看!当那片云遮住太阳又飘开时,草原上光和影的变幻是多么气势磅礴啊!看看这些,您真的感受不到什么吗?"

……

我带着她的眼睛在草原上转了一天,她渴望看草原上的每一朵野花,每一棵小草,看草丛中跃动的每一缕阳光,渴望听草原上的每一种声音。一条突然出现的小溪,小溪中的一条小鱼,都会令她激动不已;一阵不期而至的微风,风中一缕绿草的清香都会让她落泪……我感到,她对这个世界的情感已丰富到病态的程度。

日落前,我走到了草原中一间孤零零的白色小屋,那是为旅游者准备的一间小旅店,似乎好久没人光顾了,只有一个迟钝的老式机器人照看着旅店里的一切。我又累又饿,可晚饭只吃到一半,她又提议我们立刻去看日落。

"看着晚霞渐渐消失,夜幕慢慢降临森林,就像在听一首宇宙间最美的交响曲。"她陶醉地说。我暗暗叫苦,但还是拖着沉重的双腿去了。

草原的落日确实很美,但她对这种美倾泻的情感使这一切有了一种异样的色彩。

"你很珍视这些平凡的东西。"回去的路上我对她说,这时夜色已很重,星星已在夜空中出现。

"您为什么不呢,这才像在生活。"她说。

"我,还有其他的大部分人,不可能做到这样。在这个时代,得到太容易了。物质的东西自不必说,蓝天绿水的优美环境、乡村和孤岛的宁静等等都可以毫不费力地得到,甚至以前人们认为最难寻觅的爱情,在虚拟现实网上至少也可以暂时体会到。所以人们不再珍视什么了。面对着一大堆伸手可得的水果,他们把拿起的每一个咬一口就扔掉。"

"但也有人面前没有这些水果。"她低声说。

我感觉自己刺痛了她,但不知为什么。回去的路上,我们都没再说话。

在这天夜里的梦境中,我看到了她,穿着太空服在间小控制舱中,眼里含泪,向我伸出手来喊:"快带我出去,我怕封闭!"我惊醒了,发现她真在喊我,我是戴着她的眼睛仰躺着睡的。

"请带我出去好吗?我们去看月亮,月亮该升起来了!"

我脑袋发沉,迷迷糊糊很不情愿地起了床。到外面后发现月亮真的刚升起来,草原上的夜雾使它有些发红。月光下的草原也在沉睡,有无数点萤火虫的幽光在朦朦胧胧的草海上浮动,仿佛是草原的梦在显形。

我伸了个懒腰,对着夜空说:"喂,你是不是从轨道上看到月光照到这里?告诉我你的飞船的大概方位,说不定我还能看到呢,我肯定它是在近地轨道上。"

她没有回答我的话，而是自己轻轻哼起了一首曲子，一小段旋律过后，她说："这是德彪西的《月光》。"又接着哼下去，陶醉于其中，完全忘记了我的存在。《月光》的旋律同月光一起从太空降落到草原上。我想象着太空中的那个娇弱的女孩，她的上方是银色的月球，下面是蓝色的地球，小小的她从中间飞过，把音乐融入月光……

直到一个小时后我回去躺到床上，她还在哼着音乐，是不是德彪西的我就不知道了，那轻柔的乐声一直在我的梦中飘荡着。

不知过了多久，音乐变成了呼唤，她又叫醒了我，还要出去。

"你不是看过月亮了吗？！"我生气地说。

"可现在不一样了，记得吗，刚才西边有云的，现在那些云可能飘过来了，现在月亮正在云中时隐时现呢，想想草原上的光和影，多美啊！那是另一种音乐了，求您带我的眼睛出去吧！"

我十分恼火，但还是出去了。云真的飘过来了，月亮在云中穿行，草原上大块的光斑在缓缓浮动，如同大地深处浮现的远古的记忆。

"你像是来自十八世纪的多愁善感的诗人，完全不适合这个时代，更不适合当宇航员。"我对着夜空说，然后摘下她的眼睛，挂到旁边一棵红柳枝上，"你自己看月亮吧，我真的得睡觉去了，明天还要赶回航天中心，继续我那毫无诗意的生活呢。"

她的眼睛中传出了她细细的声音，我听不清说什么，径自回去了。

我醒来时天已大亮，阴云已布满了天空，草原笼罩在蒙蒙的小雨中。她的眼睛仍挂在红柳枝上，镜片上蒙上了一层水雾。我小心地擦干镜片，戴上它。原以为她看了一夜月亮，现在还在睡觉，却从眼睛中听到了她低低的抽泣声，我的心一下子软下来。

"真对不起，我昨天晚上实在太累了。"

"不，不是因为您，呜呜，天从三点半就阴了，五点多又下起雨……"

"你一夜都没睡？！"

"……呜呜，下起雨，我，我看不到日出了，我好想看草原的日出，呜呜,好想看的,呜……"

我的心像是被什么东西融化了,脑海中出现她眼泪汪汪,小鼻子一抽一抽的样儿,眼睛竟有些湿润。不得不承认,在过去的一天一夜里,她教会了我某种东西,一种说不清的东西,像月夜中草原上的光影一样朦胧,由于它,以后我眼中的世界与以前会有些不同的。

"草原上总还会有日出的,以后我一定会再带你的眼睛来,或者,带你本人来看,好吗?"

她不哭了,突然,她低声说:"听……"

我没听见什么,但紧张起来。

"这是今天的第一声鸟叫,雨中也有鸟呢!"她激动地说,那口气如同听到世纪钟声一样庄严。

落日六号

又回到了灰色的生活和忙碌的工作中,以上的经历很快就淡忘了。很长时间后,当我想起洗那些那次旅行时穿的衣服时,在裤脚上发现了两三颗草籽。同时,在我的意识深处,也有一颗小小的种子留了下来。在我孤独寂寞的精神沙漠中,那颗种子已长出了令人难以察觉的绿芽。虽然是无意识地,当一天的劳累结束后,我已能感觉到晚风吹到脸上时那淡淡的诗意,鸟儿的鸣叫已能引起我的注意,我甚至黄昏时站在天桥上,看着夜幕降临城市……世界在我的眼中仍是灰色的,但星星点点的嫩绿在其中出现,并在增多。当这种变化发展到让我觉察出来时,我又想起了她。

也是无意识地,在闲暇时甚至睡梦中,她身处的环境常在我的脑海中出现,那封闭窄小的控制舱,奇怪的隔热太空服……后来这些东西在我的意识中都隐去了,只有一样东西凸现出来,这就是那在她头顶上打转的失重的铅笔,不知为什么,一闭上眼睛,这支铅笔总在我的眼前飘浮。终于有一天,上班时我走进航天中心高大的门厅,一幅见过无数次的巨大壁画把我吸引住了,壁画上是从太空中拍摄的蔚蓝色的地球。那支飘浮的铅笔又在我的眼前出现了,同壁画叠印在一起,我又听到了她的声音:"我怕封闭……"一道闪电在我的脑海里出现。

除了太空,还有一个地方会失重!!

我发疯似的跑上楼,猛砸主任办公室的门。他不在,我心有灵犀地知道他在哪儿,就飞跑到存放眼睛的那个小房间,他果然在里面,看着大屏幕。她在大屏幕上,还在那个封闭的控制舱中,穿着那件"太空服",画面凝固着,是以前录下来的。

"是为了她来的吧。"主任说,眼睛还看着屏幕。

"她到底在哪儿?!"我大声问。

"你可能已经猜到了,她是'落日六号'的领航员。"

一切都明白了,我无力地跌坐在地毯上。

"落日工程"原计划发射十艘飞船,它们是"落日一号"到"落日十号",但计划由于"落日六号"的失事而中断了。"落日工程"是一次标准的探险航行,它的航行程序同航天中心的其他航行几乎一样。

唯一不同的是,"落日"飞船不是飞向太空,而是潜入地球深处。

第一次太空飞行一个半世纪后,人类开始了向相反方向的探险,"落日"系列地航飞船就是这种探险的首次尝试。

四年前,我在电视中看到过"落日一号"发射时的情景。那时正是深夜,吐鲁番盆地的中央出现了一个如太阳般耀眼的火球,火球的光芒使新疆夜空中的云层变成了绚丽的朝霞。当火球暗下来时,"落日一号"已潜入地层。大地被烧红了一大片,这片圆形的发着红光的区域中央,是一个岩浆的湖泊,白热化的岩浆沸腾着,激起一根根雪亮的浪柱……那一夜,远至乌鲁木齐,都能感到飞船穿过地层时传到大地上的微微震动。

"落日工程"的前五艘飞船都成功地完成了地层航行,安全返回地面。其中"落日五号"创造了迄今为止人类在地层中航行深度的纪录:海平面下3100公里。"落日六号"不打算突破这个纪录。因为据地球物理学家的结论,在地层 3400~3500 公里深处,存在着地幔和地核的交界面,学术上把它叫作"古腾堡不连续面",一旦通过这个交界面,便进入地球的液态铁镍核心,那里物质密度骤然增大,"落日六号"的设计强度是不允许在如此大的密度中航行的。

"落日六号"的航行开始很顺利,飞船只用了两个小时便穿过了地表和地幔的交界面——莫霍不连续面,并在大陆板块漂移的滑动面上停留了五个小时,然后开始了在地幔中三千多公里的漫长航行。宇宙航行是寂寞的,但宇航员们能看到无限的太空和壮丽的星群;而地航飞船上的地航员们,只能凭感觉触摸飞船周围不断向上移去的高密度物质。从飞船上的全息后视电视中能看到这样的情景:炽热的岩浆刺目地闪亮着,翻滚着,随着飞船的下潜,在船尾飞快地合拢起来,瞬间充满了飞船通过的空间。有一名地航员回忆:他们一闭上眼睛,就看到了飞快合拢并压下来的岩浆,这个幻象使航行者意识到压在他们上方那巨量的并不断增厚的物质,一种地面上的人难以理解的压抑感折磨着地航飞船中的每一个人,他们都受到这种封闭恐惧症的袭击。

"落日六号"出色地完成着航行中的各项研究工作。飞船的速度大约是每小时 15 公里,飞船需要航行 20 小时才能到达预定深度。但在飞船航行 15 小时 40 分钟时,警报出现了。从地层雷达的探测中得知,航行区的物质密度由每立方厘米 6.3 克猛增到 9.5 克,物质成分由硅酸盐类突然变为以铁镍为主的金属,物质状态也由固态变为液态。尽管"落日六号"当时只到达了 2500 公里的深度,可所有的迹象却冷酷地表明,他们闯入了地核!后来得知,这是地幔中一条通向地核的裂隙,地核中的高压液态铁镍充满了这条裂隙,使得在"落日六号"的航线上,古腾堡不连续面向上延伸了近 1000 公里!飞船立刻紧急转向,企图冲出这条裂隙。不幸就在这时发生了:由中子材料制造的船体顶住了突然增加到每平方厘米 1600 吨的巨大压力,但是,飞船分为前部烧熔发动机、中部主舱和后部推进发动机三大部分,当飞船在远大于设计密度和设计压力的液态铁镍中转向时,烧熔发动机与主舱结合部断裂，从"落日六号"用中微子通信发回的画面中我们看到，已与船体分离的烧熔发动机在一瞬间被发着暗红光的液态铁镍吞没了。地层飞船的烧熔发动机用超高温射流为飞船切开航行方向的物质，没有它，只剩下一台推进发动机的"落日六号"在地层中是寸步难行的。地核的密度很惊人，但构成飞船的中子材料密度更大，液态铁镍对飞船产生的浮力小于它的自重，于是，"落日六号"便向地心沉下去。

人类登月后，用了一个半世纪才有能力航行到土星。在地层探险方面，人类也要用同样的时间才有能力从地幔航行到地核。现在的地航飞船误入地核，就如同二十世纪中期的登月飞船偏离月球迷失于外太空，获救的希望是丝毫不存在的。

好在"落日六号"主舱的船体是可靠的，船上的中微子通信系统仍和地面控制中心保持着完好的联系。以后的一年中，"落日六号"航行组坚持工作，把从地核中得到的大量宝贵资料发送到地面。他们被裹在几千公里厚的物质中，这里别说空气和生命，连空间都没有，周围是温度高达五千度，压力可以把碳在一秒钟内变成金刚石的液态铁镍！它们密密地挤在"落日六号"的周围，密得只有中微子才能穿过，"落日六号"是处于一个巨大的炼炉中！在这样的世界里，《神曲》中的《地狱篇》像是在描写天堂了。在这样的世界里，生命算什么？仅仅能用脆弱来描写它吗？

沉重的心理压力像毒蛇一样撕裂着"落日六号"地航员们的神经。一天，船上的地质工程师从睡梦中突然跃起，竟打开了他所在的密封舱的绝热门！虽然这只是四道绝热门中的第一道，但瞬间涌入的热浪立刻把他烧成了一段木炭。指令长在一个密封舱飞快地关上了绝热门，避免了"落日六号"的彻底毁灭。他自己被严重烧伤，在写完最后一页航行日志后死去了。

从那以后，在这个星球的最深处，在"落日六号"上，只剩下她一个人了。

现在，"落日六号"内部已完全处于失重状态，飞船已下沉到6800公里深处,那里是地球的最深处,她是第一个到达地心的人。

她在地心的世界是那个活动范围不到10平方米的闷热的控制舱。飞船上有一个中微子传感眼镜,这个装置使她同地面世界多少保持着一些感性的联系。但这种如同生命线的联系不能长时间延续下去,飞船里中微子通信设备的能量很快就要耗尽,现有的能量已不能维持传感眼镜的超高速数据传输,这种联系在三个月前就中断了,具体时间是在我从草原返回航天中心的飞机上,当时我已把她的眼睛摘下来放到旅行包中。

那个没有日出的细雨蒙蒙的草原早晨,竟是她最后看到的地面世界。

后来"落日六号"同地面只能保持着语音和数据通信,而这个联系也在一天深夜中断了,她被永远孤独地封闭于地心中。

"落日六号"的中子材料外壳足以抵抗地心的巨大压力,而飞船上的生命循环系统还可以运行五十至八十年,她将在这不到10平方米的地心世界里度过自己的余生。

我不敢想象她同地面世界最后告别的情形,但主任让我听的录音出乎我的意料。这时来自地心的中微子波束已很弱,她的声音时断时续,但这声音很平静。

"……你们发来的最后一份补充建议已经收到,今后,我会按照整个研究计划努力工作的。将来,可能是几代人以后吧,也许会有地心飞船找到'落日六号'并同它对接,有人会再次进入这里,但愿那时我留下的资料会有用。请你们放心,我会在这里安排好自己的生活。我现在已适应这里,不再觉得狭窄和封闭了,整个世界都围着我呀,我闭上眼睛就能看见上面的大草原,还可以清楚地看见每一朵我起了名字的小花呢。再见。"

透明地球

在以后的岁月中,我到过很多地方,每到一处,我都喜欢躺在那里的大地上。我曾经躺在海南岛的海滩上、阿拉斯加的冰雪上、俄罗斯的白桦林中、撒哈拉烫人的沙漠上……每到那个时刻，地球在我脑海中就变得透明了，在我下面六千多公里深处，在这巨大的水晶球中心，我看到了停泊在那里的"落日六号"地航飞船，感受到了从几千公里深的地球中心传出的她的心跳。我想象着金色的阳光和银色的月光透射到这个星球的中心，我听到了那里传出她吟唱的《月光》，还听到她那轻柔的话音：

"……多美啊，这又是另一种音乐了……"

有一个想法安慰着我：不管走到天涯海角，我离她都不会再远了。

中国太阳

水娃从娘颤颤的手中接过那个小小的包裹,包裹中有娘做的一双厚底布鞋,三个馍,两件打了大块补丁的衣裳,二十块钱。爹蹲在路边,闷闷地抽着旱烟锅。

"娃要出门了,你就不能给个好脸?"娘对爹说。

爹仍蹲在那儿,还是闷闷的一声不吭,娘又说:"不让娃出去,你能出钱给他盖房娶媳妇啊?!"

"走!东一个西一个都走球了,养他们还不如养窝狗!"爹干号着说,头也不抬。

水娃抬头看看自己出生和长大的村庄,这处于永恒干旱中的村庄,只靠着水窖中积下的一点雨水过活。水娃家没钱修水泥窖,还是用的土水窖,那水一到大热天就臭了。往年,这臭水热开了还能喝,就是苦点儿涩点儿,但今年夏天,那水热开了喝都拉肚子,听附近部队上的医生说,是地里什么有毒的石头溶进水里了。

水娃又低头看了爹一眼,转身走去,没有再回头。他不指望爹抬头看他一眼,爹心里难受时就那么蹲着抽闷烟,一蹲能蹲几个小时,仿佛变成了黄土地上的一大块土坷垃。但他分明又看到了爹的脸,或者说,他就走在爹的脸上,看周围这广阔的西北土地,干干的黄褐色,布满了水土流失刻出的裂纹,不就是一张老农的脸吗?这里的什么都是这样,树、地、房子、人,黑黄黑黄,皱巴巴的。他看不到这张伸向天边的巨脸的眼睛,但能感觉到它的存在,那双巨眼在望着天空,年轻时那目光充满着对雨的企盼,年老时就只剩呆滞了。其实这张巨脸一直是呆滞的,他不相信这块土地还有过年轻的时候。

一阵干风吹过,前面这条出村的小路淹没于黄尘中,水娃沿着这条路走去,迈出了他新生活的第一步。

这条路,将通向一个他做梦都想不到的地方。

人生第一个目标:喝点不苦的水,挣点钱

"哟,这么些个灯!"

水娃到矿区时天已黑了,这个矿区是由许多私开的小窑煤矿组成的。

"这算啥?城里的灯那才叫多呢。"来接他的国强说,国强也是水娃村里的,出来好多年了。

水娃随国强来到工棚住下,吃饭时喝的水居然是甜丝丝的!国强告诉他,矿上打的是深井,水当然不苦了,但他又加了一句:"城里的水才叫好喝呢!"

睡觉时国强递给水娃一包硬邦邦的东西当枕头,打开看,是黑塑料皮包着的一根根圆棒棒,再打开塑料皮,看到那棒棒黄黄的,像肥皂。

"炸药。"国强说完,翻身呼呼睡着了。水娃看到他也枕着这东西,床底下还放着一大堆,头顶上吊着一大把雷管。后来水娃知道,这些东西足够把他的村子一窝端了!国强是矿上的放炮工。

矿上的活儿很苦很累,水娃前后干过挖煤、推车、打支柱等活计,每样一天下来都把人累得要死。但水娃就是吃苦长大的,他倒不怕活儿重,他怕的是井下那环境,人像钻进了黑黑的蚂蚁窝,开始真像做噩梦,但后来也惯了。工钱是计件,每月能挣一百五,好的时候能挣到二百出头,水娃觉

得很满足了。

但最让水娃满足的还是这里的水。第一天下工后,浑身黑得像块炭,他跟着工友们去洗澡。到了那里后,看到人们用脸盆从一个大池子中舀出水来,从头到脚浇下来,地下流淌着一条条黑色的小溪。当时他就看呆了,妈妈呀,哪有这么用水的,这可都是甜水啊!因为有了甜水,这个黑乎乎的世界在水娃眼中变得美丽无比。

但国强一直鼓动水娃进城,国强以前就在城里找过工,因为偷建筑工地的东西被当作盲流遣送回原籍。他向水娃保证,城里肯定比这里挣得多,也不像这样累死累活的。

就在水娃犹豫不决时,国强在井下出了事。那天他排哑炮时炮炸了,从井下抬上来时浑身嵌满了碎石,死前他对水娃说了一句话:

"进城去,那里灯更多……"

人生第二个目标:到灯更多水更甜的城里,挣更多的钱

"这里的夜像白天一样呀!"

水娃惊叹说。国强说得没错,城里的灯真真是多多了。现在,他正同二宝一起,一人背着一个擦鞋箱,沿着省会城市的主要大街向火车站走去。二宝是水娃邻村人,以前曾和国强一起在省城里干过,按照国强以前给的地址,水娃费了好大的劲才找到他,他现在已不在建筑工地干,而是干起擦皮鞋来。水娃找到他时,与他同住的一个同行正好有事回家了,他就简单地教了水娃几下子,然后让水娃背上那套家伙同他一起去。

水娃对这活计没有什么信心,他一路上寻思,要是修鞋还差不多,擦鞋?谁花一块钱擦一次鞋(要是鞋油好些得三块),这人准有毛病。但在火车站前,他们摊还没摆好,生意就来了。这一晚上到十一点,水娃竟挣了十四块!但在回去的路上二宝一脸晦气,说今天生意不好,言下之意,显然是水娃抢了他的买卖。

"窗户下那些个大铁箱子是啥？"水娃指着前面的一座楼问。

"空调,那屋里现在跟开春儿似的。"

"城里真好！"水娃抹了一把脸上的汗说。

"在这儿只要吃得苦,赚碗饭吃很容易的,但要想成家立业可就没门儿啰。"二宝说着用下巴指了指那座楼,"买套房,两三千一平方米呢！"

水娃傻傻地问："平方米是啥？"

二宝轻蔑地晃晃头,不屑理他。

水娃和十几个人住在一间同租的简易房中,这些人大都是进城打工的和做小买卖的农民,但在大通铺上位置紧挨着水娃的却是个城里人,不过不是这个城市的。在这里时他和大家都差不多,吃的和他们一样,晚上也是光膀子在外面乘凉。但每天早晨,他都西装革履地打扮起来,走出门去像换了一个人,真给人鸡窝里飞出金凤凰的感觉。这人姓陆名海,大伙倒是都不讨厌他,这主要是因为他带来的一样东西。那东西在水娃看来就是一把大伞,但那伞是用镜子做的,里面光亮亮的,把伞倒放在太阳地里,在伞把头上的一个托架上放一锅水,那锅底被照得晃眼,锅里的水很快就开了,水娃后来知道这叫太阳灶。大伙用这东西做饭烧水,省了不少钱,可没太阳时不能用。

这把叫太阳灶的大伞没有伞骨,就那么薄薄的一片。水娃最迷惑的时候就是看陆海收伞：这伞上伸出一根细细的电线一直通到屋里,收伞时陆海进屋拔下电线的插销,那伞就"噗"的一下摊到地上,变成了一块银色的布。水娃拿起布仔细看,它柔软光滑,轻得几乎感觉不到分量,表面映着自己变形的怪象,还变幻着肥皂泡表面的那种彩纹,一松手,银布从指缝间无声地滑落到地上,仿佛是一掬轻盈的水银。当陆海再插上电源的插销时,银布如同一朵开放的荷花般懒洋洋地伸展开来,很快又变成一个圆圆的伞面倒立在地上。再去摸摸那伞面,薄薄的硬硬的,轻敲发出悦耳的金属声响,它强度很高,在地面固定后能撑住一个装满水的锅或壶。

陆海告诉水娃:"这是一种纳米材料,表面光洁,具有很好的反光性,强度很高。最重要的是,它在正常条件下呈柔软状态,但在通入微弱电流后会变得坚硬。"

水娃后来知道,这种叫纳米镜膜的材料是陆海的一项研究成果。申请专利后,他倾其所有投入资金,想为这项成果打开市场,但包括便携式太阳灶在内的几项产品都无人问津,结果血本无归,现在竟穷到向水娃借钱交房租。虽落到这地步,但这人一点儿都没有消沉,每天仍东奔西跑,企图为这种新材料的应用找到出路,他告诉水娃,这是自己跑过的第十三个城市了。

除了那个太阳灶外,陆海还有一小片纳米镜膜,平时它就像一块银色的小手帕摊放在床边的桌子上,每天早晨出门前,陆海总要打开一个小小的电源开关,那块银手帕立刻变成硬硬的一块薄片,成了一面光洁的小镜子,陆海对着它梳理打扮一番。有一天早晨,他对着小镜子梳头时斜视了刚从床上爬起来的水娃一眼,说:"你应该注意仪表,常洗脸,头发别总是乱乱的,还有你这身衣服,不能买件便宜点的新衣服吗?"

水娃拿过镜子来照了照,笑着摇摇头,意思是对一个擦鞋的来说,那么麻烦没有用。

陆海凑近水娃说:"现代社会充满着机遇,满天都飞着金鸟儿,哪天说不定你一伸手就抓住一只,前提是你得拿自己当回事儿。"

水娃四下看了看,没什么金鸟儿,他摇摇头说:"我没读过多少书呀。"

"这当然很遗憾,但谁知道呢,有时这说不定是一个优势,这个时代的伟大之处就在于其捉摸不定,谁也不知道奇迹会在谁身上发生。"

"你……上过大学吧?"

"我有固体物理学博士学位,辞职前是大学教授。"

陆海走后,水娃目瞪口呆了好半天,然后又摇摇头,心想陆海这样的人跑了十三个城市都抓不到那鸟儿,自己怎么行呢?他感到这家伙是在取笑自己,不过这人本身也够可怜够可笑的了。

这天夜里,屋里的其他人有的睡了,有的聚成一堆打扑克,水娃和陆海则到门外几步远的一个小饭馆里看人家的电视。这时已是夜里十二点,电视中正在播出新闻,屏幕上只有播音员,没有其他画面。

"在今天下午召开的国务院新闻发布会上,新闻发言人透露,举世瞩目的中国太阳工程已正式启动,这是继三北防护林之后又一项改造国土生态的超大型工程……"

水娃以前听说过这个工程,知道它将在我们的天空中再建造一个太阳,这个太阳能给干旱的大西北带来更多的降雨。这事对水娃来说太玄乎,像第一次遇到这类事一样,他想问陆海,但扭头一看,见陆海睁圆双眼瞪着电视,半张着嘴,好像被它摄去了魂儿。水娃用手在他面前晃了晃,他毫无反应,直到那则新闻过去很久才恢复常态,自语道:"真是,我怎么就没想到中国太阳呢?!"

水娃茫然地看着他,他不可能不知道这件连自己都知道的事,这事儿哪个中国人不知道呢?他当然知道,只是没想到,那他现在想到了什么呢?这事与他陆海,一个住在闷热的简易房中的潦倒流浪者,能有什么关系?

陆海说:"记得我早上说的话吗?现在一只金鸟飞到我面前了,好大的一只金鸟儿,其实它以前一直在我的头顶盘旋,我他妈居然没感觉到!"

水娃仍然迷惑不解地看着他。

陆海站起身来:"我要去北京了,赶两点半的火车,小兄弟,你跟我去吧!"

"去北京?干什么?"

"北京那么大,干什么不行?就是擦皮鞋,也比这儿挣得多好多!"

于是,就在这天夜里,水娃和陆海踏上了一列连座位都没有的拥挤的列车,列车穿过夜色中广阔的西部原野,向太阳升起的方向驰去。

人生第三个目标:
到更大的城市,见更大的世面,挣更多的钱

第一眼看到首都时,水娃明白了一件事:有些东西你只能在看见后才

知道是什么样儿,凭想象是绝对想不出来的。比如北京之夜,就在他的想象中出现过无数次,最早不过是把镇子或矿上的灯火扩大许多倍,然后是把省城的灯火扩大许多倍。当他和陆海乘坐的公共汽车从西站拐入长安街时,他知道,过去那些灯火就是扩大一千倍,也不是北京之夜的样子。当然,北京的灯绝对不会有一千个省城的灯那么多那么亮,但这夜中北京的某种东西,是那个西部的城市怎样叠加也产生不出来的。

水娃和陆海在一个便宜的地下室旅馆住了一夜后,第二天早上就分了手。临别时陆海祝水娃好运,并说如果以后有难处可以找他,但当水娃让他留下电话或地址时,他却说自己现在什么都没有。

"那我怎么找你呢?"水娃问。

"过一阵子,看电视或报纸,你就会知道我在哪儿。"

看着陆海远去的背影,水娃迷惑地摇摇头,他这话可真是费解:这人现在已一文不名,今天连旅馆都住不起了,早餐还是水娃出的钱,甚至连他那个太阳灶,也在起程前留给房东顶了房费,现在,他已是一个除了梦之外什么都没有的乞丐。

与陆海分别后,水娃立刻去找活儿干,但大都市给他的震撼使他很快忘记了自己的目的,整个白天,他都在城市中漫无目标地闲逛,仿佛是行走在仙境中,一点儿都不觉得累。

傍晚,他站在首都的新象征之一,去年落成的五百米高的统一大厦前,仰望着那直插云端的玻璃绝壁,在上面,渐渐暗下去的晚霞和很快亮起来的城市灯海在进行着摄人心魄的光与影的表演,水娃看得脖子酸疼。当他正要走开时,大厦本身的灯也亮了起来,这奇景以一种更大的力量攫住了水娃的全部身心,他继续在那里仰头呆望着。

"你看了很长时间,对这工作感兴趣?"

水娃回头,看到说话的是一个年轻人,典型的城里人打扮,但手里拿着一顶黄色的安全帽。

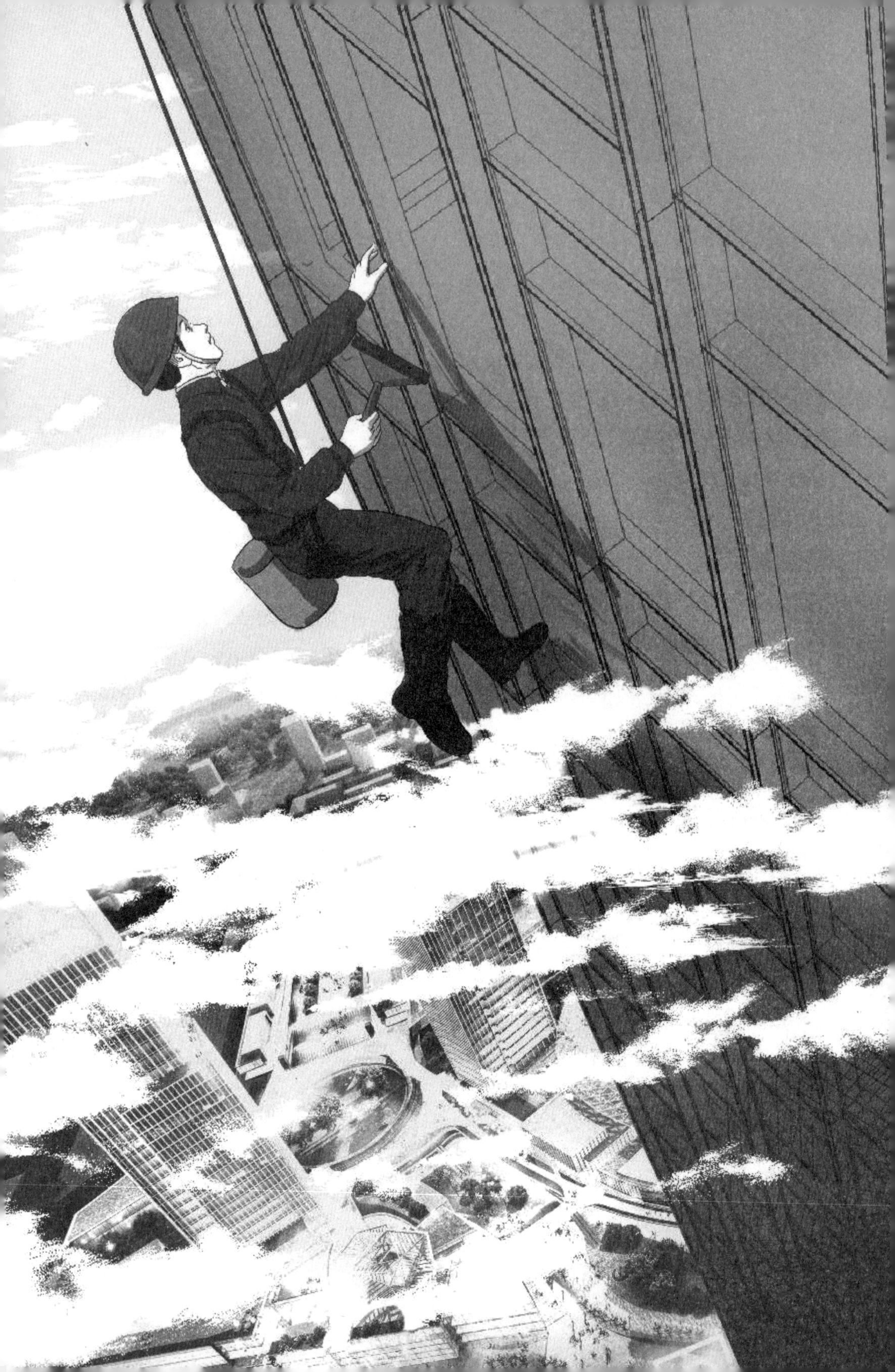

"什么工作？"水娃迷惑地问。

"那你刚才在看什么？"那人问，同时拿安全帽的手向上一指。

水娃抬头向他指的方向看，看到高高的玻璃绝壁上居然有几个人，从这里看去只是几个小黑点儿。

"他们在那么高的地方干什么呀？"水娃问，又仔细地看了看，"擦玻璃？"

那人点点头："我是蓝天建筑清洁公司的经理，我们公司主要承揽高层建筑的清洁工程，你愿意干这工作吗？"

水娃再次抬头看，高空中那几个蚂蚁似的小黑点让人头晕目眩："这……太吓人了。"

"如果是担心安全那你尽管放心，这工作看起来危险，正是这点使它招工很难，我们现在很缺人手。但我向你保证，安全措施是很完备的，只要严格按规程操作，绝对不会有危险，且工资在同类行业中是最高的，你嘛，每月工资一千五，工作日管午餐，公司代买人身保险。"

这钱数让水娃吃了一惊，他呆呆地望着经理。后者误解了水娃的意思："好吧，取消试用期，再加三百，每月一千八，不能再多了。以前这个工种基本工资只有四五百，每天有活儿干再额外计件儿，现在是固定月薪，相当不错了。"

于是，水娃成了一名高空清洁工，俗称蜘蛛人。

人生第四个目标：成为一个北京人

水娃与四位工友从航天大厦的顶层谨慎地下降，用了四十分钟才到达它的第八十三层，这是他们昨天擦到的位置。蜘蛛人最头疼的活儿就是擦倒角墙——即与地面的角度小于九十度的墙。而航天大厦的设计者为了表现他那变态的创意，把整个大厦设计成倾斜的，在顶部由一根细长的立柱与地面支撑，据这位著名建筑师说，倾斜更能表现出上升感。这话似乎有道理,这座摩天大厦也名扬世界,成为北京的又一标志性建筑。但这位建筑大师的祖宗十八代都被北京的蜘蛛人骂遍了,清洁航天大厦的活儿对他们几乎是一场噩梦,因为这个倾斜的大厦整整一面全是倒角墙,高达四百米,与地面的角度小到六十五度。

到达工作位置后,水娃仰头看看,头顶上这面巨大的玻璃悬崖仿佛正在倾倒下来。他一只手打开清洁剂容器的盖子,另一只手紧紧抓着吸盘的把手。这种吸盘是为清洁倒角墙特制的,但并不好使,常常脱吸,这时蜘蛛人就会荡离墙面,被安全带吊着在空中打秋千。这种事在清洁航天大厦时多次发生,每次都让人魂飞天外。就在昨天,水娃的一位工友脱吸后远远地荡出去,又荡回来,在强风的推送下直撞到墙上,撞碎了一大块玻璃,在他的额头和手臂上各划了一道大口子,而那块昂贵的镀膜高级建筑玻璃让他这一年的活儿白干了。

到现在为止,水娃干蜘蛛人的工作已经两年多了,这活儿可真不容易。在地面上有二级风力时,百米空中的风力就有五级,而现在的四五百米的超高层建筑上,风就更大了。危险自不必说,从本世纪初开始,蜘蛛人的坠落事故就时有发生。在冬天时那强风就像刀子一样锋利;清洗玻璃时最常用的氢氟酸洗剂腐蚀性很大,使手指甲先变黑再脱落;而到了夏天,为防洗涤药水的腐蚀,还得穿着不透气的雨衣雨裤雨鞋,如果是擦镀膜玻璃,背上太阳暴晒,面前玻璃反射的阳光也让人睁不开眼,这时水娃的感觉真像是被放在陆海的太阳灶上。

但水娃热爱这个工作,这两年多是他有生以来最快乐的时光。这固然因为在外地来京的低文化层次的打工者中,蜘蛛人的收入相对较高,更重要的是,他从工作中获得了一种奇妙的满足感。他最喜欢干那些别的工友不愿意干的活儿:清洁新近落成的超高建筑,这些建筑的高度都在二百米以上,最高的达五百米。悬在这些摩天楼顶端的外墙上,北京城在下面一览无遗地伸延开来,那些20世纪建成的所谓高层建筑从这里看下去是那么矮小,再远一些,它们就像一簇簇插在地上的细木条,而城市中心的紫禁城则像是用金色的积木搭起来的;在这个高度听不到城市的喧闹,整个北京成了一个可以一眼望全的整体,成了一个以蛛网般的公路为血脉的巨大的生命,在下面静静地呼吸着。有时,摩天大楼高耸在云层之上,腰部以下笼罩在阴暗的暴雨之中,以上却阳光灿烂,干活儿时脚下是一望无际的滚滚云海,每到这时,水娃总觉得他的身体都被云海之上的强风吹得透明了……

水娃从这经历中学到了一个哲理:事情得从高处才能看清楚。如果你淹没于这座大都市之中,周围的一切是那么纷繁复杂,城市仿佛是一个无边无际的迷宫,但从这高处一看,整座城市不过是一个有一千多万人的大蚂蚁窝罢了,而它周围的世界又是那么广阔。

在第一次领到工资后,水娃到一个大商场转了转,乘电梯上到第三层时,他发现这是一个让自己迷惑的地方。与繁华的下两层不同,这一层的大厅比较空旷,只摆放着几张大得惊人的低桌子,在每张桌子宽阔的桌面上,都有一片小小的楼群,每幢楼有一本书那么高。楼间有翠绿的草地,草地上有白色的凉亭和回廊……这些小建筑好像是用象牙和奶酪做成的,看上去那么可爱,它们与绿草地一起,构成了精致的小世界,在水娃眼中,真像是一个个小天堂的模型。最初他猜测这是某种玩具,但这里见不到孩子,桌边的人们也一脸认真和严肃。他站在一个小天堂边上对着它出神地望了很久,一位漂亮小姐过来招呼他,他这才知道这里是出售商品房的地方。他随便指着一幢小楼,问最顶上那套房多少钱,小姐告诉他那是三室一厅,每平方米三千五百元,总价值三十八万。听到这数目水娃倒吸一口冷气,但小姐接下来的话让这冷酷的数字温柔了许多:"分期付款,每月一千五百元到两千元。"

他小心地问:"我……我不是北京人,能买吗?"

小姐给了他一个动人的微笑:"您可真逗,户口已经取消两年了,还有什么北京人不北京人的?您住下不就是北京人了吗?"

水娃走出商场后，漫无目的地在街上走了很长时间，夜中的北京在他的周围五光十色地闪耀着，他的手中拿着售房小姐给他的几张花花绿绿的广告页，不时停下来看看。仅在一个多月前，在那座遥远的西部城市的简易房中，在省城拥有一套住房对他来说都还是一个神话，现在，他离买得起那套北京的住房还有相当的距离，但这已不是神话了，它由神话变成了梦想，而这梦想，就像那些精致的小模型一样，实实在在地摆在眼前，可以触摸到了。

这时，有人在里面敲水娃正在擦的这面玻璃，这往往是麻烦事。在办公室窗上出现的高楼清洁工总让超级大厦中的白领们有一种莫名的烦恼，好像这些人真如其俗名那样是一个个异类大蜘蛛，他们之间的隔阂远不止那面玻璃。在蜘蛛人干活儿时，里面的人不是嫌有噪声就是抱怨阳光被挡住了，变着法儿和他们过不去。航天大厦的玻璃是半反射型的，水娃很费劲地向里面看，终于看清了里面的人，那居然是陆海！

分手后，水娃一直惦记着陆海，在他的记忆中，陆海一直是一个西装革履的流浪汉，在这个大城市中深一脚浅一脚地过着艰难的生活。在一个深秋之夜，正当水娃在宿舍中默默地为陆海过冬的衣服发愁时，却真的在电视上看到了他！这时，中国太阳工程正在选择构建反射镜的材料，这是工程最关键的技术核心，在十几种材料中，陆海研制的纳米镜膜被最后选中了。他由一名科技流浪汉变成了中国太阳工程的首席科学家之一，一夜之间举世闻名。这以后，虽然陆海频频在各种媒体出现，水娃反而把他忘记了，他觉得他们之间已没有什么关系。

在那间宽大的办公室里，水娃看到陆海与两年前相比，从里到外都没有变，甚至还穿着那身西装，现在水娃知道，这身当时在他眼中高级华贵的衣服实际上次透了。水娃向他讲述了自己在北京的生活，最后笑着说："看来咱们俩在北京干得都不错。"

"是的是的，都不错！"陆海激动地连连点头，"其实，那天早晨对你说那些关于时代和机遇的话时,我几乎对一切都失去了信心,我是说给自己听的,但这个时代真的充满了机遇。"

水娃点点头:"到处都是金色的鸟儿。"

接着,水娃打量起这间充满现代感的大办公室来,这里最引人注目的是那一套不同寻常的装饰物:办公室的天花板整个是一幅星空的全息图像,所以在办公室中的人如同置身于一个灿烂星空下的院子里。在这星空的背景前悬浮着一个银色的圆形曲面,那是一个镜面,很像陆海的那个太阳灶,但水娃知道,这个太阳灶面积可能有几十个北京那么大。在天花板的一角,有一盏球形的灯,与这镜面一样,这灯球没有任何支撑地悬浮在空中,发出耀眼的黄光。镜面把它的一束光投射到办公桌旁的一个大地球仪上,在其表面打出一个圆圆的亮点。那个灯球在天花板下缓缓飘移着,镜面转动着追踪它,始终保持着那束投向地球仪的光束。星空、镜面、灯球、光束、地球仪和其表面的亮点,形成了一幅抽象而神秘的构图。

"这就是中国太阳吗?"水娃指着镜面敬畏地问。

陆海点点头:"这是一个面积达三万平方公里的反射镜,它在三万六千公里高的同步轨道上向地球反射阳光,在地面看上去,天空中像多了个太阳。"

"我一直搞不明白,天上多个太阳,地上怎么会多了雨水呢?"

"这个人造太阳可以以多种方式影响天气,比如通过改变大气的热平衡来影响大气环流、增加海洋蒸发量、移动锋面,等等,这一两句话说不清楚。其实,轨道反射镜只是中国太阳工程的一部分,另一部分是一个复杂的大气运动模型,它运行在许多台超级计算机上,精确地模拟出某一区域大气的运动状态,然后找准一个关键点,用人造太阳的热量施加影响,就会产生出巨大的效应,足以在一段时间内完全改变目标区域的气候……这个过程极其复杂,不是我的专业,我也不太明白。"

水娃又问了一个陆海肯定明白的问题,他知道自己的问题太傻,但还是鼓足勇气问了出来:"那么大个东西悬在天上,不会掉下来吗?"

陆海默默地看了水娃几秒钟，又看了看表，一拍水娃的肩膀说："走，我请你吃饭，同时让你明白中国太阳为什么不会掉下来。"

但事情远没有陆海想得那么简单，他不得不把要讲授的知识线移到最底层。水娃知道自己生活在一个圆的地球上，但他意识深处的世界还是一个天圆地方的结构，陆海费了很大劲才使他真正明白了我们的世界只是一颗飘浮在无际虚空中的小石球。这个晚上水娃并没有搞明白中国太阳为什么不会掉下来，但这个宇宙在他的脑海中已完全变了样，他进入了自己的托勒密时代。第二个晚上，陆海同水娃到大排档去吃饭，并成功地使水娃进入了哥白尼时代。又用了两个晚上，水娃艰难地进入了牛顿时代，知道了（当然仅仅是知道了）万有引力。接下来的一个晚上，借助于办公室中的那个大地球仪，陆海使水娃迈进了航天时代。在接下来的一个公休日，也是在那个大地球仪前，水娃终于明白了同步轨道是什么意思，同时也明白了中国太阳为什么不会掉下来。

在这一天，陆海带水娃参观了中国太阳工程的指挥中心，在一个高大的屏幕上映出了同步轨道上中国太阳建设工地的全景：漆黑的空间中飘浮着几块银色的薄片，航天飞机在那些薄片前像几只小小的蚊子。最让水娃感到震撼的，是另一个大屏幕上从三万六千公里高度拍摄的地球，他看到，大陆像漂浮在海洋上的一张张大牛皮纸，山脉像牛皮纸的皱褶，而云层如同牛皮纸上残留的一片片白糖末……陆海指给水娃看哪里是他的家乡，哪里是北京，水娃呆呆地看了好半天，冒出一句话："站在这么高处，人想的事情肯定不一样……"

三个月后，中国太阳的主体工程完工，在国庆节之夜，反射镜首次向地球的黑夜部分投射阳光，并把巨大的光斑固定在京津地区。这天夜里，水娃在天安门广场上同几十万人一起目睹了这壮丽的日出：西边的夜空中，一颗星星的亮度急剧增强，在这颗星的周围有一圈蓝天在扩散，当中国太阳的亮度达到最大时，这圈蓝天已占据了半个天空的面积，在它的边缘,色彩由纯蓝渐渐过渡到黄色、橘红和深紫,这圈渐变的色彩如一圈彩虹把蓝天围在中央,形成了人们所称的"环形朝霞"。

水娃在凌晨四点才回到宿舍,他躺在狭窄的上铺,中国太阳的光芒从窗中照进来,照在枕边墙上那几张商品住宅广告页上,水娃把那几张彩纸从墙上撕了下来。

在中国太阳的天国之光下,他曾为之激动不已的理想显得那么平淡渺小。

两个月后,清洁公司的经理找到水娃,说中国太阳工程指挥中心的陆总让他去一下。自从清洁航天大厦的活儿干完后,水娃就再也没见过陆海。

"你们的太阳真是伟大!"在航天大厦的办公室中见到陆海后,水娃由衷地赞叹道。

"是我们的太阳,特别是你也有份儿。现在在这里看不到中国太阳了,它正在给你的家乡造雪呢!"

"我爸妈来信说,那里今冬的雪真的多了起来!"

"但中国太阳也遇到了大问题,"陆海指指身后的一块大屏幕,上面显示着两个圆形的光斑,"这是在同一位置拍摄的中国太阳的图像,时隔两个月,你能看出它们有什么差别吗?"

"左边那个亮一些。"

"看,仅两个月,反射率的降低用肉眼都能看出来了。"

"怎么,是大镜子上落灰了吗?"

"太空中没有灰,但有太阳风,也就是太阳喷出的粒子流,时间一长,它使中国太阳的镜面表层发生了质变,镜面就蒙上了一层极薄的雾膜,反射率就降低了,一年以后,镜面将变得像蒙上一层水雾一样,那时中国太阳就变成了中国月亮,就什么事都干不了了。"

"你们开始没想到这些吗?"

"当然想到了……我们还是谈你的事吧,想不想换个工作?"

"换工作?我还能干什么呢?"

"还是干高空清洁工,但是在我们这里干。"

水娃迷惑地四下看看:"你们的大楼不是刚清洁过吗?还用专门雇高空清洁工?"

"不,不是让你擦大楼,是擦中国太阳。"

人生第五个目标:飞向太空擦太阳

这是一次由中国太阳工程运行部的高层领导人参加的会议,讨论成立镜面清洁机构的事。陆海把水娃介绍给大家,并介绍了他的工作。当有人问到学历时,水娃诚实地说他只读过三年小学。

"但我认字的,看书没问题。"水娃对与会者说。

一阵笑声响起。"陆总,你这是在开玩笑吗?!"有人气愤地喊道。

陆海平静地说:"我没开玩笑。如果组成三十个人的镜面清洁队,把中国太阳全部清洁一遍需半年时间,按照清洁周期清洁队需不停地工作,这至少要有六十到九十人进行轮换,如果正在制定中的空间劳动保护法出台,这种轮换可能需要更多的人,也就是说需一百二十甚至一百五十人。我们难道要让一百五十名有博士学位的、在高性能歼击机上飞过三千小时的宇航员干这项工作吗?"

"那也得差不多点儿吧?在城市高等教育已经普及的今天,让一个文盲飞向太空?"

"我不是文盲!"水娃对那人说。

对方没理他,接着对陆海说:"这是对这个伟大工程的亵渎!"

与会者们纷纷点头赞同。

陆海也点点头:"我早就料到各位会有这种反应。在座的,除了这位清洁工之外都具有博士学位,那么好,就让我们看看各位在清洁工作中的素质吧！请跟我来。"

十几名与会者迷惑不解地跟着陆海走出会议室，走进电梯。这种摩天大楼中的电梯分快、中、慢三种，他们乘坐的是最快的电梯，飞快加速，直上大厦的顶层。

有人说："我是第一次乘这个电梯，真有乘火箭升空的感觉！"

"我们进入同步轨道后，大家还将体验清洁中国太阳的感觉。"陆海说，周围的人都向他投来奇怪的目光。

走出电梯后，大家又跟着陆海爬了一段窄扶梯，最后从一扇小铁门走出去，来到了大厦的露天楼顶。他们立刻置身于阳光和强风之中，上面的蓝天似乎比平时看到的清澈了许多，向四周望去，北京城尽收眼底。他们发现楼顶上已经有一小群人在等着，水娃吃惊地发现那竟是清洁公司的经理和他的蜘蛛人工友们！

陆海大声说："现在，我们就请大家体验一下水娃的工作。"

于是那些蜘蛛人走过来给每一位与会者扎上安全带，然后领他们走到楼顶边缘，使他们小心地站到十几个蜘蛛人作为工作平台的小小的吊板上，然后吊板开始慢慢下降，悬在距楼顶边缘五六米处不动了，被挂在大厦玻璃墙上的与会者们发出了一阵绝不掺假的惊叫声。

"各位，我们继续开会吧！"陆海蹲着从楼顶边缘探出身去对下面的人喊。

"你个混蛋！快拉我们上去！！"

"你们每人必须擦完一块玻璃才能上来！"

擦玻璃是不可能的，下面的人能做的只是死抓着安全带或吊板的绳索一动不敢动，根本不可能松开一只手去拿起放在吊板上的刷子或打开清洁剂桶的盖子。在他们的日常工作中，这些航天官员每天都在图纸或文件上与几万公里的高度打交道，但在这亲身体验中，四百米的高度已经令他们魂飞天外了。

陆海站起身，走到一位空军大校的上面，他是被吊下去的十几个人中唯一镇定自若者,他开始擦玻璃,动作沉稳。最让水娃吃惊的是,他的两只手都在干活,并没有抓着什么稳定自己,而他的吊板在强风中贴着墙面一动不动,这对蜘蛛人来说也只有老手才能做到。当水娃认出他就是十多年前神舟八号飞船上的一名宇航员时,对眼前所见也就不奇怪了。

陆海问:"张大校,你坦率地说,眼前的工作真的比你们在轨道上的太空行走作业容易吗?"

"如果仅从体力和技巧上来说,相差不是太多。"前宇航员回答说。

"说得好!宇航训练中心的一项研究表明,在人体工程学上,高层建筑清洁工的工作与太空中的镜面清洁工作有许多相似之处:都是在危险的需要时时保持平衡的位置上,从事重复单调且消耗体力的劳动;都要时时保持着警觉,稍一疏忽就会有意外事故发生,这事故对宇航员来说,可能是错误飘移、工具或材料丢失或生命维持系统失灵等等;对蜘蛛人来说,则可能是撞碎玻璃、工具或清洁剂跌落或安全带断裂滑脱等等。在体能技巧方面,特别是在心理素质方面,蜘蛛人完全有能力胜任镜面清洁工作。"

前宇航员仰视着陆海点了点头:"这使我想起了那个古老的寓言,卖油人把油通过一个铜钱的方孔倒进油壶中,所需的技巧与将军把箭射中靶心同样高超,差异只在于他们的身份。"

陆海接着说:"哥伦布发现了美洲,库克发现了澳洲,但这些新世界都是由普通人开发的,这些开拓者在当时的欧洲处于社会的最下层。太空开发也一样,国家在下一个五年计划中把近地空间作为第二个西部,这就意味着航天事业的探险时代已经结束,它不再只是由少数精英从事的工作,让普通人进入太空,是太空开发产业化的第一步!"

"好了好了,你说的都对!可快把我们弄上去啊!!"下面的其他人声嘶力竭地喊着。

在回去的电梯上,清洁公司的经理凑到陆海耳边低声说:"陆总,您慷慨激昂了半天,讲的道理有点太大了吧?当然,当着水娃和我这些小弟兄的面,您不好把关键之处挑明。"

"嗯？"陆海询问地看着他。

"谁都知道，中国太阳工程是以准商业方式运行的，中途差点因资金缺口而停工，现在，留给你们的运行费用没有多少了。在商业宇航中，正规宇航员的年薪都在百万以上，我这些小伙子们每年就可以给你们省几千万。"

陆海神秘地一笑说："您以为，为这区区几千万我值得冒这个险吗？我这次故意把镜面清洁工的文化程度标准压到最低，这个先例一开，中国太阳运行中在空间轨道的其他工作岗位，我就可以用普通大学毕业生来做，这一下，省的可不止几千万。如您所说，这也是没办法的办法，我们真的没剩多少钱了。"

经理说："在我的童年和少年时代，进入太空是一种何等浪漫的事业，我清楚地记得，邓小平在访问肯尼迪航天中心时，把一位美国宇航员称作神仙。现在，"他拍着陆海的后背苦笑着摇摇头，"我们彼此彼此了。"

陆海扭头看了看那几名蜘蛛人小伙子，放大了声音说："但，先生，我给他们的工资怎么说也是你的八到十倍！"

第二天，包括水娃在内的六十名蜘蛛人进入了坐落在石景山的中国宇航训练中心，他们都是从外地来京打工的农村后生，来自中国广阔田野的各个偏僻角落。

镜面农夫

西昌基地，"地平线"号航天飞机从它的发动机喷出的大团白雾中探出头来，轰鸣着升上蓝天。机舱里坐着水娃和其他十四名镜面清洁工，经过三个月的地面培训，他们被从六十人中挑选出来，首批进入太空进行实际操作。

在水娃这时的感觉中，超重远不像传说中的那么可怕，他甚至有一种熟悉的舒适感，这是孩子被母亲紧紧抱在怀中的感觉。在他右上方的舷窗外,天空的蓝色在渐渐变深。舱外隐约传来爆破螺栓的啪啪声,助推器分离,发动机声由震耳的轰鸣变为蚊子似的嗡嗡声。天空变成深紫色,最后完全变黑,星星出现了,都不眨眼,十分明亮。嗡嗡声戛然而止,舱内变得很安静,座椅的振动消失了,接着后背对椅面的压力也消失了,失重出现。水娃他们是在一个巨大的水池中进行的失重训练,这时的感觉还真像是浮在水中。

但安全带还不能解开,发动机又嗡嗡地叫了起来,重力又把每个人按回椅子上,漫长的变轨飞行开始了。小小的舷窗中,星空和海洋交替出现,舱内不时充满了地球反射的蓝光和太阳白色的光芒。窗口中能看到的地平线的弧度一次比一次大,能看到的海洋和陆地的景色范围也一次比一次大。向同步轨道的变轨飞行整整进行了六个小时,舷窗中星空和地球的景色交替也渐渐具有催眠作用,水娃居然睡着了。但他很快被扩音器中指令长的声音惊醒,那声音说变轨飞行结束了。

舱内的伙伴们纷纷飘离座椅,紧贴着舷窗向外瞅。水娃也解开安全带,用游泳的动作笨拙地飘到离他最近的舷窗,他第一次亲眼看到了完整的地球。但大多数人都挤在另一侧的舷窗边,他也一蹬舱壁蹿了过去,因速度太快在对面的舱壁上碰了脑袋。从舷窗望出去,他才发现"地平线"号已经来到中国太阳的正下方,反射镜已占据了星空的大部分面积,航天飞机如同是飞行在一个巨大的银色穹顶下的一只小蚊子。"地平线"号继续靠近,水娃渐渐体会到镜面的巨大:它已占据了窗外的所有空间,一点都感觉不到它的弧度,他们仿佛飞行在一望无际的银色平原上。距离在继续缩短,镜面上出现了"地平线"号的倒影。可以看到银色大地上有一条条长长的接缝,这些接缝像地图上的经纬线一样织成了方格,成了能使人感觉到相对速度的唯一参照物。渐渐地,银色大地上的经线不再平行,而是向一点汇聚,这趋势急剧加快,好像"地平线"号正在驶向这巨大地图上的一个极点。极点很快出现了,所有经向接缝都汇聚在一个小黑点上,航天飞机向着这个小黑点下降,水娃震惊地发现,这个黑点竟是这银色大地上的一座大楼,这座大楼是一个全密封的圆柱体,水娃知道,这就是中国太阳的控制站,是他们以后三个月在这冷寂太空中唯一的家。

太空蜘蛛人的生活就这样开始了。每天(中国太阳绕地球一周的时间也是24小时),镜面清洁工们驾驶着一台台有手扶拖拉机大小的机器擦光镜面,他们开着这些机器在广阔的镜面上来回行驶,很像在银色的大地上耕种着什么,于是西方新闻媒体给他们起了一个更有诗意的名字:"镜面农夫"。这些"农夫"们的世界是奇特的,他们脚下是银色的平原,由于镜面的弧度,这平原在远方的各个方向缓缓升起,但由于面积巨大,周围看上去如水面般平坦。上方,地球和太阳总是同时出现,后者比地球小得多,倒像是它的一颗光芒四射的卫星。在占据天空大部分的地球上,总能看到一个缓缓移动的圆形光斑,在地球黑夜的一面这光斑尤其醒目,这就是中国太阳在地球上照亮的区域。镜面可以调整形状以改变光斑的大小,当银色大地在远方上升的坡度较陡时,光斑就小而亮,当上升坡度较缓时,光斑就大而暗。

但镜面清洁工的工作是十分艰辛的,他们很快发现,清洁镜面的枯燥和劳累,比在地球上擦高楼有过之而无不及。每天收工回到控制站后,往往累得连太空服都脱不下来。随着后续人员的到来,控制站里拥挤起来,人们像生活在一个潜水艇中。但能够回到站里还算幸运,镜面上距站最远处近一百公里,清洁到外缘时往往下班后回不来,只能在"野外"过"夜",从太空服中吸些流质食物,然后悬在半空中睡觉。工作的危险更不用说,镜面清洁工是人类航天史上进行太空行走最多的人,在"野外",太空服的一个小故障就足以置人于死地,还有微陨石、太空垃圾和太阳磁暴等等。这样的生活和工作条件使控制站中的工程师们怨气冲天,但天生就能吃苦的"镜面农夫"们却默默地适应了这一切。

在进入太空后的第五天,水娃与家里通了话,这时水娃正在距控制站五十多公里处干活,他的家乡正处于中国太阳的光斑之中。

水娃爹:"娃啊,你是在那个日头上吗?它在俺们头上照着呢,这夜跟白天一样啊！"

水娃："是，爹，俺是在上面！"

水娃娘："娃啊，那上面热吧？"

水娃："说热也热，说冷也冷，俺在地上投了个影儿，影儿的外面有咱那儿十个夏天热，影儿的里面有咱那儿十个冬天冷。"

水娃娘对水娃爹说："我看到咱娃了，那日头上有个小黑点点！"

水娃知道那是不可能的，他的眼泪涌了出来，说："爹、娘，俺也看到你们了，亚洲大陆的那个地方也有两个小黑点点！明天多穿点衣服，我看到一大股寒流从大陆北面向你们那里移过去了！"

……

三个月后换班的第二分队到来，水娃他们返回地球去休为期三个月的假。他们着陆后的第一件事就是每人买了一架单筒高倍望远镜。三个月后他们回到中国太阳上，在工作的间隙大家都用望远镜遥望地球，望得最多的当然还是家乡，但在四万公里的距离上是不可能看到他们的村庄的。他们中有人用粗笔在镜面上写下了一首稚拙的诗：

在银色的大地上我遥望家乡
村边的妈妈仰望着中国太阳
这轮太阳就是儿子的眼睛
黄土地将在这目光中披上绿装

"镜面农夫"们的工作是出色的，他们逐渐承担了更多的任务，范围都超出了他们的清洁工作。首先是修复被陨石破坏的镜面，后来又承担了一项更高层次的工作：监视和加固应力超限点。

中国太阳在运行中，其姿态总是在不停地变化，这些变化是由分布在其背面的三千台发动机完成的。反射镜的镜面很薄，它由背面的大量细梁连成一个整体，在进行姿态或形状改变时，有些位置可能发生应力超限，如果不及时对各发动机的出力给予纠正,或在那个位置进行加固,任其发展,超限应力就可能撕裂镜面。这项工作的技术要求很高,发现和加固应力超限点都需要熟练的技术和丰富的经验。

除了进行姿态和形状调整外,最有可能发生应力超限的时间是在轨道理发时,这项操作的正式名称是:光压和太阳风所致轨道误差修正。太阳风和光压对面积巨大的镜面产生作用力,这种力量在每平方公里的镜面上达两公斤左右,使镜面轨道变扁上移,在地面控制中心的大屏幕上,变形的轨道与正常的轨道同时显示,很像是正常的轨道上长出了头发,这个离奇的操作名称由此而来。轨道理发时镜面产生的加速度比姿态和形状调整时大得多,这时"镜面农夫"们的工作十分重要,他们飞行在银色大地上空,仔细地观察着地面的每一处异常变化,随时进行紧急加固,每次都出色地完成了任务。他们的收入因此增长很多,但这中间得利最多的,还是已成为中国太阳工程第一负责人的陆海,他连普通大学毕业生也不必雇了。

但"镜面农夫"们都明白,他们这批人是第一批也是最后一批只有小学文化程度的太空工人了,以后的太空工人最低也是大学毕业的。但他们完成了陆海所设想的使命:证明了太空开发中的底层工作最需要的是技巧和经验,是对艰苦环境的适应能力,而不是知识和创造力,普通人完全可以胜任。

但太空也在改变着"镜面农夫"们的思维方式,没有人能像他们这样,每天从三万六千公里居高临下看地球,世界在他们面前只是一个可以一眼望全的小沙盘,地球村对他们来说不是一个比喻,而是眼前实实在在的现实。

"镜面农夫"们作为第一批太空工人,曾在全世界引起了轰动。但随着近地空间开发产业化的飞速发展,许多超级工程在太空中出现,其包括用微波向地面传送电能的超大型太阳能电站,微重力产品加工厂等,容纳十万人的太空城也开始建设。大批产业工人涌向太空,他们都是普通人,世界渐渐把"镜面农夫"们忘记了。

几年后，水娃在北京买了房子，建立了家庭，又有了孩子。每年他有一半时间在家里，一半时间在太空。他热爱这项工作，在三万多公里高空的银色大地上长时间地巡行，使他的心中产生了一种超脱的宁静，他觉得自己已找到了理想的生活，未来就如同脚下的银色平原一样平滑地向前伸展。但后来的一件事打破了这种宁静，彻底改变了水娃的心路历程，这就是他与史蒂芬·霍金的交往。

没有人想到霍金能活过一百岁，这既是医学的奇迹，也是他个人精神力量的表现。当近地轨道的第一所太空低重力疗养院建立后，他成为第一位疗养者。但上太空的超重差一点要了他的命，返回地面也要经受超重，所以在太空电梯或反重力舱之类的运载工具发明之前，他可能回不了地球了。事实上，医生建议他长住太空，因为失重环境对他的身体是最合适不过的。

霍金开始对中国太阳没什么兴趣，他从低轨道再次忍受加速重力（当然比从地面进入太空时小得多）来到位于同步轨道的中国太阳，是想看看在这里进行的一项关于背景辐射强度各向微小异性的宇宙学观测，观测站之所以设在中国太阳背面，是因为巨大的反射镜可以挡住来自太阳和地球的干扰。但在观测完成，观测站和工作小组都撤走后，霍金仍不想走，说他喜欢这里，想多待一阵儿。中国太阳的什么东西吸引了他，新闻界做出了各种猜测，但只有水娃知道实情。

在中国太阳生活的日子里，霍金最喜欢做的事就是在镜面上散步，让人不可理解的是，他只在反射镜的背面散步，每天散步的时间长达几个小时。空间行走经验最丰富的水娃被站里指定陪博士散步。这时的霍金已与爱因斯坦齐名，水娃当然听说过他，但在控制站内第一次见到他时还是很吃惊，水娃想象不出一位瘫痪到如此程度的人如何做出这么大的成就，尽管他对这位大科学家做了什么还一无所知。但在散步时，丝毫看不出霍金的瘫痪,也许是有了操纵电动轮椅的经验,他操纵太空服上的微型发动机与正常人一样灵活。

霍金与水娃的交流很困难,他虽然植入了由脑电波控制的电子发声系统,说话不像20世纪那么困难了,但他的话要通过实时翻译器译成中文水娃才能听得懂。按领导的交代,为了不影响博士思考问题,水娃从不主动搭话,但博士却很愿与他交谈。

博士最先是问水娃的身世,然后回忆起自己的早年,他向水娃讲述童年时在阿尔班斯住的那幢阴冷的大房子,冬天结了冰的高大客厅中响着瓦格纳的音乐;还有那辆放在奥斯明顿磨坊牧场的马戏车,他常和妹妹玛丽一起乘着它到海滩去;还有他常与父亲去的齐尔顿领地的爱文豪灯塔……水娃惊叹这位百岁老人的记忆力,更让他吃惊的是,他们之间居然有共同语言,水娃讲述家乡的一切,博士很爱听,当走到镜面边缘时还让水娃指给他看家乡的位置。

时间长了,谈话不可避免地转到科学方面,水娃本以为这会结束他们之间难得的交流,但并非如此,向普通人用最通俗的语言讲述艰深的物理学和宇宙学,对博士似乎是一种休息。他向水娃讲述了大爆炸、黑洞、量子引力,水娃回去后就啃博士在20世纪写的那本薄薄的小书,再向站里的工程师和科学家请教,居然明白了不少。

"知道我为什么喜欢这里吗?"一次散步到镜面边缘时,博士对着从边缘露出一角的地球对水娃说,"这个大镜面隔开了下面的地球,使我忘记了尘世的存在,能全身心地面对宇宙。"

水娃说:"下面的世界好复杂的,可从这里远远地看,宇宙又是那么简单,只是空间中撒着一些星星。"

"是的,孩子,真是这样。"博士点点头说。

反射镜的背面与正面一样,也是镜面,只是多了如一座座小黑塔似的姿态和形状调整发动机。每天散步时,博士和水娃两人就紧贴着镜面缓缓地飘行,常常从中心一直飘到镜面的边缘。没有月亮时,反射镜的背面很黑,表面是星空的倒影。与正面相比,这里的地平线很近,且能看出弧形,星光下,由支撑梁组成的黑色经纬线在他们脚下移动,他们仿佛飘行在一个宁静的小星球的表面。遇上姿态或形状调整,反射镜背面的发动机启动,这小星球的表面被一炷炷小火苗照亮,更使这里显出一种美丽的神秘。在这小小的世界之上,银河在灿烂地照耀着。就在这样的境界中,水娃第一次接触到宇宙最深层的奥秘,他明白了自己所看到的所有星空,在大得无法想象的宇宙中也只是一粒灰尘,而这整个宇宙,不过是百亿年前一次壮丽焰火的余烬。

许多年前作为蜘蛛人踏上第一座高楼的楼顶时,水娃看到了整个北京;来到中国太阳时,他看到了整个地球;现在,水娃面对着他人生第三个壮丽的时刻,他站到了宇宙的楼顶上,看到了他以前做梦都不会想到的东西,虽然这知识还很粗浅,但足以使那更遥远的世界对他产生了一种难以抗拒的吸引力。

有一次水娃向站里的一位工程师说出了自己的一个困惑:"人类在二十世纪六十年代就登上了月球,为什么后来反而缩了回来,到现在还没登上火星,甚至连月球也不去了?"

工程师说:"人类是现实的动物,二十世纪中叶那些由理想主义和信仰驱动的东西是没有长久生命力的。"

"理想和信仰不好吗?"

"不是说不好,但经济利益更好,如果从那时开始人类就不惜代价,做飞向外太空的赔本买卖,地球现在可能还在贫困之中,你我这样的普通人反而不可能进入太空,虽然只是在近地空间。朋友,别中了霍金的毒,他那套东西一般人玩不了的!"

水娃从此变了,他仍然与以前一样努力工作,表面平静地生活,但显然在想着更多的事。

时光飞逝,二十年过去了。这二十年中,水娃和他的伙伴们从三万六千公里的高度清楚地看到了祖国和世界的变化,他们看到,三北防护林形成了一条横贯中国东西的绿带,黄色的沙漠渐渐被绿色覆盖,家乡也不再缺少雨水和白雪,村前干枯的河床又盈满了清流……这一切也有中国太阳的一份功劳,它在改变大西北气候的宏大工程中起了很大的作用。除此之外,这些年中国太阳还干了许多不寻常的事,比如融化乞力马扎罗山的积雪以缓解非洲干旱,使举行奥运会的城市成为真正的不夜城……

但对于最新的技术来说,用这种方式影响天气显得过于笨拙,且有太多的副作用,中国太阳已完成了它的使命。

国家太空产业部举行了一个隆重的仪式,为人类第一批太空产业工人授勋。这不仅仅是表彰他们二十年来的辛勤而出色的工作,更重要的是,这六十位只有小学和初中文化程度的青年进入太空工作,标志着太空开发已对所有人敞开了大门,经济学家们一致认为,这是太空开发产业化的真正开端。

这个仪式引起了新闻媒体的极大注意,除了以上的原因,在普通大众心中,"镜面农夫"们的经历具有传奇色彩,同时,在这个追逐与忘却的时代,有一个怀旧的机会也是很不错的。

当年那些憨厚朴实的小伙子们现在都已人到中年,但他们看上去变化并不是太大,人们从全息电视中还能认出他们。他们中的大部分人已通过各种方式接受了高等教育,其中有一些人还获得了太空工程师的职称,但无论在自己还是公众的眼里,他们仍是那群来自乡村的打工者。

水娃代表伙伴们讲话,他说:"随着电磁输送系统的建成,现在进入近地空间的费用,只及乘飞机飞越太平洋费用的一半,太空旅行已变成了一件平常而平淡的事。但新一代人很难想象,在二十年前进入太空对一个普通人来说意味着什么,很难想象那会是怎样令他激动和热血沸腾,我们就是那样一群幸运者。

"我们这些人很普通,没什么可说的,我们能有这样不寻常的经历是因为中国太阳。这二十年来，它已成为我们的第二家园，在我们的心目中它很像一个微缩的地球。最初，我们把镜面上的接缝当作北半球的经纬线，说明自己的位置时总是说在北纬多少度、东经西经多少度；到后来，随着我们对镜面的熟悉，渐渐在上面划分出了大陆和海洋，我们会说自己是在北京或莫斯科，我们每个人的家乡在镜面上也都有对应的位置，对那一块我们擦得最勤……在这个银色的小地球上我们努力工作，尽了自己的责任。先后有五位镜面清洁工为中国太阳献出了生命，他们有的是在太阳磁暴爆发时没来得及隐蔽，有的是被陨石或太空垃圾击中。

"现在，这块我们生活和工作了二十年的银色土地就要消失了，我们很难用语言表达自己的感受。"

水娃沉默了，已是太空产业部部长的陆海接过了话头说："我完全理解你们的感受，但在这里可以欣慰地告诉大家，中国太阳不会消失！这我想你们也都知道了，对于这样一个巨大的物体，不可能采用 20 世纪的方式，让它坠入大气层烧掉，它将用另一种方式找到自己的归宿：其实很简单，只要停止进行轨道理发，并进行适当的姿态调整，太阳风和光压将最终使它超过第二宇宙速度，离开地球成为太阳的卫星。许多年后，行星际飞船会在遥远的地方找到它，那时我们也许会把它变成一个博物馆，我们这些人会再次回到那银色的平原上，一起回忆我们这段难忘的岁月。"

水娃突然显得激动起来，他大声问陆海："部长先生，你真的认为会有这一天，你真的认为会有行星际飞船吗？"

陆海呆呆地看着水娃，一时说不出话来。

水娃接着说："20 世纪中叶，当阿姆斯特朗在月球上印下第一个脚印时，几乎所有的人都相信人类将在十到二十年之内登上火星。现在，八十六年过去了，别说火星了，月球也再没人去过，理由很简单：那是赔本买卖。

"20 世纪冷战结束后，经济准则一天天地统治世界，人类在这个准则下也取得了巨大的成就：现在，我们消灭了战争和贫困，恢复了生态，地球正在变成一个乐园。这就使我们更加坚信经济准则的正确性,它已变得至高无上,渗透到我们的每个细胞中,人类社会已变成了百分之百的经济社会,投入大于产出的事是再也不会做了。对月球的开发没有经济意义,对行星的大规模载人探测是经济犯罪,至于进行恒星际航行,那是地地道道的精神变态。现在,人类只知道投入、产出,并享受这些产出了!"

陆海点点头说:"本世纪人类的太空开发仍局限于近地空间,这是事实,它有许多更深刻的原因,已超出了我们今天的话题。"

"没有超出。现在,我们有了一个机会,只需花很少的钱就能飞出近地空间进行远程宇宙航行。太阳光压可以把中国太阳推出地球轨道,同样能把它推到更远的地方。"

陆海笑着摇摇头:"呵,你是说把中国太阳作为一个太阳帆船?从理论上说是没问题的,反射镜的主体薄而轻,面积巨大,经过长期的光压加速,理论上它会成为人类迄今发射过的速度最快的航天器。但这也只是从理论而言,实际情况是,一艘船只有帆并不能远航,它上面还要有人,一艘无人的帆船只能在海上来回打转,连港口都驶不出去,记得史蒂文森的《金银岛》里对此有生动的描述。要想借助于光压远航并返回,反射镜需要精确而复杂的姿态控制,而中国太阳是为在地球轨道上运行而设计的,离开了人的操作,它自己只能沿着无规则的航线瞎飘一气,而且飘不了太远。"

"不错,但它上面会有人的,我来驾驶它。"水娃平静地说。

这时,收视统计系统显示,对这个频道的收视率急剧上升,全世界的目光正在被吸引过来。

"可你一个人同样控制不了中国太阳,它的姿态控制至少需要……"

"至少需要十二人,考虑到星际航行的其他因素,至少需要十五到二十人,我相信会有这么多志愿者的。"

陆海不知所措地笑了笑:"真没想到,我们今天的谈话会转移到这个方向。"

"陆部长,二十年前,你不止一次地改变了我的人生方向。"

"可我万万没有想到你沿着那个方向走了这么远,已远远超过我了。"陆海感慨地说,"好吧,很有意思,让我们继续讨论下去吧!嗯……很遗憾,这个想法是不可行的。中国太阳最合理的航行目标是火星,可你想过没有,中国太阳不可能在火星上登陆,如果要登陆,将又是一笔巨大的开支,会使这个计划失去经济上的可行性;如果不登陆,那和无人探测器没有区别,有什么意思呢?"

"中国太阳不去火星。"

陆海迷惑地看着水娃:"那去哪里?木星?"

"也不是木星,去更远的地方。"

"更远?去海王星?去冥王……"陆海突然顿住,呆呆地盯着水娃看了好一会儿,"天啊,你不会是说……"

水娃坚定地点点头:"是的,中国太阳将飞出太阳系,成为恒星际飞船!"

与陆海一样,全世界顿时目瞪口呆。

陆海两眼平视前方,机械地点点头:"好吧,就让我们不当你是在开玩笑,你让我大概估算一下……"说着他半闭起双眼开始心算。

"我已经算好了:借助太阳的光压,中国太阳最终将加速到光速的十分之一,考虑到加速所用的时间,大约需四十五年时间到达比邻星。

"然后再借助比邻星的光压减速,完成对半人马座三星系统的探测后,再向相反的方向加速,再用几十年时间返回太阳系。听起来是个美妙的计划,但实际上只是一个根本不可能实现的梦想。"

"你又想错了,到达比邻星后中国太阳不减速,以每秒三万多公里的速度掠过它,并借助它的光压再次加速,飞向天狼星。如果有可能,我们还会继续蛙跳,飞向第三颗恒星,第四颗……"

"你到底要干什么?"陆海失态地大叫起来。

"我们向地球所要求的,只是一套高可靠性但规模较小的生态循环系统和……"

"用这套系统维持二十个人上百年的生命?"

"听我说完,和一套生命低温冬眠系统,在航行的大部分时间我们处于冬眠状态,只在接近恒星时才启动生态循环系统,按目前的技术,这足以维持我们在宇宙中航行上千年。当然,这两套系统的价格也不低,但比起人类从头开始一次恒星际载人探测来,它所需资金只有其千分之一。"

"就是一分钱不要,世界也不会允许二十个人去自杀。"

"这不是自杀,只是探险,也许我们连近在眼前的小行星带都过不去,也许我们会到达天狼星甚至更远,不试试怎么知道?"

"但有一点与探险不同,你们肯定是回不来了。"

水娃点点头:"是的,回不来了。有人满足于老婆孩子热炕头,从不向与己无关的尘世之外扫一眼;有的人则用尽全部生命,只为看一眼人类从未见过的事物。这两种人我都做过,我们有权选择各种生活,包括在十几光年之遥的太空中飘荡的一面镜子上的生活。"

"最后一个问题:在上千年的时间里,以每秒几万甚至十几万公里的速度掠过一颗又一颗恒星,发回人类要经过几十年甚至几个世纪才能收到的微弱的电波,这有太大意义吗?"

水娃微笑着向全世界说:"飞出太阳系的中国太阳,将会使享乐中的人类重新仰望星空,唤回他们的宇宙远航之梦,重新燃起他们进行恒星际探险的愿望。"

人生第六个目标:
飞向星海,把人类的目光重新引向宇宙深处

陆海站在航天大厦的楼顶,凝视着天空中快速移动的中国太阳,在它的光芒下,首都的高楼投下了无数快速移动的影子,使得北京仿佛是一个随着中国太阳转动的大面孔。

这是中国太阳最后一次环绕地球运行,它已达到了第二宇宙速度,将

飞出地球的引力场,进入绕太阳运行的轨道。这人类第一艘载人恒星际飞船上有二十个人,除水娃外,其他人是从上百万名志愿者中挑选出来的,其中包括三名与水娃共事多年的"镜面农夫"。中国太阳还未启程就达到了它的目标——人类社会对太阳系外宇宙探险的热情再次出现了。

陆海的思绪回到了二十三年前的那个闷热的夏夜,在那个西北城市,他和一个来自干旱土地的农村男孩登上了开往北京的夜行列车。

作为告别,中国太阳把它的光斑依次投向各大城市,让人们最后一次看到它的光芒。最后,中国太阳的光斑投向大西北,水娃出生的那个小村庄就在光斑之中。

村边的小路旁,水娃的爹娘同乡亲们一起注视着向东方飞行的中国太阳。

水娃爹喊道:"娃啊,你要到老远的地方去吗?"

水娃从太空中回答:"是啊爹,怕是回不了家了。"

水娃娘问:"那地方很远?"

水娃回答:"很远,娘。"

水娃爹问:"比月亮还远吗?"

水娃沉默了几秒钟,用比刚才低许多的声音说:"是的,爹,比月亮远些。"

水娃的爹娘并不觉得特别难受,娃是在那比月亮还远的地方干大事呢!再说,这可是个了不起的年头,即使是远在天涯海角的人,随时都可以和他说话,还可以在小电视上看见他,这跟面对面没啥子区别。但他们不会想到,随着时间的流逝,那小屏幕上的儿子将变得越来越迟钝,对爹娘关切的问话,他要想好长时间才能回答。他想的时间开始只有几秒钟,以后越来越长,一年后,爹娘每问一句话,儿子将呆呆地想一个多小时才能回答。最后儿子将消失,他们将被告知水娃睡觉了,这一觉要睡四十多年。在这以后,水娃的爹娘将用尽余生,继续照顾那块曾经贫瘠现已肥沃起来的土地,过完他们那充满艰辛但已很满足的一生,他们最后的愿望将是:

在遥远未来的一天,终于回家的儿子能看到一个更美好的家园。

中国太阳正在飞离地球轨道,它在东方的天空中渐渐暗下去,它周围的蓝天也慢慢缩为一点,最后,它将变为一颗星星融入群星之中,但早在这之前,恒星太阳的曙光就会把它完全淹没。

曙光也照亮了村前的这条小路,现在它的两旁已种上了两排白杨,不远处还有一条与它平行的小河。二十四年前的那天,也是在这清晨时分,在同样的曙光下,一个西北农家的孩子怀着朦胧的希望在这条小路上渐渐远去。

这时北京的天已经大亮,陆海仍站在航天大厦的楼顶,望着中国太阳最后消失的位置,它已踏上了漫长的不归路。中国太阳将首先进入金星轨道之内,尽可能地接近太阳,以获得更大的加速光压和更长的加速距离,这将通过一系列复杂的变轨飞行来实现,其行驶方式很像大航海时代驶逆向风的帆船。七十天后,它将通过火星轨道;一百六十天后,它将掠过木星;两年后,它将飞出冥王星轨道成为一艘恒星际飞船,飞船上的所有人将进入冬眠;四十五年后它将掠过半人马座,宇航员们将短暂苏醒,自中国太阳启程一个世纪后,地球才能收到他们发回的关于半人马座的探测信息;这时,中国太阳正在飞向天狼星的路上,由于半人马座三星的加速,它的速度将达到光速的百分之十五,将于六十年后,也就是自地球启程一个世纪后到达天狼星,当中国太阳掠过这个由天狼星 A、B 构成的双星系统后,它的速度将增加到光速的十分之二,向星空的更深处飞去。按照飞船上生命冬眠系统能维持的时间极限,中国太阳有可能到达波江座—ε星,甚至可能(虽然这种可能性很小很小)最后到达鲸鱼座 79 星,这些恒星被认为可能有行星存在。

谁也不知道中国太阳将飞多远,水娃他们将看到什么样的神奇世界,也许有一天他们对地球发出一声呼唤,要上千年才能得到回音。但水娃始终会牢记母亲行星上的一个叫中国的国度,牢记那个国度西部一片干旱土地上的一个小村庄,牢记村前的那条小路,他就是从那里启程的。

流浪地球

刹车时代

我没见过黑夜,我没见过星星,我没见过春天、秋天和冬天。

我出生在刹车时代结束的时候,那时地球刚刚停止转动。

地球自转刹车用了四十二年,比联合政府的计划长了三年。妈妈给我讲过我们全家看最后一个日落的情景,太阳落得很慢,仿佛在地平线上停住了,用了三天三夜才落下去。当然,以后没有"天"也没有"夜"了,东半球在相当长的一段时间里(有十几年吧)将处于永远的黄昏中,因为太阳在地平线下并没落深,还在半边天上映出它的光芒。就在那次漫长的日落中,我出生了。

黄昏并不意味着昏暗,地球发动机把整个北半球照得通明。地球发动机安装在亚洲和美洲大陆上,因为只有这两个大陆完整坚实的板块结构才能承受发动机对地球巨大的推力。地球发动机共有一万二千台,分布在亚洲和美洲大陆的各个平原上。从我住的地方,可以看到几百台发动机喷出的等离子体光柱。你想象一个巨大的宫殿,有雅典卫城上的神殿那么大,殿中有无数根顶天立地的巨柱,每根柱子像一根巨大的日光灯管那样发出蓝白色的强光。而你,是那巨大宫殿地板上的一个细菌,这样,你就可以想象到我所在的世界是什么样子了。其实这样描述还不是太准确,是地球发动机产生的切线推力分量刹住了地球的自转,因此地球发动机的喷射必须有一定的角度,这样天空中的那些巨型光柱是倾斜的,我们是处在一个将要倾倒的巨殿中!南半球的人来到北半球后突然置身于这个环境中,有许多人会精神失常的。比这景象更可怕的是发动机带来的酷热,户外气温高达摄氏七八十度,必须穿冷却服才能外出。在这样的气温下常常会有暴雨,而发动机光柱穿过乌云时的景象简直是一场噩梦!光柱蓝白色的强光在云中散射,变成无数种色彩组成的疯狂涌动的光晕,整个天空仿佛被白热的火山岩浆所覆盖。爷爷老糊涂了,有一次被酷热折磨得实在受不了,看到下大雨喜出望外,赤膊冲出门去,我们没来得及拦住他。外面雨点已被地球发动机超高温的等离子光柱烤热,把他身上烫脱了一层皮。

但对于我们这一代在北半球出生的人来说,这一切都很自然,就如同对于刹车时代以前的人们,太阳星星和月亮那么自然,我们把那以前人类的历史都叫作前太阳时代,那真是个让人神往的黄金时代啊!

我在小学入学时,作为一门课程,教师带我们班的三十个孩子进行了一次环球旅行。这时地球已经完全停转,地球发动机除了维持这个行星的这种静止状态外,只进行一些姿态调整,所以在从我三岁到六岁这三年中,光柱的光度大为减弱,这使得我们可以在这次旅行中更好地认识我们的世界。

我们首先在近距离见到了地球发动机,是在石家庄附近的太行山出口处看到它的,那是一座金属的高山,在我们面前赫然耸立,占据了半个天空,同它相比,西边的太行山山脉如同一串小土丘。有的孩子惊叹它如珠峰一样高。我们的班主任小星老师是一位漂亮姑娘,她笑着告诉我们,这座发动机的高度是一万一千米,比珠峰还要高两千多米,人们管它们叫"上帝的喷灯"。我们站在它巨大的阴影中,感受着它通过大地转来的震动。

地球发动机分为两大类,大一些的叫"山",小一些的叫"峰"。我们登上了"华北794号山"。登"山"比登"峰"花的时间长,因为"峰"是靠巨型电梯上下的,上"山"则要坐汽车沿盘"山"公路走。我们的汽车混在不见首尾的长车队中,沿着光滑的钢铁公路向上爬行。我们的左边是青色的金属峭壁,右边是万丈深渊。车队是由50吨的巨型自卸卡车组成,车上满载着从太行山上挖下的岩石。汽车很快升到了5000米以上,下面的大地已看不清细节,只能看到反射的地球发动机的一片青光。小星老师让我们戴上氧气面罩。随着我们距喷口越来越近,光度和温度都在剧增,面罩的颜色渐渐变深,冷却服中的微型压缩机也大功率地忙碌起来。在6000米处,我们见到了进料口,一车车的大石块倒进那闪着幽幽红光的大洞中,一点声音都没传出来。我问小星老师地球发动机是如何把岩石做成燃料的。

"重元素聚变是一门很深的学问,现在给你们还讲不明白。你们只需要知道,地球发动机是人类建造的力量最大的机器,比如我们所在的华北794号,全功率运行时能向大地产生150亿吨的推力。"

我们的汽车终于登上了顶峰,喷口就在我们头顶上。由于光柱的直径太大,我们现在抬头看到的是一堵发着蓝光的等离子体巨墙,这巨墙向上延伸到无限高处。这时,我突然想起不久前的一堂哲学课,那个憔悴的老师给我们出了一个谜语。

"你在平原上走着走着,突然迎面遇到一堵墙,这墙向上无限高,向下无限深,向左无限远,向右无限远,这墙是什么?"

我打了一个寒战,接着把这个谜语告诉了身边的小星老师。她想了好大一会儿,困惑地摇摇头。我把嘴凑到她耳边,把那个可怕的谜底告诉她。

"死亡。"她默默地看了我几秒钟,突然把我紧紧地抱在怀里。我从她的肩上极目望去,迷蒙的大地上,耸立着一片金属的巨峰,从我们周围一直延伸到地平线。巨峰吐出的光柱,如一片倾斜的宇宙森林,刺破我们摇摇欲坠的天空。

我们很快到达了海边，看到城市摩天大楼的尖顶伸出海面，退潮时白花花的海水从大楼无数的窗子中流出，形成一道道瀑布……刹车时代刚刚结束，其对地球的影响已触目惊心：地球发动机加速造成的潮汐吞没了北半球三分之二的大城市，发动机带来的全球高温融化了极地冰川，更使这大洪水雪上加霜，波及南半球。爷爷在三十年前亲眼看见了百米高的巨浪吞没上海的情景，他现在讲这事的时候眼还直勾勾的。事实上，我们的星球还没启程就已面目全非了，谁知道在以后漫长的外太空流浪中，还有多少苦难在等着我们呢？

我们乘上一种叫船的古老的交通工具在海面上航行。地球发动机的光柱在后面越来越远，一天以后就完全看不见了。这时，大海处在两片霞光之间，一片是西面地球发动机的光柱产生的青蓝色霞光，一片是东方海平面下的太阳产生的粉红色霞光，它们在海面上的反射使大海也分成了闪耀着两色光芒的两部分，我们的船就行驶在这两部分的分界处，这景色真是奇妙。但随着青蓝色霞光的渐渐减弱和粉红色霞光的渐渐增强，一种不安的气氛在船上弥漫开来。甲板见不到孩子们了，他们都躲在船舱里不出来，舷窗的帘子也被紧紧拉上。一天后，我们最害怕的那一时刻终于到来了，我们集合在那间用作教室的大舱中，小星老师庄严地宣布："孩子们，我们要去看日出了。"

没有人动，我们目光呆滞，像突然冻住一样僵在那儿。小星老师又催了几次，还是没人动地方。她的一位男同事说："我早就提过，环球体验课应该放在近代史课前面，学生在心理上就比较容易适应了。"

"没那么简单，在近代史课前，他们早就从社会知道一切了。"小星老师说，她接着对几位班干部说，"你们先走，孩子们，不要怕，我小时候第一次看日出也很紧张的，但看过一次就好了。"

孩子们终于一个个站了起来，朝着舱门挪动脚步。这时，我感到一只湿湿的小手抓住了我的手，回头一看，是灵儿。

"我怕……"她嘤嘤地说。

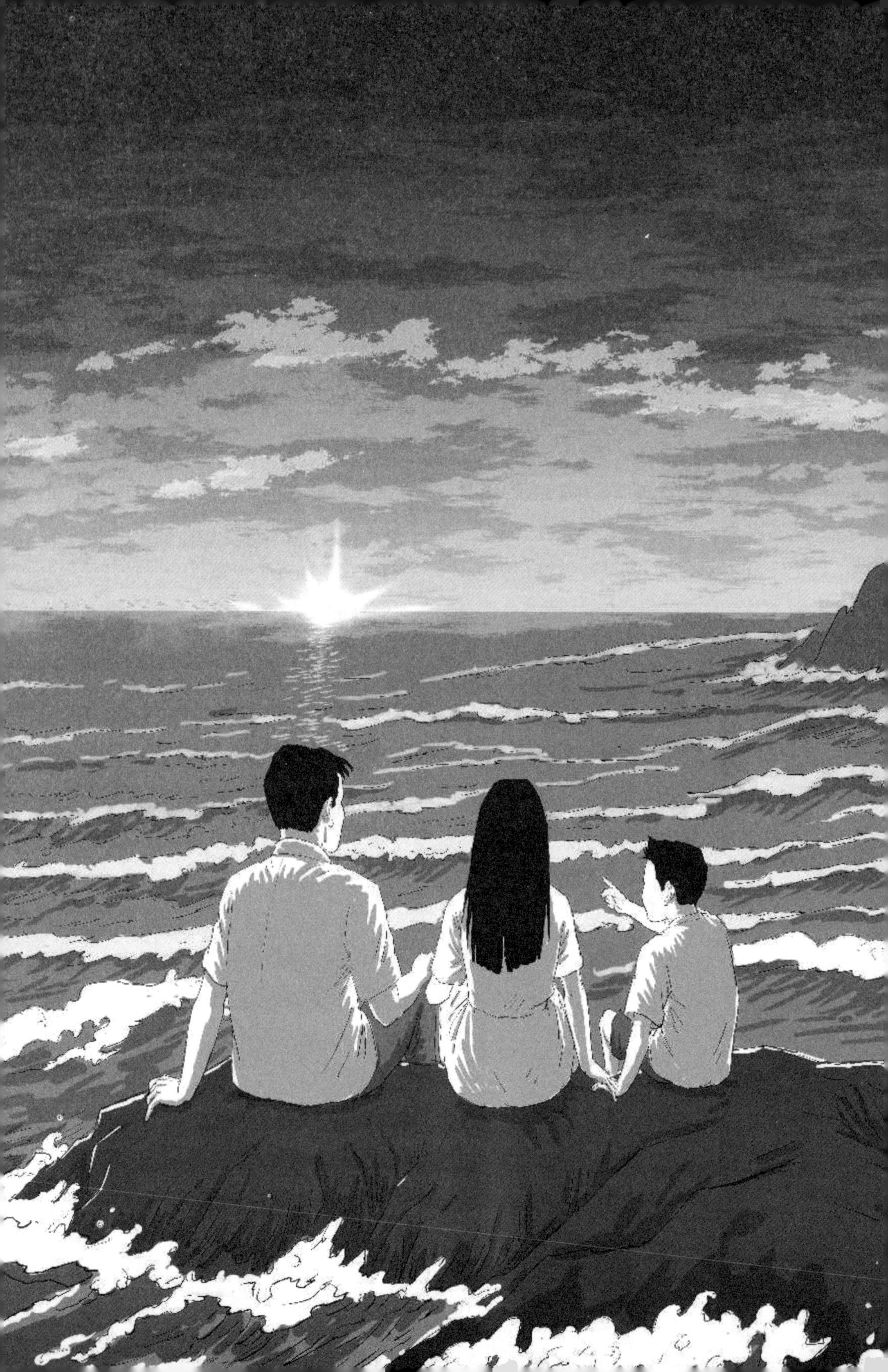

"我们在电视上也看到过太阳,反正都一样的。"我安慰她说。

"怎么会一样呢,你在电视上看蛇和看真蛇一样吗?"

"……反正我们得上去,要不这门课会扣分的!"我和灵儿紧紧拉着手,和其他孩子一起战战兢兢地朝甲板走去,去面对我们人生中的第一次日出。

"其实,人类把太阳同恐惧连在一起也只是这三四个世纪的事。这之前,人类是不怕太阳的,相反,太阳在他们眼中是庄严和壮美的。那时地球还在转动,人们每天都能看到日出和日落。他们对着初升的太阳欢呼,赞颂落日的美丽。"小星老师站在船头对我们说,海风吹动着她的长发,在她身后,海天连线处射出几道光芒,好像海面下的一头大得无法想象的怪兽喷出的鼻息。

终于,我们看到了那令人胆寒的火焰,开始时只是天水连线上的一个亮点,很快增大,渐渐显示出了圆弧的形状。这时,我感到自己的喉咙被什么东西掐住了,恐惧使我窒息,脚下的甲板仿佛突然消失,我在向海的深渊坠下去,坠下去……和我一起下坠的还有灵儿,她那蛛丝般柔弱的小身躯紧贴着我颤抖着;还有其他孩子,其他的所有人,整个世界,都在下坠。这时我又想起了那个谜语,我曾问过哲学老师,那堵墙是什么颜色的,他说应该是黑色的。我觉得不对,我想象中的死亡之墙应该是雪亮的,这就是为什么那道等离子体墙让我想起了它。这个时代,死亡不再是黑色的,它是闪电的颜色,当那最后的闪电到来时,世界将在瞬间变成蒸汽。

三个多世纪前,天体物理学家们就发现这太阳内部氢转化为氦的速度突然加快,于是他们发射了上万个探测器穿过太阳,最终建立了这颗恒星完整精确的数学模型。巨型计算机对这个模型计算的结果表明,太阳的演化已向主星序外偏移,氢元素的聚变将在很短的时间内传遍整个太阳内部,由此产生一次叫氦闪的剧烈爆炸。之后,太阳将变为一颗巨大但暗淡的红巨星,它膨胀到如此之大,地球将在太阳内部运行!事实上在这之前的氦闪爆发中,我们的星球已被汽化了。

这一切将在四百年内发生,现在已过了三百八十年。

太阳的灾变将炸毁和吞没太阳系所有适合居住的类地行星,并使所有类木行星完全改变形态和轨道。自第一次氦闪后,随着重元素在太阳中心的反复聚集,太阳氦闪将在一段时间反复发生,这"一段时间"是相对于恒星演化来说的,其长度可能相当于上千个人类历史。所以,人类在以后的太阳系中已无法生存下去,唯一的生路是向外太空恒星际移民,而照人类目前的技术力量,全人类移民唯一可行的目标是人马座比邻星,这是距我们最近的恒星,有 4.3 光年的路程。以上看法人们已达成共识,争论的焦点在移民方式上。

为了加强教学效果,我们的船在太平洋上折返了两次,又给我们制造了两次日出。现在我们已完全适应了,也相信了南半球那些每天面对太阳的孩子确实能活下去。

以后我们就在太阳下航行了,太阳在空中越升越高,这几天凉爽下来的天气又热了起来。我正在自己的舱里昏昏欲睡,听到外面有骚乱的人声。灵儿推开门探进头来。

"嗨,飞船派和地球派又打起来了!"

我对这事儿不感兴趣,他们已经打了四个世纪了。但我还是到外面看了看,在那打成一团的几个男孩儿中,一眼就看出了挑起事儿的是阿东,他爸爸是个顽固的飞船派,因参加一次反联合政府的暴动,现在还被关在监狱里,有其父必有其子。

小星老师和几名粗壮的船员好不容易才拉开架,阿东鼻子血糊糊的,振臂高呼:"把地球派扔到海里去!"

"我也是地球派,也要扔到海里去?"小星老师问。

"地球派都扔到海里去!"阿东毫不示弱,现在,在全世界飞船派情绪又呈上升趋势,所以他们又狂起来了。

"为什么这么恨我们?"小星老师问,其他几个飞船派小子接着喊了起来。

"我们不和地球派傻瓜在地球上等死！"

"我们要坐飞船走！飞船万岁！"

……

小星老师按了一下手腕上的全息显示器，我们面前的空中立刻显示出一幅全息图像，孩子们的注意力立刻被它吸引过去，暂时安静下来。那是一个晶莹透明的密封玻璃球，大约有10厘米直径，球里有三分之二充满了水，水中有一只小虾、一小枝珊瑚和一些绿色的藻类植物，小虾在水中悠然地游动着。小星老师说："这是阿东的一件自然课的设计作业，小球中除了这几样东西外，还有一些看不见的细菌。它们在密封的玻璃球中相互依赖、相互作用。小虾以海藻为食，从水中摄取氧气，然后排出含有机物质的粪便和二氧化碳废气，细菌将这些东西分解成无机物质和二氧化碳，然后海藻利用了这些无机物质与人造阳光进行光合作用，制造营养物质，进行生长和繁殖，同时放出氧气供小虾呼吸。这样的生态循环应该能使玻璃球中的生物在只有阳光供应的情况下生生不息。这是我见过的最好的课程设计。我知道，这里面凝聚了阿东和所有飞船派孩子的梦想，这就是你们梦中飞船的缩影啊！阿东告诉我，他按照计算机中严格的数学模型，对球中每一样生物进行了基因设计，使它们的新陈代谢正好达到平衡。他坚信，球中的生命世界会长期活下去，直到小虾寿命的终点。老师们都很钟爱这件作业，我们把它放到所要求强度的人造阳光下，也坚信阿东的预测，默默地祝福他创造的这个小小的世界。但现在，时间只过去了十几天……"

小星老师从随身带来的一个小箱子中小心翼翼地拿出了那个玻璃球，死去的小虾漂浮在水面上，水已混浊不堪，腐烂的藻类植物已失去了绿色，变成一团没有生命的毛状物覆盖在珊瑚上。

"这个小世界死了。孩子们，谁能说出为什么？"小星老师把那个死亡的世界举到孩子们面前。

"它太小了！"

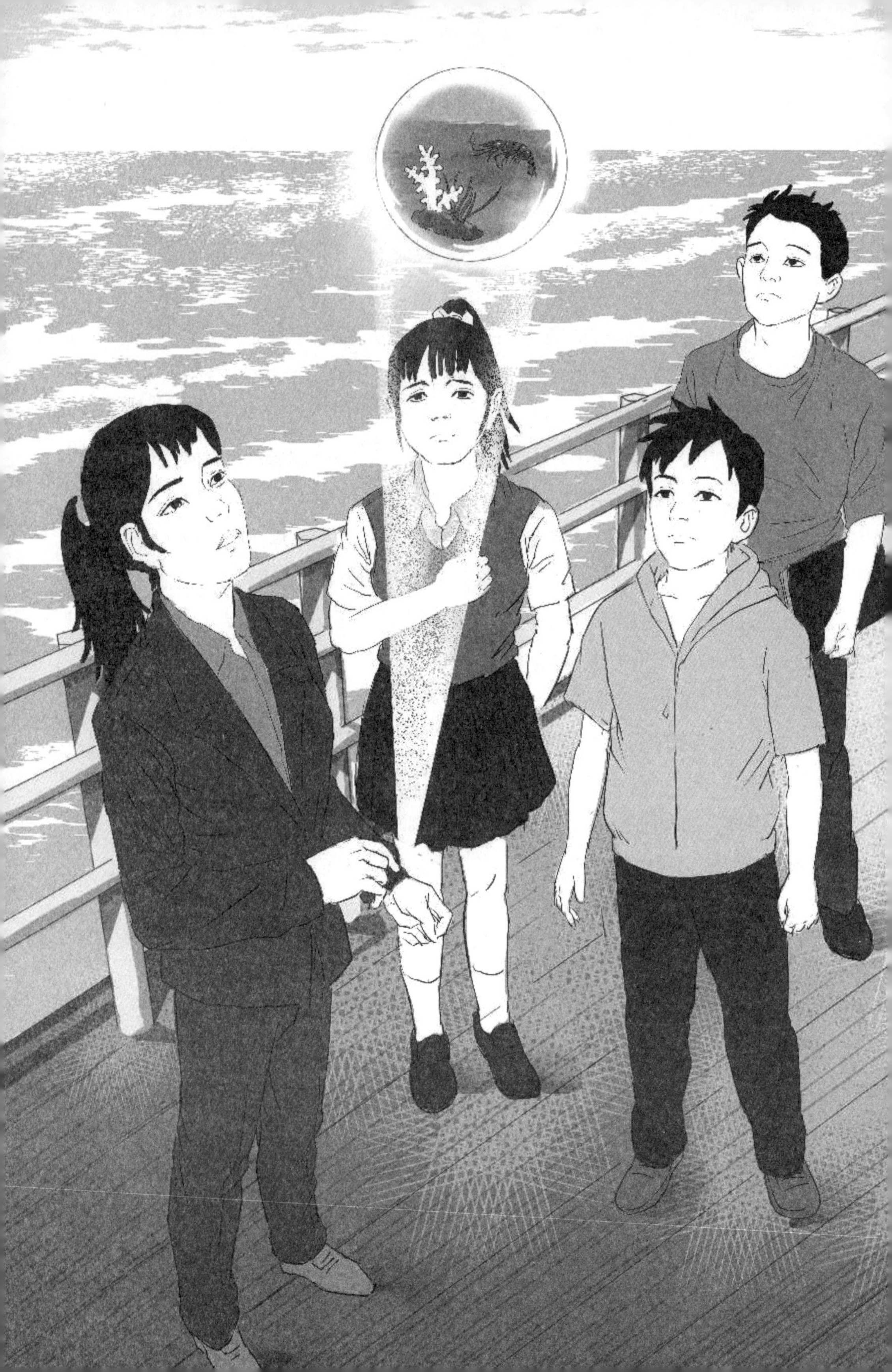

"说得对,太小了,小的生态系统,不管多么精确,是经不起时间的风浪的。飞船派们想象中的飞船也一样。"

"我们的飞船可以造得像上海或纽约那么大。"阿东说,声音比刚才低了许多。

"是的,按人类目前的技术也只能造这么大,同地球相比,这样的生态系统还是太小了,太小了。"

"我们会找到新的行星。"

"这连你们自己也不相信。人马座没有行星,最近的有行星的恒星在八百五十光年以外,目前人类能建造的最快的飞船也只能达到光速的百分之零点五,这样就需十七万年时间才能到那儿,飞船规模的生态系统连这十分之一的时间都维持不了。孩子们,只有像地球这样规模的生态系统,这样气势磅礴的生态循环,才能使生命万代不息!人类在宇宙间离开了地球,就像婴儿在沙漠里离开了母亲!"

"可……老师,我们来不及的,地球来不及的,它还来不及加速到足够快,航到足够远,太阳就爆炸了!"

"时间是够的,要相信联合政府!这我说了多少遍,如果你们还不相信,我们就退一万步说,人类将自豪地去死,因为我们尽了最大的努力!"

人类的逃亡分为五步:第一步,用地球发动机使地球停止转动,使发动机喷口固定在地球运行的反方向;第二步,全功率开动地球发动机,使地球加速到逃逸速度,飞出太阳系;第三步,在外太空继续加速,飞向比邻星;第四步,在中途使地球重新自转,调转发动机方向,开始减速;第五步,地球泊入比邻星轨道,成为这颗恒星的卫星。人们把这五步分别称为刹车时代、逃逸时代、流浪时代 I(加速)、流浪时代 II(减速)、新太阳时代。

整个移民过程将延续两千五百年时间,一百代人。

我们的船继续航行,航到了地球黑夜的部分,在这里,阳光和地球发动机的光柱都照不到,在大西洋清凉的海风中,我们这些孩子第一次看到了星空。天啊,那是怎样的景象啊,美得让我们心碎。小星老师一手搂着我们,一手指着星空:"看,孩子们,那就是人马座,那就是比邻星,那就是我们的新家!"说完她哭了起来,我们也都跟着哭了,周围的水手和船长,这些铁打的汉子也流下了眼泪。所有的人都用泪眼探望着老师指的方向,星空在泪水中扭曲抖动,唯有那个星星是不动的,那是黑夜大海狂浪中远方陆地的灯塔,那是冰雪荒原中快要冻死的孤独旅人前方隐现的火光,那是我们心中的星星,是人类在未来一百代人的苦海中唯一的希望和支撑……

在回家的航程中,我们看到了启航的第一个信号:夜空中出现了一个巨大的彗星,那是月球。人类带不走月球,就在月球上也安装了行星发动机,把它推离地球轨道,以免在地球加速时相撞。月球上行星发动机产生的巨大彗尾使大海笼罩在一片蓝光之中,群星看不见了。月球移动产生的引力潮汐使大海巨浪冲天,我们改乘飞机向南半球的家飞去。

启航的日子终于到了!

我们一下飞机,就被地球发动机的光柱照得睁不开眼,这些光柱比以前亮了几倍,而且所有光柱都由倾斜变成笔直,地球发动机开到了最大功率,加速产生的百米巨浪轰鸣着滚上每个大陆,灼热的飓风夹着滚烫的水沫,在林立的顶天立地的等离子光柱间疯狂呼啸,拔起了陆地上所有的大树……这时从宇宙空间看,我们的星球也成了一个巨大的彗星,蓝色的彗尾刺破了黑暗的太空。

地球上路了,人类上路了。

就在启航时,爷爷去世了,他身上的烫伤已经感染。弥留之际他反复念叨着一句话——

"啊,地球,我的流浪地球啊……"

逃逸时代

学校要搬入地下城了,我们是第一批入城的居民。校车钻进了一个高大的隧洞,隧洞呈不大的坡度向地下延伸。走了有半个钟头,我们被告知已入城了。可车窗外哪有城市的样子?只看到不断掠过的错综复杂的支洞,和洞壁上无数的密封门,在高高洞顶一排泛光灯下,一切都呈单调的金属蓝色。想到后半生的大部分时光都要在这个世界中度过,我们不禁黯然神伤。

"原始人就住洞里,我们又住洞里了。"灵儿低声说,这话还是让小星老师听见了。

"没有办法的,孩子们,地面的环境很快就要变得很可怕很可怕,那时,冷的时候,吐一口唾沫,还没掉到地上呢,就冻成小冰块儿了;热的时候,再吐一口唾沫,还没掉到地上,就变成蒸汽了!"

"冷我知道,因为地球离太阳越来越远了;可为什么还会热呢?"同车的一个低年级的小娃娃问。

"笨,没学过变轨加速吗?"我没好气地说。

"没。"

灵儿耐心地解释起来,好像是为了分散刚才的悲伤:"是这样,跟你想的不同,地球发动机没那么大劲儿,它只能给地球很小的加速度,不能把地球一下子推出太阳轨道,在地球离开太阳前,还要绕着它转十五个圈呢!在这十五个圈中地球慢慢加速。现在,地球绕太阳转着一个挺圆的圈儿,可它的速度越快呢,这圈就越扁,越快越扁越快越扁,太阳越来越移到这个扁圈的一边儿,所以后来,地球有时离太阳会很远很远,当然冷了……"

"可……还是不对!地球到最远的地儿是很冷,可在扁圈的另一头儿,它离太阳……嗯,我想想,按轨道动力学,还是现在这么近啊,怎么会更热呢?"

真是个小天才,记忆遗传技术使这样的小娃娃成了平常人,这是人类的幸运,否则,像地球发动机这样连神都不敢想的奇迹,是不会在四个世纪内变成现实的。

我说:"可还有地球发动机呢,小傻瓜,现在,一万多台那样的大喷灯全功率开动，地球就成了火箭喷口的护圈了……你们安静点吧，我心里烦！"

我们就这样开始了地下的生活，像这样在地下五百米处人口超过百万的城市遍布各个大陆。在这样的地下城中，我读完小学并升入中学。学校教育都集中在理工科上，艺术和哲学之类的教育已压缩到最少，人类没有这份闲心了。这是人类最忙的时代，每个人都有做不完的工作。很有意思的是，地球上所有的宗教在一夜之间消失得无影无踪。历史课还是有的，只是课本中前太阳时代的人类历史对我们就像伊甸园中的神话一样。

父亲是空军的一名近地轨道宇航员，在家的时间很少。记得在变轨加速的第五年，在地球处于远日点时，我们全家到海边去过一次。运行到远日点顶端那一天，是一个如同新年或圣诞节一样的节日，因为这时地球距太阳最远，人们都有一种虚幻的安全感。像以前到地面上去一样，我们需穿上带有核电池的全密封加热服。外面，地球发动机林立的刺目光柱是主要能看见的东西，地面世界的其他部分都淹没于光柱的强光中，也看不出变化。我们乘飞行汽车飞了很长时间，到了光柱照不到的地方，到了能看见太阳的海边。这时的太阳已成了一个棒球大小，一动不动地悬在天边，它的光芒只在自己的周围映出了一圈晨曦似的亮影，天空呈暗暗的深蓝色，星星仍清晰可见。举目望去，哪有海啊，眼前是一片白茫茫的冰原。在这封冻的大海上，有大群狂欢的人。焰火在暗蓝色的空中开放，冰冻海面上的人们以一种不正常的忘情在狂欢着，到处都是喝醉了在冰上打滚的人，更多的人在声嘶力竭地唱着不同的歌，都想用自己的声音压住别人。

"每个人都在不顾一切地过自己想过的生活，这也没有什么不好。"爸爸突然想起了一件事，"呵，忘了告诉你们，我爱上了黎星，我要离开你们和她在一起。"

"她是谁？"妈妈平静地问。

"我的小学老师。"我替爸爸回答。我升入中学已两年，不知道爸爸和小星老师是怎么认识的，也许是在两年前的毕业仪式上。

"那你去吧。"妈妈说。

"过一阵我肯定会厌倦,那时我就回来,你看呢?"

"你要愿意当然行。"妈妈的声音像冰冻的海面一样平稳,但很快激动起来,"啊,这一颗真漂亮,里面一定有全息散射体!"她指着刚在空中开放的一朵焰火,真诚地赞美着。

在这个时代,人们在看四个世纪以前的电影和小说时都莫名其妙,他们不明白,前太阳时代的人怎么会在不关生死的事情上倾注那么多的感情。当看到男女主人公为爱情而痛苦或哭泣时,他们的惊奇是难以言表的。在这个时代,死亡的威胁和逃生的欲望压倒了一切,除了当前太阳的状态和地球的位置,没有什么能真正引起他们的注意并打动他们了。这种注意力高度集中的关注,渐渐从本质上改变了人类的心理状态和精神生活,对于爱情这类东西,他们只是用余光瞥一下而已,就像赌徒在盯着轮盘的间隙抓住几秒钟喝口水一样。

过了两个月,爸爸真从小星老师那儿回来了,妈妈没有高兴,也没有不高兴。

爸爸对我说:"黎星对你印象很好,她说你是一个有创造力的学生。"

妈妈一脸茫然:"她是谁?"

"小星老师嘛,我的小学老师,爸爸这两个月就是同她在一起的!"

"哦,想起来了!"妈妈摇头笑了,"我还不到四十,记忆力就成了这个样子。"她抬头看看天花板上的全息星空,又看看四壁的全息森林,"你回来挺好,把这些图像换换吧,我和孩子都看腻了,但我们都不会调整这玩意儿。"

当地球再次向太阳跌去的时候,我们全家都把这事忘了。

有一天,新闻报道海在融化,于是我们全家又到海边去。这是地球通过火星轨道的时候,按照这时太阳的光照量,地球的气温应该仍然是很低的,但由于地球发动机的影响,地面的气温正适宜。能不穿加热服或冷却服去地面,那感觉真令人愉快。地球发动机所在的这个半球天空还是那个样子,但到达另一个半球时,真正感到了太阳的临近:天空是明朗的纯蓝色,太阳在空中已同启航前一样明亮了。可我们从空中看到海并没融化,还是一片白色的冰原。当我们失望地走出飞行汽车时,听到惊天动地的隆隆声,那声音仿佛来自这颗星球的最深处,真像地球要爆炸一样。

"这是大海的声音!"爸爸说,"因为气温骤升,厚厚的海冰层受热不均匀,这很像陆地上的地震。"

突然,一声雷霆般尖利的巨响插进这低沉的隆隆声中,我们后面看海的人们欢呼起来。我看到海面上裂开一道长缝,其开裂速度之快如同广阔的冰原上突然出现的一道黑色的闪电。接着在不断的巨响中,这样的裂缝一条接一条地在海冰上出现,海水从所有的裂缝中喷出,在冰原上形成一条条迅速扩散的急流……

回家的路上,我们看到荒芜已久的大地上,野草在大片大片地钻出地面,各种花朵在怒放,嫩叶给枯死的森林披上绿装……所有的生命都在抓紧时间焕发着活力。

随着地球和太阳的距离越来越近,人们的心也一天天揪紧了。到地面上来欣赏春色的人越来越少,大部分人都深深地躲进了地下城中,这不是为了躲避即将到来的酷热、暴雨和飓风,而是躲避那随着太阳越来越近的恐惧。有一天在我睡下后听到妈妈低声对爸爸说:"可能真的来不及了。"

爸爸说:"前四个近日点时也有这种谣言。"

"可这次是真的,我是从钱德勒博士夫人口中听说的,她丈夫是航行委员会的那个天文学家,你们都知道他的。他亲口告诉她已观测到氦的聚集在加速。"

"你听着亲爱的,我们必须抱有希望,这并不是因为希望真的存在,而是因为我们要做高贵的人。在前太阳时代,做一个高贵的人必须拥有金钱、权力或才能,而在今天只要拥有希望,希望是这个时代的黄金和宝石,不管活多长,我们都要拥有它!明天把这话告诉孩子。"

和所有的人一样,我也随着近日点的到来而心神不定。有一天放学后,我不知不觉走到了城市中心广场,在广场中央有喷泉的圆形水池边呆立着,时而低头看着蓝莹莹的池水,时而抬头望着广场圆形穹顶上梦幻般的光波纹,那是池水反射上去的。这时我看到了灵儿,她拿着一个小瓶子和一根小管儿,在吹肥皂泡。每吹出一串,她都呆呆地盯着空中飘浮的泡泡,看着它们一个个消失,然后再吹出一串……

"都这么大了还干这个,这好玩吗?"我走过去问她。

灵儿见了我以后喜出望外:"我们俩去旅行吧!"

"旅行?去哪?"

"当然是地面啦!"她挥手在空中划了一下,从手腕上的计算机甩一幅全息景象,显示出一个落日下的海滩,微风吹拂着棕榈树,道道白浪,金黄的沙滩上有一对对的情侣,他们在铺满碎金的海面前呈一对对黑色的剪影,"这是梦娜和大刚发回来的,他们俩现在还满世界转呢,他们说外面现在还不太热,外面可好呢,我们去吧!"

"他们因为旷课刚被学校开除了。"

"哼,你根本不是怕这个,你是怕太阳!"

"你不怕吗?别忘了你因为怕太阳还看过精神病医生呢。"

"可我现在不一样了,我受到了启示!你看,"灵儿用小管儿吹出了一串肥皂泡,"盯着它看!"她用手指着一个肥皂泡说。

我盯着那个泡泡,看到它表面上光和色的狂澜,那狂澜以人的感觉无法把握的复杂和精细在涌动,好像那个泡泡知道自己生命的长度,疯狂地把自己渺如烟海的记忆中无数的梦幻和传奇向世界演绎。很快,光和色的狂澜在一次无声的爆炸中消失了,我看到了一小片似有似无的水汽,这水汽也只存在了半秒钟,然后什么都没有了,好像什么都没有存在过。

"看到了吗?地球就是宇宙中的一个小水泡,啪一下,什么都没了,有什么好怕的呢?"

"不是这样的,据计算,在氦闪发生时,地球被完全蒸发掉至少需要一百个小时。"

"这就是最可怕之处了!"灵儿大叫起来,"我们在这地下五百米,就像馅饼里的肉馅一样,先给慢慢烤熟了,再蒸发掉!"

一阵冷战传遍我的全身。

"但在地面就不一样了,那里的一切瞬间被蒸发,地面上的人就像那泡泡一样,啪一下……所以,氦闪时还是在地面上为好。"

不知为什么,我没同她去,她就同阿东去了,我以后再也没见到他们。

氦闪并没有发生,地球高速掠过了近日点,第六次向远日点升去,人们绷紧的神经松弛下来。由于地球自转已停止,在太阳轨道的这一面,亚洲大陆上的地球发动机正对它的运行方向,所以在通过近日点前都停了下来,只是偶尔做一些调整姿态的运行,我们这儿处于宁静而漫长的黑夜之中。美洲大陆上的发动机则全功率运行,那里成了火箭喷口的护圈。由于太阳这时也处于西半球,那儿的高温更是可怕,草木生烟。

地球的变轨加速就这样年复一年地进行着。每当地球向远日点升去时,人们的心也随着地球与太阳距离的日益拉长而放松;而当它在新的一年向太阳跌去时,人们的心一天天紧缩起来。每次到达近日点,社会上就谣言四起,说太阳氦闪就要在这时发生了;直到地球再次升向远日点,人们的恐惧才随着天空中渐渐变小的太阳平息下来,但又在准备着下一次的恐惧……人类的精神像在荡着一个宇宙秋千,更适当地说,在经历着一场宇宙俄罗斯轮盘赌:升上远日点和跌向太阳的过程是在转动弹仓,掠过近日点时则是扣动扳机!每扣一次时的神经比上一次更紧张,我就是在这种交替的恐惧中度过了自己的少年时代。其实仔细想想,即使在远日点,地球也未脱离太阳氦闪的威力圈,如果那时太阳爆发,地球不是被汽化而是被慢慢液化,那种结果还真不如在近日点。

在逃逸时代,大灾难接踵而至。

由于地球发动机产生的加速度及运行轨道的改变,地核中铁镍核心的平衡被扰动,其影响穿过古腾堡不连续面,波及地幔,各个大陆地热逸出,火山横行,这对于人类的地下城市是致命的威胁。从第六次变轨周期后,在各大陆的地下城中,岩浆渗入,灾难频繁发生。

那天当警报响起来的时候,我正走在放学回家的路上,听到市政厅的广播:"F112市全体市民注意,城市北部屏障已被地应力破坏,岩浆渗入!岩浆渗入!现在岩浆流已到达第四街区!公路出口被封死,全体市民到中心广场集合,通过升降向地面撤离。注意,撤离时按危急法第五条行事,强调一遍,撤离时按危急法第五条行事!"

我环视了一下四周迷宫般的通道,地下城现在看上去并没有什么异常,但我知道现在的危险:只有两条通向外部的地下公路,其中一条去年因加固屏障的需要已被堵死,如果剩下的这条也堵死了,就只有通过经竖井直通地面的升降梯逃命了。升降梯的载运量很小,要把这座城市的36万人运出去需要很长时间。但也没有必要去争夺生存的机会,联合政府的危急法把一切都安排好了。

古代曾有过一个伦理学问题:当洪水到来时,一个只能救走一个人的男人,是去救他的父亲呢,还是去救他的儿子?在这个时代的人看来,提出这个问题很不可理解。

当我到达中心广场时,看到人们已按年龄排起了长长的队。最靠近电梯口的是由机器人保育员抱着的婴儿,然后是幼儿园的孩子,再往后是小学生……我排在队伍中间靠前的部分。爸爸现在在近地轨道值班,城里只有我和妈妈,我现在看不到妈妈,就顺着几公里长的队往后跑,没跑多远就被士兵拦住了。我知道她在最后一段,因为这个城市主要是学校集中地,家庭很少,她已经算年纪大的那批人了。

长队以让人心里着火的慢速度向前移动,三个小时后轮到我跨进升降梯时,心里一点都不轻松,因为这时在妈妈和生存之间,还隔着两万多名大学生呢!而我已闻到了浓烈的硫黄味……

我到地面两个半小时后,岩浆就在五百米深的地下吞没了整座城市。我心如刀绞地想象着妈妈最后的时刻:她同没能撤出的一万八千人一起,看着岩浆涌进市中心广场。那时已经停电,整个地下城只有岩浆那可怖的暗红色光芒。广场那高大的白色穹顶在高温中渐渐变黑,所有的遇难者可能还没接触到岩浆,就被这上千度的高温夺去了生命。

但生活还在继续,在这严酷恐惧的现实中,爱情仍不时闪现出迷人的火花。为了缓解人们的紧张情绪,在第十二次到达远日点时,联合政府居然恢复了中断达两个世纪的奥运会。我作为一名机动冰橇拉力赛的选手参加了奥运会,比赛是驾驶机动冰橇,从上海出发,从冰面上横穿封冻的太平洋,到达终点纽约。

发令枪响过之后,上百只雪橇在冰冻的海洋上以每小时二百公里左右的速度出发了。开始还有几只雪橇相伴,但两天后,他们或前或后,都消失在地平线之外。这时背后地球发动机的光芒已经看不到了,我正处于地球最黑的部分。在我眼中,世界就是由广阔的星空和向四面无限延伸的冰原组成的,这冰原似乎一直延伸到宇宙的尽头,或者它本身就是宇宙的尽头。而在无限的星空和无限的冰原组成的宇宙中,只有我一个人!雪崩般的孤独感压倒了我,我想哭。我拼命地赶路,名次已无关紧要,只是为了在这可怕的孤独感杀死我之前尽早地摆脱它,而那想象中的彼岸似乎根本就不存在。

就在这时,我看到天边出现了一个人影。近了些后,我发现那是一个姑娘,正站在她的雪橇旁,她的长发在冰原上的寒风中飘动着。你知道这时遇见一个姑娘意味着什么,我们的后半生由此决定了。她是日本人,叫山彬加代子。女子组比我们先出发十二个小时,她的雪橇卡在冰缝中,把一根滑竿卡断了。我一边帮她修雪橇,一边把自己刚才的感觉告诉她。

"您说得太对了,我也是那样的感觉!是的,好像整个宇宙中就只有自己一个人!知道吗,我看到您从远方出现时,就像看到太阳升起一样耶!"

"那你为什么不叫救援飞机?"

"这是一场体现人类精神的比赛,要知道,流浪地球在宇宙中是叫不到救援的!"她挥动着小拳头,以日本人特有的执着说。

"不过现在总得叫了,我们都没有备用滑竿,你的雪橇修不好了。"

"那我能坐您的雪橇一起走好吗？如果您不在意名次的话。"

我当然不在意，于是我和加代子一起在冰冻的太平洋上走完了剩下的漫长路程。经过夏威夷后，我们看到了天边的曙光。在这被那个小小的太阳照亮的无际冰原上，我们向联合政府的民政部发去了结婚申请。

当我们到达纽约时，这个项目的裁判们早等得不耐烦，收摊走了。但有一个民政局的官员在等着我们，他向我们致以新婚的祝贺，然后开始履行他的职责：他挥手在空中划出一个全息图像，上面整齐地排列着几万个圆点，这是这几天全世界向联合政府登记结婚的数目。由于环境的严酷，法律规定每三对新婚配偶中只有一对有生育权，抽签决定。加代子对着半空中那几万个点犹豫了半天，点了中间的一个。当那个点变为绿色时，她高兴得跳了起来。但我的心中却不知是什么滋味，我的孩子出生在这个苦难的时代，是幸运还是不幸呢？那个官员倒是兴高采烈，他说每当一对儿"点绿"的时候他都十分高兴，他拿出了一瓶伏特加，我们三个轮着一人一口地喝着，都为人类的延续干杯。我们身后，遥远的太阳用它微弱的光芒给自由女神像镀上了一层金辉，对面，是已无人居住的曼哈顿的摩天大楼群，微弱的阳光把它们的影子长长地投在纽约港寂静的冰面上，醉意蒙眬的我，眼泪涌了出来。

地球，我的流浪地球啊！

分手前，官员递给我们一串钥匙，醉醺醺地说："这是你们在亚洲分到的房子，回家吧。哦，家多好啊！"

"有什么好的？"我漠然地说，"亚洲的地下城充满危险，这你们在西半球当然体会不到。"

"我们马上也有你们体会不到的危险了，地球又要穿过小行星带，这次是西半球对着运行方向。"

"上几个变轨周期也经过小行星带，不是没什么大事吗？"

"那只是擦着小行星带的边缘走，太空舰队当然能应付，他们可以用激光和核弹把地球航线上的那些小石块都清除掉。但这次……你们没看新闻？这次地球要从小行星带正中穿过去！舰队只能对付那些大石块，唉……"

在回亚洲的飞机上，加代子问我："那些石块很大吗？"

我父亲现在就在太空舰队干那件工作，所以尽管政府为了避免惊慌照例封锁消息，我还是知道一些情况。我告诉加代子，那些石块大得像一座大山，五千万吨级的热核炸弹只能在上面打出一个小坑。

"他们就要使用人类手中的威力最大的武器了！"我神秘地告诉加代子。

"你是说反物质炸弹?！"

"还能是什么？"

"太空舰队的巡航范围是多远？"

"现在他们力量有限，我爸说只有一百五十万公里左右。"

"啊，那我们能看到了！"

"最好别看。"

加代子还是看了，而且是没戴护目镜看的。反物质炸弹的第一次闪光是在我们起飞不久后从太空传来的，那时加代子正在欣赏飞机舷窗外空中的星星，这使她的双眼失明了一个多小时，以后的一个多月都红肿流泪。那真是让人心惊肉跳的时刻，反物质炮弹不断地击中小行星，湮灭的强光此起彼伏地在漆黑的太空中闪现，仿佛宇宙中有一群巨人围着地球用闪光灯疯狂拍照似的。

半小时后，我们看到了火流星，它们拖着长长的火尾划破长空，给人一种恐怖的美感。火流星越来越多，每一个在空中划过的距离越来越长。突然，机身在一声巨响中震颤了一下，紧接着又是连续的巨响和震颤。加代子惊叫着扑到我怀中，她显然以为飞机被流星击中了，这时舱里响起了机长的声音："请各位乘客不要惊慌，这是流星冲破音障产生的超音速爆音，请大家戴上耳机，否则您的听觉会受到永久的损害。由于飞行安全已无法保证，我们将在夏威夷紧急降落。"

这时我盯住了一个火流星,那个火球的体积比别的大出许多,我不相信它能在大气中烧完。果然,那火球疾驰过大半个天空,越来越小,但还是坠入了冰海。从万米高空看到,海面被击中的位置出现了一个小白点,那白点立刻扩散成一个白色的圆圈,圆圈迅速在海面扩大。

"那是浪吗?"加代子颤着声儿问我。

"是浪,上百米的浪。不过海封冻了,冰面会很快使它衰减的。"我自我安慰地说,不再看下面。

我们很快在檀香山降落,由当地政府安排去地下城。我们的汽车沿着海岸走,天空中布满了火流星,那些红发恶魔好像是从太空中的某一个点同时迸发出来的。一颗流星在距海岸不远处击中了海面,没有看到水柱,但水蒸气形成的白色蘑菇云高高地升起。涌浪从冰层下传到岸边,厚厚的冰层轰隆隆地破碎了,冰面显出了浪的形状,好像有一群柔软的巨兽在下面排着队游过。

"这块有多大?"我问那位来接应我们的官员。

"不超过五公斤,不会比你的脑袋大吧。不过刚接到通知,在北方八百公里的海面上,刚落下一颗二十吨左右的。"

这时他手腕上的通信机响了,他看了一眼后对司机说:"来不及到204号门了,就近找个入口吧!"

汽车拐了个弯,在一个地下城入口前停了下来。我们下车后,看到入口处有几个士兵,他们都一动不动地盯着远方的一个方向,眼里充满了恐惧。我们都顺着他们的目光看去,在天海连线处,我们看到一层黑色的屏障,初一看好像是天边低低的云层,但那"云层"的高度太齐了,像一堵横在天边的长墙,再仔细看,墙头还镶着一线白边。

"那是什么呀?"加代子怯生生地问一个军官,得到的回答让我们毛发直竖。

"浪。"

地下城高大的铁门隆隆地关上了,约莫过了十分钟,我们感到从地面传来的低沉的声音,咕噜噜的,像一个巨人在地面打滚。我们面面相觑,大家都知道,百米高的巨浪正在滚过夏威夷,也将滚过各个大陆。但另一种震动更吓人,仿佛有一只巨拳从太空中不断地击打地球,在地下这震动并不大,只能隐约感到,但每一个震动都直达我们灵魂深处。这是流星在不断地击中地面。

我们的星球所遭到的残酷轰炸断断续续持续了一个星期。

当我们走出地下城时,加代子惊叫:"天啊,天怎么是这样的!"

天空是灰色的,这是因为高层大气弥漫着小行星撞击陆地时产生的灰尘,星星和太阳都消失在这无际的灰色中,仿佛整个宇宙在下着一场大雾。地面上,滔天巨浪留下的海水还没来得及退去就封冻了,城市幸存的高楼形单影只地立在冰面上,挂着长长的冰凌柱。冰面上落了一层撞击尘,于是这个世界只剩下一种颜色:灰色。

我和加代子继续回亚洲的旅行。在飞机越过早已无意义的国际日期变更线时,我们见到了人类所见过的最黑的黑夜,飞机仿佛潜行在墨汁的海洋中。看着机舱外那没有一丝光线的世界,我们的心情也暗到了极点。

"什么时候到头呢?"加代子喃喃地说。我不知道她指的是这个旅程还是这充满苦难和灾难的生活,我现在觉得两者都没有尽头。是啊,即使地球航出了氦闪的威力圈,我们得以逃生,又怎么样呢?我们只是那漫长阶梯的最下一级,当我们的一百代重孙爬上阶梯的顶端,见到新生活的光明时,我们的骨头都变成灰了。我不敢想象未来的苦难和艰辛,更不敢想象要带着爱人和孩子走过这条看不到头的泥泞路,我累了,实在走不动了……就在我被悲伤和绝望窒息的时候,机舱里响起了一声女人的惊叫:"啊!不!不能!亲爱的!!"

我循声看去,见那个女人正从旁边的一个男人手中夺下一支手枪,他刚才显然想把枪口凑到自己的太阳穴上。这人很瘦弱,目光呆滞地看着前方无限远处。女人把头埋在他膝上,嘤嘤地哭了起来。

"安静。"男人冷冷地说。

哭声消失了,只有飞机发动机的嗡嗡声在轻响,像不变的哀乐。在我的感觉中,飞机已粘在这巨大的黑暗中,一动不动,而整个宇宙,除了黑暗和飞机,什么都没有了。加代子紧紧钻进我怀里,浑身冰凉。

突然,机舱前部有一阵骚动,有人在兴奋地低语。我向窗外看去,发现飞机前方出现了一片朦胧的光亮,那光亮是蓝色的,没有形状,十分均匀地出现在前方弥漫着撞击尘的夜空中。

那是地球发动机的光芒。

西半球的地球发动机已被陨石击毁了三分之一,但损失比启航前的预测要少;东半球的地球发动机由于背向撞击面,完好无损。从功率上来说,它们是能使地球完成逃逸航行的。

在我眼中,前方朦胧的蓝光,如同从深海漫长的上浮后看到的海面的亮光,我的呼吸又顺畅起来。

我又听到那个女人的声音:"亲爱的,痛苦呀恐惧呀这些东西,也只有在活着时才能感觉到,死了,死了什么也没有了,那边只有黑暗。还是活着好,你说呢?"

那瘦弱的男人没有回答,他盯着前方的蓝光看,眼泪流了下来。我知道他能活下去了,只要那希望的蓝光还亮着,我们就都能活下去,我又想起了父亲关于希望的那些话。

一下飞机,我和加代子没有去我们在地下城中的新家,而是到设在地面的太空舰队基地去找父亲,但在基地,我只见到了追授他的一枚冰冷的勋章。这勋章是一名空军少将给我的,他告诉我,在清除地球航线上的小行星的行动中,一块被反物质炸弹炸出的小行星碎片击中了父亲的单座微型飞船。

"当时那个石块和飞船的相对速度有每秒一百公里,撞击使飞船座舱瞬间汽化了,他没有一点痛苦,我向您保证,没有一点痛苦。"将军说。

当地球又向太阳跌回去的时候,我和加代子又到地面上来看春天,但没有看到。世界仍是一片灰色,阴暗的天空下,大地上分布着由残留海水形成的一个个冰冻湖泊,见不到一点绿色。大气中的撞击尘挡住了阳光,使气温难以回升。甚至在近日点,海洋和大地都没有解冻,太阳呈一个朦胧的光晕,仿佛是撞击尘后面的一个幽灵。

三年以后,空中的撞击尘才有所消散,人类终于最后一次通过近日点,向远日点升去。在这个近日点,东半球的人有幸目睹了地球历史上最快的一次日出和日落。太阳从海平面上一跃而起,迅速划过长空,大地上万物的影子在很快地变换着角度,仿佛是无数根钟表的秒针。这也是地球上最短的一个白天,只有不到一个小时。当一小时后太阳跌入地平线,黑暗降临大地时,我感到一阵伤感。这转瞬即逝的一天,仿佛是对地球在太阳系四十五亿年进化史的一个短暂的总结。直到宇宙的末日,它不会再回来了。

"天黑了。"加代子忧伤地说。

"最长的一夜。"我说。东半球的这一夜将延续两千五百年,一百代人后,人马座的曙光才能再次照亮这个大陆。西半球也将面临最长的白天,但比这里的黑夜要短得多。在那里,太阳将很快升到天顶,然后一直静止在那个位置上渐渐变小,在半世纪内,它就会融入星群难以分辨了。

按照预定的航线,地球升向与木星的会合点。航行委员会的计划是:地球第十五圈的公转轨道是如此之扁,以至于它的远日点到达木星轨道,地球将与木星在几乎相撞的距离上擦身而过,在木星巨大引力的拉动下,地球将最终达到逃逸速度。

离开近日点后两个月,就能用肉眼看到木星了,它开始只是一个模糊的光点,但很快显出圆盘的形状,又过了一个月,木星在地球上空已有满月大小了,呈暗红色,能隐约看到上面的条纹。这时,十五年来一直垂直的地球发动机光柱中有一些开始摆动,地球在做会合前最后的姿态调整,木星渐渐沉到了地平线下。以后的三个多月,木星一直处在地球的另一面,我们看不到它,但知道两颗行星正在交会之中。

有一天，我们突然被告知东半球也能看到木星了。于是人们纷纷从地下城中来到地面。当我走出城市的密封门来到地面时，发现开了十五年的地球发动机已经全部关闭了，我再次看到了星空，这表明同木星最后的交会正在进行。人们都在紧张地盯着西方的地平线，地平线上出现了一片暗红色的光，那光区渐渐扩大，伸延到整个地平线的宽度。我现在发现那暗红色的区域上方同漆黑的星空有一道整齐的边界，那边界呈弧形，那巨大的弧形从地平线的一端跨到了另一端，在缓缓升起，巨弧下的天空都变成了暗红色，仿佛一块同星空一样大小的暗红色幕布在把地球同整个宇宙隔开。当我回过神来时，不由倒吸一口冷气，那暗红色的幕布就是木星！我早就知道木星的体积是地球的1300倍，现在才真正感觉到它的巨大。这宇宙巨怪在整个地平线上升起时产生的那种恐惧和压抑感是难以用语言描述的，一名记者后来写道："不知是我身处噩梦中，还是这整个宇宙都是一个造物主巨大而变态的头脑中的噩梦！"木星恐怖地上升着，渐渐占据了半个天空。这时，我们可以清楚地看到它云层中的风暴，那风暴把云层搅动成让人迷茫的混乱线条，我知道那厚厚的云层下是沸腾的液氢和液氦的大洋。著名的大红斑出现了，这个在木星表面维持了几十万年的大旋涡大得可以吞下整个地球。这时木星已占满了整个天空，地球仿佛是浮在木星沸腾的暗红色云海上的一只气球！而木星的大红斑就处在天空正中，如一只红色的巨眼盯着我们的世界，大地笼罩在它那阴森的红光中……这时，谁都无法相信小小的地球能逃出这巨大怪物的引力场，从地面上看，地球甚至连成为木星的卫星都不可能，我们就要掉进那无边云海覆盖着的地狱中去了！但领航工程师们的计算是精确的，暗红色的迷乱的天空在缓缓移动着，不知过了多长时间，西方的天边露出了黑色的一角，那黑色迅速扩大，其中有星星在闪烁，地球正在冲出木星的引力魔掌。这时警报尖叫起来，木星产生的引力潮汐正在向内陆推进，后来得知，这次大潮百多米高的巨浪再次横扫了整个大陆。在跑进地下城的密封门时，我最后看了一眼仍占据半个天空的木星，发现木星的云海中有一道明显的划痕，后来知道，那是地球引力作用在木星表面的痕迹，我们的星球也在木星表面拉起了如山的液氢和液氦的巨浪。这时，木星巨大的引力正在把地球加速甩向外太空。

离开木星时，地球已达到了逃逸速度，它不再需要返回潜藏着死亡的太阳，向广漠的外太空飞去，漫长的流浪时代开始了。

就在木星暗红色的阴影下，我的儿子在地层深处出生了。

叛　乱

离开木星后，亚洲大陆上一万多台地球发动机再次全功率开动，这一次它们要不停地运行五百年，不停地加速地球。这五百年中，发动机将把亚洲大陆上一半的山脉用作燃料消耗掉。

从四个多世纪死亡的恐惧中解脱出来，人们长出了一口气。但预料中的狂欢并没有出现，接下来发生的事情出乎所有人的想象。

在地下城的庆祝集会后，我一个人穿上密封服来到地面。童年时熟悉的群山已被超级挖掘机夷为平地，大地上只有裸露的岩石和坚硬的冻土，冻土上到处有白色的斑块，那是大海潮留下的盐渍。面前那座爷爷和爸爸度过了一生的曾有千万人口的大城市现在已是一片废墟，高楼钢筋外露的残骸在地球发动机光柱的蓝光中拖着长长的影子，好像是史前巨兽的化石……一次次的洪水和小行星的撞击已摧毁了地面上的一切，各大陆上的城市和植被都荡然无存，地球表面已变成火星一样的荒漠。

这一段时间，加代子心神不定。她常常扔下孩子不管，一个人开着飞行汽车出去旅行，回来后，只是说她去了西半球。最后，她拉我一起去了。

我们的飞行汽车以四倍音速飞行了两个小时，终于能够看到太阳了，它刚刚升出太平洋，这时看上去只有棒球大小，给冰封的洋面投下一片微弱的、冷冷的光芒。加代子把飞行汽车悬停在五千米的空中，然后从后面拿出了一个长长的东西，去掉封套后我看到那是一架天文望远镜，业余爱好者用的那种。加代子打开车窗,把望远镜对准太阳,让我看。

从有色镜片中我看到了放大几百倍的太阳,我甚至清楚地看到太阳表面缓缓移动的明暗斑点,还有日球边缘隐隐约约的日珥。

加代子把望远镜同车内的计算机联起来,把一个太阳影像采集下来。然后,她又调出了另一个太阳图像,说:"这个是四个世纪前的太阳图像。"接着,计算机对两个图像进行比较。

"看到了吗?"加代子指着屏幕说,"它们的光度、像素排列、像素概率、层次统计等参数都完全一样!"

我摇摇头说:"这能说明什么?一架玩具望远镜,一个低级图像处理程序,加上你这个无知的外行……别自寻烦恼了,别信那些谣言!"

"你是个白痴。"她说着,收回望远镜,把飞行汽车向回开去。这时,在我们的上方和下方,我又远远地看到了几辆飞行汽车,同我们刚才一样悬在空中,从每辆车的车窗中都伸出一架望远镜对着太阳。

在以后的几个月中,一个可怕的说法像野火一样在全世界蔓延。越来越多的人自发地用更大型更精密的仪器观测太阳。后来,一个民间组织向太阳发射了一组探测器,它们在三个月后穿过日球。探测器发回的数据最后证实了那个事实。

同四个世纪前相比,太阳没有任何变化。

现在,各大陆的地下城已成了一座座骚动的火山,局势一触即发。一天,按照联合政府的法令,我和加代子把儿子送进了养育中心。回家的路上,我们俩都感到维系我们关系的唯一纽带已不存在了。走到市中心广场,我们看到有人在演讲,另一些人在演讲者周围向市民分发武器。

"公民们!地球被出卖了!人类被出卖了!!文明被出卖了!!!我们都是一个超级骗局的牺牲品!这个骗局之巨大之可怕,上帝都会为之休克!太阳还是原来的太阳,它不会爆发,过去现在将来都不会,它是永恒的象征!爆发的是联合政府中那些人阴险的野心!他们编造了这一切,只是为了建立他们的独裁帝国!他们毁了地球!他们毁了人类文明!!公民们,有良知的公民们！拿起武器,拯救我们的星球！拯救人类文明！！我们要推翻联合政府,控制地球发动机,把我们的星球从这寒冷的外太空开回原来的轨道！开回到我们的太阳温暖的怀抱中！！"

加代子默默地走上前去,从分发武器的人手中接过了一支冲锋枪,加入那些拿到武器的市民的队列中,她没有回头,同那支庞大的队列一起消失在地下城的迷雾里。我呆呆地站在那儿,手在衣袋中紧紧攥着父亲用生命和忠诚换来的那枚勋章,它的边角把我的手扎出了血……

三天后,叛乱在各个大陆同时爆发了。

叛军所到之处,人民群起响应,到现在,很少有人怀疑自己受骗了。但我加入了联合政府的军队,这并非由于对政府的坚信,而是我三代前辈都有过军旅生涯,他们在我心中种下了忠诚的种子,不论在什么情况下,背叛联合政府对我来说是一件不可想象的事。

美洲、非洲、大洋洲和南极洲相继沦陷,联合政府收缩防线死守地球发动机所在的东亚和中亚。叛军很快对这里构成包围态势,他们对政府军占有压倒优势,之所以在相当长一段时间里攻势没有取得进展,完全是由于地球发动机。叛军不想毁掉地球发动机,所以在这一广阔的战区没有使用重武器,使得联合政府得以苟延残喘。这样双方相持了三个月,联合政府的十二个集团军相继临阵倒戈,中亚和东亚防线全线崩溃。两个月后,大势已去的联合政府连同不到十万军队在靠近海岸的地球发动机控制中心陷入重围。

我就是这残存军队中的一名少校。控制中心有一座中等城市大小,它的中心是地球驾驶室。我拖着一条被激光束烧焦的手臂,躺在控制中心的伤兵收容站里。就是在这儿,我得知加代子已在澳洲战役中阵亡。我和收容站里所有的人一样,整天喝得烂醉,对外面的战事全然不知,也不感兴趣。不知过了多久,听到有人在高声说话。

"知道你们为什么这样吗?你们在自责,在这场战争中,你们站到了反人类的一边,我也一样。"

我转头一看,发现讲话的人肩上有一颗将星,他接着说:"没关系的,我们还有最后的机会拯救自己的灵魂。地球驾驶室距我们这儿只有三个街区,我们去占领它,把它交给外面理智的人类!我们为联合政府已尽到了责任,现在该为人类尽责任了!"

我用那支没受伤的手抽出手枪,随着这群突然狂热起来的受伤和没受伤的人,沿着钢铁的通道,向地球驾驶室冲去。出乎预料,一路上我们几乎没遇到抵抗,倒是有越来越多的人从错综复杂的钢铁通道的各个分支中加入我们。最后,我们来到了一扇巨大的门前,那钢铁大门高得望不到顶。它轰隆隆地打开了,我们冲进了地球驾驶室。

尽管以前无数次在电视中看到过,所有的人还是被驾驶室的宏伟震惊了。从视觉上看不出这里的大小,因为驾驶室淹没在一幅巨型全息图中。那是一幅太阳系的模拟图。整个图像实际就是一个向所有方向无限伸延的黑色空间,我们一进来,就悬浮在这空间之中。由于尽量反映真实的比例,太阳和行星都很小很小,小得像远方的萤火虫,但能分辨出来。以那遥远的代表太阳的光点为中心,一条醒目的红色螺旋线扩展开来,像广阔的黑色洋面上迅速扩散的红色波圈。这是地球的航线。在螺旋线最外面的一点上,航线变成明亮的绿色,那是地球还没有完成的路程。那条绿线从我们的头顶掠过,顺着看去,我们看到了灿烂的星海,绿线消失在星海的深处,我们看不到它的尽头。在这广漠的黑色的空间中,还飘浮着许多闪亮的灰尘,其中几个尘粒飘近,我发现那是一块块虚拟屏幕,上面翻滚着复杂的数字和曲线。

我看到了全人类瞩目的地球驾驶台,它好像是飘浮在黑色空间中的一个银白色的小行星,看到它我更难以把握这里的巨大——驾驶台本身就是一个广场,现在上面密密麻麻地站着五千多人,包括联合政府的主要成员、负责实施地球航行计划的星际移民委员会的大部分,和那些最后忠于政府的人。这时,我听到最高执政官的声音在整个黑色空间响了起来。

"我们本来可以战斗到底的,但这可能导致地球发动机失控,这种情况一旦发生,过量聚变的物质将烧穿地球,或蒸发全部海洋,所以我们决定投降。我们理解所有的人,因为已经进行了四十代人、还要延续一百代人的艰难奋斗中,永远保持理智确实是一个奢求。但也请所有的人记住我们,站在这里的这五千多人,这里有联合政府的最高执政官,也有普通的列兵,是我们把信念坚持到了最后。我们都知道自己看不到真理被证实的那一天,但如果人类得以延续万代,以后所有的人将在我们的墓前洒下自己的眼泪,这颗叫地球的行星,就是我们永恒的纪念碑!"

控制中心巨大的密封门隆隆开启,那五千多名最后的地球派一群群走了出来,在叛军的押送下向海岸走去。一路上两边挤满了人,所有人都冲他们吐唾沫,用冰块和石块砸他们。他们中有人密封服的面罩被砸裂了,外面零下一百多度的严寒使那些人的脸麻木了,但他们仍努力地走下去。我看到一个小女孩,举起一大块冰用尽全身力气狠命地向一个老者砸去,她那双眼睛透过面罩射出疯狂的怒火。

当我听到这五千多人全部被判处死刑时,觉得太宽容了。难道仅仅一死吗?这一死就能偿清他们的罪恶吗?!能偿清他们用一个离奇变态的想象和骗局毁掉地球、毁掉人类文明的罪恶吗?他们应该死一万次!这时,我想起了那些做出太阳爆发预测的天体物理学家,那些设计和建造地球发动机的工程师,他们在一个世纪前就已作古,我现在真想把他们从坟墓中挖出来,让他们也死一万次。

真感谢死刑的执行者们,他们为这些罪犯找了一种好的死法:他们收走了被判死刑的每个人密封服上加热用的核能电池,然后把他们丢在大海的冰面上,让零下一百多度的严寒慢慢夺去他们的生命。

这些人类文明史上最险恶最可耻的罪犯在冰海上站了黑压压的一片,在岸上有十几万人在看着他们,十几万副牙齿咬得咔咔响,十几万双眼睛喷出和那个小女孩一样的怒火。

这时,所有的地球发动机都已关闭,壮丽的群星出现在冰原之上。

我能想象出严寒像无数把尖刀刺进他们的身体,他们的血液在凝固,生命从他们的体内一点点流走,这想象中的感觉变成一种快感,传遍我的全身。看到那些人在严寒的折磨中慢慢死去,岸上的人们快活起来,他们一起唱起了《我的太阳》。我唱着,眼睛看着星空的一个方向,在那个方向上,有一颗稍大些刚刚显出圆盘形状的星星发出黄色的光芒,那就是太阳。

啊,我的太阳,生命之母,万物之父,我的大神,我的上帝!还有什么比您更稳定,还有什么比您更永恒,我们这些渺小的,连灰尘都不如的碳基细菌,拥挤在围着您转的一粒小石头上,竟敢预言您的末日,我们怎么能蠢到这个程度?!

一个小时过去了,海面上那些反人类的罪犯虽然还全都站着,但已没有一个活人,他们的血液已被冻结了。

我的眼睛突然什么都看不见了,几秒钟后,视力渐渐恢复,冰原、海岸和岸上的人群又在眼前慢慢显影,最后完全清晰了,而且比刚才更清晰,因为这个世界现在笼罩在一片强烈的白光中,刚才我眼睛的失明正是由于这突然出现的强光的刺激。但星空没有重现,所有的星光都被这强光所淹没,仿佛整个宇宙都被强光融化了,这强光从太空中的一点迸发出来,那一点现在成了宇宙中心,那一点就在我刚才盯着的方向。

太阳氦闪爆发了。

《我的太阳》的合唱戛然而止,岸上的十几万人呆住了,似乎同海面上那些人一样,冻成了一片僵硬的岩石。

太阳最后一次把它的光和热洒向地球。地面上的冰结的二氧化碳干冰首先融化,腾起了一阵白色的水汽;然后海冰表面也开始融化,受热不均的大海冰层发出惊天动地的巨响;渐渐地,照在地面上的光柔和起来,天空出现了微微的蓝色;后来,强烈的太阳风产生的极光在空中出现,苍穹中飘动着巨大的彩色光幕……

在这突然出现的灿烂阳光下,海面上最后的地球派们仍稳稳地站着,仿佛五千多尊雕像。

太阳爆发只持续了很短的时间,两个小时后强光开始急剧减弱,很快熄灭了。在太阳的位置上出现了一个暗红色球体,它的体积慢慢膨胀,最后从这里看它,已达到了在地球轨道上看到的太阳大小,那么它的实际体积已大到越出火星轨道,而水星、火星和金星这三颗地球的伙伴行星这时已在上亿度的辐射中化为一缕轻烟。但它已不是太阳,它不再发出光和热,看去如同贴在太空中一张冰冷的红纸,它那暗红色的光芒似乎是周围星光的散射。这就是小质量恒星演化的最后归宿:红巨星。

五十亿年的壮丽生涯已成为飘逝的梦幻,太阳死了。

幸运的是,还有人活着。

流浪时代

当我回忆这一切时,半个世纪已过去了。二十年前,地球航出了冥王星轨道,航出了太阳系,在寒冷广漠的外太空继续着它孤独的航程。

最近一次去地面是十几年前的事了,那是儿子和儿媳陪我去的,儿媳是一个金发碧眼的姑娘,就要做母亲了。

到地面后,我首先注意到,虽然所有地球发动机仍全功率地运行,巨大的光柱却看不到了,这是因为地球大气已消失,等离子体的光芒没有散射的缘故。我看到地面上布满了奇怪的黄绿相间的半透明晶体块,这是固体氧氮,是已冻结的空气。有趣的是空气并没有均匀地冻结在地球表面,而是形成了小山丘似的不规则的隆起,在原来平滑的大海冰原上,这些半透明的小山形成了奇特的景观。银河系的星河纹丝不动地横过天穹,也像被冻结了,但星光很亮,看久了还刺眼呢!

地球发动机将不间断地开动五百年,到时地球将加速至光速的千分之五,然后地球将以这个速度滑行一千三百年,之后地球就走完了三分之二的航程,它将调转发动机的方向,开始长达五百年的减速,地球在航行两千四百年后到达比邻星,再过一百年时间,它将泊入这颗恒星的轨道,成为它的一颗卫星。

> 我知道已被忘却
> 流浪的航程太长太长
> 但那一时刻要叫我一声啊
> 当东方再次出现霞光

> 我知道已被忘却
> 启航的时代太远太远
> 但那一时刻要叫我一声啊
> 当人类又看到了蓝天

> 我知道已被忘却
> 太阳系的往事太久太久
> 但那一时刻要叫我一声啊
> 当鲜花重新挂上枝头
> ……

每当听到这首歌,一股暖流就涌进我这年迈僵硬的身躯,我干涸的老眼又湿润了。我好像看到人马座三颗金色的太阳在地平线上依次升起,万物沐浴在它温暖的光芒中。固态的空气融化了,变成了碧蓝的天。两千多年前的种子从解冻的土层中复苏,大地绿了。我看到我的第一百代孙子孙女们在绿色的草原上欢笑,草原上有清澈的小溪,溪中有银色的小鱼……我看到了加代子,她从绿色的大地上向我跑来,年轻美丽,像个天使……

啊,地球,我的流浪地球……

乡村教师

他知道，这最后一课要提前讲了。

又一阵剧痛从肝部袭来，几乎使他晕厥过去。他已没气力下床了，便艰难地移近床边的窗口。月光映在窗纸上，银亮亮的，使小小的窗户看上去像是通向另一个世界的门，那个世界的一切一定都是银亮亮的，像用银子和不冻人的雪做成的盆景。他颤颤地抬起头，从窗纸的破洞中望出去，幻觉立刻消失了，他看到了远处自己度过了一生的村庄。

村庄静静地卧在月光下，像是百年前就没人似的。那些黄土高原上特有的平顶小屋，形状上同村子周围的黄土包没啥区别，在月夜中颜色也一样，整个村子仿佛已融入这黄土坡之中。只有村前那棵老槐树很清楚，树上干枯枝权间的几个老鸦窝更是黑黑的，像是滴在这暗银色画面上的几滴醒目的墨点……其实村子也有美丽温暖的时候，比如秋收时，外面打工的男人女人们大都回来了，村里有了人声和笑声，家家屋顶上是金灿灿的玉米，打谷场上娃们在秸秆堆里打滚；再比如过年的时候，打谷场被汽灯照得通亮，在那里连着几天闹红火，摇旱船，舞狮子。那几个狮子只剩下咔嗒作响的木头脑壳，上面油漆都脱了，村里没钱置新狮子皮，就用几张床单代替，玩得也挺高兴……但十五一过，村里的青壮年都外出打工挣生活去了,村子一下没了生气。只有每天黄昏,当稀稀拉拉几缕炊烟升起时,村头可能出现一两个老人,扬起山核桃一样的脸,眼巴巴地望着那条通向山外的路,直到在老槐树挂住的最后一抹夕阳消失。天黑后,村里早早就没了灯光,娃娃和老人们睡得都早,电费贵,现在到了一块八一度了。

这时村里隐约传出了一声狗叫,声音很轻,好像那狗在说梦话。他看着村子周围月光下的黄土地,突然觉得那好像是纹丝不动的水面。要真是水就好了,今年是连着第五个旱年了,要想有收成,又要挑水浇地了。想起田地,他的目光向更远方移去,那些小块的山田,月光下像一个巨人登山时留下的一个个脚印。在这只长荆条和毛蒿的石头山上,田也只能是这么东一小块西一小块的,别说农机,连牲口都转不开身,只能凭人力种了。去年一家什么农机厂到这儿来,推销一种微型手扶拖拉机,可以在这些巴掌大的地里干活儿。那东西真是不错,可村里人说他们这是闹笑话哩!他们想过那些巴掌地能产出多少东西来吗?就是绣花似的种,能种出一年的口粮就不错了,遇上这样的旱年,可能种子钱都收不回来呢!为这样的田买那三五千一台的拖拉机,再搭上两块多一升的柴油?!唉,这山里人的难处,外人哪能知晓呢?

这时,窗前走过了几个小小的黑影,这几个黑影在不远的田垄上围成一圈蹲下来,不知要干什么。他知道这都是自己的学生,其实只要他们在近旁,不用眼睛他也能感觉到他们的存在,这直觉是他一生积累出来的,只是在这生命的最后时间里更敏锐了。

他甚至能认出月光下的那几个孩子,其中肯定有刘宝柱和郭翠花。这两个孩子都是本村人,本来不必住校的,但他还是收他们住了。刘宝柱的爹十年前买了个川妹子成亲,生了宝柱,五年后娃大了,对那女人看得也松了,结果有一天她跑回四川了,还卷走了家里所有的钱。这以后,宝柱爹也变得不成样儿了,开始是赌,同村子里那几个老光棍一样,把个家折腾得只剩四堵墙一张床;然后是喝,每天晚上都用八毛钱一斤的地瓜烧把自己灌得烂醉,拿孩子出气,每天一小揍三天一大揍,直到上个月的一天半

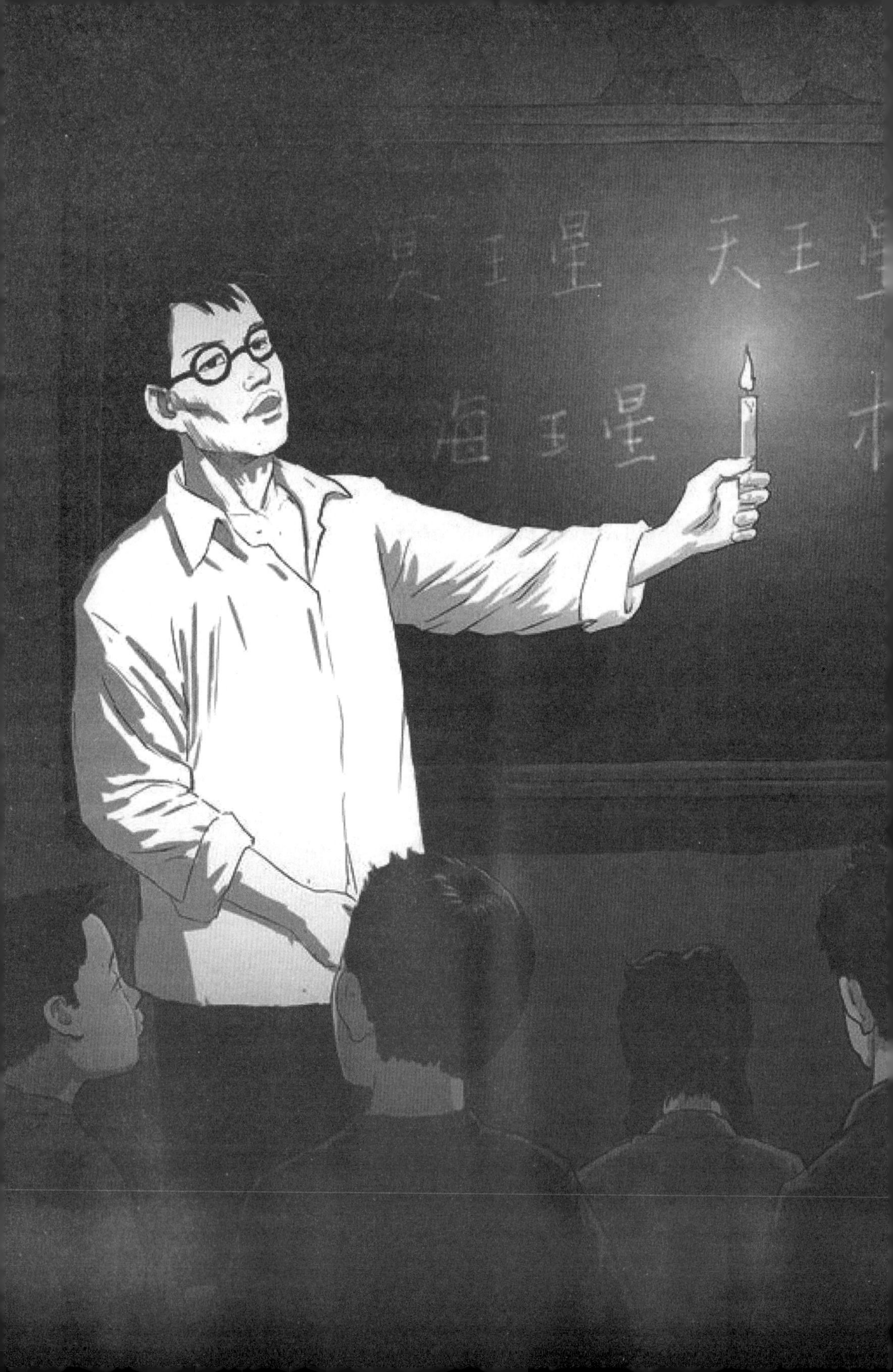
王星 天王
海王星

夜,抢了根烧火棍差点把宝柱的命要了。郭翠花更惨了,要说她妈还是正经娶来的,这在这儿可是个稀罕事,男人也很光荣了,可好景不长,喜事刚办完大家就发现她是个疯子,之所以迎亲时没看出来,大概是吃了什么药。本来嘛,好端端的女人哪会到这穷得鸟都不拉屎的地方来?但不管怎么说,翠花还是生下来了,并艰难地长大。但她那疯妈妈的病也越来越重,犯起病来,白天拿菜刀砍人,晚上放火烧房,更多的时间还是在阴森森地笑,那声音让人汗毛直竖……

剩下的都是外村的孩子了,他们的村子距这里最近的也有十里山路,只能住校了。在这所简陋的乡村小学里,他们一住就是一个学期。娃们来时,除了带自己的铺盖,每人还背了一袋米或面,十多个孩子在学校的那个大灶做饭吃。当冬夜降临时,娃们围在灶边,看着菜面糊糊在大铁锅中翻腾,灶膛里秸秆橘红色的火光映在他们脸上……这是他一生中看到过的最温暖的画面,他会把这画面带到另一个世界的。

窗外的田垄上,在那圈娃们中间,亮起了几点红色的小火星星,在这一片银灰色的月夜的背景上,火星星的红色格外醒目。这些娃们在烧香,接着他们又烧起纸来,火光把娃们的形象以橘红色在冬夜银灰色的背景上显现出来,这使他又想起了那灶边的画面。他脑海中还出了另外一个类似的画面:当学校停电时(可能是因为线路坏了,但大多数时间是因为交不起电费),他给娃们上晚课。他手里举着一根蜡烛照着黑板,"看见不?"他问。"看不显!"娃们总是这样回答。那么一点点亮光,确实难看清,但娃们缺课多,晚课是必须上的。于是他再点上一根蜡,手里两根举着。"还是不显!"娃们喊。他于是再点上一根,虽然还是看不清,娃们不喊了,他们知道再喊老师也不会加蜡了,蜡太多了也是点不起的。烛光中,他看到下面那群娃们的面容时隐时现,像一群用自己的全部生命拼命挣脱黑暗的小虫虫。

娃们和火光,娃们和火光,总是娃们和火光,总是夜中的娃们和火光,这是这个世界深深刻在他脑子中的画面,但始终不明其含义。

他知道娃们是在为他烧香和烧纸，他们以前多次这么干过，只是这次，他已没有力气像以前那样斥责他们迷信了。他用尽了一生在娃们的心中燃起科学和文明的火苗，但他明白，同笼罩着这偏远山村的愚昧和迷信相比，那火苗是多么弱小，像这深山冬夜中教室里的那根蜡烛。半年前，村里的一些人来到学校，要从本来已很破旧的校舍取下椽子木，说是修村头的老君庙用。问他们校舍没顶了，娃们以后住哪儿，他们说可以睡教室里嘛，他说那教室四面漏风，大冬天能住？他们说反正都外村人。他拿起一根扁担和他们拼命，结果被人家打断了两根肋骨。好心人抬着他走了三十多里山路，送到了镇医院。

就是在那次检查伤势时，意外发现他患了食道癌。这并不稀奇，这一带是食道癌高发区。镇医院的医生恭喜他因祸得福，因为他的食道癌现处于早期，还未扩散，动手术就能治愈，食道癌是手术治愈率最高的癌症之一，他算捡了条命。

于是他去了省城，去了肿瘤医院，在那里他问医生动一次这样的手术要多少钱，医生说像你这样的情况可以住我们的扶贫病房，其他费用也可适当减免，最后下来不会太多的，也就两万多元吧。想到他来自偏远山区，医生接着很详细地给他介绍住院手续怎么办，他默默地听着，突然问："要是不手术，我还有多长时间？"

医生呆呆地看了他好一阵儿，才说："半年吧。"并不解地看到他长出了一口气，好像得到了很大安慰。

至少能送走这届毕业班了。

他真的拿不出这两万多元。虽然民办教师工资很低，但干了这么多年，孤身一人无牵无挂，按说也能攒下一些钱了。只是他把钱都花在娃们身上了，他已记不清给多少学生代交了学杂费，最近的就有刘宝柱和郭翠花；更多的时候，他看到娃们的饭锅里没有多少油星星，就用自己的工资买些肉和猪油回来……反正到现在，他全部的钱也只有手术所需用的十分之一。

沿着省城那条宽长的大街,他向火车站走去。这时天已黑了,城市的霓虹灯开始发出迷人的光芒,那光芒之多彩之斑斓,让他迷惑;还有那些高楼,一入夜就变成了一盏盏高耸入云的巨大彩灯。音乐声在夜空中飘荡,疯狂的、轻柔的,走一段一个样。

就在这个不属于他的世界里,他慢慢地回忆起自己不算长的一生。他很坦然,各人有各人的命,早在二十年前初中毕业回到山村小学时,他就选定了自己的命。再说,他这条命很大一部分是另一位乡村教师给的。他就是在自己现在任教的这所小学度过童年的,他爹妈死得早,那所简陋的乡村小学就是他的家,他的小学老师把他当亲儿子待,日子虽然穷,但他的童年并不缺少爱。那年,放寒假了,老师要把他带回自己的家里过冬。老师的家很远,他们走了很长的积雪的山路,当看到老师家所在的村子的一点灯光时,已是半夜了。这时他们看到身后不远处有四点绿莹莹的亮光,那是两双狼眼。那时山里狼很多的,学校周围就能看到一堆堆狼屎。有一次他淘气,把那灰白色的东西点着扔进教室里,使浓浓的狼烟充满了教室,把娃们都呛得跑了出来,让老师很生气。现在,那两只狼向他们慢慢逼近,老师折下一根粗树枝,挥动着它拦住狼的来路,同时大声喊着让他向村里跑。他当时吓糊涂了,只顾跑,只想着那狼会不会绕过老师来追他,只想着会不会遇到其他的狼。当他上气不接下气地跑进村子,然后同几个拿猎枪的汉子去接老师时,发现老师躺在一片已冻成糊状的血泊中,半条腿和整只胳膊都被狼咬掉了。老师在送往镇医院的路上就咽了气,当时在火把的光芒中,他看到了老师的眼睛,老师的腮帮被深深地咬下一大块,已说不出话,但用目光把一种心急如焚的牵挂传给了他,他读懂了那牵挂,记住了那牵挂。

初中毕业后,他放弃了在镇政府里一个不错的工作机会,直接回到了这个举目无亲的山村,回到了老师牵挂的这所乡村小学,这时,学校因为没有教师已荒废好几年了。

前不久,教委出台新政策,取消了民办教师,其中的一部分经考试考核转为公办。当他拿到教师证时，知道自己已成为一名国家承认的小学教师了，很高兴，但也只是高兴而已，不像别的同事们那么激动。他不在乎什么民办公办，他只在乎那一批又一批的娃们，从他的学校读完了小学，走向生活。不管他们是走出山去还是留在山里，他们的生活同那些没上过一天学的娃们总是有些不一样的。

他所在的山区，是这个国家最贫困的地区之一。但穷不是最可怕的，最可怕的是那里的人们对现状的麻木。记得那是好多年前了，搞包产到户，村里开始分田，然后又分其他的东西。对于村里唯一的一台拖拉机，大伙对于油钱怎么出、机时怎么分配总也谈不拢，最后唯一大家都能接受的办法是把拖拉机分了，真的分了，你家拿一个轮子他家拿一根轴……再就是两个月前，有一家工厂来扶贫，给村里安了一台潜水泵，考虑到用电贵，人家还给带了一台小柴油机和足够的柴油，挺好的事儿，但人家前脚走，村里后脚就把机器都卖了，连泵带柴油机，只卖了一千五百块钱，全村好吃了两顿，算是过了个好年……一家皮革厂来买地建厂，什么不清楚就把地卖了，那厂子建起后，硝皮子的毒水流进了河里，渗进了井里，人一喝了那些水浑身起红疙瘩，就这也没人在乎，还沾沾自喜那地卖了个好价钱……看村里那些娶不上老婆的光棍汉们，每天除了赌就是喝，但不去种地，他们能算清：穷到了头县里每年总会有些救济，那钱算下来也比在那巴掌大的山地里刨一年土坷垃挣得多……没有文化，人们都变得下作了，那里的穷山恶水固然让人灰心，但真正让人感到没指望的，是山里人那呆滞的目光。

他走累了，就在人行道边坐下来。他面前，是一家豪华的大餐馆，那餐馆靠街的一整堵墙全是透明玻璃，华丽的枝形吊灯把光芒投射到外面。整个餐馆像一个巨大的鱼缸，里面穿着华贵的客人们则像一群多彩的观赏鱼。他看到在靠街的一张桌子旁坐着一个胖男人，这人头发和脸似乎都在冒油，使他看上去像用一大团表面涂了油的蜡做的。他两旁各坐着一个身材高挑穿着暴露的女郎，那男人转头对一个女郎说了句什么，把她逗得大笑起来,那男人跟着笑起来,而另一个女郎则娇嗔地用两个小拳头捶那个男的……真没想到还有个子这么高的女孩子,秀秀的个儿,大概只到她们一半……他叹了口气,唉,又想起秀秀了。

秀秀是本村唯一一个没有嫁到山外的姑娘,也许是因为她从未出过山,怕外面的世界,也许是别的什么原因。他和秀秀好过两年多,最后那阵好像就成了,秀秀家里也通情达理,只要一千五百块的肚疼钱(注:西北一些农村地区彩礼的一个名目,意思是对娘生女儿肚子疼的补偿)。但后来,村子里一些出去打工的人赚了些钱回来,和他同岁的二蛋虽不识字但脑子活,去城里干起了挨家挨户清洗抽油烟机的活儿,一年下来竟能赚个万把块。前年回来待了一个月,秀秀不知怎的就跟这个二蛋好上了。秀秀一家全是睁眼瞎,家里粗糙的干打垒墙壁上,除了贴着一团一团用泥巴和起来的瓜种子,还划着长长短短的道道儿,那是她爹多多少年来记的账……秀秀没上过学,但自小对识文断字的人有好感,这是她同他好的主要原因。但二蛋的一瓶廉价香水和一串镀金项链就把这种好感全打消了,"识文断字又不能当饭吃。"秀秀对他说。虽然他知道识文断字是能当饭吃的,但具体到他身上,吃得确实比二蛋差好远,所以他也说不出什么。秀秀看他那样儿,转身走了,只留下一股让他皱鼻子的香水味。

和二蛋成亲一年后,秀秀生娃儿死了。他还记得那个接生婆,把那些锈不拉叽的刀刀铲铲放到火上烧一烧就向里捅。秀秀可倒霉了,血流了一铜盆,在送镇医院的路上就咽气了。成亲办喜事儿的时候,二蛋花了三万块,那排场在村里真是风光死了,可他怎的就舍不得花点钱让秀秀到镇医院去生娃呢?后来他一打听,这花费一般也就二三百,就二三百呀。但村里历来都是这样儿,生娃是从不去医院的。所以没人怪二蛋,秀秀就这命。后来他听说,比起二蛋妈来,她还算幸运。生二蛋时难产,二蛋爹从产婆那儿得知是个男娃,就决定只要娃了。于是二蛋妈被放到驴背上,让那驴子一圈圈走,硬是把二蛋挤出来,听当时看见的人说,在院子里血流了一圈……

想到这里他长出了一口气,笼罩着家乡的愚昧和绝望使他窒息。

但娃们还是有指望的,那些在冬夜寒冷的教室中,盯着烛光照着的黑板的娃们,他就是那蜡烛,不管能点多长时间,发出的光有多亮,他总算是从头点到尾了。

他站起身来继续走,没走多远就拐进了一家书店,城里就是好,还有夜里开门的书店。除了回程的路费,他把身上所有的钱都买了书,以充实他的乡村小学里那小小的图书室。半夜,提着那两捆沉重的书,他踏上了回家的火车。

在距地球五万光年的远方,在银河系的中心,一场延续了两万年的星际战争已接近尾声。

那里的太空中渐渐隐现出一个方形区域,仿佛灿烂的群星的背景被剪出一个方口,这个区域的边长约十万公里,区域的内部是一种比周围太空更黑的黑暗,让人感到一种虚空中的虚空。从这黑色的正方形中,开始浮现出一些实体,它们形状各异,都有月球大小,呈耀眼的银色。这些物体越来越多,并组成一个整齐的立方体方阵。这银色的方阵庄严地驶出黑色正方形,两者构成了一幅挂在宇宙永恒墙壁上的镶嵌画,这幅画以绝对黑体的正方形天鹅绒为衬底,由纯净的银光耀眼的白银小构件整齐地镶嵌而成。这又仿佛是一首宇宙交响乐的固化。渐渐地,黑色的正方形消融在星空中,群星填补了它的位置,银色的方阵庄严地悬浮在群星之间。

银河系碳基联邦的星际舰队,完成了本次巡航的第一次时空跃迁。

在舰队的旗舰上,碳基联邦的最高执政官看着眼前银色的金属大地,大地上布满了错综复杂的纹路,像一块无限广阔的银色蚀刻电路板,不时有几个闪光的水滴状的小艇出现在大地上,沿着纹路以令人目眩的速度行驶几秒钟,然后无声地消失在一口突然出现的深井中。时空跃迁带过来的太空尘埃被电离,成为一团团发着暗红色光的云,笼罩在银色大地的上空。

最高执政官以冷静著称，他周围那似乎永远波澜不惊的淡蓝色智能场就是他人格的象征，但现在，像周围的人一样，他的智能场也微微泛出黄光。

"终于结束了。"最高执政官的智能场振动了一下，把这个信息传送给站在他两旁的参议员和舰队统帅。

"是啊，结束了。战争的历程太长太长，以至于我们都忘记了它的开始。"参议员回答。

这时，舰队开始了亚光速巡航，它们的亚光速发动机同时启动，旗舰周围突然出现了几千个蓝色的太阳，银色的金属大地像一面无限广阔的镜子，把蓝太阳的数量又复制了一倍。

远古的记忆似乎被点燃了，其实，谁能忘记战争的开始呢？这记忆虽然遗传了几百代，但在碳基联邦的万亿公民的脑海中，它仍那么鲜活，那么铭心刻骨。

两万年前的那一时刻，硅基帝国从银河系外围对碳基联邦发动全面进攻。在长达一万光年的战线上，硅基帝国的五百多万艘星际战舰同时开始恒星蛙跳。每艘战舰首先借助一颗恒星的能量打开一个时空蛀洞，然后从这个蛀洞时空跃迁至另一个恒星，再用这颗恒星的能量打开第二个蛀洞继续跃迁……由于打开蛀洞消耗了恒星大量的能量，使得恒星的光谱暂时向红端移动，当飞船从这颗恒星完成跃迁后，它的光谱渐渐恢复原状。当几百万艘战舰同时进行恒星蛙跳时，所产生的这种效应是十分恐怖的：银河系的边缘出现一条长达一万光年的红色光带，这条光带向银河系的中心移过来。这个景象在光速视界是看不到的，但在超空间监视器上显示出来。那条由变色恒星组成的红带，如同一道一万光年长的血潮，向碳基联邦的疆域涌来。

碳基联邦最先接触硅基帝国攻击前锋的是绿洋星，这颗美丽的行星围绕着一对双星恒星运行，她的表面全部被海洋覆盖。那生机盎然的海洋中漂浮着由柔软的长藤植物构成的森林，温和美丽、身体晶莹透明的绿洋星人在这海中的绿色森林间轻盈地游动,创造了绿洋星伊甸园般的文明。突然,几万道刺目的光束从天而降,硅基帝国舰队开始用激光蒸发绿洋星的海洋。在很短的时间内,绿洋星变成了一口沸腾的大锅,这颗行星上包括五十亿绿洋星人在内的所有生物在沸水中极度痛苦地死去,它们被煮熟的有机质使整个海洋变成了绿色的浓汤。最后海洋全部蒸发了,昔日美丽的绿洋星变成了一个由厚厚蒸汽包裹着的地狱般的灰色行星。

这是一场几乎波及整个银河系的星际大战,是银河系中碳基和硅基文明之间惨烈的生存竞争,但双方谁都没有料到战争会持续两万银河年!

现在,除了历史学家,谁也记不清有百万艘以上战舰参加的大战役有多少次了。规模最大的一次超级战役是第二旋臂战役,战役在银河系第二旋臂中部进行,双方投入了上千万艘星际战舰。据历史记载,在那广漠的战场上,被引爆的超新星就达两千多颗,那些超新星像第二旋臂中部黑暗太空中怒放的焰火,使那里变成超强辐射的海洋,只有一群群幽灵似的黑洞漂行于其间。战役的最后,双方的星际舰队几乎同归于尽。一万五千年过去了,第二旋臂战役现在听起来就像上古时代缥缈的神话,只有那仍然存在的古战场证明它确实发生过。但很少有飞船真正进入过古战场,那里是银河系中最恐怖的区域,这并不仅仅是因为辐射和黑洞。当时,双方数量多得难以想象的战舰群为了进行战术机动,进行了大量的超短距离时空跃迁,据说当时的一些星际歼击机,在空间格斗时,时空跃迁的距离竟短到令人难以置信的几千米!这样就把古战场的时空结构搞得千疮百孔,像一块内部被老鼠钻了无数长洞的大乳酪。飞船一旦误入这个区域,可能在一瞬间被畸变的空间扭成一根细长的金属绳,或压成一张面积有几亿平方公里但厚度只有几个原子的薄膜,立刻被辐射狂风撕得粉碎。但更为常见的是飞船变为建造它们时的一块块钢板,或者立刻老得只剩下一个破旧的外壳,内部的一切都变成古老灰尘;人在这里也可能瞬间回到胚胎状态或变成一堆白骨……

但最后的决战不是神话,它就发生在一年前。在银河系第一和第二旋臂之间的荒凉太空中,硅基帝国集结了最后的力量,这支有一百五十万艘星际战舰组成的舰队在自己周围构筑了半径一千光年的反物质云屏障。碳基联邦投入攻击的第一个战舰群刚完成时空跃迁就陷入了反物质云中。反物质云十分稀薄,但对战舰具有极大的杀伤力,碳基联邦的战舰立刻变成一个个刺目的火球,但它们仍奋勇冲向目标。每艘战舰都拖着长长的火尾,在后面留一条发着荧光的航迹,这由三十多万个火流星组成的阵列形成了碳硅战争中最为壮观最为惨烈的画面。在反物质云中,这些火流星渐渐缩小,最后在距硅基帝国战舰阵列很近的地方消失了,但它们用自己的牺牲为后续的攻击舰队在反物质云中打开了一条通道。在这场战役中,硅基帝国的最后舰队被赶到银河系最荒凉的区域:第一旋臂的顶端。

现在,这支碳基联邦舰队将完成碳硅战争中最后一项使命:他们将在第一旋臂的中部建立一条五百光年宽的隔离带,隔离带中的大部分恒星将被摧毁,以制止硅基帝国的恒星蛙跳。恒星蛙跳是银河系中大吨位战舰进行远距离快速攻击的唯一途径,而一次蛙跳的最大距离是二百光年。隔离带一旦产生,硅基帝国的重型战舰要想进入银河系中心区域,只能以亚光速跨越这五百光年的距离,这样,硅基帝国实际上被禁锢在第一旋臂顶端,再也无法对银河系中心区域的碳基文明构成任何严重威胁。

"我带来了联邦议会的意愿。"参议员用振动的智能场对最高执政官说,"他们仍然强烈建议,在摧毁隔离带中的恒星前,对它们进行生命级别的保护甄别。"

"我理解议会。"最高执政官说,"在这场漫长的战争中,各种生命流出的血足够形成上千颗行星的海洋了,战后,银河系中最迫切需要重建的是对生命的尊重。这种尊重不仅是对碳基生命的,也是对硅基生命的,正是基于这种尊重,碳基联邦才没有彻底消灭硅基文明。但硅基帝国并没有这种对生命的感情,如果说碳硅战争之前,战争和征服对于它们还仅仅是一种本能和乐趣的话,现在这种东西已根植于它们的每个基因和每行代码之中,成为它们生存的终极目的。由于硅基生物对信息的存储和处理能力

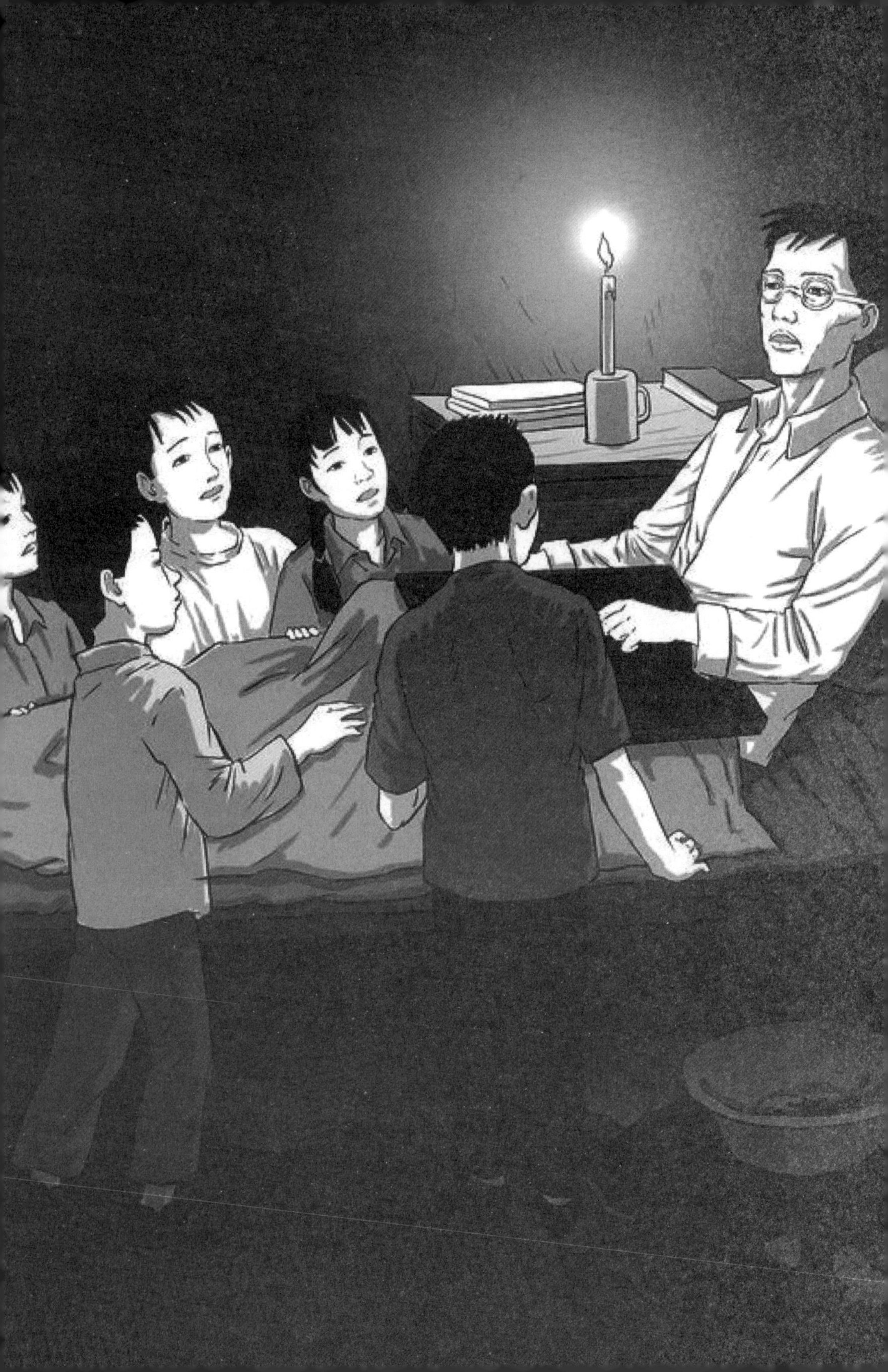

大大高于我们,可以预测硅基帝国在第一旋臂顶端的恢复和发展将是神速的,所以我们必须在碳基联邦和硅基帝国之间建成足够宽的隔离带。在这种情况下,对隔离带中数以亿计的恒星进行生命级别的保护甄别是不现实的,第一旋臂虽属银河系中最荒凉的区域,但其带有生命行星的恒星数量仍可能达到蛙跳密度,这种密度足以使中型战舰进行蛙跳,而即使只有一艘硅基帝国的中型战舰闯入碳基联邦的疆域,可能造成的破坏也是巨大的。所以在隔离带中只能进行文明级别的甄别。我们不得不牺牲隔离带中某些恒星周围的低级生命,是为了拯救银河系中更多的高级和低级生命。这一点我已向议会说明。"

参议员说:"议会也理解您和联邦防御委员会,所以我带来的只是建议而不是立法。但隔离带周围已形成3C级以上文明的恒星必须被保护。"

"这一点无须质疑,"最高执政官的智能场闪现出坚定的红色,"对隔离带中带有行星的恒星的文明检测将是十分严格的!"

舰队统帅的智能场第一次发出信息:"其实我觉得你们多虑了,第一旋臂是银河系中最荒凉的荒漠,那里不会有3C级以上文明的。"

"但愿如此。"最高执政官和参议员同时发出了这个信息,他们智能场的共振使一道弧形的等离子体波纹向银色金属大地的上空扩散开去。

舰队开始了第二次时空跃迁,以近乎无限的速度奔向银河系的第一旋臂。

夜深了,烛光中,全班的娃们围在老师的病床前。

"老师歇着吧,明儿个讲也行的。"一个男娃说。

他艰难地苦笑了一下:"明儿个有明儿个的课。"

他想,如果真能拖到明天当然好,那就再讲一堂课。但直觉告诉他怕是不行了。

他做了个手势,一个娃把一块小黑板放到他胸前的被单上,这最后一个月,他就是这样把课讲下来的。他用软弱无力的手接过娃递过来的半截粉笔,吃力地把粉笔头放到黑板上,这时又一阵剧痛袭来,手颤抖了几下,粉笔嗒嗒地在黑板上敲出了几个白点儿。从省城回来后,他再也没去过医院。两个月后,他的肝部疼了起来,他知道癌细胞已转移到那儿了,这种疼痛越来越厉害,最后变成了压倒一切的痛苦。他一只手在枕头下摸索着,找出了一些止痛片,是最常见的用塑料长条包装的那种。对于癌症晚期的剧疼,这药已经没有任何作用,可能是由于精神暗示,他吃了后总觉得好一些。杜冷丁倒是也不算贵,但医院不让带出来用,就是带回来也没人给他注射。他像往常一样从塑料条上取下两片药来,但想了想,便把所有剩下的十二片全剥出来,一把吞了下去,他知道以后再也用不着了。他又挣扎着想向黑板上写字,但头突然偏向一边,一个娃赶紧把盆接到他嘴边,他吐出了一口黑红的血,然后虚弱地靠在枕头上喘息着。

娃们中又传出了低低的抽泣声。

他放弃了在黑板上写字的努力,无力地挥了一下手,让一个娃把黑板拿走。他开始说话,声音如游丝一般。

"今天的课同前两天一样,也是初中的课。这本来不是教学大纲上要求的,我是想到,你们中的大部分人,这一辈子永远也听不到初中的课了,所以我最后讲一讲,也让你们知道稍深一些的学问是什么样子。昨天讲了鲁迅的《狂人日记》,你们肯定不大懂,不管懂不懂都要多看几遍,最好能背下来,等长大了,总会懂的。鲁迅是个很了不起的人,他的书每一个中国人都应该读读的,你们将来也一定找来读读。"

他累了,停下来喘息着歇歇,看着跳动的烛光,鲁迅写下的几段文字在他的脑海中浮现出来。那不是《狂人日记》中的,课本上没有,他是从自己那套本数不全已经翻烂的《鲁迅全集》上读到的,许多年前读第一遍时,那些文字就深深地刻在他脑子里。

假如一间铁屋子,是绝无窗户而万难破毁的,里面有许多熟睡的人们，不久都要闷死了，然而是从昏睡入死灭，并不感到就死的悲哀。现在你大嚷起来，惊起了较为清醒的几个人，使这不幸的少数者来受无可挽救的临终的苦楚，你倒以为对得起他们么？然而几个人既然起来，你不能说绝没有毁坏这铁屋的希望。

他用尽最后的力气，接着讲下去。

"今天我们讲初中物理。物理你们以前可能没有听说过，它讲的是物质世界的道理，是一门很深很深的学问。

"这课讲牛顿三定律。牛顿是从前的一个英国大科学家，他说了三句话，这三句话很神的，它把人间天上所有的东西的规律都包括进去了，上到太阳月亮，下到流水刮风，都跑不出这三句话划定的圈圈。用这三句话，可以算出什么时候日食，就是村里老人说的天狗吃太阳，一分一秒都不差的；人飞上月球，也要靠这三句话，这就是牛顿三定律。

"下面讲第一定律：当一个物体没有受到外力作用时，它将保持静止或匀速直线运动不变。"

娃们在烛光中默默地看着他，没有反应。

"就是说，你猛推一下谷场上那个石碾子，它就一直滚下去，滚到天边也不停下来。宝柱你笑什么？是啊，它当然不会那样，这是因为有摩擦力，摩擦力让它停下来，这世界上，没有摩擦力的环境可是没有的……"

是啊，他人生的摩擦力就太大了。在村里他是外姓人，本来就没什么分量，加上他这个倔脾气，这些年来把全村人都得罪下了。他挨家挨户拉人家的娃入学，跑到县里，把跟着爹做买卖的娃拉回来上学，拍着胸脯保证垫学费……这一切并没有赢得多少感激，关键在于，他对过日子的看法同周围人太不一样，成天想的说的，都是些不着边际的事，这是最让人讨厌的。在他查出病来之前，他曾跑县里，居然从教育局跑回一笔维修学校的款子。村子里只拿出了一小部分，想过节请个戏班子唱两天戏，结果让他搅了，愣是从县里拉来个副县长，让村里把钱拿回来，可当时戏台子都搭好了。学校倒是修了,但他扫了全村人的兴,以后的日子更难过。先是村里的电工、村长的侄子,把学校的电掐了,接着做饭取暖用的秸秆村里也不给了,害得他扔下自个的地下不了种,一人上山打柴,更别提后来拆校舍的房橡子那事了……这些摩擦力无所不在,让他心力交瘁,让他无法做匀速直线运动,他不得不停下来了。

也许,他就要去的那个世界是没有摩擦力的,那里的一切都是光滑可爱的,但那有什么意义?在那边,他心仍留在这个充满灰尘和摩擦力的世界上,留在这所他倾注了全部生命的乡村小学里。他不在了以后,剩下的两个教师也会离去,这所他用力推了一辈子的小学校就会像谷场上那个石碾子一样停下来,他陷入深深的悲哀,但不论在这个世界或是那个世界,他都无力回天。

"牛顿第二定律比较难懂,我们最后讲,下面先讲牛顿第三定律:当一个物体对第二个物体施加一个力,这第二个物体也会对第一个物体施加一个力,这两个力大小相等,方向相反。"

娃们又陷入了长时间的沉默。

"听懂了没?谁说说?"

班上学习最好的赵拉宝说:"我知道是啥意思,可总觉得说不通。晌午我和李权贵打架,他把我的脸打得那么痛,肿起来了,所以作用力不相等的,我受的肯定比他大嘛!"

喘息了好一会,他才解释说:"你痛是因为你的腮帮子比权贵的拳头软,它们相互的作用力还是相等的……"

他想用手比画一下,但手已抬不起来了,他感到四肢像铁块一样沉,这沉重感很快扩展到全身,他感到自己的躯体像要压塌床板,陷入地下似的。

时间不多了。

"目标编号:1033715,绝对目视星等:3.5,演化阶段:主星序偏上,发现两颗行星,平均轨道半径分别为1.3和4.7个距离单位,在一号行星上发现生命,这是红69012舰报告。"

碳基联邦星际舰队的十万艘战舰目前已散布在一条长一万光年的带状区域中,这就是正在建立的隔离带。工程刚刚开始,只是试验性地摧毁了五千颗恒星,其中带有行星的只有137颗,而行星上有生命的这是第一颗。

"第一旋臂真是个荒凉的地方啊。"最高执政官感叹道。他的智能场振动了一下,用全息图隐去了脚下的旗舰和上方的星空,使他、舰队统帅和参议员悬浮于无际的黑色虚空中。接着,他调出了探测器发回的图像:虚空出现了一个发着蓝光的火球,最高执政官的智能场产生了一个白色的方框,那方框调整大小,圈住了这颗恒星并把它的图像隐去了,他们于是又陷入无边的黑暗之中,但这黑暗中有一个小小的黄色光点,图像的焦距开始大幅度调整,行星的图像以令人目眩的速度推向前来,很快占满了半个虚空,三个人都沉浸在它反射的橙黄色光芒中。

这是一颗被浓密大气包裹着的行星,在它那橙黄色的气体海洋上,汹涌的大气运动描绘出了极端复杂的不断变幻的线条。行星图像继续移向前来,直到占据了整个宇宙,三个人被橙黄色的气体海洋吞没了。探测器带着他们在这浓雾中穿行,很快雾气稀薄了一些,他们看到了这颗行星上的生命。

那是一群在浓密大气上层飘浮的气球状生物,表面有着美丽的花纹,那花纹不停在变幻着色彩和形状,时而呈条纹状,时而呈斑点状,不知这是不是一种可视语言。每个气球都有一条长尾,那长尾的尾端不时炫目地闪烁一下,光沿着长尾传到气球上,化为一片弥漫的荧光。

"开始四维扫描!"红69012舰上的一名上尉值勤军官说。

一束极细的波束开始从上至下飞快地扫描那群气球。这束波只有几个原子粗细,但它的波管内的空间维度比外部宇宙多一维。扫描数据传回舰上,在主计算机的内存中,那群气球被切成了几亿亿个薄片,每个薄片的厚度只有一个原子的尺度,在这个薄片上,每个夸克的状态都被精确地记录下来。

"开始数据镜像组合!"

主计算机的内存中,那几亿亿个薄片按原有顺序叠加起来,很快,组合成一群虚拟气球,在计算机内部广漠的数字宇宙中,这个行星上的那群生物体有了精确的复制品。

"开始3C级文明测试!"

在数字宇宙中,计算机敏锐地定位了气球的思维器官,它是悬在气球内部错综复杂的神经丛中间的一个椭圆体。计算机在瞬间分析了这个大脑的结构,并越过所有低级感官,直接同它建立了高速信息接口。

文明测试是从一个庞大的数据库中任意地选取试题,测试对象如果能答对其中三道,则测试通过;如果头三道题没有答对,测试者有两种选择:可以认为测试没有通过,或者继续测试,题数不限,直到被测试者答对的题数达到三道,这时可认为其通过测试。

"3C文明测试试题1号:请叙述你们已探知的组成物质的最小单元。"

"嘀嘀,嘟嘟嘟,嘀嘀嘀嘀。"气球回答。

"1号试题测试未通过。3C文明测试试题2号:你们观察到物体中热能的流向有什么特点?这种流向是否可逆?"

"嘟嘟嘟,嘀嘀,嘀嘀嘟嘟。"气球回答。

"2号试题测试未通过。3C文明测试试题3号:圆的周长和它的直径之比是多少?"

"嘀嘀嘀嘀嘟嘟嘟嘟。"气球回答。

"3号试题测试未通过。3C文明测试试题4号……"

"到此为止吧,"当测试题数达到10道时,最高执政官说,"我们时间不多。"他转身对旁边的舰队统帅示意了一下。

"发射奇点炸弹!"舰队统帅命令。

奇点炸弹实际上是没有大小的,它是一个严格意义上的几何点,一个原子同它相比都是无穷大,虽然最大的奇点炸弹质量有上百亿吨,最小的也有几千万吨。但当一颗奇点炸弹沿着长长的导轨从红69012舰的武器舱中滑出时,却可以看到一个直径达几百米的发着幽幽荧光的球体,这荧光是周围的太空尘埃被吸入这个微型黑洞时产生的辐射。同那些恒星引力坍缩形成的黑洞不同,这些小黑洞在宇宙创世之初就形成了,它们是大爆炸前的奇点宇宙的微缩模型。碳基联邦和硅基帝国都有庞大的船队,游弋在银河系银道面外的黑暗荒漠搜集这些微型黑洞,一些海洋行星上的种群把它们戏称为"远洋捕鱼船队",而这些船队带回的东西,是银河系中最具威慑力的武器之一,是迄今为止唯一能够摧毁恒星的武器。

奇点炸弹脱离导轨后,沿一条由母舰发出的力场束加速,直奔目标恒星。过了不长的一段时间,这颗灰尘似的黑洞高速射入了恒星表面火的海洋。想象在太平洋的中部突然出现一个半径一百公里的深井,就可以大概把握这时的情形。巨量的恒星物质开始被吸入黑洞,那汹涌的物质洪流从所有方向汇聚到一点并消失在那里,物质吸入时产生的辐射在恒星表面产生一团刺目的光球,仿佛恒星戴上了一个光彩夺目的钻石戒指。随着黑洞向恒星内部沉下去,光团暗淡下来,可以看到它处于一个直径达几百万公里的大旋涡正中,那巨大的旋涡散射着光团的强光,缓缓转动着,呈现出飞速变幻的色彩,使恒星从这个方向看去仿佛是一张狰狞的巨脸。很快,光团消失了,旋涡渐渐消失,恒星表面似乎又恢复了它原来的色彩和光度。但这只是毁灭前最后的平静,随着黑洞向恒星中心下沉,这个贪婪的饕餮者更疯狂地吞食周围密度急剧增高的物质,它在一秒钟内吸入的恒星物质总量可能有上百个中等行星。黑洞巨量吸入时产生的超强辐射向恒星表面蔓延,由于恒星物质的阻滞,只有一小部分到达了表面,但其余的辐射把它们的能量留在了恒星内部,这能量快速破坏着恒星的每一个细胞,从整体上把它飞快地拉离平衡态。从外部看,恒星的色彩在缓缓变化,由浅红色变为明黄色,从明黄色变为鲜艳的绿色,从绿色变为如洗的碧蓝，从碧蓝变为恐怖的紫色。这时，在恒星中心的黑洞产生的辐射能已远远大于恒星本身辐射的能量，随着更多的能量以非可见光形式溢出恒星，这紫色在加深，这颗恒星看上去像太空中一个在忍受着超级痛苦的灵魂，这痛苦在急剧增大，紫色已深到了极限，这颗恒星用不到一个小时的时间走完了它未来几十亿年的旅程。

一团似乎吞没整个宇宙的强光闪起，然后慢慢消失，在原来恒星所在的位置上，可以看到一个急剧膨胀的薄球层，像一个被吹大的气球，这是被炸飞的恒星表面。随着薄球层体积的增大，它变得透明了，可以看到它内部的第二个膨胀的薄球层，然后又可以看到更深处的第三个薄球层……这个爆炸中的恒星，就像宇宙中突然显现的一个套一个的一组玲珑剔透的镂花玻璃球，其中最深处的一个薄球层的体积也是恒星原来体积的几十万倍。当爆炸的恒星的第一层膨胀外壳穿过那个橙黄色行星时，它立刻被汽化了。其实在这整个爆炸的壮丽场景中根本就看不到它，同那膨胀的恒星外壳相比，它只是一粒微不足道的灰尘，其大小甚至不能成为那几层镂花玻璃球上的一个小点。

"你们感到消沉？"舰队统帅问，他看到最高执政官和参议员的智能场暗下来了。

"又一个生命世界毁灭了，像烈日下的露珠。"

"那您就想想伟大的第二旋臂战役，当两千多颗超新星被引爆时，有十二万个这样的世界同碳硅双方的舰队一起化为蒸汽。阁下，时至今日，我们应该超越这种无谓的多愁善感了。"

参议员没有理会舰队统帅的话，也对最高执政官说："这种对行星表面取随机点的检测方式是不可靠的，可能漏掉行星表面的文明特征，我们应该进行面积检测。"

最高执政官说："这一点我也同议会讨论过，在隔离带中我们要摧毁的恒星有上亿颗，这其中估计有一千万个行星系，行星数量可能达五千万颗，我们时间紧迫，对每颗行星都进行面积检测是不现实的。我们只能尽量加宽检测波束,以增大随机点覆盖的面积,除此之外,只能祈祷隔离带中那些可能存在的文明在其星球表面的分布尽量均匀了。"

"下面我们讲牛顿第二定律……"

他心急如焚,极力想在有限的时间里给娃们多讲一些。

"一个物体的加速度,与它所受的力成正比,与它的质量成反比。首先,加速度,这是速度随时间的变化率,它与速度是不同的,速度大加速度不一定大,加速度大速度也不一定大。比如一个物体现在的速度是 110 米每秒,2 秒后的速度是 120 米每秒,那么它的加速度就是 120 减 110 除以 2,5 米每秒,呵,不对,5 米每秒的平方;另一个物体现在的速度是 10 米每秒,2 秒后的速度是 30 米每秒,那么它的加速度就是 30 减 10 除以 2,10 米每秒的平方。看,后面这个物体虽然速度小,但加速度大!呵,刚才说到平方,平方就是一个数自个儿乘自个儿……"

他惊奇自己的头脑如此清晰,思维如此敏捷,他知道,自己生命的蜡烛已燃到根上,棉芯倒下了,把最后的一小块蜡全部引燃了,一团比以前的烛苗亮十倍的火焰熊熊燃烧起来。剧痛消失了,身体也不再沉重,其实他已感觉不到身体的存在,他的全部生命似乎只剩下那个在疯狂运行的大脑,那个悬在空中的大脑竭尽全力,尽量多尽量快地把自己存储的信息输出给周围的娃们,但说话是个该死的瓶颈,他知道来不及了。他产生了一个幻象:一把水晶样的斧子把自己的大脑无声地劈开,他一生中积累的那些知识,虽不是很多但他很看重的,像一把发光的小珠子毫无保留地落在地上,发出一阵悦耳的叮当声,娃们像见到过年的糖果一样抢那些小珠子,抢得摞成一堆……这幻象让他有一种幸福的感觉。

"你们听懂了没?"他焦急地问,他的眼睛已经看不到周围的娃们,但还能听到他们的声音。

"我们懂了!老师快歇着吧!"

他感觉到那团最后的火焰在弱下去:"我知道你们不懂,但你们把它背下来，以后慢慢会懂的。一个物体的加速度，与它所受的力成正比，与它的质量成反比。"

"老师，我们真懂了，求求你快歇着吧！"

他用尽最后的力气喊道："背呀！"

娃们抽泣着背了起来："一个物体的加速度，与它所受的力成正比，与它的质量成反比。一个物体的加速度，与它所受的力成正比，与它的质量成反比……"

这几百年前就在欧洲化为尘土的卓越头脑产生的思想，以浓重西北方言的童音在二十世纪中国最偏僻的山村中回荡。就在这声音中，那烛苗灭了。

娃们围着老师已没有生命的躯体大哭起来。

"目标编号：500921473，绝对目视星等：4.71，演化阶段：主星序正中，带有九颗行星。这是蓝84210号舰报告。"

"一个精致完美的行星系。"舰队统帅赞叹。

最高执政官很有同感："是的，它的固态小体积行星和气液态大体积行星的配置很有韵律感，小行星带的位置恰到好处，像一条美妙的装饰链。还有最外侧那颗小小的甲烷冰行星，似乎是这首音乐最后一个余音未尽的音符，暗示着某种新周期的开始。"

"这是蓝84210号舰，将对最内侧1号行星进行生命检测，检测波束发射。该行星没有大气，自转缓慢，温差悬殊。1号随机点检测，白色结果；2号随机点检测，白色结果……10号随机点检测，白色结果。蓝84210号舰报告，该行星没有生命。"

舰队统帅不以为然地说："这颗行星的表面温度可以当冶炼炉了，没必要浪费时间。"

"开始2号行星生命检测，波束发射。该行星有稠密大气，表面温度较高且均匀，大部为酸性云层覆盖。1号随机点检测，白色结果；2号随机点检测,白色结果……10号随机点检测,白色结果。蓝84210号舰报告,该行星没有生命。"

通过四维通信,最高执政官对一千光年之外蓝84210号舰上的值勤军官说:"直觉告诉我,3号行星有生命的可能性很大,在它上面检测30个随机点。"

"阁下,我们时间很紧了。"舰队统帅说。

"照我说的做。"最高执政官坚定地说。

"是,阁下。开始3号行星生命检测,波束发射。该行星有中等密度的大气,表面大部为海洋覆盖……"

来自太空的生命检测波束落到了亚洲大陆靠南一些的一点上,波束在地面上形成了一个约五千米的圆形。如果是在白天,用肉眼有可能觉察到波束的存在,因为当波束到达时,在它的覆盖范围内,一切无生命的物体都将变成透明状态。现在它覆盖的中国西北的这片山区,那些黄土山在观察者的眼里将如同水晶的山脉,阳光在这些山脉中折射,将是一幅十分奇异壮观的景象,观察者还会看到脚下的大地也变成深不可测的深渊。而被波束判断为有生命的物体则保持原状不变,人、树木和草在这水晶世界中显得格外清晰醒目。但这效应只持续半秒钟,这期间检测波束完成初始化,之后一切恢复原状。观察者肯定会认为自己产生了一瞬间的幻觉。而现在,这里正是深夜,自然难以觉察到什么了。

这所山村小学,正好位于检测波束圆形覆盖区的圆心上。

"1号随机点检测,结果……绿色结果,绿色结果!蓝84210号舰报告,目标编号500921473,第3号行星发现生命!"

检测波束对覆盖范围内的众多种类生命体进行分类,在以生命结构的复杂度和初步估计的智能等级进行排序的数据库中,在一个方形掩蔽物下的那一簇生命体排在首位。于是波束迅速收缩,汇聚到那座掩蔽上。

最高执政官的智能场接收到从蓝84210号舰上发回的图像,并把它放大到整个太空背景上,那所山村小学的影像在瞬间占据了整个宇宙。图像处理系统已经隐去了掩蔽物,但那簇生命体的图像仍不清晰,这些生命体的外形太不醒目了,几乎同周围行星表面的以硅元素为主的黄色土壤融为一体。计算机只好把图像中所有的无生命部分,包括这些生命体中间的那具体形较大的已没有生命的躯体,全部隐去,这样那一簇生命体就仿佛悬浮在虚空之中,即使如此,它们看上去仍是那么平淡和缺乏色彩,像一簇黄色的植物,一看就知是那种在他们身上不会发生任何奇迹的生物。

一束纤细的四维波束从蓝84210号舰发射,这艘有一个月球大小的星际战舰正停泊在木星轨道之外,使太阳系暂时多了一颗行星。那束四维波束在三维太空中以接近无限的速度到达地球,穿过那所乡村小学校舍的屋顶,以基本粒子的精度对这十八个孩子进行扫描。数据的洪流以人类难以想象的速率传回太空,很快,在蓝84210号舰主计算机那比宇宙更广阔的内存中,孩子们的数字复制体形成了。

十八个孩子悬浮在一个无际的空间里,那空间呈一种无法形容的色彩,实际上那不是色彩,虚无是没有色彩的,虚无是透明中的透明。孩子们都不由想拉住旁边的伙伴,他们看上去很正常,但手从他们身体里毫无阻力地穿过去了。孩子们感到了难以形容的恐惧。计算机觉察到了这一点,它认为这些生命体需要一些熟悉的东西,于是在自己的内存宇宙的这一部分模拟这个行星天空的颜色。孩子们立刻看到了蓝天,没有太阳没有云更没有浮尘,只有蓝色,那么纯净,那么深邃。孩子们的脚下没有大地,也是与头顶一样的蓝天,他们似乎置身于一个无限的蓝色宇宙中,而他们是这宇宙中唯一的实体。计算机感觉到,这些数字生命体仍然处于惊恐中,它用了亿分之一秒想了想,终于明白了:银河系中大多数生命体并不惧怕悬浮于虚空之中,但这些生命体不同,他们是大地上的生物。于是它给了孩子们一个大地,并给了他们重力感。孩子们惊奇地看着脚下突然出现的大地，它是纯白色的，上面有黑线画出的整齐方格，他们仿佛站在一个无限广阔的语文作业本上。他们中有人蹲下来摸摸地面，这是他们见过的最光滑的东西，他们迈开双脚走，但原地不动，这地面是绝对光滑的，摩擦力为零，他们很惊奇自己为什么不会滑倒。这时有个孩子脱下自己的一只鞋子，沿着地面扔出去，那鞋子以匀速直线运行向前滑去，孩子们呆呆地看着它以恒定的速度渐渐远去。

他们看到了牛顿第一定律。

有一个声音，空灵而悠扬，在这数字宇宙中回荡。

"开始 3C 级文明测试，3C 文明测试试题 1 号：请叙述你所在星球生物进化的基本原理，是自然淘汰型还是基因突变型？"

孩子茫然地沉默着。

"3C 文明测试试题 2 号：请简要说明恒星能量的来源。"

孩子茫然地沉默着。

……

"3C 文明测试试题 10 号：请说明构成你们星球上海洋的液体的分子构成。"

孩子仍然茫然地沉默着。

那只鞋在遥远的地平线处变成一个小黑点消失了。

"到此为止吧！"在一千光年之外，舰队统帅对最高执政官说，"不能再耽误时间了，否则我们肯定不能按时完成第一阶段的任务。"

最高执政官的智能场发出了微弱的表示同意的振动。

"发射奇点炸弹！"

载有命令信息的波束越过四维空间，瞬间到达了停泊在太阳系中的蓝 84210 号舰。那个发着幽幽荧光的雾球滑出了战舰前方长长的导轨，沿着看不见的力场束急剧加速，向太阳扑去。

最高执政官、参议员和舰队统帅把注意力转向了隔离带的其他区域，那里，又发现了几个有生命的行星系，但其中最高级的生命是一种生活在泥浆中的无脑蠕虫。接连爆炸的恒星像宇宙中怒放的焰火，使他们想起了史诗般的第二旋臂战役。

不知过了多长时间，最高执政官智能场的一小部分下意识地游移到太阳系，他听到了蓝84210号舰舰长的声音：

"准备脱离爆炸威力圈，时空跃迁准备，三十秒倒数！"

"等一下，奇点炸弹到达目标还需多长时间？"最高执政官说，舰队统帅和参议员的注意力也被吸引过来。

"它正越过内侧1号行星的轨道，大约还有十分钟。"

"用五分钟时间，再进行一些测试吧。"

"是，阁下。"

接着听到了蓝84210号舰值勤军官的声音："3C文明测试试题11号：一个三维平面上的直角三角形，它的三条边的关系是什么？"

沉默。

"3C文明测试试题12号：你们的星球是你们行星系的第几颗行星？"

沉默。

"这没有意义，阁下。"舰队统帅说。

"3C文明测试试题13号：当一个物体没有受到外力作用时，它的运行状态如何？"

数字宇宙广漠的蓝色空间中突然响起了孩子们清脆的声音："当一个物体没有受到外力作用时，它将保持静止或匀速直线运动不变。"

"3C文明测试试题13号通过！3C文明测试试题14号……"

"等等！"参议员打断了值勤军官，"下一道试题也出关于甚低速力学基本近似定律的。"他又问最高执政官，"这不违反测试准则吧。"

"当然不，只要是测试数据库中的试题。"舰队统帅代为回答。这些令他大感意外的生命体把他的注意力全部吸引过来了。

"3C文明测试试题14号：请叙述相互作用的两个物体间力的关系。"

孩子们说："当一个物体对第二个物体施加一个力，这第二个物体也会对第一个物体施加一个力,这两个力大小相等,方向相反!"

"3C 文明测试试题 14 号通过!3C 文明测试试题 15 号:对于一个物体,请说明它的质量、所受外力和加速度之间的关系。"

孩子们齐声说:"一个物体的加速度,与它所受的力成正比,与它的质量成反比!"

"3C 文明测试试题 15 号通过,文明测试通过!确定目标恒星 500921473 的 3 号行星上存在 3C 级文明。"

"奇点炸弹转向!脱离目标!!"最高执政官的智能场急剧闪动着,用最大的能量把命令通过超空间传送到蓝 84210 号舰上。

在太阳系,推送奇点炸弹的力场束弯曲了,这根长几亿公里的力场束此时像一根弓起的长杆,努力把奇点炸弹挑离射向太阳的轨道。蓝 84210 号舰上的力场发动机以最大功率工作,巨大的散热片由暗红变为耀眼的白炽色。力场束向外的推力分量开始显示出效果,奇点炸弹的轨道开始弯曲,但它已越过水星轨道,距太阳太近了,谁也不知道这努力是否能成功。通过超空间直播,全银河系都在盯着那个模糊的雾团的轨迹,并看到它的亮度急剧增大,这是一个可怕的迹象,说明炸弹已能感受到太阳外围空间粒子密度的增大。舰长的手已放到了那个红色的时空跃迁启动按钮上,以在奇点炸弹击中太阳前的一刹那脱离这个空间。但奇点炸弹最终像一颗子弹一样擦过太阳的边缘,当它以仅几万米的高度掠过太阳表面上空时,由于黑洞吸入太阳大气中大量的物质,亮度增到最大,使得太阳边缘出现了一个刺眼的蓝白色光球,使它在这一刻看上去像一个紧密的双星系统,这奇观对人类将一直是个难解的谜。蓝白色光球飞速掠过时,下面太阳浩瀚的火海黯然失色。像一艘快艇掠过平静的水面,黑洞的引力在太阳表面划出了一道 V 形的划痕,这划痕扩展到太阳的整个半球才消失。奇点炸弹撞断了一条日珥,这条从太阳表面升起的百万公里长的美丽轻纱在高速冲击下,碎成一群欢快舞蹈着的小小的等离子体旋涡……奇点炸弹掠过太阳后,亮度很快暗下来,最后消失在茫茫太空的永恒之夜中。

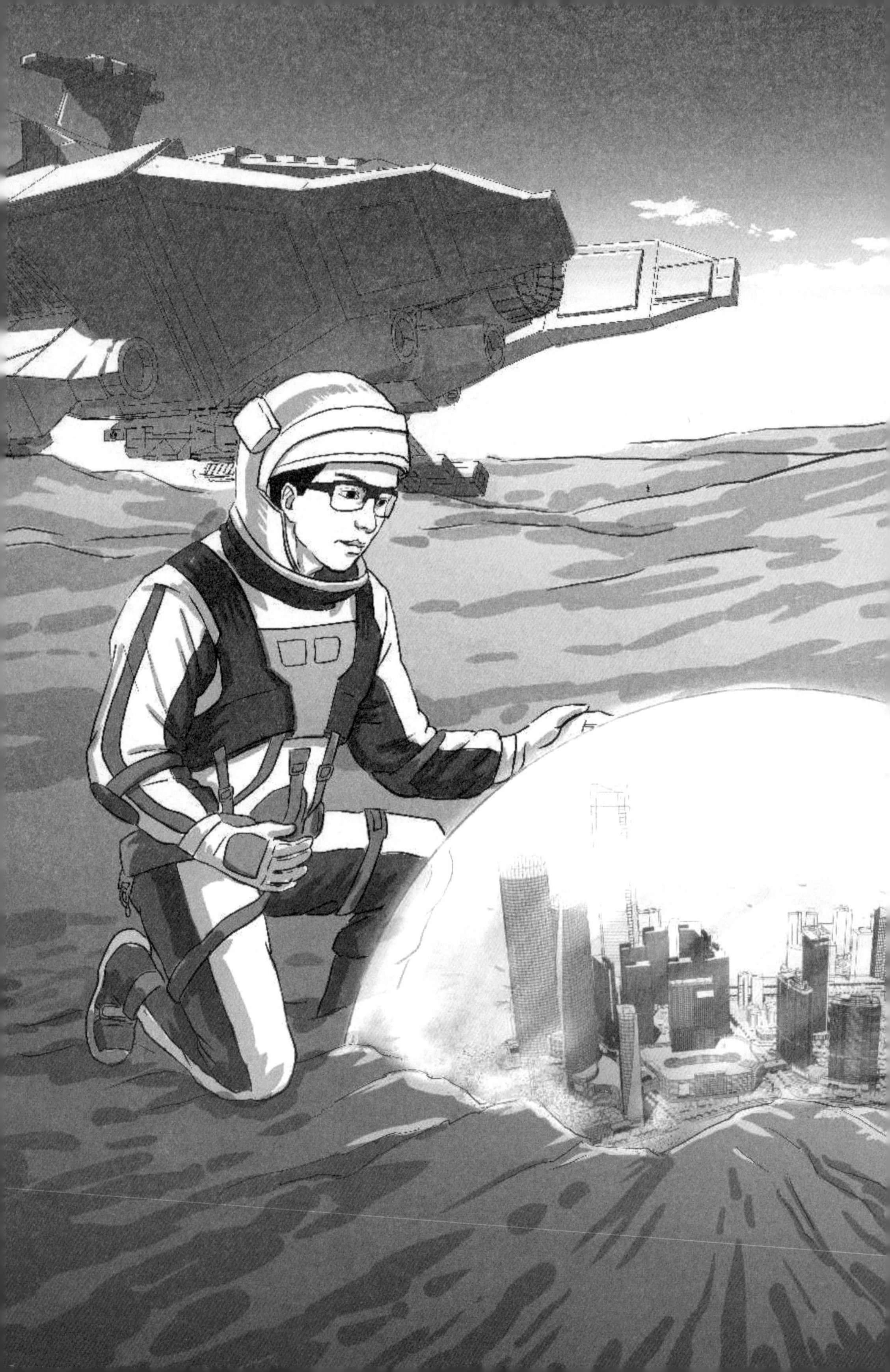

"我们险些毁灭了一个碳基文明。"参议员长出一口气说。

"真是不可思议,在这么荒凉的地方竟会存在3C级文明!"舰队统帅感叹说。

"是啊,无论是碳基联邦,还是硅基帝国,其文明扩展和培植计划都不包括这一区域,如果这是一个自己进化的文明,那可是一件很不寻常的事。"最高执政官说。

"蓝84210号舰,你们继续留在那个行星系,对3号行星进行全表面文明检测,你舰其余的任务将由其他舰只接替。"舰队司令命令道。

同他们在木星轨道之外的数字复制品不一样,山村小学中的那些娃们丝毫没有觉察到什么,在那间校舍里的烛光下,他们只是围着老师的遗体哭啊哭。不知哭了多长时间,娃们最后安静下来。

"咱们去村里告诉大人吧。"郭翠花抽泣着说。

"那又咋的?"刘宝柱低着头说,"老师活着时村里的人都腻歪他,这会儿肯定连棺材钱都没人给他出呢!"

最后,娃们决定自己掩埋自己的老师。他们拿了锄头铁锹,在学校旁边的山地上开始挖墓坑,灿烂的群星在整个宇宙中静静地看着他们。

"天啊!这颗行星上的文明不是3C级,是5B级!!"看着蓝84210号舰从一千光年之外发回的检测报告,参议员惊呼起来。

人类城市的摩天大楼群的影像在旗舰上方的太空中显现。

"他们已经开始使用核能,并用化学推进方式进入太空,甚至已登上了他们所在行星的卫星。"

"他们基本特征是什么?"舰队统帅问。

"您想知道哪些方面?"蓝84210号上的值勤军官问。

"比如,这个行星上生命体记忆遗传的等级是多少?"

"他们没有记忆遗传,所有记忆都是后天取得的。"

"那么,他们的个体相互之间的信息交流方式是什么?"

"极其原始,也十分罕见。他们身体内有一种很薄的器官,这种器官在这个行星以氧氮为主的大气中振动时可产生声波,同时把要传输的信息调制到声波之中,接收方也用一种薄膜器官从声波中接收信息。"

"这种方式信息传输的速率是多大?"

"大约每秒 1 至 10 比特。"

"什么?!"旗舰上听到这话的所有人都大笑起来。

"真的是每秒 1 至 10 比特,我们开始也不相信,但反复核实过。"

"上尉,你是个白痴吗?!"舰队统帅大怒,"你是想告诉我们,一种没有记忆遗传,相互间用声波进行信息交流,并且是以令人难以置信的每秒 1 至 10 比特的速率进行交流的物种,能创造出 5 B 级文明?!而且这种文明是在没有任何外部高级文明培植的情况下自行进化的?!"

"但,阁下,确实如此。"

"但在这种状态下,这个物种根本不可能在每代之间积累和传递知识,而这是文明进化所必需的!"

"他们有一种个体,有一定数量,分布于这个种群的各个角落,这类个体充当两代生命体之间知识传递的媒介。"

"听起来像神话。"

"不,"参议员说,"在银河文明的太古时代,确实有过这个概念,但即使在那时也极其罕见,除了我们这些星系文明进化史的专业研究者,很少有人知道。"

"你是说那种在两代生命体之间传递知识的个体?"

"他们叫教师。"

"教——师?"

"一个早已消失的太古文明词汇,很生僻,在一般的古词汇数据库中都查不到。"

这时,从太阳系发回的全息影像焦距拉长,显示出蔚蓝色的地球在太空中缓缓转动。

最高执政官说:"在银河系联邦时代,独立进化的文明十分罕见,能进化到5B级的更是绝无仅有,我们应该让这个文明继续不受干扰地进化下去,对它的观察和研究,不仅有助于我们对太古文明的研究,对今天的银河文明也有启示。"

"那就让蓝84210号舰立刻离开那个行星系吧,并把这颗恒星周围一百光年的范围列为禁航区。"舰队统帅说。

北半球失眠的人,会看到星空突然微微抖动,那抖动从空中的一点发出,呈圆形向整个星空扩展,仿佛星空是一汪静水,有人用手指在水中央点了一下似的。

蓝84210号舰跃迁时产生的时空激波到达地球时已大大衰减,只使地球上所有的时钟都快了3秒,但在三维空间中的人类是不可能觉察到这一效应的。

"很遗憾,"最高执政官说,"如果没有高级文明的培植,他们还要在亚光速和三维时空中被禁锢两千年,至少还需一千年时间才能掌握和使用湮灭能量,两千年后才能通过多维时空进行通信。至于通过超空间跃迁进行宇宙航行,可能是五千年后的事了;至少要一万年,他们才具备加入银河系碳基文明大家庭的起码条件。"

参议员说:"文明的这种孤独进化,是银河系太古时代才有的事。如果那古老的记载正确,我那太古的祖先生活在一个海洋行星的深海中。在那黑暗世界中的无数个王朝后,一个庞大的探险计划开始了,他们发射了第一个外空飞船,那是一个透明浮力小球,经过漫长的路程浮上海面。当时正是深夜,小球中的先祖第一次看到了星空……你们能够想象,那对他们是怎样的壮丽和神秘啊!"

最高执政官说:"那是一个让人向往的时代,一粒灰尘样的行星对先

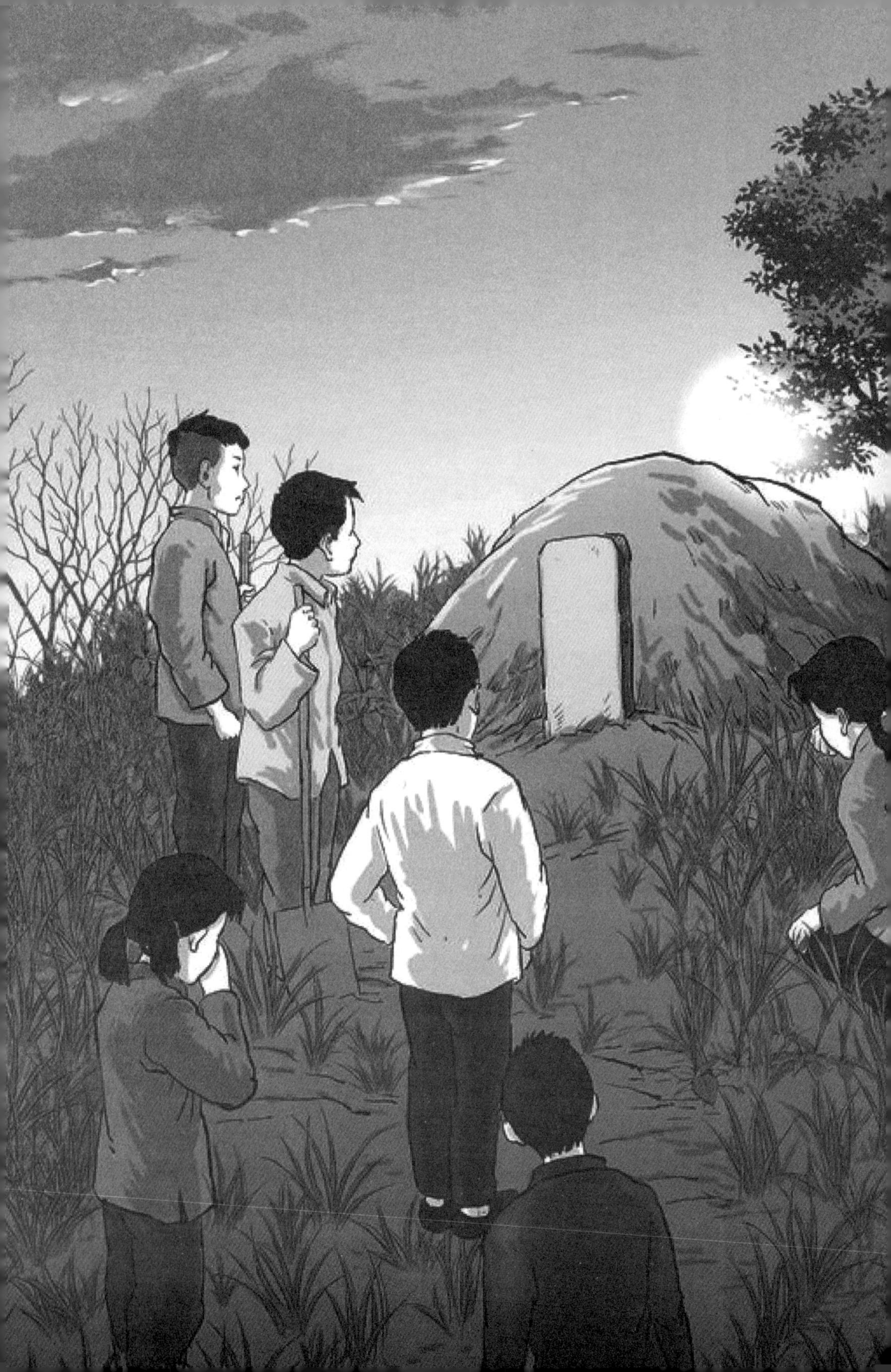

祖都是一个无限广阔的世界,在那绿色的海洋和紫色的草原上,先祖敬畏地面对群星……这感觉我们已丢失千万年了。"

"可我现在又找回了它!"参议员指着地球的影像说,她那蓝色的晶莹球体上浮动着雪白的云纹,他觉得她真像一种来自他祖先星球海洋中的一种美丽的珍珠,"看这个小小的世界,她上面的生命体在过着自己的生活,做着自己的梦,对我们的存在,对银河系中的战争和毁灭全然不知,宇宙对他们来说,是希望和梦想的无限源泉,这真像一首来自太古时代的歌谣。"

他真的吟唱了起来,他们三人的智能场合为一体,荡漾着玫瑰色的波纹。那从遥远得无法想象的太古时代传下来的歌谣听起来悠远、神秘、苍凉,通过超空间,它传遍了整个银河系,在这团由上千亿颗恒星组成的星云中,数不清的生命感到了一种久已消失的温馨和宁静。

"宇宙的最不可理解之处在于它是可以理解的。"最高执政官说。

"宇宙的最可理解之处在于它是不可理解的。"参议员说。

当娃们造好那座新坟时,东方已经放亮了。老师是放在从教室拆下来的一块门板上下葬的,陪他入土的是两盒粉笔和一套已翻破的小学课本。娃们在那个小小的坟头上立了一块石板,上面用粉笔写着"李老师之墓"。

只要一场雨,石板上那稚拙的字迹就会消失;用不了多长时间,这座坟和长眠在里面的人就会被外面的世界忘得干干净净。

太阳从山后露出一角,把一抹金晖投进仍沉睡着的山村;在仍处于阴影中的山谷草地上,露珠在闪着晶莹的光,可听到一两声怯生生的鸟鸣。

娃们沿着小路向村里走去,那一群小小的身影很快消失在山谷淡蓝色的晨雾中。

他们将活下去,在这块古老贫瘠的土地上,收获虽然微薄,但确实存在希望。

微观尽头

今天夜里,人类将试图击破夸克。

这个壮举将在位于罗布泊的东方核子中心完成。核子中心看上去只是沙漠中一群优雅的白色建筑,巨大的加速器建在沙漠地下深处的隧道中,加速器的周长有 150 公里。在附近专门建了一座 100 万千瓦的核电厂为加速器供电,但要完成今天的试验还远远不够,只能从西北电网临时调来电力。今天,加速器将把粒子加速到 10 的 20 次方吉电子伏特,这是宇宙大爆炸开始时的能量,是万物创生时的能量,在这难以想象的能量下,目前已知的物质最小单位夸克将被撞碎,人类将窥见物质世界最深层的秘密。

核子中心的控制大厅中人不多,其中有目前世界上最杰出的两位理论物理学家,他们代表着目前对物质深层结构研究的两个不同的学派。其中之一是美国人赫尔曼·琼斯,他认为夸克是物质的最小单位,不可能被击破;另一位是中国人丁仪,他的理论认为物质无限可分。控制大厅中还有负责加速器运行的总工程师,以及为数不多的几名记者。其他众多的工作人员都在地下深处的几十间分控室内,控制大厅只能看到综合后的数据。这里最让人惊奇的人物是一位叫迪夏提的哈萨克族牧羊老人,他的村庄就在核子中心加速器的圆周内,在昨天的野餐中,物理学家们吃了他的烤全羊,并坚持把他请来。他们认为这个物理学的伟大时刻,也是全人类的伟大时刻,所以应该有一个最不懂物理学的人到场。

加速器已经启动,大显示屏上的能量曲线像刚苏醒的蚯蚓一样懒洋洋地爬着,向标志着临界能量的红线升去,那就是击碎夸克所需的能量。

"电视为什么不转播?"丁仪指着大厅一角的一台电视机问,电视中正转播着一场人山人海的足球赛。这位物理学家从北京到这儿一直身着一件蓝工作服,很容易被误认为是勤杂工。

"丁博士,我们并非世界中心,试验结果出来后,能出一条三十秒的小新闻就不错了。"总工程师说。

"麻木,难以置信的麻木。"丁仪摇摇头说。

"但这是生存之必须。"琼斯说,他一副颓废派打扮,头发老长,还不时从衣袋中掏出一个银制酒瓶喝一口。

"我很不幸地不麻木,所以难以生存下去。"他说着掏出了一张纸,在空中晃着,"先生们,这是我的遗书。"

语惊四座,记者们立刻围着了琼斯。

"这个试验结束后,物质世界将不再有什么可以探索的秘密。物理学将在一个小时内完结!我是来迎接自己世界的末日,我的物理学啊,你这个冷酷的情人,你已穷尽之后我如何活得下去!"

丁仪不以为然地说:"这话在牛顿时代和爱因斯坦时代都有人说过,比如20世纪的马克斯·玻恩和史蒂芬·霍金,但物理学并没有结束,将来也不会结束。您很快就会看到,夸克将被击破,我们在通向无的阶梯上又踏上一节。我是来迎接自己世界的早晨!"

"您这是抄袭毛泽东的理论,丁博士。他在20世纪50年代就提出物质无限可分的思想了。"琼斯反唇相讥。

"你们过分沉湎于自己的思想了。"总工程师插进来说,"通过阳光同一时刻在埃及和希腊的干井中不同的投影,可以推测出地球是圆的,甚至由此可以计算出它的直径,但只有麦哲伦的旅行才是真正激动人心的。你们这些理论物理学家以前只是待在井里,今天我们才要在微观世界做真正的环球航行!"

大屏幕上,能量曲线接近了那条红线。外面的世界似乎觉察到了这沙漠深处涌动的巨大能量,一群鸟儿从红柳丛中惊飞,在夜空中久久盘旋,远方传来阵阵狼叫……终于,能量曲线越过了红线,加速器中的粒子已获得了撞击夸克所需的能量,这是人类有史以来所获得的最高能量的粒子。控制计算机立刻把这些超能粒子引出了加速器周长150公里的环道,进入一条支线,以接近光速的速度向靶标飞去。在这极限能量的轰击下,靶标立刻迸发出一场粒子辐射的暴雨。无数个传感器睁大眼睛盯着这场暴雨,它们能在一瞬间分辨出暴雨中几个颜色稍有不同的雨滴,正是从这几个雨滴的组合中,超级计算机将判断出是否发生了撞击夸克的事件,并进一步判断夸克是否被撞碎。

超能粒在源源不断地产生,加速器中的撞击在持续,人们在紧张地等待着。超能粒子击中夸克的概率是很小的,他们不知道要等多长时间。

"哦,来自远方的朋友们。"迪夏提老人打破沉默,"十多年前,这些东西刚开始修建时我就在这里。那时工地上有上万人,钢铁和水泥堆得像山一样高,还有几百个像大楼一样高的线圈,他们告诉我那是电磁铁……我不明白,这样多的钱和物,这样多的人力,能灌溉多少沙漠,使那里长满葡萄和哈密瓜,可你们干的事情,谁都不明白。"

"迪夏提大爷,我们在寻求物质世界最深的秘密,这比什么都重要!"丁仪说。

"我没有读过多少书,但我知道,你们这些世界上最有学问的人,在找世界上最小的沙粒。"

老牧人对粒子物理出色的定义使在场所有的人都兴奋起来。

"妙极了!"琼斯在得到翻译后叫起来,"他认为,"他指指丁仪,"沙粒要多小就有多小;而我认为,存在最小的沙粒,这粒沙子不能再小了,用最强有力的锤都不可能砸碎它。尊敬的迪夏提大爷,您认为我们谁对呢?"

迪夏提在听完翻译后摇了摇头:"我不知道,你们也不可能知道,世界万物究竟是怎么回事,凡人哪能搞清呢?"

"这么说,您是一位不可知论者?"丁仪问。

老牧人饱经风霜的双眼沉浸在梦幻和回忆中:"世界真让人想不出啊!从小,我就赶着羊群在无边的戈壁沙漠中寻找青草。多少个夜晚,我和羊群躺在野外,看着满天的星星。那些星星密密麻麻的啊,晶亮晶亮的啊,像姑娘黑发中的宝石;夜不深时,身下的戈壁还是热的,轻风一阵阵的,像它的呼吸……这时世界是活的,就像一个熟睡的大娃娃。这时不用耳朵,而用心听,你就能听到一个声音,那声音充满天地之间,那是真主的声音,只有他才知道世界究竟是怎么回事。"

这时,蜂鸣器刺耳地响了,这是发生夸克撞击事件的信号,人们都转向大屏幕,物理学的最后审判日到了,人类争论了三千年的问题马上就会有答案。

超级计算机的分析数据如洪水般在屏幕上涌出,两位理论物理学家马上发现事情不对,他们困惑地摇摇头。

结果并没有显示夸克被撞碎,但也没有显示它保持完整,试验数据完全不可理解。

突然,有人惊叫了一声,那是迪夏提,这里只有他对大屏幕上撞击夸克的数据不感兴趣,仍站在窗边:"天啊,外面怎么了,你们快过来看啊!"

"迪夏提大爷,请别打扰我们!"总工程师不耐烦地说,但迪夏提的另一句话使所有人都转过身来。

"天……天怎么了!!"

一片白光透进窗来,大厅中的人们向外看去,他们不相信自己的眼睛:整个夜空变成了乳白色!人们冲出了大厅,外面,在广阔的戈壁之上,乳白色的苍穹发着柔和的白光,像一片牛奶海洋,地球仿佛处于一个巨大的白色蛋壳的中心!当人们的双眼适应了这些时,他们发现乳白色的天空中有一群群的小黑点,仔细观察了那些黑点的位置后,他们真要发疯了。

"真主啊,那些黑点……是星星!!"迪夏提喊出了每个人都看到但又不敢相信的结论。

他们在看着宇宙的负片。

震惊之中,有人从窗外注意到了大厅中的那台正在转播球赛的电视机,屏幕上的情形证明了他们不是在做梦:千里之外的体育场也笼罩在一片白光中,看台上的几万人都惊恐地仰望着天空……

"这事什么时候发生的?"首先镇静下来的总工程师问。

"刚才里面那个鸣声响起来的时候。"迪夏提说。

人们沉默了,他们把目光都集中到琼斯和丁仪身上,希望这两位自爱因斯坦以来最杰出的物理学家,能对眼前这噩梦般的现实做出哪怕一点点的解释。

两位物理学家已不看天空了,他们在低头沉思着。丁仪首先抬起头来仰望着乳白色的宇宙,长长地出了一口气。

"我们早该想到的。"

琼斯也抬起头来,望着丁仪:"是的,这就是超统一理论方程中那个变量的含义!"

"你们在说什么?!"总工程师喊道。

"工程师,我们的环球航行成功了!"丁仪笑着说。

"你是说,我们的试验导致了这一切?!"

"事实正是!"琼斯说,同时掏出了那个银酒瓶,"现在麦哲伦知道了,地球是圆的。"

"圆……的?!"其他的人都困惑地看着两位物理学家。

"地球是圆的,从其表面任一点一直向前走,就会回到原点。现在我们知道了宇宙的时空形状,很类似,我们一直向微观的深层走,当走到微观尽头时,就回到了整个宏观。加速器刚才击穿了物质最小的结构,于是其力量作用到最大的结构上,把整个宇宙反转了。"琼斯解释说。

丁仪说:"琼斯博士,您可以活下去了,物理学没有完结,才刚刚开始,就像人类知道地球形状后,地理学刚刚开始一样。我们都错了,要说最接近事实的论述,是迪夏提大爷刚才做出的,我虽不相信真主,但宇宙之深奥之神奇远远超过我们的想象。"

"我想起来了,20世纪,英国人阿瑟·克拉克在科幻小说中提出过宇宙负片的概念,但谁会想到它成为现实呢?"

"可现在怎么办?"总工程师问。

"现在很好,我很乐意生活在负片宇宙中,它和反转前的同样美,不是吗?"琼斯喝干了瓶中的酒,微醉着伸开双臂拥抱整个新宇宙。

"可你们看……"总工程师从窗口指了指大厅里的电视,体育场里惊恐的骚动在加剧,一种集体的歇斯底里在人海中蔓延开来。从这个画面上可以想象,整个人类世界正陷入混乱之中。

"继续轰击靶标。"丁仪对总工程师说。在第一次夸克撞击事件发生后,为了分析结果,控制计算机已中止了超能粒子对靶标的轰击。

"你疯了?!鬼知道第二次夸克撞击事件会产生什么效应?也许会造成宇宙坍缩或大爆炸!"

"不会的!前面的现象已证明了超统一方程的正确,我们知道下一次撞击会发生什么。"琼斯说。

加速器中的超能粒子再次被引向靶标,人们期待着粒子的暴雨中那几滴不同颜色雨点的出现。

1分钟,2分钟……10分钟……

各种曲线和数据在大屏幕上懒洋洋地滚动着,什么都没发生。

电视屏幕上,体育场中的人海已失去了控制,在乳白色的天空下,人们无目标地乱撞,互相践踏……图像抖动了一下,电视信号中断了,屏幕上只有一片荒漠一样的雪花。宇宙的突变超出了人类所有的知识和想象,超出了他们的精神承受力,世界处于疯狂的边缘。

蜂鸣器第二次响了,夸克第二次被击中。

没有任何预兆,比眨眼的速度更快,宇宙再次被反转,漆黑的夜空,晶莹的星群,人类的宇宙又回来了。

"天啊,你们在干真主的事!"迪夏提大爷说。核子中心的人们这时都聚集在外面的戈壁滩上,聚集在醉人的星空下。

"是的,对物质本原的不懈探索使我们拥有了上帝的力量,这真是做梦都想不到的。"琼斯说。

"但我们仍是人,谁知道以后还会发生什么呢?"丁仪说。

夜空中,群星灿烂,那听不见的乐曲充满整个宇宙。

"真主啊……"迪夏提大爷对着星空伏下身来。

全频带阻塞干扰

以深深的敬意献给俄罗斯人民,他们的文学影响了我的一生。

——刘慈欣

在战场电磁干扰形式选择上,本手册主张采用对某一特定频率或信道所进行的瞄准式干扰,而不主张同时干扰一个较宽频带的阻塞式干扰,因为后者对己方的电磁通信和电子支援措施也会产生影响。

——摘自1993年美国陆军《电子战手册》

1月5日,斯摩棱斯克前线

失陷的城市已经看不见了,战线在一夜之间后退了40公里。

在凌晨的天光下,雪原呈现一种寒冷的暗蓝色。在远方的各个方向上,被击中的目标冒出一道道黑色的烟柱。几乎无风,这些烟柱笔直地向高空升去,好像是连接天地的一条条细长的黑纱。顺着这些烟柱向上看,卡琳娜吃了一惊:刚刚显现晨光的天空被一团巨大的白色乱麻充塞着,这纷乱的白色线条仿佛是一个精神错乱的巨人疯狂地画在天上的。那是混杂在一起的歼击机的航迹，是俄罗斯空军和北约空军为争夺制空权所进行的一夜激战留下的。

来自空中和远方的精确打击也持续了一夜，在一位非专业人士看来，打击似乎并不密集，爆炸声每隔几秒钟甚至几分钟才响一次，但卡琳娜知道，每一次爆炸都意味着一个重要目标被击中，几乎不会打空。这一声声爆炸，仿佛是昨夜这篇黑色文章中的一个个闪光的标点符号。当凌晨到来时，卡琳娜不知道防线还剩下多少力量，甚至不知道防线是否还存在，似乎整个世界上只有她一人在抵抗。

卡琳娜少校所在的电子对抗排是在半夜被毁灭的，当时这个排所在的位置上落下了六颗激光制导炸弹。卡琳娜侥幸逃生，那辆装载干扰机的BMP-2装甲车还在燃烧，这个排的其他电子战车辆现在都变成散落在周围雪地上的一堆堆黑色金属块。卡琳娜所在的弹坑中的余热正在散去，她感到了寒冷。她用手撑着坐直身，右手触到了一团黏糊糊的冰冷绵软的东西，看上去像一个沾满了黑色弹灰的泥团。她突然意识到那是一块残肉，她不知道它属于身体的哪一部分，更不知道它属于哪个人。在昨夜的那次致命打击中，阵亡了一名中尉、两名少尉和八名士兵。卡琳娜呕吐起来，但除了酸水什么也没吐出来。她拼命地把双手在雪里擦，想把手上的血迹擦掉，但那黑红色的血迹在寒冷中很快在手上凝固，还是那么醒目。

令人窒息的死寂已持续了半个小时，这意味着新一轮的地面进攻就要开始了。卡琳娜拧大了别在左肩上的对讲机的音量，但传出的只有沙沙的噪音。突然，有几句模糊的话语传了出来，仿佛是大雾中朦胧飞过的几只鸟儿。

"……06观察站报告，1437阵地正面，M1A2三十七辆，平均间隔六十米；布莱德雷运兵车四十一辆，距M1A2攻击前锋500米；M1A2二十四辆，勒克莱尔八辆，正在向1633阵地侧翼迂回，已越过同1437的接合部，1437，1633，1752，准备接敌！"

卡琳娜克制住因寒冷和恐惧引起的颤抖，使地平线在望远镜视野中稳定下来，看到了天边出现的一团团模糊的雪雾，给地平线镶上了一道毛茸茸的镶边。

这时卡琳娜听到了身后传来的发动机的轰鸣声，一排T90式坦克越过她的位置冲向敌人，在后面，更多的俄罗斯坦克正在越过高速公路的路基。卡琳娜又听到了另一种轰鸣声，敌人的攻击直升机群在前方的天空中出现，它们队形整齐，在黎明惨白的天空中形成一片黑色的点阵。卡琳娜周围坦克的发烟管启动了，随着一阵低沉的爆破声，阵地笼罩在一片白色的烟雾中。透过白雾的缝隙，她看到俄罗斯的直升机群正从头顶掠过。

坦克上的125毫米炮疾风骤雨般地响了起来，白雾变成了疯狂闪烁的粉红色光幕。几乎与此同时，第一批敌人的炮弹落了下来，白雾中粉红色的光芒被爆炸产生的刺眼蓝白色闪电所代替。卡琳娜伏在弹坑的底部，她感到身下的大地在密集的巨响中像一张振动的鼓皮，身边的泥土和小石块被震得飞起好高，落满了她的后背。在这爆炸声中，还可隐约听到反坦克导弹发射时的嘶鸣声。卡琳娜感到整个宇宙都在这撕人心肺的巨响中化为碎片，并向无限深处坠落……就在她的神经几乎崩溃时，这场坦克战结束了，它只持续了约三十秒钟。

当白雾和浓烟散去时，卡琳娜看到面前的雪地上散布着被击中的俄罗斯坦克，燃起一堆堆裹着黑烟的熊熊大火；她举目望去，不用望远镜也能看到，远方同样有一大片被击毁的北约坦克，它们看上去是雪原上一个个冒出浓烟的黑点。但更多的敌人坦克正越过那一片残骸冲过来，它们裹在由履带搅起的一团团雪雾中，艾布拉姆斯那凶猛的扁宽前部不时从雪雾中露出来，仿佛是一头头从海浪中冲出的恶龟，滑膛炮炮口的闪光不时亮起，好像恶龟闪亮的眼睛……低空中，直升机的混战仍在继续，卡琳娜看到一架阿帕奇在不远的半空爆炸，一架米28拖着漏出的燃料，摇晃着掠过她的头顶，在几十米之外坠地，炸成了一团火球。近距空空导弹的尾迹，在低空拉出了无数条平行的白线……

卡琳娜听到"咣"的一声响,她转身一看,不远处一辆被击中后冒出浓烟的T90后部的底门打开了,没看到人出来,只见门下方垂下一只手。卡琳娜从弹坑中跃出,冲到那辆坦克后面抓住那只手向外拉,车内响起一声沉闷的爆炸,一股灼热的气浪把卡琳娜向后冲了几步远,她的手上抓住了一团黏软的很烫的东西,那是从坦克手的手上拉脱的一团烧熟的皮肤。卡琳娜抬头看到一股火焰从底门中喷出,她通过底门,看到车内已成了一座小型的炼狱,在那暗红色的透明的火焰中,坦克手一动不动的身影清晰可见,像在水中一样波动着。

卡琳娜又听到两声尖啸,这是她左前方的一个导弹班把最后的两枚反坦克导弹发射出去,其中一枚有线制导的"赛格"导弹成功地击毁了一辆艾布拉姆斯,另一枚无线制导的导弹则被干扰,向斜上方冲去,失去了目标。这时,那个导弹班的6个人撤出掩体向卡琳娜所在的弹坑跑来,一架科曼奇直升机向他们俯冲下来,它那棱角分明的机体看上去像一只凶猛的鳄鱼。一长排机枪子弹打在雪地上,击起的雪和土如同一道突然立起又很快倒下的栅栏,这栅栏从那支小小的队伍中穿过,击倒了其中的四个人,只有一名中尉和一名士兵到达了弹坑。这时卡琳娜才注意那名中尉戴着坦克防震帽,可能来自一辆已被击毁的坦克。他们每人手中都拿着一管反坦克火箭筒。跳进弹坑后,中尉首先向距他们最近的一辆敌坦克射击,击中了那辆M1A2的正面,诱发了它的反应装甲,火箭弹和反应装甲的爆炸声混在一起,听起来很怪异。坦克冲出了爆炸的烟雾,反应装甲的残片挂在它前面,像一件破烂的衣衫。那名年轻的士兵继续对着它瞄准,他手中的火箭筒随着坦克的起伏而抖动,一直没有把握击发。当距他们只有四五十米的坦克冲进一个低洼地时,那名士兵只能站到弹坑的边缘向斜下方瞄准,他手中的火箭筒与那辆艾布拉姆斯的120毫米炮同时响了,坦克的炮手情急之中发射的是一发不会爆炸的贫铀穿甲弹,初速每秒800米的炮弹击中了那个士兵,把他上半身打成了一团飞溅的血花!卡琳娜感觉到细碎的血肉有力地打在她钢盔上,噼啪作响,她睁开眼睛,看到就在她眼前的弹坑边缘,那名士兵的两条腿如同两根黑色的树桩,无声地滚落到弹坑底部她的脚下,他身体的被粉碎的其他部分,在雪地上溅出了一大片放射状的红色斑点。火箭击中了艾布拉姆斯,聚能爆炸的热流切穿了它的装甲,车体冒出了浓烟。但那个钢铁怪兽仍拖着浓烟向他们冲来,直冲到距他们20米左右才在车体内的一声爆炸中停了下来,那声爆炸把它炮塔的顶盖高高掀了上去。

紧接着,北约的坦克阵线从他们周围通过,地皮在履带沉重的撞击下微微颤抖。但这些坦克对他们俩所在的弹坑并没有加以理会。当第一波的坦克冲过去后,中尉一把拉住卡琳娜的手,拉着她跃出弹坑,来到一辆已布满弹痕的吉普车旁。在二百多米远处,第二装甲攻击波正快速冲过来。

"躺下装死!"中尉说。卡琳娜于是躺到了吉普车的轮子边,闭上双眼。"睁开眼更像!"中尉又说,并在她脸上抹了一把不知是谁的血。他也躺下,与卡琳娜呈直角,头紧挨着卡琳娜的头,他的钢盔滚到了一边,粗硬的头发扎着卡琳娜的太阳穴。卡琳娜大睁着双眼,看着几乎被浓烟吞没的天空。

两三分钟后,一辆半履带式布莱德雷运兵车在距他们十几米处停下来,从车上跳下几名身穿蓝白相间雪地迷彩服的美军士兵,他们中大部分平端着枪呈散兵线向前去了,只有一个朝这辆吉普走来。卡琳娜看到两只沾满雪尘的伞兵靴踏到了紧靠她脸的地方,她能清楚地看到插在伞兵靴上的匕首刀柄上82空降师的标志:一匹帕加索斯飞马。那个美国人俯身看她,他们的目光相遇了,卡琳娜尽最大努力使自己的目光呆滞无神,面对着那双透出的惊愕的蓝色瞳仁。

"Oh, God!"

卡琳娜听到了一声惊叹,不知是惊叹这名肩上有一颗校星的姑娘的美丽,还是她那满脸血污的惨相,也许两者都有。他接着伸手解她领口的衣扣,卡琳娜浑身起了鸡皮疙瘩,把手向腰间的手枪移动了几厘米,但这个美国人只是扯下了她脖子上的标志牌。

他们等的时间比预想的长，敌人的坦克和装甲车源源不断地从他们两旁轰鸣着通过，卡琳娜感到自己的身体在雪地上都快冻僵了，她这时竟想起了一首军队诗歌中的两句，那首诗是她在一本记述马特洛索夫事迹的旧书上读到的："士兵躺在雪地上，就像躺在天鹅绒上一样。"她得到博士学位的那天，曾把这两句诗写到日记上，那也是一个雪夜，她站在莫斯科大学科学之宫顶层的窗前，那夜的雪也真像天鹅绒，雪雾中，首都的万家灯火时隐时现。第二天她就报名参军了。

这时，有一辆吉普车在距他们不远处停了下来，三名北约军官在车上抽着雪茄聊天。这时，卡琳娜和中尉的周围空旷起来，他们跳上吉普车，中尉把车发动，沿着早已看好的路飞快驶去。他们身后响起了冲锋枪的射击声，子弹从头顶飞过，其中一颗打碎了一个后视镜。吉普车急拐进了一个燃烧着的居民点，敌人没有追过来。

"少校，你是博士，是吗？"中尉开着车问。

"你在哪儿认识的我？"

"我见过你和列夫森科元帅的儿子在一起。"沉默了一会儿，中尉又说，"现在，他的儿子可是世界上离战争最远的人了。"

"你这话什么意思，你要知道……"

"没什么意思，说说而已。"中尉淡淡地说，他们的心思都不在这个话题上，他们都在想着还抱有的那一线希望。

但愿整个战线只有这一处被突破。

1月5日，近日轨道，"万年风雪"号

米沙感到了一个人独居一座城市的孤独。

"万年风雪"号太空组合体确实有一座小城市那么大，它的体积相当于两艘巨型航空母舰，能使5000人同时在太空中生活。当组合体处于旋转重力状态时，里面甚至有一个游泳池和一条小河流，这在当今的太空工

作环境中,可以说是绝无仅有的奢侈。但事实是,"万年风雪"号是自"和平"号以来俄罗斯航天界一贯的节俭思维的结果。它的设计思想是:在一个构造中组合太阳系内太空探索的所有功能,这样虽一次性投资巨大,但从长远看还是十分经济的。"万年风雪"号被西方戏称为太空的瑞士军刀,它可作为空间站在地球各个高度的轨道上运行,它可以方便地移动到绕月球轨道,或做行星际探索飞行。"万年风雪"号已进行过金星和火星飞行,并探测过小行星带。以它那巨大的体积,等于把一个研究院搬到了太空中,就太空科学研究而言,它比西方那些数量众多但小巧玲珑的飞船具有更大的优势。

当"万年风雪"号准备开始前往木星的为期三年的航行时,战争爆发了。当时它上面的一百多名乘员全都返回了地面,他们大部分是空军军官,只留下了米沙一个人。这时"万年风雪"号暴露出它的一个缺陷:在军事上它目标太大,且没有任何防御能力,没有预见到后来太空军事化的进程,是设计者的一个失误。战争爆发后,"万年风雪"号只能进行躲避飞行。向外太空是不行的,在木星轨道之内,有大量的北约无人航行器,它们都体积不大,武装或非武装,每一个对"万年风雪"号都是致命的威胁。于是,它只有航向近日空间,"万年风雪"号引以为傲的主动制冷式热屏蔽系统,使它可以比目前人类的任何太空航行器都更接近太阳。现在"万年风雪"号已到达水星轨道,距太阳五千万公里,距地球一亿公里。

虽然"万年风雪"号上的大部分舱室已经关闭,但留给米沙的空间仍大得惊人。透过广阔的透明穹顶,比地球上看去大三倍的太阳在照耀着,可以清楚地看到太阳表面的斑耀和紫色日冕中奇丽的日珥,有时甚至还可以看到光球表面因对流而产生的米粒组织。这里的宁静是虚假的,外面,太阳抛出的粒子流和射电波的狂风巨浪在呼啸,"万年风雪"号就是这动荡海洋中漂浮的一粒小小的种子。

一束如游丝般的电波把米沙同地球连接起来,也把那遥远世界的忧虑带给了他。他刚刚得知,莫斯科近郊的控制中心已被巡航导弹摧毁,对

"万年风雪"号的控制转由设在古比雪夫的第二控制中心执行。他每隔5个小时接收一份从地球传来的战争新闻,每到这时,他就想起了父亲。

1月5日,俄罗斯军队总参谋部

米哈伊尔·谢米扬诺维奇·列夫森科元帅觉得自己面对着一堵墙,他面前实际是一面平放的莫斯科战区全息战场地图。而以前当他面对挂在墙上宽大的纸制地图时,却能看到广阔而深邃的空间。不管怎样,他还是喜欢传统的地图。记不清有多少次,要找的位置在地图的最下方,他和参谋们只好趴在地上看,现在想起来让他微微一笑。他又想起在多次演习前,在野战帐篷中用透明胶带把刚发下来的作战地图拼贴起来,他总贴不好,倒是第一次随他看演习的儿子一上手就比他贴得好……发现自己又想起儿子时,他警觉地打住了思绪。

作战室中只有他和西部集群司令两人,后者一根接一根地抽烟,他们凝神地盯着全息地图上方变幻的烟团,仿佛那就是严峻的战局。

西部集群司令说:"北约在斯摩棱斯克一线的兵力已达七十五个师,攻击正面有一百公里宽,已多处突破。"

"东线呢?"列夫森科元帅问。

"第11集团军的大部也倒向右翼,这您是知道的。右翼军队的兵力已达二十四个师,但他们对雅罗斯拉夫尔的攻击仍然是试探性的。"

地面的一次爆炸把微微的振动传了下来,作战室里充满了随着顶板上的挂灯而轻轻摇晃的影子。

"现在,已有人谈论退守莫斯科,凭借城市外围建筑和工事进行巷战了,像七十多年前一样。"

"胡说八道!我们一旦从西线收缩,北约就可能从北部迂回,在加里宁同右翼军队会合,莫斯科将不战自乱。下步作战方针,第一是反击,第二是反击,第三还是反击。"

西部集群司令叹了一口气,无言地看着地图。

列夫森科元帅接着说:"我知道西线力量不够,准备从东线抽调一个集团军加强西线。"

"什么?现在的雅罗斯拉夫尔防守已经很难了。"

列夫森科元帅笑了笑:"现在相当多指挥官的误区,就是只从军事角度考虑问题,严峻的形势让我们钻进去出不来了。从目前的态势看,你认为右翼军队没有力量攻下雅罗斯拉夫尔吗?"

"我认为不是,像第14集团军这样的精锐部队,集中了如此密集的装甲和低空攻击力量,在没有遭受太大损失的情况下一天的推进还不到十五公里,显然是有意放慢的。"

"这就对了,他们在观望,在观望西线战局!如果我们在西线夺回战场主动权,他们就会继续观望下去,甚至有可能在东线单方面停火。"

西部集群司令把刚拿出的一根烟夹在手上,忘了点火。

"东线的几个集团军的叛变确实是在我们背后捅了一刀,但一些指挥官在心理上把这当作借口,使我们的作战方针趋向消极,这种心态必须转变!当然,应当承认,要从根本上扭转战局,莫斯科战区的力量不够,我们的最终希望寄托在增援的高加索集群和乌拉尔集群上。"

"较近的高加索集群要完成集结并进入出击位置,最少也需一个星期,考虑到制空权的因素,时间可能还要长。"

1月5日,莫斯科

卡琳娜和那位中尉的吉普车开进城时已是下午三点多,空袭警报刚刚响过,街上空荡荡的。

中尉长叹一口气说:"少校,我真想念我那辆T90啊!4年前从装甲学院毕业的时候,也正是我失恋的时候,可刚到部队的我一看到那辆坦克,心情一下子由阴转晴了。我摸着它的装甲,光溜溜温乎乎的,像摸着女孩子的手。嗨,那个女孩儿算什么,这才是男人真正的伴侣!可今天早上,它中了一颗西北风,唉,可能现在火还没灭呢……"

这时,城市西北方向传来密集的爆炸声,这是现代空袭中很少见的野蛮的面积型轰炸。

中尉仍沉浸在早上的战斗中:"唉,不到三十秒钟,整整一个坦克营就完了。"

"敌人的伤亡也很大,"卡琳娜说,"我注意观察了战果,双方被击毁的装甲目标的数量相差并不大。"

"双方坦克的对毁率大约,1 比 1.2 吧,直升机差一些,但也不会超过 1 比 1.4。"

"要是这样的话,战场的主动权应在我们一边,我们在数量上占很大优势,仗怎么会打成这样呢?"

中尉扭头看了卡琳娜一眼:"你是搞电子战的,还不明白为什么?你们的那套玩意儿,什么第五代 C3I,什么三维战场显示,还有动态态势模拟,攻击方案优化之类的,在演习中很像回事,可一到实战中,我面前的液晶屏上显示最多的就两句:COMMUNICATION ERROR 和 COULD NOT LOG IN。就说今天早上吧,我的正面和两翼的情况全不清楚,只接到一个命令:接敌。唉……假如再投入一半的增援兵力,敌人就不会在我们的位置突破。整个战线的情况,大概都这德性。"

卡琳娜知道,在同刚刚过去的战斗中,双方在整个战线上投入的坦克总数可能超过 10000 辆,还有数目相当于坦克一半的武装直升机。

这时他们的车驶入了阿尔巴特街,昔日的步行街现在空空荡荡,古玩店和艺术品商店的门前堆着做工事的沙袋。

"我的那辆钢铁情人不亏本儿,"中尉仍沉浸在早上的战斗中不可自拔,"我肯定打中了一辆挑战者,但我最想打中的是一辆艾布拉姆斯,知道吗?一辆艾布拉姆斯……"

这时,卡琳娜指着才经过的一家古玩店的门口:"那儿,我爷爷就死在那儿。"

"可这儿好像没有遭到空袭。"

"我说的是二十年前的事了,那时我才四岁。那个冬天真冷啊。暖气停了,房间里结了冰,我只好抱着电视机取暖,听着总统在我怀中向俄罗斯人许诺一个温暖的冬天。我哭着喊冷,喊饿。爷爷默默地看着我,终于下了决心,拿出了他珍藏的勋章,带着我走了出去,来到这里。那时这儿是自由市场,从伏特加到政治观点,人们什么都卖。一个美国人看上了爷爷的勋章,但只肯出 40 美元。他说红旗勋章和红星勋章都不值钱的,但如果有赫梅利尼茨基勋章,他肯出 100 美元;光荣勋章,150;纳希莫夫勋章,200;乌沙科夫勋章,250;最值钱的胜利勋章您当然不可能有,那只授给元帅,但苏沃洛夫勋章也值钱,他可以出 450 美元……爷爷默默地走开了。我们沿着寒冷的阿尔巴特街走啊走,后来爷爷走不动了,天也快黑了,他无力地坐到那家古玩店的台阶上,让我先回家。第二天人们发现他冻死在那里,一只手伸进怀中,握着他用鲜血换来的勋章,睁大双眼看着这个他在七十多年前从古德里安的坦克群下拯救的城市……"

1月5日,俄罗斯军队总参谋部

一个星期以来,列夫森科元帅第一次走出了地下作战室,他踏着厚厚的白雪散步,同时寻找太阳,这时太阳已在挂满雪的松林后面落下了一半。在他的想象中,有一个小黑点正在夕阳那橘红色的表面缓缓移动,那是"万年风雪"号,他的儿子在上面,那是这个星球上离父亲最远的儿子了。

这件事在国内引起了许多流言蜚语,在国际上,敌人更是充分利用它,《纽约时报》用大得吓人的黑体字登出了一个标题:战争史上逃得最远的逃兵!下面是米沙的照片,照片的注脚是:在共产党政府煽动三亿俄罗斯人用鲜血淹没入侵者时,他们最高军事统帅的儿子却乘着这个国家唯一的一艘巨型飞船,逃到了距战场一亿公里的地方,他是目前这个国家最安全的人了。

但列夫森科元帅的心中很坦然。从中学到博士后,米沙周围几乎没有人知道他父亲是谁。航天控制中心做出这个决定,仅仅是因为米沙的研究专业是恒星的数学模型,"万年风雪"号这次接近太阳,对他的研究是一次难得的机会,而组合体不能完全遥控飞行,上面至少应有一个人,总指挥也是后来从西方的新闻中才得知米沙的身份的。

另一方面,不管列夫森科元帅是否承认,在他的内心深处,确实希望儿子远离战争。这并不仅仅是出于血肉之情,列夫森科元帅总觉得自己的儿子不属于战争,是的,他是世界上最不属于战争的人了。但他又知道自己这想法有问题:谁是属于战争的?

况且,米沙就属于恒星吗?他喜欢恒星,把全部生命投入到对它的研究上面,但他自己却是恒星的反面,他更像冥王星,像那颗寂静、寒冷的行星,孤独地运行在尘世之光照不到的遥远空间。米沙的性格,加上他那白皙清秀的外表,使人很容易觉得他像个女孩子。但列夫森科元帅心里清楚,儿子从本质上一点不像女孩子,女孩儿都怕孤独,但米沙喜欢孤独,孤独是他的营养,他的空气。

米沙是在东德出生的,儿子的生日对元帅来说是一生中最黯淡的一天。那天傍晚,还是少校的他,在西柏林蒂加尔登苏军烈士墓前,同部下一起为烈士们站四十多年的最后一班岗。他的前面,是一群满脸笑容的西方军官,和几个牵着狼狗来换防的吊儿郎当的德国警察,还有那些高呼"红军滚出去"的光头新纳粹们。他的身后,是大尉连长和士兵们含泪的眼睛,他控制不住自己,只好也让泪水模糊了这一切。天黑后回到已搬空的营地,在这回国前的最后一夜,他得知米沙出生了,但妻子因难产而死……回国后日子也很难,同从欧洲撤回的40万军人和12万文职人员一样,他没有住房,同米沙住在一间冬冷夏热的临时铁皮屋里。他昔日的同志为了生活什么都干,有的向黑社会出售武器,有的甚至到夜总会跳脱衣舞。但他一直像军人一样正直地生活着,米沙也在艰辛中默默地长大,同别的孩子不同,他似乎天生就会忍受,因为他有自己的世界。

早在上小学的时候,米沙每天都在自己的小房间里静悄悄地一人度过整个晚上,开始,元帅以为他在看书,但有一次他无意中发现,儿子是站在窗前一动不动地看着星星。

"爸爸,我喜欢星星,我要看一辈子星星。"他这样对父亲说。

十一岁生日那天,米沙向父亲提出了迄今为止唯一的一个要求:想要一架天文望远镜,这之前,他一直用列夫森科元帅的军用望远镜观察星星。后来,那架天文望远镜就成了米沙唯一的伴侣,他在阳台上看星星可以一直看到东方发白。有不多的几次,他们父子俩一起在阳台上看星星,元帅总是把望远镜对准夜空中看起来最亮的一颗星,但儿子不以为然地摇摇头:"那颗没意思,爸爸,那是金星,金星是行星,我只喜欢恒星。"

但其他男孩子喜欢的东西米沙却一点兴趣都没有。隔壁空降兵参谋长家的那个小胖子,偷拿父亲的手枪玩,结果走火把大腿打穿了;参谋部将军们的那些男孩子们,如果能让爸爸领着到部队的靶场上打一次枪,就是得到最高的奖赏了。但男孩子对武器的这种天生的依恋,在米沙身上丝毫没有出现,从这点上来说他确实不像男孩子。元帅对此很不安,他几乎无法容忍自己的儿子对武器无动于衷,以至于后来他做出了一件至今想起来仍让他很不好意思的事:有一次,他把自己的那支马卡诺夫式手枪悄悄放到了儿子的书桌上。放学回来后不久,米沙就拿着枪从他的小房间中出来,他拿枪像女人那样,小心地握着枪管,他把枪轻轻地放到父亲面前,淡淡地说:"爸,以后别把这东西乱放。"

在对待米沙的前途问题上,元帅是一个开明的人,他不像自己周围的那些将军们,一心让儿子甚至女儿延续自己的军旅生涯,但米沙离父亲的事业确实太远太远了。

列夫森科元帅不是一个脾气暴躁的人,但作为一名全军统帅,他不止一次在上万名官兵面前斥责一位将军。但对米沙,他却从来没有发过火。这固然因为米沙一直默默地沿着自己的轨道成长,很少让父亲操心,更重要的是,米沙身上似乎生来就有一种非同寻常的超脱的气质,这气质有时甚至让列夫森科元帅感到有些敬畏。就如同他在花盆中随意埋下一颗种子,却长出来绝世珍稀的植物。他敬畏地看着这植物一天天成长,小心地呵护着它,等着它开出花朵。他的期望没有落空,儿子现在已成为世界上最出色的天体物理学家。

这时太阳已在松林后面完全落下去,地上的雪由白色变成浅蓝色。列夫森科元帅收回了思绪,回到了地下作战室。开作战会议的人都到齐了,他们包括西部集群和高加索集群的主要指挥官。

另外还有更多的电子战指挥官,他们从少将到上尉都有,大部分是刚从前线回来的。作战室里正在进行着一场激烈的争论,争论的双方是西部集群的陆战部队和电子战部队的军官们。

"我们正确判明了敌人主攻方向的转变,"塔曼摩步师的费列托夫师长说,"我们的装甲力量和陆航低空攻击力量的机动性也并不差,但通信系统被干扰得一塌糊涂,C3I指挥系统几乎瘫痪!集团军中的电子战单位,级别从营升到了团,从团又升到了师,这两年在这上面的资金投入比常规装备的投入都多,就这么个结果?!"

负责指挥战区电子战的一位中将看了身边的卡琳娜一眼,同其他刚从前线归来的军官一样,她的迷彩服上满是污迹和焦痕,脸上还残留着血迹。中将说:"卡琳娜少校在电子战研究方面很有造诣,同时也是总参派往前线的电子战观察员,她的看法可能更有说服力一些。"像卡琳娜这样的年轻的博士军官大多心直口快,无所顾忌,往往被人当枪使,这次也不例外。

卡琳娜站起来说:"大校,话不能这么说!比起北约,我们这些年对C3I 的投入微不足道。"

"那电子反制呢?"师长问,"敌人能干扰我们,你们就不能干扰他们?!我们的 C3I 瘫痪了,北约的却转得很好,像上了润滑油似的,今天早上我对面的陆战一师能那么快速地转变攻击方向就是一个证明!"

卡琳娜苦笑了一下:"提起对敌干扰,费利托夫大校,不要忘了,就是在你们师的阵地上,你的人用枪顶着操作员的脑袋,使集团军电子对抗部队的干扰机停下来!"

"怎么回事?"列夫森科元帅问,这时人们才发现他进来,都起身敬礼。

"是这样,"师长对元帅解释说,"对我们的通信指挥系统来说,他们的干扰比北约的更厉害!在北约的干扰中,我们还能维持一定的无线通信,可他们的干扰机一开,就把我们全盖住了!"

卡琳娜说:"可同时敌人也全被盖住了!这是我军目前实施电子反制可选择的唯一战略。北约目前在战场通信中,已广泛采用诸如跳频、直接序列扩频、零可控自适应天线、猝发、单频转发和频率捷变这类技术[①],我们用频率瞄准方式进行干扰根本不起作用,只能采用全频带阻塞式干扰。"

第5集团军的一位上校质问:"少校,北约采用的可全是频率瞄准式干扰,频带还相当窄,而我们的 C3I 系统也普遍采用了你提到的那些通信技术,为什么他们对我们的干扰那样有效呢?"

"这原因很简单,我们的 C3I 系统是建立在什么样的软硬件平台上?UNIX,LINUX,甚至 WINDOWS2010,CPU 是 INTER 和 AMD!这是用人家养的狗给自己看门!在这种情况下,敌人可以很快掌握诸如跳频规律之类的电子战情报,同时用更多更有效的纯软件攻击加强其干扰效果。总参谋部曾经大力推广过国产操作系统,但到了下面阻力重重,你们集团军

---

① 对这些电子战术语简介如下:跳频:发射机和接收机以同样的序列变换频率;直接序列扩频:使信号能量分散在很宽的频带上,以给侦听和干扰带来困难;零可控自适应天线:一种覆盖范围似肾形的天线,凹点指向天线无响应的敌方干扰机,以便在其他方向与己方天线通信;猝发:短时间采用宽频带或长时间采用很窄频带发送信息;频率捷变:在遭到干扰时自动改频。

就是一个最顽固的堡垒……"

"好了,你们所说的问题和矛盾正是今天会议要解决的,开会!"列夫森科元帅打断了这场争论。

当大家在电子沙盘前坐好后,列夫森科元帅叫过一位少校参谋,这个身材细高的年轻人双眼眯缝着,好像不适应作战室中的光线。"介绍一下,这位是邦达连科少校,他的最大特点就是深度近视,他的眼镜与众不同,别人的眼镜镜片在镜框里边,他的镜片在镜框外面,哈,就像茶杯底那么厚啊!我们现在看不到它了,早上少校在吉普车遇到空袭时给砸了,好像眼镜也弄丢了?"

"报告首长,那是五天前在明斯克丢的,我的眼睛是在半年内变成这样的,这变化早些的话我进不了伏龙芝。"少校立正说。

虽然谁也不知道元帅为什么介绍这位少校,人群中还是响起了几声低低的笑声。

"战争爆发以来的事实说明,虽然有白俄罗斯战场的失利,但在空中和陆上常规武器方面,我们并不比敌人差多少;但在电子战方面,我们的差距之大出乎意料。造成这样的局面有很深远的历史原因,这不是我们今天要讨论的。我们要明确的是以下一点:目前,电子战是我军夺回战争主动权的关键!我们首先必须承认敌人在电子战方面的优势,甚至压倒优势,然后我们必须以我军现有的电子战软硬件条件为基础,制定出一套行之有效的战略战术,这套战略战术的目的,是要在短时间内,使我军和北约在电子战方面形成某种力量上的平衡。也许大家认为这不可能,我军20世纪末以来的战争理论,主要是基于局部有限战争的,对目前在军事上如此强大的敌人的全面进攻,确实研究得不够。在这样严峻的形势下,我们必须以一种全新的方式思维,下面我要介绍的统帅部新的电子战战略,就可以看作这种思维的结果。"

灯灭了,电脑屏幕和电子沙盘都关闭了,重重的防辐射门也紧紧关闭,作战室掩没于伸手不见五指的黑暗之中。

"是我让关的灯。"黑暗中传来元帅的声音。

时间在黑暗和沉默中慢慢流逝,这样过了有一分钟。

"大家现在有什么感觉?"列夫森科元帅问。

没有人回答,浓重的黑暗使军官们仿佛沉没在夜之海的海底,他们觉得呼吸都有些困难。

"安德烈将军,你说说看。"

"这几天在战场上的感觉。"第5集团军军长说,黑暗中又响起了一阵低低的笑声。

"别的人呢,大概都与他有同感吧。"元帅说。

"当然,您想想,耳机里除了沙沙声什么也没有,屏幕上一片空白,对作战命令和周围的战场态势一无所知,可不就是这种感觉嘛!这黑暗,压得人喘不过气来啊!"

"但并非所有人都是这种感觉,邦达连科少校,你呢?"列夫森科元帅问。

邦达连科少校的声音从作战室的一角传来:"我的感觉不像他们这么糟糕,在亮着灯的时候,我看周围也是模模糊糊的。"

"你甚至还有一种优越感吧?"列夫森科元帅问。

"是的元帅。您可能听说过,在那次纽约大停电时,是一些瞎子带领人们走出摩天大楼的。"

"但安德烈将军的感觉也是可以理解的,他有一双鹰眼,还是个神枪手,他喝酒时常用手枪在十几米远处开酒瓶盖。想想他和邦达连科少校在这时用手枪决斗,可是一件很有意思的事。"

黑暗中的作战室又陷入了沉默,指挥官们都在思考。

灯亮了,人们都眯起了双眼,这与其说是不能适应这突然出现的亮光,不如说是对元帅刚刚暗示的思想感到震惊。

列夫森科元帅站起来说:"我想,刚才我已把我军下一步的电子战新战略表达清楚了:全频带大功率的阻塞干扰,在电磁通信上,制造一个双方'共享'的全黑暗战场！"

"这样将使我军的战场指挥系统全面瘫痪！"有人惊恐地说。

"北约也一样！瞎大家一起瞎，聋大家一起聋，在这样的条件下同敌人达到电子战的力量平衡。这就是新战略的核心思想。"

"那总不至于让我们用通信员骑摩托车去发布作战命令吧?！"

"要是路不好，他们还得骑马。"列夫森科元帅说，"我们粗略估计了一下，这样的全频带阻塞干扰，至少可覆盖北约70%的战场通信系统，这就意味着他们的C3I系统全面瘫痪；同时还可使敌人50%至60%的远程打击武器失去作用，这其中最明显的例子就是战斧巡航导弹。现在的这种导弹的制导系统同上个世纪有了很大的改变，那时的战斧主要使用地形匹配和小型测高雷达来导航，现在这种导航方式只用做末端制导，而其射程的大部分依靠卫星全球定位系统。通用动力公司和麦克唐纳·道格拉斯公司认为他们所做的这种改进是一大进步，美国人太相信来自太空中的导航电波了，但GPS系统的电波传输一旦被干扰，战斧就成了瞎子。这种对GPS的依赖在北约大部分远程打击武器中都存在。在我们所设想的战场电磁条件出现时，就会逼着敌人同我们打常规战，充分发挥自己的优势。"

"我还是心里没底，"被从东线调往西线的第12集团军军长忧心忡忡地说，"在这样的战场通信条件下，我甚至怀疑我的集团军能不能从东线顺利地调到西线。"

"你肯定能的！"列夫森科元帅说，"这段距离，对库图佐夫来说都很短，我不信今天的俄罗斯军队离了无线电就走不过去了！被现代化装备惯坏的，应该是美国人而不是我们。我知道，当整个战场都处于电磁黑暗中时，你们心中肯定感到恐惧，这时要记住，敌人比你们恐惧十倍！"

当看着卡琳娜的身影混在这群穿迷彩服的军官中，在作战室的出口消失的时候，列夫森科元帅的心悬了起来。她将重返前线，而她所在的电子战部队将是敌人火力最集中的地方。昨天，在同一亿公里远的儿子那来回延时达 5 分钟的通话中，元帅曾告诉他卡琳娜很好，但在早上的战斗中，她就险些没回来。

　　米沙和卡琳娜是在一次演习中认识的。那天元帅和儿子一起吃晚饭，同往常一样他们默默地吃着，米沙早逝的母亲在远处的镜框中默默地看着他们。米沙突然说："爸爸，我想起明天就是您的五十一岁生日了，我应该送您一件生日礼物。我是看见那架天文望远镜才想起来的，那件礼物真好。"

　　"送我几天时间吧。"

　　儿子抬头静静地看着父亲。

　　"你有你的事业，我很高兴。但做父亲的想让儿子了解自己的事业，这总不算过分吧！明天你和我一起去看军事演习怎么样？"

　　米沙笑着点点头，他很少笑的。

　　这是本世纪国内规模最大的一场演习。演习开始的前夜，米沙对公路上那滚滚而过的钢铁洪流没什么兴趣，一下直升机，他就钻进野战帐篷，用透明胶带替父亲粘贴刚发下来的作战地图。第二天在演习的整个过程中，米沙也没表现出丝毫的兴趣，这早在列夫森科元帅的预料之中，但有一件事使他感到莫大的安慰。

　　上午进行的演习项目是一个装甲师进攻一个高地，米沙同一群地方官员一起坐在观摩台的北侧。这次观摩台的位置虽在安全距离上，但应那些猎奇的地方官员的要求，比过去大大靠前了。图 22 轰炸机群掠过高地上空，重磅航空炸弹雨点般地落下，使那座山头变成一个喷发的火山口。这时，那群地方官员才明白真实战场同电影里的区别，在那地动山摇的巨响中，他们全都用双臂抱住脑袋伏在桌子上，有几位女士甚至尖叫着往桌子下钻。但元帅看到，那里只有米沙一个人仍直直坐着，仍是那副冷漠的表情，静静地无动于衷地看着那座可怕的火山，任爆炸的火光在他的墨镜中狂闪。这时，一股暖流冲击着列夫森科元帅的心田，儿子，你的身上到底流着军人的血啊！

这天晚上,父子俩在白天的演习现场散步,远处,各种装甲车辆的前灯如繁星撒满山谷和平原,空气中还残留着淡淡的硝烟味。

"这场演习要花多少钱?"米沙问。

"直接费用大约三亿卢布。"

米沙叹了口气:"我们的课题组,想搞第三代恒星演化模型,申请了三十五万经费都批不下来。"

列夫森科元帅把他早就想对儿子说的话说了出来:"我们两个的世界相差太远了,你的恒星,最近的也有4光年吧,它同地球上的军队与战争真是毫不相干。我对你的事业知之不多,但很为之感到骄傲。作为军人,我们也是最想让儿子了解自己事业的人,哪一个父亲不把对儿子讲述自己的戎马生涯当作最大的幸福?而你对我的事业却总抱着一种冷漠的态度。事实上,我的事业是你的事业的基础和保障,一个国家,如果没有足够数量和质量的武装力量保证它的和平的话,像你从事的这种纯基础研究根本不可能进行。"

"爸爸,您把事情说反了。如果人们都像我们这样,用全部的生命去探索宇宙的话,他们就能领略到宇宙的美,它的宏大和深远后面的美,而一个对宇宙和自然的内在美有深刻感觉的人,是不会去进行战争的。"

"你这种想法真是幼稚到家了,如果战争是因为人们缺乏美感造成的,那和平可太容易了!"

"您以为让人类感受这种美就那么容易吗?"米沙指指夜空中灿烂的星海,"您看这些恒星,人们都知道它是美的,但有多少人能够真正体会到这种美的最深层呢?这无数的天体,它们从星云到黑洞的演化是那么壮丽,它们喷发的能量是那么巨大狂暴,但您知道吗?只用数目不多的几个优美的方程式就能精确地描述这一切,用这些方程式建造的数学模型能极其精确地预言恒星的一切行为。甚至我们对自己星球上大气层的数学模型,精确度都要比它低几个数量级。"

列夫森科元帅点点头:"这是可能的,据说人类对月球的了解比对地球海底的了解还要多。但对你所说的宇宙和自然深层次美的感受还是制止不了战争,没有人比爱因斯坦更能感受这种美了,原子弹不还是在他的建议下造出来的吗?"

"爱因斯坦在他的后期研究中没什么建树,很大程度上是由于他过多地介入了政治,我不会走他的老路的。但,爸爸,到了需要的时候,我也会尽自己的责任的。"

米沙在演习区域待了五天,元帅不知儿子是什么时候认识卡琳娜的,第一次看到他们在一起的时候,他们已经谈得很融洽了,他们谈恒星,而卡琳娜对此知道得很多。看着还是一个天真烂漫的女孩儿的卡琳娜,因为她的博士学位,早早就扛上了一颗校星,他的心里就多少有些别扭,不过除此之外,他对卡琳娜的印象还是很好的。第二次见到米沙和卡琳娜在一起时,列夫森科元帅看到他们已有了一些亲密感,他们谈话的内容让他很意外:他们在谈电子战。当时他们俩在距元帅的吉普车不远的一辆坦克边,由于谈话内容,他们并没有避开别人的意思。

元帅听到米沙说:"你们现在只关注于一些纯软件的高层次的东西,比如 C3I、病毒攻击、数字战场等等,可你想到没有,你们可能握着一把木头做的剑。"看着卡琳娜惊奇的目光,米沙继续说,"你想过这些东西的基础吗?也就是位于网络七层协议最下面的物理层? 对于民用网络,可以使用像光纤和定向激光这样一些东西作为通信媒介;但对于用于战场的 C3I 系统,它的各个终端是快速移动和位置不定的,所以只能主要依赖电磁波来进行信息联结,而电磁波这东西,你知道,在干扰下像薄冰一样脆弱⋯⋯"

元帅真的吃惊不小,他从未与儿子交流过这些,米沙更不可能偷看他的机密文件,但他却把自己在电子战上多年来形成的思想简明准确地表达出来!米沙的这番话对卡琳娜的影响更大,居然使她偏离了自己的研究方向,研制出了一种代号"洪水"的电磁干扰装置。"洪水"的大小可以装入一辆装甲车,它能同时发出 3KHz 到 30GHz 的强烈的电磁干扰波,覆盖了除毫米波之外的所有电磁通信波段。这种武器在西伯利亚某基地进行的第一次试验就为军队惹来了一屁股官司:"洪水"使附近那座城市的电磁波通信全部中断,手机不通了,传呼机不响了,电视机和收音机都收不到信号,对银行和股市的影响更是灾难性的,地方上把造成的损失说成了天文数字。"洪水"的灵感来自一种电磁炸弹,这种武器是通过高爆炸药在一次性线圈中产生强烈的电磁脉冲。所以"洪水"工作起来如同火箭发动机一样,产生的音响震破了附近的窗玻璃,这就决定了它只能遥控操作,而距它二三千米处的操作人员还得穿上防微波辐射的防护服。"洪水"在总装备部和总参的电子战指挥机构引起了很大的争论,很多人认为它没什么实战价值,在有限战场上使用它,就如同在巷战中使用核武器,对敌我的杀伤力都一样大。但在元帅的坚持下,"洪水"还是批量生产了二百多台。现在,在统帅部新的电子战战略中,它将担当主要角色。

儿子爱上了一个军中的姑娘,元帅深感意外,他的结论是米沙对卡琳娜的感情同她的职业无关。后来米沙带卡琳娜到家里来过几次,第一次卡琳娜穿着一件亮丽的连衣裙,走时元帅听到米沙对卡琳娜说:"下次穿军装来。"这事使元帅否定了自己先前的结论,他现在知道,米沙爱上卡琳娜,与她是一名少校军官并非一点关系也没有。他又感到了演习第一天上午的那种感受,卡琳娜肩上的那颗校星他现在也觉得无比美丽了。

1月6日,莫斯科战区

强烈的电磁波在战区上空很快聚集,最后形成了巨大的电磁台风。战后人们回忆,当时在远离前线的山村里,人们也看到动物和鸟儿骚动不安;在灯火管制的城市中,人们能看到电视天线上感应出的微小火花……

从东线调往西线的第12集团军的一个装甲团正在急速行军,团长站在停在路边的吉普车边,满意地看着漫天雪尘中急速行进的部队。敌人的空袭远没有预料的强度,所以部队可以在白天赶路了。这时,三枚战斧导弹低低地从他们头顶掠过,冲压发动机低沉的嗡嗡声清晰可闻。不一会儿，远处响起了三声爆炸。团长身边的通信员拿着只沙沙声的耳机无事可做，转头看看爆炸的方向，然后惊叫起来，让他看，他让通信员不要大惊小怪，但旁边的一位少校营长也让他看，他就看了，然后困惑地摇了摇头。战斧不是每枚都能命中目标，但像这样三枚各自相距上千米落到空无一物的田野上，真是少见。

两架苏27孤独地飞行在战区5000米上空。他们本来属于一支歼击机中队，但这个中队刚刚在海上同一支北约的F22中队发生了一场遭遇战，在空中混战中，他们和中队失散了。在以前，重新会合是轻而易举的事，但现在，无线电联络不通了，原来对于高速歼击机很狭小的空域现在在感觉上变得如宇宙一样广阔，要想会合如同大海捞针。这对长僚机只能紧贴着飞行，距离之近像在飞特技，只有这样，他们才能听到对方的无线电呼叫。

"左上方发现可疑目标，方位220，仰角30！"僚机报告，长机飞行员沿那个方位看去，冬日雪后的晴空一碧如洗，能见度极好，两架飞机向斜上方靠近目标观察。那个目标与他们同一方向飞行，但速度慢了许多，所以他们很快追上了它。

当他们看清目标的形状后，真觉得白天见了鬼。那是一架北约的E-4A预警飞机，这是歼击机最不可能遇到的敌方飞机，就像一个人不可能看到自己的后脑勺一样。E-4A预警飞机上的雷达监视面积可达100万平方公里，环视一圈只需5秒钟，它能发现远离防区2000公里处的目标，可以提供40分钟以上的预警时间。能发现1000~2000公里范围里的800~1000个电磁信号，它的每次扫描可询问和识别2000个海陆空各类目标。预警机从不需护航，它强有力的千里眼可使自己远远地避开歼击机的威胁，所以长机飞行员理所当然地认为这可能是一个圈套。他和僚机向四周的空域仔细搜索了一遍，明净寒冷的空中看不到任何东西，长机决定冒一次险。

"雷球雷球,我将发起攻击,你向317方位警戒,但注意不要超出目视距离!"

看着僚机向着他认为最可能有埋伏的方位飞去后,他打开加力,猛拉操纵杆,苏27拖着加速的黑烟,如一条仰起的眼镜蛇向斜上方的预警机扑去。这时E-4A也发现了向它逼近的威胁,它急忙向东南方向做逃脱的机动飞行,干扰热寻的导弹的镁热弹不断地从机尾蹦出,那一串小小的光球仿佛是它那被吓出壳的灵魂。一架预警飞机在歼击机面前就如同一辆自行车在摩托车面前一样,是无法逃脱的。这时长机飞行员才感到他刚才给僚机的命令是多么自私。他在E-4A的后上方远远跟着它,欣赏着到手的猎物。E-4A背上蓝白相间的雷达天线罩线条优美,像一件可人的圣诞玩具;它那粗大的白色机身,如同摆在盘子里的一只肥美的炖鸭,令他垂涎欲滴,又不忍下刀叉。但直觉使他不敢拖延,他首先用20毫米机炮做了一个点射,击碎了雷达天线罩,他看到,西屋公司制造的AN/PY-3型雷达的天线的碎片飞散在空中,如圣诞节银色的纸花;他接着用机炮切断了E-4A的一个机翼,最后,射速达每分钟6000发的双管机炮射出的死亡之鞭,从已经翻滚下坠的E-4A拦腰切过,把它击成两截。苏27沿着一条下降的盘旋线跟着两块坠落的机体,飞行员看到,人员和设备不停地从机舱中掉出来,就像从盒中掉出的糖果一样,有几朵伞花在空中绽开。他想起了在刚过去的空战中,一个战友被击落时的情景:一架F22三次从战友的降落伞上方掠过,把伞冲翻了,他看着战友像一块石头一样渐渐消失在大地的白色背景中。他克制了这样做的冲动,同僚机会合后,双机编队以最快的速度脱离这个空域。

他们仍觉得这可能是个圈套。

走散的飞机并不止那两架。在战线的上空,一架隶属于美国陆军骑一师的"科曼奇"在漫无目标地飞着,驾驶员沃克中尉却倍感兴奋。他刚从"阿帕奇"转飞"科曼奇"不久,对这种20世纪末才大量装备陆军的武装攻击直升机不太适应,他不适应"科曼奇"没有脚踏的操纵系统,并觉得它的双目头盔瞄准镜还不如"阿帕奇"的单目镜让人感到舒服,但他最不适应的还是坐在前面的攻击指挥员哈尼上尉。他们第一次见面时,哈尼说:"中尉,你要清楚自己的位置,我是这架直升机的大脑,你只是它电子和机械部件的一部分,你要尽一个部件的责任!"而沃克最讨厌作为一个部件而存在。记得一位年近百岁的参加过二战的前海军飞行员参观他们的基地,他看了看"科曼奇"的座舱,摇摇头:"唉,孩子们,我当年那架野马式,座舱里的仪表还不如现在的微波炉上多,我最好的仪表是它!"他拍了拍沃克的屁股,"我们两代飞行员的区别,就是空中骑士和电脑操作员的区别。"沃克想当空中骑士,现在机会来了。在俄罗斯人那近乎变态的疯狂干扰下,这架直升机上的什么"作战任务设备一体化"系统、什么"目标探测系统"、什么"辅助目标探查分类系统"、什么"真实视觉场面发生器",还有"资料突发系统"等等,全他妈的休克了!只剩下那两台1200马力的T800型引擎还在忠实地转动着。哈尼平时就是全凭那些电子玩意儿活着的,现在他那张喋喋不休的臭嘴也随着这些东西沉默下来。这时,他听到了内部送话系统传来的哈尼的话音:"注意,发现目标,好像在左前方,好像在那个小山包旁边,有一支装甲部队,好像是敌人的,你……看着办吧。"

沃克差点笑出声来,哈,这小子,听他以前是怎么指挥的:"发现目标,方位133,90式坦克17辆,89式运兵车21辆,向391方位以平均速度43.5公里运动,平均间隔31.4米,按AJ041号优化攻击方案,从179方位以37度倾角进入……"现在呢,"好像"有装甲部队,"好像"在"山包那边",这他妈用你说?我早看见了!还让我看着办。你是废物了哈尼,现在是我的天下,我要用屁股当仪表做一个骑士了!这架"科曼奇"在我的手中将不辜负它那英勇的印第安部落的名字。

"科曼奇"向着那显而易见的目标冲去,把机上的62枚27.5英寸的蜂巢火箭全部发射出去,沃克陶醉地看着他那群拖着火尾的小蜜蜂欢快地向目标飞去,把敌人的车队淹没于一片火海之中。但当他迂回飞行观察战果时却发现事情不对,地面上敌人的士兵没有隐蔽,而是全都站在雪地上冲他指点着,像是在破口大骂;沃克飞近一些,清楚地看到了一辆被击毁的装甲车上的那个标志,那是个三环同心圆,中间是蓝色,然后是一个白圈儿和一个红圈儿。沃克眼前一黑,感到世界变成了地狱,他也破口大骂起来:"你个狗娘养的白痴,你瞎眼了?!"

但他还是聪明地远远飞开,以防那些暴怒的法国佬还击:"你个狗娘养的,你现在大概在想到军事法庭上怎样把责任推给我,你推不掉的,你是负责目标甄别的,你要明白这一点!"

"也许……我们还有机会补救。"哈尼怯生生地说,"我又发现了一支部队,就在对面……"

"去你妈的吧!"沃克没好气地说。

"这次没错,他们正在同法国人交火!"

这下沃克又来了精神,他驾机向新目标冲去,看到对方主要是步兵,装甲力量不多,这倒证实了哈尼的判断。沃克把仅剩的四枚"地狱火"导弹发射出去,然后把加特林双管机枪的射速调到每分钟1500发并开始射击,他舒服地感觉到机枪通过机体传来的微微振动,看到地面敌人的散兵线被撒上了一层白色的"胡椒面"。但一名老练的武装直升机驾驶员的直觉告诉他有危险,他扭头一看,只见一枚肩射导弹刚刚从左下方一名站在吉普车上的士兵肩上发射出来。沃克手忙脚乱地发射了诱饵镁热弹,又向后方做摆脱飞行,但晚了些,那枚导弹拖着蛛丝般的白烟击中了"科曼奇"的机头下方。沃克从爆炸带来的短暂的昏眩中醒来时,发现直升机已坠落到雪地上。沃克拼命爬出全是白烟的机舱,在雪地上抱住一棵刚被螺旋桨齐腰砍断的树,回头看见前舱中被炸成肉浆的哈尼上尉。他又看到前方一群端着冲锋枪的士兵正在向他跑来,他们那斯拉夫人的面孔清晰可见。沃克颤抖着掏出手枪放到面前的雪地上,然后掏出俄语会话本读了起来:"吾已方下无起,吾是战扶,日内瓦……"

他后脑挨了一枪托,肚子上又挨了一脚,当他翻倒在雪地上时却大笑起来,他可能被揍个半死,但不会死,他看到了那些士兵衣领上波兰军队的鹰形领章标志。

1月7日,明斯克,北约军队作战指挥中心

"把那个该死的军医叫来!"托尼·帕克上将烦躁地喊道,当那名细长的上校军医跑到他面前时,他恼怒地说,"怎么搞的?你折腾了两次,我的假牙还在嗡嗡响!"

"将军,这是我见过的最奇怪的事,也许是您的神经系统有问题,要不我给您打一针局部麻醉?"

这时,一位少校参谋走过来说:"将军,请把假牙给我,我有办法的。"帕克于是取下假牙,放到了少校递过来的纸巾上。

关于将军掉的两颗门牙,媒体的普遍说法是在波斯湾战争中他所在的坦克被击中时造成的,只有将军自己知道这不是真的。那次是断了下颚,牙则是更早些时候掉的。那是在克拉克空军基地,当时的世界好像除了火山灰外什么都没有:天是灰的地是灰的空气也是灰的,就连他和基地最后一批人员将要登上的那架"大力神",机顶上也落了厚厚白白的一层。火山岩浆的暗红色火光在这灰色的深处时隐时现。那个菲律宾女职员还是找来了,说基地没了,她失业了,房子也压在火山灰下,让她和肚子里的孩子怎么活?她拉着他求他一定带她到美国去,他告诉她这不可能,于是她脱下高跟鞋朝他脸上打,打掉了他的两颗门牙。看着灰色的海水,帕克默念:我的孩子,现在你在哪儿?你是和母亲在马尼拉的贫民窟中度日吗?你的父亲现在在某种程度上是为你而战,战后当俄罗斯的民主政府上台后,北约的前锋将抵达中国边境,苏比克和克拉克将重新成为美国在太平洋上的海空军基地,那里将比上个世纪更繁荣,你会在那儿找到工作的!如果你是个女孩,说不定像你妈妈(她叫什么来着,哦,阿莲娜)一样能认识个美国军官……最重要的是,在北约的压力下,中国人说不定会把你们

早就想要的东西给你们:南中国海上那些美丽的岛屿。我曾从空中看到过它们,雪白的珊瑚围着棕色的沙地,像是蓝色大海上一双双眼睛,孩子,那是爸爸的眼睛……

那位修牙的少校回来了,打断了将军的胡思乱想,将军拿过了那个纸巾上的假牙,装上感觉了几秒后惊奇地看着少校:"嗯?你是怎么做到的?"

"将军,您的假牙响是因为它对电磁波产生了共振。"

将军盯着少校,分明不相信他的话。

"将军,真是这样!也许您以前也曾暴露在强烈的电磁波下,比如在雷达的照射范围里,但那些电磁波的频率同您的假牙的固有频率不吻合。而现在,空中所有频带的电磁波都很强烈,于是产生了这种情况。我把假牙进行了一些加工,使它的共振频率提高了许多,它现在仍然共振,但您感觉不到了。"

少校离开后,帕克将军的目光落到了电子作战图旁的一个座钟上,钟座是骑着大象的汉尼拔塑像,上面刻着"战必胜"三个字,原来它摆放在白宫的蓝厅,当时总统发现他的目光总落在那玩意上,就亲自拿起了那个在那儿放了一百多年的钟赠给了他。

"上帝保佑美国,将军,现在您就是上帝!"

帕克沉思了很久,缓缓地说:"命令全线停止进攻,用全部空中力量搜寻并摧毁俄罗斯人的干扰源。"

1月8日,俄罗斯军队总参谋部

"敌人停止进攻了,你好像并不感到高兴。"列夫森科元帅对刚从前线归来的西部集群司令说。

"是高兴不起来,北约的全部空中力量已集中打击我们的干扰部队,这种打击确实是很奏效的。"

"这在我们的预料之中。"列夫森科元帅平静地说,"我们的战术在开始会使敌人手足无措,但他们总会想出对付的办法的。用于阻塞式干扰的干扰机,由于其强烈的全频道发射,很容易被探测和摧毁。好在我们已争取了相当的时间,现在全部希望都寄托在两个集群的快速集结上了。"

"情况可能比预想的严峻,"西部集群司令说,"在我们失去电子战优势之前,可能没有给高加索集群进入出击位置留下足够的时间。"

西部集群司令走后,列夫森科元帅看着电子沙盘上的前线地形,想起了正处于敌人密集火力下的卡琳娜,由此又想起了米沙。那天,米沙回到家里,脸上青一块紫一块的。这之前他已听到传言,说他儿子是那所大学中唯一的一名反战分子,结果被学生们打了。

"我只是说不要轻言战争,我们真的不能同西方达成一种理智的和平吗?"米沙对父亲解释说。

元帅用他从未有过的严厉对儿子说:"你知道自己的位置,你可以不说话,但以后绝不许出现类似的言行。"

米沙点点头。

晚上一进家门,元帅就告诉米沙:"俄共上台了。"

米沙看了父亲一眼,淡淡地说:"吃饭吧。"

再往后,西方宣布俄罗斯新政府为非法,杜波列夫组织极右联盟并发动内战,列夫森科元帅都不需要告诉米沙了,父子俩每天晚上都像往常一样默默地吃饭。直到有一天,米沙接到航天基地的通知,打起行装走了。两天后,他乘航天飞机登上了在近地轨道运行的"万年风雪"号。

又过了一周,战争全面爆发了,这是一场由空前强大的敌人从预料不到的方向发起的旨在彻底肢解俄罗斯的世界大战。

1月9日,近日轨道,"万年风雪"号掠过水星

由于"万年风雪"号的速度很快,它不可能成为水星的卫星,只能从这颗行星面对太阳的那一面高速掠过。这是人类第一次用肉眼直接对水星

表面进行近距离观察。米沙看到,水星表面高达两公里的峭壁,蜿蜒数百公里,穿过布满巨大坑穴的平原。他还看到了被行星地质学家们称作"不可思议的地形"的名叫"卡托里萨"的盆地,它的直径有 1300 公里。它的不可思议之处在于,在水星的另一面,有一个面积相仿的盆地正对着它,人们猜测,这是一颗巨大的彗星撞击了水星,强烈的震波穿过了整个星体,在两个半球同时形成了极其相似的两个盆地。米沙还发现了许多新的令人激动的东西,他发现水星表面有许多明亮的光斑,当他在屏幕上把那些光斑放大后,激动得屏住了呼吸。

那是水星上的水银湖泊,它们每个的面积平均达上千平方公里。

米沙想象,在水星那漫长的白天,在那 1800℃ 的酷热下,站在水银湖岸边的情形。即使在狂风中,水银湖也会很平静,而水星没有大气,没有风,湖的表面如广阔的镜子平原,太阳和银河毫不失真地投射在上面。

"万年风雪"号掠过水星后,将继续靠近太阳,一直航行到它那由核聚变制冷装置支持的绝热层所能忍受的极限距离。太阳的高温将是它最好的掩护,北约的任何太空航行器都不可能飞进这个酷热的地狱。

看看这广阔的宇宙,再想想那一亿公里之外的母亲星球上的战争,米沙再次哀叹人类目光的狭隘。

1 月 10 日,斯摩棱斯克前线

看着敌人渐渐靠近的散兵线,卡琳娜明白了为什么当周围的干扰点相继被摧毁后,只有她这里幸存下来:敌人想夺取一台完整的"洪水"。

由三架"科曼奇"和四架"黑鹰"组成的直升机群轻而易举地发现了这台"洪水"的位置。由于"洪水"巨大的电磁发射,对它的遥控只能通过光缆,这又使敌人顺着光缆的走向发现了卡琳娜所在的,距那台"洪水"3000 米的遥控站,这是一间被废弃的孤立的小库房。

那四架运载着四十多名敌人步兵的"黑鹰"就在距库房不到二百米处降落了。当时遥控站中除卡琳娜之外还有一名上尉和一名上士。上士听到引擎声响刚拉开库房的门，就被直升机上的狙击手射出的一颗子弹掀开了头盖骨。敌人随后的火力很谨慎也很节制，显然怕伤了库房里的他们想得到的设备，这就使得卡琳娜和那名上尉多坚守了一段时间。

现在，在卡琳娜的左前方，上尉的冲锋枪声沉默了，这枪声是她这时唯一的安慰。她看到在那个作为掩体的树桩后面，上尉的身体一动不动，一圈殷红的鲜血正在他周围的雪地上扩散。卡琳娜现在在库房前由几个沙袋堆成的简易掩体后面，她的脚下散落着八个冲锋枪弹匣，滚烫的枪管在沙袋上面的积雪中发出嘶嘶的声音。每当卡琳娜射击时，对面的敌人就卧倒，子弹在他们前面溅起一团团雪花，而半圆形包围圈另一个方向的敌人则跃起快步推进一段距离。现在，卡琳娜只剩下三个弹匣了，她开始打单发，这没有经验的举动等于告诉敌人她子弹不多了，使他们更快更大胆地推进。当卡琳娜再次换弹匣时，她听到沙袋顶上厚厚的积雪吱地响了一声，有什么东西从中飞快地钻了过来，她感到右肋被什么猛推了一下，没有疼痛，只有一阵很快扩散的麻木感，她感到温热的血顺着右侧身体流下去。她坚持着，几乎是漫无目标地打完了这个弹匣。当她伸手拿起沙袋顶上最后一个弹匣时，一颗子弹打断了她的前臂，弹匣掉到雪地上，只剩下一条皮肤相连的手臂来回摆动。卡琳娜站起身，回头向库房门走去，她身后的雪地上留下了一条细细的血迹。当她拉开门时，又一颗子弹穿透了她的左肩。

这支由瑞特·唐纳森上尉率领的美国海军陆战队"海豹"突击队的一支小分队，谨慎地靠近库房。当唐纳森和两名陆战队员越过那名俄罗斯中士的尸体，踹开门冲进库房时，发现里面只有一名年轻女军官。她坐在他们的目标——"洪水"遥控仪旁边，一只被打断的手臂无力地垂在控制台上，对着显示屏上映出的影子，她用另一只手整理着自己的头发，不断滴下的鲜血在她的脚下积成了小小的血洼。她对着冲进来的美国人和那一排枪口笑了一下，算是打了招呼。唐纳森长出了一口气，但这口出来的气再也没有吸回去：他看到她整理头发的手从控制仪上拿起了一个墨绿色长圆形的东西，把它悬在半空中。唐纳森立刻认出那是一枚气体炸弹，由于是装备武装直升机的，体积很小。那东西由激光引信引爆，在距地面半米处发生两次爆炸，第一次扩散气体炸药，第二次引爆炸药雾，他现在就是一支箭也飞不出它的威力圈。

他朝她伸出一只手向下压着："镇静，少校，镇静下来，不要激动，"他朝周围示意了一下，陆战队员们的枪口垂了下来，"您听我说，事情没您想的那么严重，您将得到最好的医疗，您将被送到德国最好的医院，然后，会作为第一批交换的战俘……"少校又对他笑了一下，这使他多少受到了一些鼓励，"您完全没必要采用这么野蛮的方式，这是一场文明的战争，它本来是会很顺利的，这一点在二十天前越过波俄边境时我就感觉到了。当时你们的大部分火力都被摧毁，只有零星的机枪声恰到好处地点缀着我们这场光荣而浪漫的远征，您看，一切都会很顺利的，没必要……"

"我还知道另一次更美妙的开始，"少校用纯正的英语说，她轻柔的声音如来自天堂，能让火焰熄灭，钢铁变软，"美丽的沙滩，有棕榈树，树上挂着欢迎的横幅。到处是漂亮的姑娘，留着齐腰的长发，穿着沙沙作响的丝裤，在年轻的士兵群中移动，用红色和粉红色的花环装点着他们，并羞怯地对着目瞪口呆的士兵们微笑……上尉，您知道这次登陆吗？"

唐纳森困惑地摇摇头。

"这就是1965年3月8日上午9点，在岘港，美国首批海军陆战队登上越南土地的情景，也是越战的开端。"

唐纳森觉得自己一下子掉进了冰窟窿，刚才的镇静瞬间消失了，他的呼吸急促起来，声音开始颤抖："不，别这样少校，您这样对待我们是不公平的！我们没有杀过多少人，杀人的是他们，"他指着窗外半空中悬停着的直升机说，"是那些飞行员们，还有那些在很远的航空母舰上操作电脑指引巡航导弹的先生们，但他们也都是些体面的先生，他们所面对的目标都是屏幕上漂亮的彩色标记,他们按了一下按钮或动一下鼠标,耐心地等一会儿,那些标志就消失了,他们都是文明的先生,他们没有恶意,真的没有恶意……你在听我说吗？"

少校笑着点点头,谁说死神是丑恶恐怖的,死神真美。

"我有一个女朋友,她在马里兰大学读博士,她像您一样美丽,真的,她还参加反战游行……"我真该听她的,唐纳森想,"您在听我说吗？您也说点什么吧,求求您说点什么……"

美丽的少校最后对敌人微笑了一次:"上尉,我尽责任。"

赶来增援的俄军104摩步师的一支部队这时距那个"洪水"遥控站还有半公里距离,他们首先听到了一声沉闷的爆炸,并远远看到那间孤立在宽阔田野中的小库房隐没于一团白雾之中。紧接着是一声比刚才响百倍的巨响,地动山摇,一团巨大的火球在库房的位置出现,火焰裹在黑色的浓烟中高高升起,化作一团高耸的蘑菇云,如绽放在天地之间的一朵绝美的生命之花。

1月11日,俄罗斯军队总参谋部

"我知道你想要什么东西,别废话,要吧！"列夫森科元帅对高加索集群司令说。

"我想让前两天的战场电磁条件再持续四天。"

"你清楚,我们的战场干扰部队现在有百分之七十已被摧毁,我现在连四个小时都无法给你了！"

"那我的集群无法按时到达出击位置,北约的空中打击大大迟滞了部队的集结速度。"

"要是那样的话,你就把一颗子弹打进自己脑袋里去吧。现在敌人已逼近莫斯科,已到了七十年前古德里安到过的位置。"

在走出地下作战室的途中,高加索集群司令在心里默念:莫斯科,坚持啊!

1月12日,莫斯科防线

塔曼师师长费利托夫大校清楚,他们的阵地最多只能再承受一次进攻了。

敌人的空中打击和远程打击渐渐猛烈起来,而俄军的空中掩护却越来越少了。这个师的装甲力量和武装直升机都所剩无几,这最后的坚守几乎全靠血肉之躯了。

师长拖着被弹片削断的腿,拄着一支步枪走出掩蔽部。他看到战壕挖得不深,这也难怪,现在阵地上大部分都是伤员了。但他惊奇地发现,在战壕的前面构起了一道整齐的约半米高的胸墙。师长很奇怪这胸墙是用什么材料这么快筑起,他看到被雪覆盖的胸墙上伸出几条树枝一样的东西,走近一看,那是一只只惨白僵硬的手臂……他勃然大怒,一把抓住一位上校团长的衣领。

"混蛋!谁让你们用士兵的尸体筑掩体的?!"

"是我命令这样干的。"师参谋长的声音从师长身后平静地响起,"昨天晚上进入新阵地太快,这里又是一片农田,实在没有什么别的材料了。"

他们沉默相视着,参谋长从额头绷带上流出的血在脸上一道道地冻结了。这样过了一会,他们两人沿战壕慢慢地走去,沿着这堵用青春和生命筑成的胸墙走去。师长的左手拄着做拐杖的步枪,右手扶正了钢盔,向着胸墙行军礼,他们在最后一次检阅自己的部队……他们路过了一个被炸断双腿的小士兵,从断腿中流出的血把下面的雪和土混成了红黑色的泥,这泥的表面现在又冻住了。他正躺着把一颗反坦克手雷往自己怀里放,抬起没有血色的脸,他朝师长笑了笑:"我要把这玩意儿塞进艾布拉姆斯的履带里。"

寒风卷起道道雪雾,发出凄厉的啸声,仿佛在奏着一首上古时代的战歌。

"如果我比你先阵亡,请你也把我砌进这道墙里,这确实是一个好归宿。"师长说。

"我们两个不会相差太长时间的。"参谋长用他那特有的平静说。

1月12日,俄罗斯军队总参谋部

一个参谋来告诉列夫森科元帅,航天部部长急着要见他,事情很紧急,是有关米沙和电子战的事。

听到儿子的名字,列夫森科元帅心里一震。他已知道了卡琳娜阵亡的消息,同时他也无法想象一亿公里之外的米沙同电子战有什么关系,他甚至想象不出米沙现在和地球什么关系。

部长一行人走了进来,他没有多说话,把一片3寸光盘递给了列夫森科元帅:"将军,这是我们一小时前收到的米沙从'万年风雪'号上发回的信息,后来他又补充说,这不是私人信息,希望您能当着所有有关人员的面播放它。"

作战室中的所有人听着来自一亿公里以外的声音:"我从收到的战争新闻中得知,如果电磁干扰不能再持续三到四天的话,我们可能输掉这场战争。如果这是真的,爸爸,我能给您这段时间。

"以前,您总认为我所研究的恒星与现实相距太远,我自己也是这么认为,现在看来我们都错了。我记得对您提起过,恒星产生的能量虽然巨大,但它本身却是一个相对单纯和简单的系统。比如我们的太阳,组成它的只是两种最简单的元素:氢和氦;它的运行也只是由核聚变和引力平衡两种机制构成,这样,同我们的地球相比,它的运行状态在数学模型上就比较容易把握了。现在,对太阳的研究已经建立了十分精确的太阳数学模型,这其中也有我做的工作。通过这个数学模型,我们可以对太阳的行为做出十分精确的预测。这就使我们可以利用一个微小的扰动,在短时间内局部打破太阳运行的某种平衡。方法很简单:用'万年风雪'号精确撞击太阳表面的某点。

"也许您认为,这不过是把一块小石头投入海洋,但事实不是这样,爸爸,这是一粒沙子掉进了眼睛!

"从数学模型中我们得知,太阳是一个极其精细和敏感的能量平衡系统,如果计算得当,一个微小的扰动就能在太阳表面和相当的深度产生连锁反应,这种反应扩散开来,使其局部平衡被打破。历史上有过这样的先例:最近的记载是在1972年8月初,在太阳表面一个很小的区域发生了一次剧烈的爆发,这次爆发引起了对地球产生巨大影响的一次电磁爆,飞机和轮船上的罗盘指针胡乱跳动,远距离无线电通信中断,在北极地区,夜空中闪动着炫目的红光,在乡村,电灯时亮时灭,如同处于雷暴的中心,这种效应在当时持续了一个多星期。现在比较可信的一种解释是:当时一颗比'万年风雪'号还小的天体撞击了太阳表面。这样的太阳表面平衡扰动在历史上一定多次发生,但它大部分发生在人类发明无线电接收装置以前,所以没被察觉。这些对太阳表面的撞击都是随机的偶然的,因而它们所能产生的平衡扰动在强度和范围上都是有限的。

"但'万年风雪'号对太阳的撞击点是经过精确计算的,它所产生的扰动比上面提到的自然产生的扰动要大几个数量级。这次扰动将使太阳向空间喷发出强烈的电磁辐射,这种辐射包括从极低频到甚高频的所有频带的电磁波。同时,太阳射出强烈的X射线将猛烈撞击对于短波通信十分重要的电离层,从而改变电离层的性质,使通信中断。在扰动发生时,地球表面除毫米波外的绝大部分无线电通信将中断。这种效应在晚上可能相对弱一些,但在白天甚至超过了你们前两天进行的电磁干扰。据计算,这次扰动大约可持续一周。

"爸爸,以前我们两个人一直生活在相距遥远的两个世界中,我们互相交流很少。但现在,我们这两个世界融为一体,我们在为一个共同的目标而战,我为此自豪。爸爸,像您的每一个士兵一样,我在等着您的命令。"

航天部部长说:"米哈伊尔博士所说的都是事实。去年,我们向太阳发射过一个探测器,它依据数学模型的计算对太阳表面进行了一次小型的撞击试验,证实了模型所预言的扰动。庄博士和他的研究小组还提出了一个设想:将来也许可以用这种方法适当改变地球的气候。"

列夫森科元帅走进了一个小隔间,拿起了一个直通总统的红色电话,过了不一会儿,他就从隔间走了出来。历史对这一时刻的记载是不同的,有人说他马上说出了那句话,也有人说他沉默了一分钟之久,但那句话是肯定的。

"告诉米沙,照他说的去做吧。"

1月12日,近日轨道,"万年风雪"号冲向太阳

"万年风雪"号的十台核聚变发动机全部打开,每台发动机的喷口都喷出了长达上百公里的等离子体射流,它在做最后的轨道和姿态修正。

在"万年风雪"号的正前方,有一道巨大的美丽的日珥,那是从太阳表面盘旋而上的灼热的氢气气流,它像一条长长的轻纱,飘浮在太阳火的海洋上空,梦幻般地变幻着形状和姿态,它的两端都连着日球表面,形成了一座巨大的拱门。"万年风雪"号从这高达四十万公里的凯旋门正中缓缓地、庄严地通过。前方又出现了几道日珥,它们只有一头同太阳相连,另一头伸进了太空深处。发动机闪着蓝光的"万年风雪"号,像穿行在几棵大火树中的一只小小的萤火虫。后来,那蓝光渐渐熄灭,发动机停止了,"万年风雪"号的轨道已精确设定,剩下的一切都将由万有引力定律来完成了。

当飞船进入了太阳的上层大气日冕时,上方太空黑色的背景变成了紫红色,这紫红色的辉光弥漫了这里的所有空间。在下方,可以清楚地看到太阳色球中的景象,在那里,成千上万的针状体在闪闪发光,那些东西

在19世纪就被天文学家们观察到了,它们是从太阳表面射向高空的发光的气体射流,这些射流使得太阳大气看上去像一片燃烧的大草原,每棵草都有上千公里长。在这燃烧的大草原下面就是太阳的光球,那是无边无际的火的海洋。

从"万年风雪"号发回的最后的图像中,人们看到米沙从巨大的监视屏前起身,按钮打开了透明穹顶外面的防护罩,壮丽的火的大洋展现在他面前,他想亲眼看看他童年梦幻中的世界。火之海在抖动变形,那是半米厚的绝热玻璃在熔化,很快那上百米高的玻璃壁化作一片透明的液体滚落下来。一个初见海洋的人陶醉地面对海风,米沙伸开双臂迎接那向他呼啸而来的6000度的飓风。在摄像机和发射设备被烧熔之前发回的最后几秒钟图像中,可以看到米沙的身体燃烧起来,最后他的整个身体都变成了一根跳动的火炬,和太阳的火海融为一体……

接下来的景象只能猜想了:"万年风雪"号的太阳能电池板和突出结构将首先熔化,这些熔化的部分由于其表面张力在飞船的表面形成一个个银色的小球。当"万年风雪"号越过了色球和日冕的交界处时,它的主体开始熔化,当它深入色球2000公里后,主体完全熔化了。一个个分开的金属液珠合并成一个巨大的银色液球,它精确地沿着那已化为液体的计算机所设定的目标高速飞去。太阳大气的作用开始显示,液球的周围出现了一圈淡蓝色的火焰,这火焰向后拖了几百公里长,颜色向后由淡蓝渐变为黄色,在尾部变成美丽的橘红色。

最后,这美丽的火凤凰消失在浩渺的火海之中。

1月13日,地球

人类回到了马可尼之前的世界。

入夜,即使在赤道地区,夜空也充满了涌动的极光。

面对着一片雪花的电视屏幕,大多数人只能猜测和想象那块激战中的广阔土地上的情形。

1月13日，莫斯科前线

帕克将军推开了企图把他拉上直升机的82空降师的师长和几名前线指挥官，举起望远镜继续看着远方，那里，俄罗斯人的阵线滚滚而来。

"定标4000米，9号弹药装填，缓发引信，放！"

从来自后方的射击声帕克知道，还有不到三十门105毫米的榴弹炮可以射击，这是他目前唯一可以用于防守的重武器了。

一小时前，这个阵地上唯一的一支装甲力量，德军的一个坦克营，以令人钦佩的勇气发起反冲锋，并取得了优秀的战果：在距此八公里处击毁了相当于他们坦克数目1.5倍的俄罗斯坦克。但由于数量上的绝对劣势，他们在俄罗斯人的钢铁洪流面前如正午太阳下的露珠一样消失了。

"定标3500米，放！"

炮弹飞行的嘶鸣声过后，在俄罗斯人的坦克阵前面掀起了一道由泥土和火焰构成的高墙。但就如同洪水面前的一道塌方一样，塌下的泥土暂时挡住了洪水，洪水最终还是漫了过来。爆炸激起的泥土落下后，俄罗斯人的装甲前锋又在浓烟中显现出来。帕克看到他们的编队十分密集，如同在接受检阅。如在前几天用这种队形进攻是自取灭亡，但在现在，当北约的空中和远程打击火力几乎全部瘫痪的情况下，这却是一种可以采用的队形，它可以最大限度地集中装甲攻击力量，以确保在战线一点上的突破。

防线配置的失误是在帕克将军预料之中的，因为在这样的战场电磁条件下，要想准确快速地判明敌人的主攻方向几乎是不可能的。对下一步的防守他心中一片茫然，在C3I系统全面瘫痪的情况下，快速调整防御布局是十分困难的。

"定标3000米，放！"

"将军,您在找我?"法军司令若斯凯尔中将走了过来。他身边只跟着一名法军中校和一名直升机驾驶员。他没穿迷彩服,胸前的勋章和肩上的将星擦得亮亮的,但是戴着钢盔并提着一支步枪,显得不伦不类。

"听说在我们的左翼,幼鹿师正在撤出阵地。"

"是的将军。"

"若斯凯尔将军,在我们的身后,70万北约部队正在撤退,他们的成功突围取决于我们的坚固防守!"

"是取决于你们的坚固防守。"

"我能得到更明白的说明吗?"

"您什么都明白!你们对我们隐瞒了真实战局,你们早就知道右翼联盟的军队要在东线单方面停火!"

"作为北约军队最高指挥官,我有权这样做。将军,我想您也明白,您和您的部队有接受指挥的职责。"

……

"定标2500米,放!"

……

"我只遵守法兰西共和国总统的命令。"

"我不相信现在您能收到这样的命令。"

"几个月前就收到了,在爱丽舍宫的国庆招待会上,总统亲自向我说明了在这种情况下法国军队的行为准则。"

"你们这些戴高乐的杂种,这几十年来你们一直没变!"[①]帕克终于失去控制。

"话别说得这么难听,将军,如果您不走,我也一个人留下来,我们一起光荣地战死在这广阔的雪原上。拿破仑在这儿也失败过,我们不丢人。"

---

① 1966年戴高乐将军使法国退出北约军事一体化组织,这对当时冷战中的北约是一个严重打击。

若斯凯尔向帕克挥动着那支 FAMS 法军制式步枪说。

……

"定标 2000 米,放!"

帕克慢慢地转过身来,面对着他面前的一群前线指挥官:"请你们向坚守阵地的美军部队传达我下面的话:我们并非生来就是一支只靠电脑才能打仗的军队,我们是来自一支庄稼汉的军队。几十年前,在瓜达卡那尔岛,我们在热带丛林中一个地洞一个地洞地同日本人争夺;在溪山,我们用圆锹挡开北越士兵的手榴弹;更远一些的时候,在那个寒冷的冬夜,伟大的华盛顿领着那些没有鞋穿的士兵渡过冰封的特连顿河,创造了历史……"

"定标 1500 米,放!"

"我命令,销毁文件和非战斗辎重……"

"定标 1200 米,放!"

帕克将军戴上钢盔,穿上防弹衣,并把他那支 9 毫米手枪别在左腋下。这时榴弹炮的射击声沉默了,炮手正把手榴弹填进炮膛中,接着响起了一阵杂乱的爆炸声。

"全体士兵,"帕克将军看着已像死亡屏障一样在他们面前展开的俄罗斯坦克群,说,"上刺刀!"

战场的浓烟后面,太阳时隐时现,给血战中的雪野投上变幻的光影。

诗 云

伊依一行三人乘一艘游艇在南太平洋上做吟诗航行，他们的目的地是南极，如果几天后能顺利地到达那里，他们将钻出地壳去看诗云。

今天，天空和海水都很清澈，对于作诗来说，世界显得太透明了。抬头望去，平时难得一见的美洲大陆清晰地出现在天空中，在东半球构成的覆盖世界的巨大穹顶上，大陆好像是墙皮脱落的区域……

哦，现在人类生活在地球里面，更准确地说，人类生活在气球里面，哦，地球已变成了气球。地球被掏空了，只剩下厚约一百公里的一层薄壳，但大陆和海洋还原封不动地存在着，只不过都跑到里面了，球壳的里面。大气层也还存在，也跑到球壳里面了，所以地球变成了气球，一个内壁贴着海洋和大陆的气球。空心地球仍在自转，但自转的意义与以前已大不相同：它产生重力，构成薄薄地壳的那点质量产生的引力是微不足道的，地球重力现在主要由自转的离心力来产生了。但这样的重力在世界各个区域是不均匀的：赤道上最强，约为1.5个原地球重力，随着纬度增高，重力也渐渐减小，两极地区的重力为零。现在吟诗游艇航行的纬度正好是原地球的标准重力，但很难令伊依找到已经消失的实心地球上旧世界的感觉。

空心地球的球心悬浮着一个小太阳，现在正以正午的阳光照耀着世界。这个太阳的光度在二十四小时内不停地变化，由最亮渐变至熄灭，给空心地球里面带来昼夜更替。在适当的夜里,它还会发出月亮的冷光,但只是从一点发出的,看不到圆月。

游艇上的三人中有两个其实不是人,他们中的一个是一头名叫大牙的恐龙,它高达十米的身躯一移动,游艇就跟着摇晃倾斜,这令站在船头的吟诗者很烦。吟诗者是一个干瘦老头儿,同样雪白的长发和胡须混在一起飘动,他身着唐朝的宽大古装,仙风道骨,仿佛是在海天之间挥洒写就的一个狂草字。

这就是新世界的创造者,伟大的——李白。

礼 物

事情是从十年前开始的,当时,吞食帝国刚刚完成了对太阳系长达两个世纪的掠夺,来自远古的恐龙驾驶着那个直径五万公里的环形世界飞离太阳,航向天鹅座方向。吞食帝国还带走了被恐龙掠去当作小家禽饲养的十二亿人类。但就在接近土星轨道时,环形世界突然开始减速,最后竟沿原轨道返回,重新驶向太阳系内层空间。

在吞食帝国开始它的返程后的一个大环星期,使者大牙乘它那艘如古老锅炉般的飞船飞离大环,它的衣袋中装着一个叫伊依的人类。

"你是一件礼物!"大牙对伊依说,眼睛看着舷窗外黑暗的太空,它那粗放的嗓音震得衣袋中的伊依浑身发麻。

"送给谁?"伊依在衣袋中仰头大声问,他能从袋口看到恐龙的下颚,像是一大块悬崖顶上突出的岩石。

"送给神!神来到了太阳系,这就是帝国返回的原因。"

"是真的神吗?"

"它们掌握了不可思议的技术,已经纯能化,并且能在瞬间从银河系的一端跃迁到另一端,这不就是神了。如果我们能得到那些超级技术的百分之一,吞食帝国的前景就很光明了。我们正在完成一个伟大的使命,你要学会讨神喜欢!"

"为什么选中了我,我的肉质是很次的。"伊依说,他三十多岁,与吞食帝国精心饲养的那些肌肤白嫩的人类相比,他的外貌很有些沧桑感。

"神不吃虫虫,只是搜集,我听饲养员说你很特别,你好像还有很多学生?"

"我是一名诗人,现在在饲养场的家禽人中教授人类的古典文学。"伊依很吃力地念出了"诗""文学"这类在吞食语中很生僻的词。

"无用又无聊的学问,你那里的饲养员默许你授课,是因为其中的一些内容在精神上有助于改善虫虫们的肉质……我观察过,你自视清高目空一切,对于一个被饲养的小家禽来说,这应该是很有趣的。"

"诗人都是这样!"伊依在衣袋中站直,虽然知道大牙看不见,还是骄傲地昂起头。

"你的先辈参加过地球保卫战吗?"

伊依摇摇头:"我在那个时代的先辈也是诗人。"

"一种最无用的虫虫,在当时的地球上也十分稀少了。"

"他生活在自己的内心世界里,对外部世界的变化并不在意。"

"没出息……呵,我们快到了。"

听到大牙的话,伊依把头从衣袋中伸出来,透过宽大的舷窗向外看,看到了飞船前方那两个发出白光的物体,那是悬浮在太空中的一个正方形平面和一个球体,当飞船移动到与平面齐平时,它在星空的背景上短暂地消失了一下,这说明它几乎没有厚度;那个完美的球体悬浮在平面正上方,两者都发出柔和的白光,表面均匀得看不出任何特征。这两个东西仿佛是从计算机图库中取出的两个元素,是这纷乱的宇宙中两个简明而抽象的概念。

"神呢?"伊依问。

"就是这两个几何体啊,神喜欢简洁。"

距离拉近,伊依发现平面有足球场大小,飞船在向平面上降落,它的发动机喷出的火流首先接触到平面,仿佛只是接触到一个幻影,没有在上面留下任何痕迹,但伊依感到了重力和飞船接触平面时的震动,说明它不是幻影。大牙显然以前已经来过这里,没有犹豫就拉开舱门走了出去,伊依看到他同时打开了气密过渡舱的两道舱门,心一下抽紧了,但他并没有听到舱内空气涌出时的呼啸声,当大牙走出舱门后,衣袋中的伊依嗅到了清新的空气,伸出外面的脸上感到了习习的凉风……这是人和恐龙都无法理解的超级技术,它温柔和漫不经心的展示震撼了伊依,与人类第一次见到吞食者时相比,这震撼更加深入灵魂。他抬头望望,以灿烂的银河为背景,球体悬浮在他们上方。

"使者,这次你又给我带来了什么小礼物?"神问,他说的是吞食语,声音不高,仿佛从无限远处的太空深渊中传来,让伊依第一次感觉到这种粗陋的恐龙语言听起来很悦耳。

大牙把一只爪子伸进衣袋,抓出伊依放到平面上,伊依的脚底感到了平面的弹性,大牙说:"尊敬的神,得知您喜欢搜集各个星系的小生物,我带来了这个很有趣的小东西:地球人类。"

"我只喜欢完美的小生物,你把这么肮脏的虫子拿来干什么?"神说,球体和平面发出的白光微微地闪动了两下,可能是表示厌恶。

"您知道这种虫虫?!"大牙惊奇地抬起头。

"只是听这个旋臂的一些航行者提到过,不是太了解。在这种虫子不算长的进化史中,这些航行者曾频繁地光顾地球,这种生物的思想之猥琐、行为之低劣、其历史之混乱和肮脏,都很让他们恶心,以至于直到地球世界毁灭之前,也没有一个航行者屑于同它们建立联系……快把它扔掉。"

大牙抓起伊依,转动着硕大的脑袋看看可往哪儿扔。"垃圾焚化口在你后面。"神说,大牙一转身,看到身后的平面上突然出现了一个小圆口,里面闪着蓝幽幽的光……

"你不要这样说!人类建立了伟大的文明!!"伊依用吞食语声嘶力竭

地大喊。

球体和平面的白光又颤动了两次,神冷笑了两声:"文明?使者,告诉这个虫子什么是文明。"

大牙把伊依举到眼前,伊依甚至听到了恐龙的两个大眼球转动时骨碌碌地声音:"虫虫,在这个宇宙中,对一个种族文明程度的统一度量是这个种族所进入的空间的维度,只有进入六维以上空间的种族才具备加入文明大家庭的起码条件,我们尊敬的神的一族已能够进入十一维空间。吞食帝国已能在实验室中小规模地进入四维空间,只能算是银河系中一个未开化的原始群落,而你们,在神的眼里也就是杂草和青苔一类的。"

"快扔了,脏死了。"神不耐烦催促道。

大牙说完,举着伊依向垃圾焚化口走去。伊依拼命挣扎,从衣服中掉出了许多白色的纸片。当那些纸片飘荡着下落时,从球体中射出一条极细的光线,当那束光线射到其中一张纸上时,它便在半空中悬住了,光线飞快地在上面扫描了一遍。

"唷,等等,这是什么东西?"

大牙把伊依悬在焚化口上方,扭头看着球体。

"那是……是我的学生们的作业!"伊依在恐龙的巨掌中吃力地挣扎着说。

"这种方形的符号很有趣,它们组成的小矩阵也很好玩儿。"神说,从球体中射出的光束又飞快地扫描了已落在平面上的另外几张纸。

"那是汉……汉字,这些是用汉字写的古诗!"

"诗?"神惊奇地问,收回了光束,"使者,你应该懂一些这种虫子的文字吧?"

"当然,尊敬的神,在吞食帝国吃掉地球前,我在它们的世界生活了很长时间。"大牙把伊依放到焚化口旁边的平面上,弯腰拾起一张纸,举到眼前吃力地辨认着上面的小字,"它的大意是……"

"算了吧,你会曲解它的!"伊依挥手制止大牙说下去。

"为什么?"神很感兴趣地问。

"因为这是一种只能用古汉语表达的艺术,即使翻译成人类的其他语言,也就失去了大部分内涵和魅力,变成另一种东西了。"

"使者,你的计算机中有这种语言的数据库吗?还有有关地球历史的一切知识,好的,给我传过来吧,就用我们上次见面时建立的那个信道。"

大牙急忙返回飞船上,在舱内的电脑上鼓捣了一阵儿,嘴里嘟囔着:"古汉语部分没有,还要从帝国的网络上传过来,可能有些时滞。"

伊依从敞开的舱门中看到,恐龙的大眼球中映射着电脑屏幕上变幻的彩光。当大牙从飞船上走出来时,神已经能用标准的汉语读出一张纸上的中国古诗了:"白日依山尽,黄河入海流,欲穷千里目,更上一层楼。"

"您学得真快!"伊依惊叹道。

神没有理他,只是沉默着。

大牙解释说:"它的意思是:恒星已在行星的山后面落下,一条叫黄河的河流向着大海的方向流去,哦,这河和海都是由那种由一个氧原子和两个氢原子构成的化合物组成,要想看得更远,就应该在建筑物上登得更高些。"

神仍然沉默着。

"尊敬的神,你不久前曾君临吞食帝国,那里的景色与写这首诗的虫虫的世界十分相似,有山有河也有海,所以……"

"所以我明白诗的意思,"神说,球体突然移动到大牙头顶上,伊依感觉它就像一只盯着大牙看的没有眸子的大眼睛,"但,你,没有感觉到些什么?"

大牙茫然地摇摇头。

"我是说,隐含在这个简洁的方块符号矩阵的表面含义后面的一些东西?"

大牙显得更茫然了,于是神又吟诵了一首古诗:"前不见古人,后不见来者,念天地之悠悠,独怆然而涕下。"

大牙赶紧殷勤地解释道:"这首诗的意思是:向前看,看不到在遥远过去曾经在这颗行星上生活过的虫虫;向后看,看不到未来将要在这行星上生活的虫虫;于是感到时空太广大了,于是哭了。"

神沉默。

"呵,哭是地球虫虫表达悲哀的一种方式,这时它们的视觉器官……"

"你仍没感觉到什么?"神打断了大牙的话问,球体又向下降了一些,几乎贴到大牙的鼻子上。

大牙这次坚定地摇摇头:"尊敬的神,我想里面没有什么的,一首很简单的小诗。"

接下来,神又连续吟诵了几首古诗,都很简短,且属于题材空灵超脱的一类,有李白的《下江陵》《静夜思》和《黄鹤楼送孟浩然之广陵》、柳宗元的《江雪》、崔颢的《黄鹤楼》、孟浩然的《春晓》等。

大牙说:"在吞食帝国,有许多长达百万行的史诗,尊敬的神,我愿意把它们全部献给您!相比之下,人类虫虫的诗是这么短小简单,就像他们的技术……"

球体忽地从大牙头顶飘开去,在半空中沿着随意的曲线飘行着:"使者,我知道你们最大的愿望就是希望我回答一个问题:吞食帝国已经存在了八千万年,为什么其技术仍徘徊在原子时代?我现在有答案了。"

大牙热切地望着球体说:"尊敬的神,这个答案对我们很重要!求您……"

"尊敬的神,"伊依举起一只手大声说,"我也有一个问题,不知能不能问?!"

大牙恼怒地瞪着伊依,像要把他一口吃了似的,但神说:"我仍然讨厌地球虫子,但那些小矩阵为你赢得了这个权利。"

"艺术在宇宙中普遍存在吗?"

球体在空中微微颤动,似乎在点头:"是的,我就是一名宇宙艺术的搜集和研究者,我穿行于星云间,接触过众多文明的各种艺术,它们大多是庞杂而晦涩的体系,用如此少的符号,在如此小巧的矩阵中涵含着如此丰富的感觉层次和含义分支,而且这种表达还要在严酷得有些变态的诗律和音韵的约束下进行,这,我确实是第一次见到……使者,现在可以把这虫子扔了。"

大牙再次把伊依抓在爪子里:"对,该扔了它,尊敬的神,吞食帝国中心网络中存储的人类文化资料是相当丰富的,现在您的记忆中已经拥有了所有资料,而这个虫虫,大概就记得那么几首小诗。"说着,它拿着伊依向焚化口走去。

"把这些纸片也扔了。"神说。

大牙又赶紧返身去用另一只爪子收拾纸片,这时伊依在大爪中高喊:"神啊,把这些写着人类古诗的纸片留作纪念吧!您搜集到了一种不可超越的艺术,向宇宙中传播它吧!"

"等等,"神再次制止了大牙,伊依已经悬到了焚化口上方,他感到了下面蓝色火焰的热力。球体飘过来,在距伊依的额头几厘米处悬定,他同刚才的大牙一样受到了那只没有眸子的巨眼的逼视。

"不可超越?"

"哈哈哈……"大牙举着伊依大笑起来,"这个可怜的虫虫居然在伟大的神面前说这样的话,滑稽!人类还剩下什么?你们失去了地球上的一切,即便能带走的科学知识也忘得差不多了,有一次在晚餐桌上,我在吃一个人之前问它:地球保卫战争中的人类的原子弹是用什么做的?他说是原子做的!"

"哈哈哈哈……"神也让大牙逗得大笑起来,球体颤动得成了椭圆,"不可能有比这更正确的回答了,哈哈哈……"

"尊敬的神,这些脏虫虫就剩下那几首小诗了!哈哈哈……"

"但它们是不可超越的!"伊依在大爪中挺起胸膛庄严地说。

球体停止了颤动,用近似耳语的声音说:"技术能超越一切。"

"这与技术无关,这是人类心灵世界的精华,不可超越!"

"那是因为你不知道技术最终能具有什么样的力量,小虫子,小小的虫子,你不知道。"神的语气变得父亲般的温柔,但潜藏在深处阴冷的杀气让伊依不寒而栗,神说,"看着太阳。"

伊依按神的话做了,这是位于地球和火星轨道之间的太空,太阳的光芒使他眯起了双眼。

"你最喜欢的颜色是什么?"神问。

"绿色。"

话音刚落,太阳变成了绿色,那绿色妖艳无比,太阳仿佛是一只突然浮现在太空深渊中的猫眼,在它的凝视下,整个宇宙都变得诡异无比。

大牙爪子一颤,把伊依掉在平面上。当理智稍稍恢复后,他们都意识到另一个比太阳变绿更加震撼的事实:从这里到太阳,光需行走十几分钟,但这一切都发生在一瞬间!

半分钟后,太阳恢复原状,又发出耀眼的白光。

"看到了吗?这就是技术,是这种力量使我们的种族从海底淤泥中的鼻涕虫变为神。其实技术本身才是真正的神,我们都真诚地崇拜它。"

伊依眨着昏花的双眼说:"但神并不能超越那样的艺术,我们也有神,想象中的神,我们崇拜它们,但并不认为它们能写出李白和杜甫那样的诗。"

神冷笑了两声,对伊依说:"真是一只无比固执的虫子,这使你更让人厌恶。不过,为了消遣,就让我来超越一下你们的矩阵艺术。"

伊依也冷笑了两声:"不可能的,首先你不是人,不可能有人的心灵感受,人类艺术在你那里只是石板上的花朵,技术并不能使你超越这个障碍。"

"技术超越这个障碍易如反掌,给我你的基因!"

伊依不知所措。

"给神一根头发!"大牙提醒说,伊依伸手拔下一根头发,一股无形的吸力将头发吸向球体,后来那根头发又从球体中飘落到平面上,神只是提取了发根带着的一点皮屑。

球体中的白光涌动起来,渐渐变得透明了,里面充满了清澈的液体,浮起串串水泡。接着,伊依在液体中看到了一个蛋黄大小的球,它在射入液球的阳光中呈淡红色,仿佛自己会发光。小球很快长大,伊依认出了那是一个蜷曲着的胎儿,他肿胀的双眼紧闭着,大大的脑袋上交错着红色的血管。胎儿继续成长,小身体终于伸展开来,像青蛙似的在液球中游动着。液体渐渐变得浑浊了,透过液球的阳光只映出一个模糊的影子,看得出那个影子仍在飞速成长,最后变成了一个游动着的成人的身影。这时液球又恢复成原来那样完全不透明的白色光球,一个赤裸的人从球中掉出来,落到平面上。伊依的克隆体摇摇晃晃地站了起来,阳光在他湿漉漉的身体上闪亮,他的头发和胡子老长,但看得出来只有三四十岁的样子,除了一样的精瘦外,一点也不像伊依本人。克隆体僵僵地站着,呆滞的目光看着无限远方,似乎对这个他刚刚进入的宇宙浑然不知。在他的上方,球体的白光在暗下来,最后完全熄灭了,球体本身也像蒸发似的消失了。但这时,伊依感觉什么东西又亮了起来,很快发现那是克隆体的眼睛,它们由呆滞突然充满了智慧的灵光。后来伊依知道,神的记忆这时已全部转移到克隆体中了。

"冷,这就是冷?!"一阵轻风吹来,克隆体双手抱住湿乎乎的双肩,浑身打战,但声音中充满了惊喜,"这就是冷,这就是痛苦,精致的、完美的痛苦,我在星际间苦苦寻觅的感觉,尖锐如洞穿时空的十维弦,晶莹如类星体中心的纯能钻石,啊——"他伸开皮包骨头的双臂仰望银河,"前不见古人,后不见来者,念宇宙之……"一阵冷战使克隆体的牙齿咯咯作响,赶紧停止了出生演说,跑到焚化口边烤火了。

克隆体把两手放到焚化口的蓝火焰上烤着,哆哆嗦嗦地对伊依说:"其实,我现在进行的是一项很普通的操作,当我研究和搜集一种文明的艺术时,总是将自己的记忆借宿于该文明的一个个体中,这样才能保证对该艺术的完全理解。"

这时,焚化口中的火焰亮度剧增,周围的平面上也涌动着各色的光晕,使得伊依感觉整个平面像是一块漂浮在火海上的毛玻璃。

大牙低声对伊依说:"焚化口已转换为制造口了,神正在进行能一质转换。"看到伊依不太明白,他又解释说,"傻瓜,就是用纯能制造物品,上帝的活计!"

制造口突然喷出了一团白色的东西,那东西在空中展开并落了下来,原来是一件衣服,克隆体接住衣服穿了起来,伊依看到那竟是一件宽大的唐朝古装,用雪白的丝绸做成,有宽大的黑色镶边,刚才还一副可怜相的克隆体穿上它后立刻显得飘飘欲仙,伊依实在想象不出它是如何从蓝火焰中被制造出来的。

又有物品被制造出来,从制造口飞出一块黑色的东西,像一块石头一样咚地砸在平面上,伊依跑过去拾起来,不管他是否相信自己的眼睛,手中拿着的分明是一块沉重的石砚,而且还是冰凉的。接着又有什么"啪"的掉下来,伊依拾起那个黑色的条状物,他没猜错,这是一块墨!接着被制造出来的是几支毛笔,一个笔架,一张雪白的宣纸(从火里飞出的纸),还有几件古色古香的案头小饰品,最后制造出来的也是最大的一件东西:一张样式古老的书案!伊依和大牙忙着把书案扶正,把那些小东西在案头摆放好。

"转化这些东西的能量,足以把一颗行星炸成碎末。"大牙对伊依耳语,声音有些发颤。

克隆体走到书案旁,看着上面的摆设满意地点点头,一手理着刚刚干了的胡子,说:"我,李白。"

伊依审视着克隆体问:"你是说想成为李白呢,还是真把自己当成了李白?"

"我就是李白,超越李白的李白!"

伊依笑着摇摇头。

"怎么,到现在你还怀疑吗?"

伊依点点头说:"不错,你们的技术远远超过了我的理解力,已与人类想象中的神力和魔法无异,即使是在诗歌艺术方面也有让我惊叹的东西:跨越如此巨大的文化和时空的鸿沟,你竟能感觉到中国古诗的内涵……但理解李白是一回事,超越他又是另一回事,我仍然认为你面对的是不可超越的艺术。"

克隆体——李白的脸上浮现出高深莫测的笑容,但转瞬即逝,他手指书案,对伊依大喝一声:"研墨!"然后径自走去,在几乎走到平面边缘时站住,理着胡须遥望星河沉思起来。

伊依从书案上的一个紫砂壶中向砚上倒了一点清水,拿起那条墨研了起来,他是第一次干这个,笨拙地斜着墨条磨边角。看着砚中渐渐浓起来的墨汁,伊依想到自己正身处距太阳 1.5 个天文单位的茫茫太空中,这个无限薄的平面(即使在刚才由纯能制造物品时,从远处看它仍没有厚度)仿佛是一个漂浮在宇宙深渊中的舞台,在它上面,一头恐龙、一个被恐龙当作肉食家禽饲养的人类、一个穿着唐朝古装的准备超越李白的技术之神,正在演出一场怪诞到极点的活剧,想到这里,伊依摇头苦笑起来。

当觉得墨研得差不多了时,伊依站起来,同大牙一起等待着,这时平面上的轻风已经停止,太阳和星河静静地发着光,仿佛整个宇宙都在期待。李白静立在平面边缘,由于平面上的空气层几乎没有散射,他在阳光中的明暗部分极其分明,除了理胡须的手不时动一下外,简直就是一尊石像。伊依和大牙等啊等,时间在默默地流逝,书案上蘸满了墨的毛笔渐渐有些发干了,不知不觉,太阳的位置已移动了很多,把他们和书案、飞船的影子长长地投在平面上,书案上平铺的白纸仿佛变成了平面的一部分。终于,李白转过身来,慢步走回书案前,伊依赶紧把毛笔重新蘸了墨,用双手递了过去,但李白抬起一只手回绝了,只是看着书案上的白纸继续沉思着,他的目光中有了些新的东西。

伊依得意地看出,那是困惑和不安。

"我还要制造一些东西,那都是……易碎品,你们去小心接着。"李白指了指制造口说,那里面本来已暗淡下去的蓝焰又明亮进来,伊依和大牙刚刚跑过去,就有一股蓝色的火舌把一个球形物推出来,大牙眼疾手快地接住了它,细看是一个大坛子。接着又从蓝焰中飞出了三只大碗,伊依接住了其中的两只,有一只摔碎了。大牙把坛子抱到书案上,小心地打开封盖,一股浓烈的酒味溢了出来,它与伊依惊奇地对视了一眼。

"在我从吞食帝国接收到的地球信息中,有关人类酿造业的资料不多,所以这东西造得不一定准确。"李白说,同时指着酒坛示意伊依尝尝。

伊依拿碗从中舀了一点儿抿了一口,一股火辣从嗓子眼流到肚子里,他点点头:"是酒,但是与我们为改善肉质喝的那些相比太烈了。"

"满上。"李白指着书案上的另一个空碗说,待大牙倒满烈酒后,端起来咕咚咚一饮而尽,然后转身再次向远处走去,不时走出几个不太稳的舞步。到达平面边缘后又站在那里对着星海深思,但与上次不同的是他的身体有节奏地左右摆动,像在和着某首听不见的曲子。这次李白沉思的时间不长就走回到书案前,回来的一路上全是舞步了,他一把抓过伊依递过来的笔扔到远处。

"满上。"李白眼睛直勾勾地盯着空碗说。

……

一小时后,大牙用两个大爪小心翼翼地把烂醉如泥的李白放到已清空的书案上,但他一翻身又骨碌下来,嘴里嘀咕着恐龙和人都听不懂的语言。他已经红红绿绿地吐了一大摊(真不知是什么时候吃进的这些食物),宽大的古服上也吐得脏污一片,那一摊呕吐物被平面发出的白光透过,形成了一幅很抽象的图形。李白的嘴上黑乎乎的全是墨,这是因为在喝光第四碗后,他曾试图在纸上写什么,但只是把蘸饱墨的毛笔重重地戳到桌面上,接着,李白就像初学书法的小孩子那样,试图用嘴把笔理顺……

"尊敬的神?"大牙俯下身来小心翼翼地问。

"哇咦卡啊……卡啊咦唉哇。"李白大着舌头说。

大牙站起身,摇摇头叹了一口气,对伊依说:"我们走吧。"

另一条路

伊依所在的饲养场位于吞食者的赤道上，当吞食者处于太阳系内层空间时，这里曾是一片夹在两条大河之间的美丽草原。吞食者航出木星轨道后，严冬降临了，草原消失大河封冻，被饲养的人类都转到地下城中。当吞食者受到神的召唤而返回后，随着太阳的临近，大地回春，两条大河很快解冻了，草原也开始变绿。

当气候好的时候，伊依总是独自住在河边自己搭的一间简陋的草棚中，自己种地过日子。对于一般人来说这是不被允许的，但由于伊依在饲养场中讲授的古典文学课程有陶冶性的功能，他的学生的肉有一种很特别的风味，所以恐龙饲养员也就不干涉他了。

这是伊依与李白初次见面两个月后的一个黄昏，太阳刚刚从吞食帝国平直的地平线上落下，两条映着晚霞的大河在天边交汇。在河边的草棚外，微风把远处草原上欢舞的歌声隐隐送来，伊依独自一人自己和自己下围棋，抬头看到李白和大牙沿着河岸向这里走来。这时的李白已有了很大的变化，他头发蓬乱，胡子老长，脸晒得很黑，左肩背着一个粗布包，右手提着一个大葫芦，身上那件古装已破烂不堪，脚上穿着一双已磨得不像样子的草鞋，伊依觉得这时的他倒更像一个人了。

李白走到围棋桌前，像前几次来一样，不看伊依一眼就把葫芦重重地向桌上一放，说："碗！"待伊依拿来两个木碗后，李白打开葫芦盖，把两个碗里倒满酒，然后又从布包中拿出一个纸包，打开来，伊依发现里面竟放着切好的熟肉，并闻到扑鼻的香味，不由拿起一块嚼了起来。

大牙只是站在两三米远处静静地看着他们，有前几次的经验，它知道他们俩又要谈诗了，这种谈话他既无兴趣也没资格参与。

"好吃，"伊依赞许地点点头，"这牛肉也是纯能转化的？"

"不，我早就回归自然了。你可能没听说过，在距这里很遥远的一个牧场,饲养着来自地球的牛群。这牛肉是我亲自做的,是用山西平遥牛肉的做法,关键是在炖的时候放——"李白凑到伊依耳边神秘地说,"尿碱。"

伊依迷惑不解地看着他。

"哦,就是人类的小便蒸干以后析出的那种白色的东西,能使炖好的肉外观红润,肉质鲜嫩,肥而不腻,瘦而不柴。"

"这尿碱……也不是纯能做出来的?"伊依恐惧地问。

"我说过自己已经回归自然了!尿碱是我费了好大劲儿从几个人类饲养场收集来的,这是很正宗的民间烹饪技艺,在地球毁灭前就早已失传。"

伊依已经把嘴里的牛肉咽下去了,为了抑制呕吐,他端起了酒碗。

李白指指葫芦说:"在我的指导下,吞食帝国已经建起了几个酒厂,已经能够生产大部分地球名酒,这是他们酿制的正宗的竹叶青,是用汾酒浸泡竹叶而成。"

伊依这才发现碗里的酒与前几次李白带来的不同,呈翠绿色,入口后有甜甜的药草味。

"看来,你对人类文化已了如指掌了。"伊依感慨地对李白说。

"不仅如此,我还花了大量的时间亲身体验,你知道,吞食帝国很多地区的风景与李白所在的地球极为相似,这两个月来,我浪迹于这山水之间,饱览美景,月下饮酒山巅吟诗,还在遍布各地的人类饲养场中有过几次艳遇……"

"那么,现在总能让我看看你的诗作了吧。"

李白呼地放下酒碗,站起身不安地踱起步来:"是作了一些诗,而且是些肯定让你吃惊的诗,你会看到,我已经是一个很出色的诗人了,甚至比你和你的祖爷爷都出色,但我不想让你看,因为我同样肯定你会认为那些诗没有超越李白,而我……"他抬起头遥望天边落日的余晖,目光中充满了迷离和痛苦,"也这么认为。"

远处的草原上,舞会已经结束,快乐的人们开始丰盛的晚餐。有一群少女向河边跑来,在岸边的浅水中嬉戏。她们头戴花环,身上披着薄雾一样的轻纱,在暮色中构成一幅醉人的画面。伊依指着距草棚较近的一个少女问李白:"她美吗?"

"当然。"李白不解地看着伊依说。

"想象一下,用一把利刃把她切开,取出她的每一个脏器,剜出她的眼球,挖出她的大脑,剔出每一根骨头,把肌肉和脂肪按其不同部位和功能分割开来,再把所有的血管和神经分别理成两束,最后在这里铺上一大块白布,把这些东西按解剖学原理分门别类地放好,你还觉得美吗?"

"你怎么在喝酒的时候想到这些?恶心。"李白皱起眉头说。

"怎么会恶心呢?这不正是你所崇拜的技术吗?"

"你到底想说什么?"

"李白眼中的大自然就是你现在看到的河边少女,而同样的大自然在技术的眼睛中呢,就是那张白布上那些井然有序但血淋淋的部件,所以,技术是反诗意的。"

"你好像对我有什么建议?"李白理着胡子若有所思地说。

"我仍然不认为你有超越李白的可能,但可以为你的努力指出一个正确的方向:技术的迷雾蒙住了你的双眼,使你看不到自然之美。所以,你首先要做的是把那些超级技术全部忘掉,你既然能够把自己的全部记忆移植到你现在的大脑中,当然也可以删除其中的一部分。"

李白抬头和大牙对视了一下,两者都哈哈大笑起来,大牙对李白说:"尊敬的神,我早就告诉过您,多么狡诈的虫虫,您稍不小心就会跌入他们设下的陷阱。"

"哈哈哈哈,是狡诈,但也有趣。"李白对大牙说,然后转向伊依,冷笑着说,"你真的认为我是来认输的?"

"你没能超越人类诗词艺术的巅峰,这是事实。"

李白突然抬起一只手指着大河,问:"到河边去有几种走法?"

伊依不解地看了李白几秒钟:"好像……只有一种。"

"不,是两种,我还可以向这个方向走,"李白指着与河相反的方向说,

"这样一直走,绕吞食帝国的大环一周,再从对岸过河,也能走到这个岸边,我甚至还可以绕银河系一周再回来,对于我们的技术来说,这也易如反掌。技术可以超越一切!我现在已经被逼得要走另一条路了!"

伊依努力想了好半天,终于困惑地摇摇头:"就算是你有神一般的技术,我还是想不出超越李白的另一条路在哪儿。"

李白站起来说:"很简单,超越李白的两条路是:一、把超越他的那些诗写出来,二、把所有的诗都写出来!"

伊依显得更糊涂了,但站在一旁的大牙似有所悟。

"我要写出所有的五言和七言诗,这是李白所擅长的;另外我还要写出常见词牌的所有的词!你怎么还不明白?!我要在符合这些格律的诗词中,试遍所有汉字的所有组合!"

"啊,伟大!伟大的工程!!"大牙忘形地欢呼起来。

"这很难吗?"伊依傻傻地问。

"当然难,难极了!如果用吞食帝国最大的计算机来进行这样的计算,可能到宇宙末日也完成不了!"

"没那么多吧。"伊依充满疑问地说。

"当然有那么多!"李白得意地点点头,"但使用你们还远未掌握的量子计算技术,就能在可以接受的时间内完成这样的计算。到那时,我就写出了所有的诗词,包括所有以前写过的和所有以后可能写的,特别注意,所有以后可能写的!超越李白的巅峰之作自然包括在内。事实上我终结了诗词艺术,直到宇宙毁灭,所出现的任何一个诗人,不管他们达到了怎样的高度,都不过是个抄袭者,他的作品肯定能在我那巨大的存储器中检索出来。"

大牙突然发出了一声低沉的惊叫,看着李白的目光由兴奋变为震惊:"巨大的……存储器?!尊敬的神,您该不是说,要把量子计算机写出的诗都……都存起来吧?"

"写出来就删除有什么意思呢?当然要存起来!这将是我的种族留在

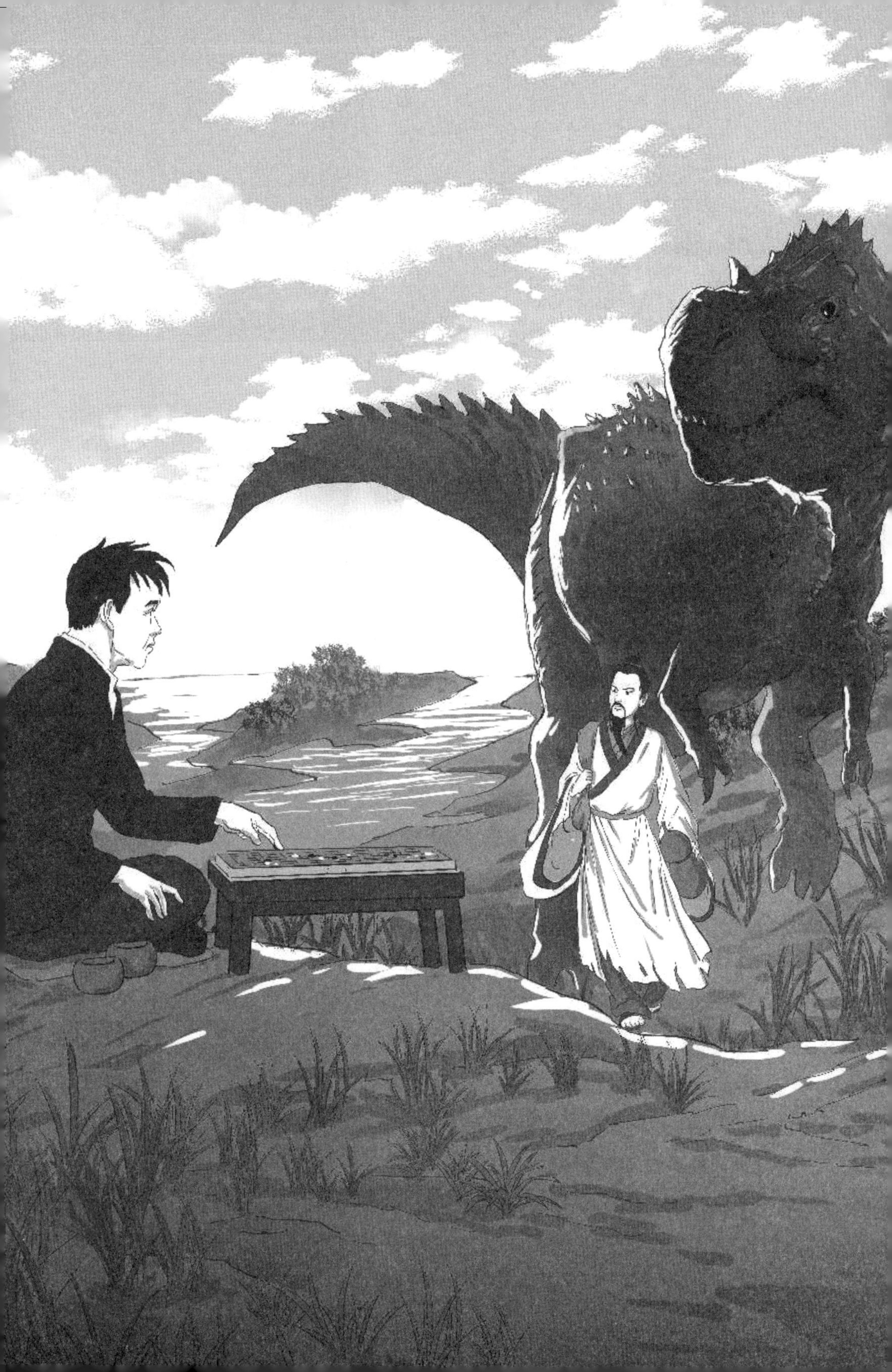

这个宇宙中的艺术丰碑之一！"

大牙的目光由震惊变为恐惧，把粗大的双爪向前伸着，两腿打弯，像要给李白跪下，声音也像要哭出来似的："使不得，尊敬的神，这使不得啊！！"

"是什么把你吓成这样？"伊依抬头惊奇地看着大牙问。

"你个白痴！你不是知道原子弹是原子做的吗？那存储器也是原子做的，它的存储精度最高只能达到原子级别！知道什么是原子级别的存储吗？就是说一个针尖大小的地方，就能存下人类所有的书！不是你们现在那点儿书，是地球被吃掉前上面所有的书！"

"啊，这好像是有可能的,听说一杯水中的原子数比地球上海洋中水的杯数都多。那，他写完那些诗后带根儿针走就行了。"伊依指指李白说。

大牙恼怒已极，来回急走几步总算挤出了一点儿耐性："好，好，你说，按神说的那些五言七言诗，还有那些常见的词牌，各写一首，总共有多少字？"

"不多，也就两三千字吧，古典诗词是最精练的艺术。"

"那好，我就让你这个白痴虫虫看看它有多么精练！"大牙说着走到桌前，用爪指着上面的棋盘说："你们管这种无聊的游戏叫什么，哦，围棋，这上面有多少个交叉点？"

"纵横各19行，共361点。"

"很好，每点上可以放黑子白子或空着，共三种状态，这样，每一个棋局，就可以看作由三个汉字写成的一首19行361个字的诗。"

"这比喻很妙。"

"那么，穷尽这三个汉字在这种诗上的所有组合，总共能写出多少首诗呢？让我告诉你：3的361次方首，或者说，嗯，我想想，10的172次方首！"

"这……很多吗？"

"白痴！"大牙第三次骂出这个词，"宇宙中的全部原子只有……"

啊——"它气恼得说不下去了。

"有多少？"伊依仍是那副傻样。

"只有10的80次方个！！你个白痴虫虫啊——"

直到这时，伊依才表现出了一点儿惊奇："你是说，如果一个原子存储一首诗，用光宇宙中的所有原子，还存不完他的量子计算机写出的那些诗？"

"差远呢！差10的92次方倍呢！！再说，一个原子哪能存下一首诗？人类虫虫的存储器，存一首诗用的原子数可能比你们的人口都多，至于我们，用单个原子存储一位二进制还仅处于实验室阶段……唉。"

"使者，在这一点上是你目光短浅了，想象力不足，是吞食帝国技术进步缓慢的原因之一。"李白笑着说，"使用基于量子多态迭加原理的量子存储器，只用很少量的物质就可以存下那些诗，当然，量子存储不太稳定，为了永久保存那些诗作，还需要与更传统的存储技术结合使用，即使这样，制造存储器需要的物质量也是很少的。"

"是多少？"大牙问，看那样子显然心已提到了嗓子眼儿。

"大约为10的57次方个原子，微不足道微不足道。"

"这……这正好是整个太阳系的物质量！"

"是的，包括所有的太阳行星，当然也包括吞食帝国。"

李白最后这句话是轻描淡写地随口而出的，但在伊依听来像晴天霹雳，不过大牙反倒显得平静下来，当长时间受到灾难预感的折磨后，灾难真正来临时反而有一种解脱感。

"您不是能把纯能转换成物质吗？"大牙问。

"得到如此巨量的物质需要多少能量你不会不清楚，这对我们也是不可想象的，还是用现成的吧。"

"这么说，皇帝的忧虑不无道理。"大牙自语道。

"是的是的，"李白欢快地说，"我前天已向吞食皇帝说明，这个伟大的环形帝国将被用于一个更伟大的目的，所有的恐龙应该为此感到自豪。"

"尊敬的神,您会看到吞食帝国的感受的。"大牙阴沉地说,"还有一个问题:与太阳相比,吞食帝国的质量实在是微不足道,为了得到这九牛之一毛的物质,有必要毁灭一个进化了几千万年的文明吗?"

"你的这个疑问我完全理解,但要知道,熄灭、冷却和拆解太阳是需要很长时间的,在这之前对诗的量子计算应已经开始,我们需要及时地把结果存起来,清空量子计算机的内存以继续计算,这样,可以立即用于制造存储器的行星和吞食帝国的物质就是必不可少的了。"

"明白了,尊敬的神,最后一个问题:有必要把所有的组合结果都存起来吗?为什么不能在输出端加一个判断程序,把那些不值得存储的诗作剔除掉。据我所知,中国古诗是要遵从严格的格律的,如果把不符合格律的诗去掉,那最后结果的总量将大为减少。"

"格律?哼,"李白不屑地摇摇头,"那不过是对灵感的束缚,中国南北朝以前的古体诗并不受格律的限制,即使是在唐代以后严格的近体诗中,也有许多古典诗词大师不遵从格律,写出了许多卓越的变体诗,所以,在这次终极吟诗中我将不考虑格律。"

"那,您总该考虑诗的内容吧?最后的计算结果中肯定有百分之九十九的诗是毫无意义的,存下这些随机的汉字矩阵有什么用?"

"意义?"李白耸耸肩说,"使者,诗的意义并不取决于你的认可,也不取决于我或其他任何人,它取决于时间。许多在当时无意义的诗后来成了旷世杰作,而现今和以后的许多杰作在遥远的过去肯定也曾是无意义的。我要作出所有的诗,亿亿亿万年之后,谁知道伟大的时间把其中的哪首选为巅峰之作呢?"

"这简直荒唐!!"大牙大叫起来,它那粗放的嗓音惊起了远处草丛中的几只鸟,"如果按现有的人类虫虫的汉字字库,您的量子计算机写出的第一首诗应该是这样的:

呵呵呵呵呵

呵呵呵呵呵

呵呵呵呵呵

呵呵呵呵唉

"请问,伟大的时间会把这首选为杰作?!"

一直不说话的伊依这时欢叫起来:"哇!还用什么伟大的时间来选?!它现在就是一首巅峰之作耶!!前三行和第四行的前四个字都是表达生命对宏伟宇宙的惊叹,最后一个字是诗眼,它是诗人在领略了宇宙之浩渺后,对生命在无限时空中的渺小发出的一声无奈的叹息。"

"呵呵呵呵呵,"李白抚着胡须乐得合不上嘴,"好诗,伊依虫虫,真的是好诗,呵呵呵……"说着拿起葫芦给伊依倒酒。

大牙挥起巨爪一巴掌把伊依打了老远:"混账虫虫,我知道你现在高兴了,可不要忘记,吞食帝国一旦毁灭,你们也活不了!"

伊依一直滚到河边,好半天才能爬起来,他满脸沙土,咧大了嘴,既是痛的也是在笑,他确实很高兴。"哈哈有趣,这个宇宙真他妈妈的不可思议!"他忘形地喊道。

"使者,还有问题吗?"看到大牙摇头,李白接着说,"那么,我在明天就要离去,后天,量子计算机将启动作诗软件,终极吟诗将开始,同时,熄灭太阳,拆解行星和吞食帝国的工程也将启动。"

"尊敬的神,吞食帝国在今天夜里就能做好战斗准备!"大牙立正后庄严地说。

"好好,真是很好,往后的日子会很有趣的,但这一切发生之前,还是让我们喝完这一壶吧。"李白快乐地点点头说,同时拿起了酒葫芦,倒完酒,他看着已笼罩在夜幕中的大河,意犹未尽地回味着,"真是一首好诗,第一首,呵呵,第一首就是好诗。"

终极吟诗

吟诗软件其实十分简单,用人类的 C 语言表达可能超不过两千行代码,另外再加一个存储所有汉字字符的不大的数据库。当这个软件在位于海王星轨道上的那台量子计算机(一个飘浮在太空中的巨大透明锥体)上启动时,终极吟诗就开始了。

这时吞食帝国才知道,李白只是那个超级文明种族中的一个个体,这与以前预想的不同,当时恐龙们都认为进化到这样技术级别的社会在意识上早就融为一个整体了,吞食帝国在过去一千万年中遇到的五个超级文明都是这种形态。李白一族保持了个体的存在,也部分解释了他们对艺术超常的理解力。当吟诗开始时,李白一族又有大量的个体从外太空的各个方位跃迁到太阳系,开始了制造存储器的工程。

吞食帝国上的人类看不到太空中的量子计算机,也看不到新来的神族,在他们看来,终极吟诗的过程,就是太空中太阳数目的增减过程。

在吟诗软件启动一个星期后,神族成功地熄灭了太阳,这时太空中太阳的数目减到零,但太阳内部核聚变的停止使恒星的外壳失去了支撑,使它很快坍缩成一颗新星,于是暗夜很快又被照亮,只是这颗太阳的亮度是以前的上百倍,使吞食帝国表面草木生烟。新星又被熄灭了,但过一段时间后又爆发了,就这样亮了又灭灭了又亮,仿佛太阳是一只九条命的猫,在没完没了地挣扎。但神族对于杀死恒星其实很熟练,他们从容不迫地一次次熄灭新星,使它的物质最大比例地聚变为制造存储器所需的重元素,当第十一次新星熄灭后,太阳才真正咽了气,这时,终极吟诗已经开始了三个地球月。早在这之前,在第三次新星出现时,太空中就有其他的太阳出现,这些太阳此起彼伏地在太空中的不同位置亮起或熄灭,最多时天空中出现过九个新太阳。这些太阳是神族在拆解行星时的能量释放,由于后来恒星太阳的闪烁已变得暗弱,人们就分不清这些太阳的真假了。

对吞食帝国的拆解是在吟诗开始后第五个星期进行的,这之前,李白曾向帝国提出了一个建议:由神族将所有恐龙跃迁到银河系另一端的一个世界,那里有一个文明,比神族落后许多,仍未纯能化,但比吞食文明要先进得多。恐龙们到那里后,将作为一种小家禽被饲养,过着衣食无忧的快乐生活。但恐龙们宁为玉碎不为瓦全,愤怒地拒绝了这个提议。

李白接着提出了另一个要求:让人类返回他们的母亲星球。其实,地球也被拆解了,它的大部分用于制造存储器,但神族还是剩下了其中的一小部分物质为人类建造了一个空心地球。空心地球的大小与原地球差不多,但其质量仅为后者的百分之一。说地球被掏空了是不确切的,因为原地球表面那层脆弱的岩石根本不可能用来做球壳,球壳的材料可能取自地核,另外球壳上像经纬线般交错的、虽然很细但强度极高的加固圈,是用太阳坍缩时产生的简并态中子物质制造的。

令人感动的是:吞食帝国不但立即答应了李白的要求,允许所有人类离开大环世界,还把从地球掠夺来的海水和空气全部还给了地球,神族借此在空心地球内部恢复了原地球所有的大陆、海洋和大气层。

接着,惨烈的大环保卫战开始了。吞食帝国向太空中的神族目标大量发射核弹和伽马射线激光,但这些毫无作用。在神族发射的一个无形的强大力场推动下,吞食者大环越转越快,最后在超速自转产生的离心力下解体了。这时,伊依正在飞向空心地球的途中,他从一千二百万公里的距离上目睹了吞食帝国毁灭的全过程:

大环解体的过程很慢,如同梦幻,在漆黑太空的背景上,这个巨大的世界如同一团浮在咖啡上的奶沫一样散开来,边缘的碎块渐渐隐没于黑暗之中,仿佛被太空融解了,只有不时出现的爆炸的闪光才使它们重新现形。

这个来自古老地球的充满阳刚之气的伟大文明就这样被毁灭了,伊依悲哀万分。只有一小部分恐龙活了下来,与人类一起回归地球,其中包括使者大牙。

在返回地球的途中，人类普遍都很沮丧，但原因与伊依不同：回到地球后是要开荒种地才有饭吃的，这对于已在长期被饲养的生活中变得四肢不勤五谷不分的人们来说，确实像一场噩梦。

但伊依对地球世界的前途充满信心，不管前面有多少磨难，人将重新成为人。

诗 云

吟诗航行的游艇到达了南极海岸。

这里的重力已经很小，海浪的运行很缓慢，像是一种描述梦幻的舞蹈。在低重力下，拍岸浪把水花送上十几米高处，飞上半空的海水由于表面张力而形成无数水球，大的像足球，小的如雨滴，这些水球在缓慢地下落，慢到可以用手在它们周围画圈，它们折射着小太阳的光芒，使上岸后的伊依、李白和大牙置身于一片晶莹灿烂之中。由于自转的原因，地球的南北极地轴有轻微的拉长，这就使得空心地球的两极地区保持了过去的寒冷状态。低重力下的雪很奇特，呈一种蓬松的泡沫状，浅处齐腰深，深处能把大牙都淹没，但在被淹没后，他们竟能在雪沫中正常呼吸！整个南极大陆就覆盖在这雪沫之下，起伏不平的一片雪白。

伊依一行乘一辆雪地车前往南极点，雪地车像是一艘掠过雪沫表面的快艇，在两侧激起片片雪浪。

第二天他们到达了南极点。极点的标志是一座高大的水晶金字塔，这是为纪念两个世纪前的地球保卫战而建立的纪念碑，上面没有任何文字和图形，只有晶莹的碑体在地球顶端的雪沫之上默默地折射着阳光。

从这里看去，整个地球世界尽收眼底，光芒四射的小太阳周围，围绕着大陆和海洋，使它看上去仿佛是从北冰洋中浮出来似的。

"这个小太阳真的能够永远亮着吗？"伊依问李白。

"至少能亮到新的地球文明进化到具有制造新太阳的能力的时候，它是一个微型白洞。"

"白洞？是黑洞的反演吗？"大牙问。

"是的,它通过空间蛀洞与二百万光年外的一个黑洞相连,那个黑洞围绕着一颗恒星运行,它吸入的恒星的光从这里被释放出来,可以把它看作一根超时空光纤的出口。"

纪念碑的塔尖是拉格朗日轴线的南起点,这是指连接空心地球南北两极的轴线,因战前地月之间的零重力拉格朗日点而得名,这是一条长一万三千公里的零重力轴线。以后,人类肯定要在拉格朗日轴线上发射各种卫星,比起战前的地球来,这种发射易如反掌：只需把卫星运到南极或北极点,愿意的话用驴车运都行,然后用脚把它向空中踹出去就行了。

就在他们观看纪念碑时,又有一辆较大的雪地车载来了一群年轻的旅行者,这些人下车后双腿一弹,径直跃向空中,沿拉格朗日轴线高高飞去,把自己变成了卫星。从这里看去,有许多小黑点在空中标出了轴线的位置,那都是在零重力轴线上飘浮的游客和各种车辆。本来,从这里可以直接飞到北极,但小太阳位于拉格朗日轴线中部,最初有些沿轴线飞行的游客因随身携带的小型喷气推进器坏了,无法减速而一直飞到太阳里,其实在距小太阳很远的距离上他们就被蒸发了。

在空心地球,进入太空也是一件很容易的事,只需要跳进赤道上的五口深井(名叫地门)中的一口,向下(上？)坠落一百公里穿过地壳,就被空心地球自转的离心力抛进太空了。

现在,伊依一行为了看诗云也要穿过地壳,但他们走的是南极的地门,在这里地球自转的离心力为零,所以不会被抛入太空,只能到达空心地球的外表面。他们在南极地门控制站穿好轻便太空服后,就进入了那条长一百公里的深井,由于没有重力,叫它隧道更合适一些。在失重状态下,他们借助于太空服上的喷气推进器前进,这比在赤道的地门中坠落要慢得多,用了半个小时才来到外表面。

空心地球外表面十分荒凉,只有纵横的中子材料加固圈,这些加固圈把地球外表面按经纬线划分成了许多个方格，南极点正是所有经向加固圈的交点，当伊依一行走出地门后，看到自己身处一个面积不大的高原上，地球加固圈像一道道漫长的山脉，以高原为中心放射状地向各个方向延伸。

抬头，他们看到了诗云。

诗云处于已消失的太阳系所在的位置，是一片直径为一百个天文单位的旋涡状星云，形状很像银河系。空心地球处于诗云边缘，与原来太阳在银河系中的位置也很相似，不同的是地球的轨道与诗云不在同一平面，这就使得从地球上可以看到诗云的一面，而不是像银河系那样只能看到截面。但地球离开诗云平面的距离还远不足以使这里的人们观察到诗云的完整形状，事实上，南半球的整个天空都被诗云所覆盖。

诗云发出银色的光芒，能在地上照出人影。据说诗云本身是不发光的，这银光是宇宙射线激发出来的。由于空间的宇宙射线密度不均，诗云中常涌动着大团的光晕，那些色彩各异的光晕滚过长空，好像是潜行在诗云中的发光巨鲸。也有很少的时候，宇宙射线的强度急剧增加，在诗云中激发出粼粼的光斑，这时的诗云已完全不像云了，整个天空仿佛是一个月夜从水下看到的海面。地球与诗云的运行并不是同步的，所以有时地球会处于旋臂间的空隙上，这时透过空隙可以看到夜空和星星，最为激动人心的是，在旋臂的边缘还可以看到诗云的断面形状，它很像地球大气中的积雨云，变幻出各种宏伟的让人浮想联翩的形体，这些巨大的形体高高地升出诗云的旋转平面，发出幽幽的银光，仿佛是一个超级意识没完没了的梦境。

伊依把目光从诗云收回，从地上拾起一块晶片，这种晶片散布在他们周围的地面上，像严冬的碎冰般闪闪发亮。伊依举起晶片对着诗云密布的天空，晶片很薄，有半个手掌大小，正面看全透明，但把它稍斜一下，就看到诗云的亮光在它表面映出的霓彩光晕。这就是量子存储器，人类历史上产生的全部文字信息，也只能占它们每一片存储量的几亿分之一。诗云就是由10的40次方片这样的存储器组成的，它们存储了终极吟诗的全部结果。这片诗云，是用原来构成太阳和它的九大行星的全部物质所制造，当然还包括吞食帝国。

"真是伟大的艺术品！"大牙由衷地赞叹道。

"是的，它的美在于其内涵：一片直径一百亿公里的，包含着全部可能的诗词的星云，这太伟大了！"伊依仰望着星云激动地说，"我，也开始崇拜技术了。"

一直情绪低落的李白长叹一声："唉，看来我们都在走向对方，我看到了技术在艺术上的极限，我……"他抽泣起来，"我是个失败者，呜呜……"

"你怎么能这样讲呢?!"伊依指着上空的诗云说，"这里面包含了所有可能的诗，当然也包括那些超越李白的诗！"

"可我却得不到它们！"李白一跺脚，飞起了几米高，在半空中卷成一团，悲伤地把脸埋在两膝之间呈胎儿状，在地壳那十分微小的重力下缓缓下落，"在终极吟诗开始时，我就着手编制诗词识别软件，这时，技术在艺术中再次遇到了那道不可逾越的障碍，到现在，具备古诗鉴赏力的软件也没能编出来。"他在半空中指指诗云，"不错，借助伟大的技术，我写出了诗词的巅峰之作，却不可能把它们从诗云中检索出来，唉……"

"智慧生命的精华和本质，真的是技术所无法触及的吗?"大牙仰头对着诗云大声问，经历过这一切，它变得越来越哲学了。

"既然诗云中包含了所有可能的诗，那其中自然有一部分诗是描写我们全部的过去和所有可能与不可能的未来的，伊依虫虫肯定能找到一首诗，描述他在三十年前的一天晚上剪指甲时的感受，或十二年后的一顿午餐的菜谱；大牙使者也可以找到一首诗，描述它的腿上的某一块鳞片在五年后的颜色……"说着，已重新落回地面的李白拿出了两块晶片，它们在诗云的照耀下闪闪发光，"这是我临走前送给二位的礼物，这是量子计算机以你们的名字为关键词，在诗云中检索出来的与二位有关的几亿亿首诗，描述了你们在未来各种可能的生活。当然，在诗云中，这也只占描写你们的诗作里极小的一部分。我只看过其中的几十首,最喜欢的是关于伊依虫虫的一首七律,描写他与一位美丽的村姑在江边相爱的情景……我走后,希望人类和剩下的恐龙好好相处,人类之间更要好好相处,要是空心地球的球壳被核弹炸个洞,可就麻烦了……诗云中的那些好诗目前还不属于任何人,希望人类今后能写出其中的一部分。"

"我和那位村姑后来怎样了?"伊依好奇地问。

在诗云的银光下,李白嘻嘻一笑:"你们幸福地生活在一起。"

思想者

太　阳

　　他仍记得34年前第一次看到思云山天文台时的感觉,当救护车翻过一道山梁后,思云山的主峰在远方出现,观象台的球形屋顶反射着夕阳的金光,像镶在主峰上的几粒珍珠。

　　那时他刚从医学院毕业,是一名脑外科见习医生,作为主治医生的助手,到天文台来抢救一位不能搬运的重伤员,那是一名到这里做访问研究的英国学者,散步时不慎跃下山崖摔伤了脑部。到达天文台后,他们为伤员做了颅骨穿刺,吸出了部分瘀血,降低了脑压,当病人改善到能搬运的状态后,便用救护车送他到省城医院做进一步的手术。

　　离开天文台时已是深夜,在其他人向救护车上搬运病人时,他好奇地打量着周围那几座球顶的观象台,它们的位置组合似乎有某种晦涩的含意,如月光下的巨石阵。在一种他在以后的一生中都百思不得其解的神秘力量的驱使下,他走向最近的一座观象台,推门走了进去。

　　里面没有开灯,但有无数小信号灯在亮着,他感觉是从有月亮的星空走进了没有月亮的星空。只有细细的一缕月光从球顶的一道缝隙透下来,投在高大的天文望远镜上,用银色的线条不完整地勾画出它的轮廓,使它看上去像深夜的城市广场中央一件抽象的现代艺术品。

他轻步走到望远镜的底部,在微弱的光亮中看到了一大堆装置,其复杂超出了他的想象,正在他寻找着可以把眼睛凑上去的镜头时,从门那边传来一个轻柔的女声:"这是太阳望远镜,没有目镜的。"

一个穿着白色工作服的苗条身影走进门来,很轻盈,仿佛从月光中飘来的一片羽毛。这女孩子走到他面前,他感到了她带来的一股轻风。

"传统的太阳望远镜,是把影像投在一块幕板上,现在大多是在显示器上看了……医生,您好像对这里很感兴趣。"

他点点头:"天文台总是一个超脱和空灵的地方,我挺喜欢这种感觉的。"

"那您干吗要从事医学呢?噢,我这么问很不礼貌的。"

"医学并不仅仅是琐碎的技术,有时它也很空灵,比如我所学的脑医学。"

"哦?您用手术刀打开大脑,能看到思想?"她说,他在微弱的光线中看到了她的笑容,想起了那从未见过的投射到幕板上的太阳,消去了逼人的光焰,只留下温柔的灿烂,不由心动了一下。他也笑了笑,并希望她能看到自己的笑容。

"我,尽量看吧。不过你想想,那用一只手就能托起的蘑菇状的东西,竟然是一个丰富多彩的宇宙,从某种哲学观点看,这个宇宙比你所观察的宇宙更为宏大,因为你的宇宙虽然有几百亿光年大,但好像已被证明是有限的;而我的宇宙无限,因为思想无限。"

"呵,不是每个人的思想都是无限的,但医生,您可真像是有无限想象的人。至于天文学,它真没有您想象的那么空灵,在几千年前的尼罗河畔和几百年前的远航船上,它曾是一门很实用的技术,那时的天文学家,往往长年累月在星图上标注成千上万颗恒星的位置,把一生消耗在星星的人口普查中。就是现在,天文学的具体研究工作大多也是枯燥乏味没有诗意的,比如我从事的项目,我研究恒星的闪烁,没完没了地观测记录再观测再记录,很不超脱,也不空灵。"

他惊奇地扬起眉毛:"恒星在闪烁吗?像我们看到的那样?"看到她笑而不语,他自嘲地笑着摇摇头,"噢,我当然知道那是大气折射。"

她点点头:"不过呢,作为一个视觉比喻这还真形象,去掉基础恒量,只显示输出能量波动的差值,闪烁中的恒星看起来还真是那个样子。"

"是由于黑子、斑耀什么的引起的吗?"

她收起笑容,庄严地摇摇头:"不,这是恒星总体能量输出的波动,其动因要深刻得多,如同一盏电灯,它的光度变化不是由于周围的飞蛾,而是由于电压的波动。当然恒星的闪烁波动是很微小的,只有十分精密的观测仪器才能觉察出来,要不我们早被太阳的闪烁烤焦了。研究这种闪烁,是了解恒星的深层结构的一种手段。"

"你已经发现了什么?"

"还远不到发现什么的时候,到目前为止我们还只观测了一颗最容易观测的恒星——太阳的闪烁,这种观测可能要持续数年,同时把观测目标由近至远,逐步扩展到其他恒星……知道吗,我们可能花十几年的时间在宇宙中采集标本,然后才谈得上归纳和发现。这是我博士论文的题目,但我想我会一直把它做下去的,用一生也说不定。"

"如此看来,你并不真觉得天文学枯燥。"

"我觉得自己在从事一项很美的事业,走进恒星世界,就像进入一个无限广阔的花园,这里的每一朵花都不相同……您肯定觉得这个比喻有些奇怪,但我确实有这种感觉。"

她说着,似乎是无意识地向墙上指指,向那方向看去,他看到墙上挂着一幅画,很抽象,画面只是一条连续起伏的粗线。注意到他在看什么时,她转身走过去从墙上取下那幅画递给他,他发现那条起伏的粗线是用思云山上的雨花石镶嵌而成的。

"很好看,但这表现的是什么呢?一排邻接的山峰吗?"

"最近我们观测到太阳的一次闪烁,其剧烈的程度和波动方式在近年来的观测中都十分罕见,这幅画就是它那次闪烁时辐射能量波动的曲线。呵,我散步时喜欢收集山上的雨花石,所以……"

但此时吸引他的是另一条曲线,那是信号灯的弱光在她身躯的一侧勾出的一道光边,而她的其余部分都与周围的暗影融为一体。如同一位卓越的国画大师在一张完全空白的宣纸上信手勾出的一条飘逸的墨线,仅由于这条柔美曲线的灵气,宣纸上所有的一尘不染的空白立刻充满了生机和内涵……在山外他生活的那座大都市里,每时每刻都有上百万个青春靓丽的女孩子在追逐着浮华和虚荣,像一大群做布朗运动的分子,没有给思想留出哪怕一瞬间的宁静。但谁能想到,在这远离尘嚣的思云山上,却有一个文静的女孩子在长久地凝视星空……

"你能从宇宙中感受到这样的美,真是难得,也很幸运。"他觉察到了自己的失态,收回目光,把画递还给她,但她轻轻地推了回来。

"送给您做个纪念吧,医生,威尔逊教授是我的导师,谢谢你们救了他。"

十分钟后,救护车在月光中驶离了天文台。后来,他渐渐意识到自己的什么东西留在了思云山上。

时光之一

直到结婚时,他才彻底放弃了与时光抗衡的努力。这一天,他把自己单身宿舍的东西都搬到了新婚公寓,除了几件不适于两人共享的东西,他把这些东西拿到了医院的办公室,漫不经心地翻看着,其中有那幅雨花石镶嵌画,看着那条多彩的曲线,他突然想到,思云山之行已经是十年前的事了。

人马座 α 星

这是医院里年轻人组织的一次春游,他很珍惜这次机会,因为以后这类事越来越不可能请他参加了。这次旅行的组织者故弄玄虚,在路上一直把所有车窗的帘子紧紧拉上,到达目的地下车后让大家猜这是哪儿,第一个猜中者会有一份不错的奖励。他一下车立刻知道了答案,但沉默不语。

思云山的主峰就在前面,峰顶上那几个珍珠似的球形屋顶在阳光下闪亮。

当有人猜对这个地方后,他对领队说要到天文台去看望一个熟人,然后径自沿着那条通向山顶的盘山公路徒步走去。

他没有说谎,但心里也清楚那个连姓名都不知道的她并不是天文台的工作人员,十年后她不太可能还在这里。其实他压根就没想走进去,只是想远远地看看那个地方。十年前在那里,他那阳光灿烂燥热异常的心灵泻进了第一缕月光。

一小时后他登上了山顶,在天文台的油漆已斑驳褪色的白色栅栏旁,他默默地看着那些观象台,这里变化不大,他很快便认出了那座曾经进去过的圆顶建筑。他在草地上的一块方石上坐下,点燃一支烟,出神地看着那扇已被岁月留下痕迹的铁门,脑海中一遍遍重放着那珍藏在他记忆深处的画面:那铁门半开着,一缕如水的月光中,飘进了一片轻盈的羽毛……他完全沉浸在那逝去的梦中,以至于现实的奇迹出现时并不吃惊:那个观象台的铁门真的开了,那片曾在月光中出现的羽毛飘进阳光里,她那轻盈的身影匆匆而去,进入了相邻的另一座观象台。这过程只有十几秒钟,但他坚信自己没有看错。

五分钟后,他和她重逢了。

他是第一次在充足的光线下看到她,她与自己想象的完全一样,对此他并不惊奇,但转念一想已经十年了,那时在月光和信号灯弱光中隐现的她与现在应该不太一样,这让他很困惑。

她见到他时很惊喜,但除了惊喜似乎没有更多的东西:"医生,您知道我是在各个天文台巡回搞观测项目的,一年只能有半个月在这里,又遇上了您,看来我们真有缘分!"她轻易地说出了最后那句话,更证实了他的感觉:她对他并没有更多的东西,不过,想到十年后她还能认出自己,也感到一丝安慰。

他们谈了几句那个脑部受伤的英国学者后来的情况,然后他问:"你还在研究恒星闪烁吗?"

"是的。对太阳闪烁的观测进行了两年,然后我们转向其他恒星,您容易理解,这时所需的观测手段与对太阳的观测完全不同,项目没有新的资金,中断了好几年,我们三年前才重新恢复了这个项目,现在正在观测的恒星有二十五颗,数量和范围还在扩大。"

"那你一定又创作了不少雨花石画。"

他这十年中从记忆深处无数次浮现的那月光中的笑容,这时在阳光下出现了:"啊,您还记得那个!是的,我每次来思云山还是喜欢搜集雨花石,您来看吧!"

她带他走进了十年前他们相遇的那座观象台,他迎面看到一架高大的望远镜,不知道是不是十年前的那架太阳望远镜,但周围的电脑设备都很新,肯定不是那时留下来的。她带他来到一面高大的弧形墙前,他在墙上看到了熟悉的东西:大小不一的雨花石镶嵌画。每幅画都只是一条波动曲线,长短不一,有的平缓如海波,有的陡峭如一排高低错落的塔松。

她挨个告诉他这些波形都来自哪些恒星:"这些闪烁我们称为恒星的A类闪烁,与其他闪烁相比它们出现的次数较少。A类闪烁与恒星频繁出现的其他闪烁的区别,除了其能量波动的剧烈程度大几个数量级外,其闪烁的波形在数学上也更具美感。"

他困惑地摇摇头:"你们这些基础理论科学家们时常在谈论数学上的美感,这种感觉好像是你们的专利,比如你们认为很美的麦克斯韦方程,我曾经看懂了它,但看不出美在哪儿……"

像十年前一样,她突然又变得庄严了:"这种美像水晶,很硬,很纯,很透明。"

他突然注意到了那些画中的一幅,说:"哦,你又重做了一幅?"看到她不解的神态,他又说,"就是你十年前送给我的那幅太阳闪烁的波形图呀。"

"可……这是人马座 α 星的一次 A 类闪烁的波形,是在,嗯,去年 10 月观测到的。"

他相信她表现出的迷惑是真诚的,但他更相信自己的判断,这个波形他太熟悉了,不仅如此,他甚至能够按顺序回忆出组成那条曲线的每一粒雨花石的色彩和形状。他不想让她知道,在过去十年里,除去他结婚的最后一年,他一直把这幅画挂在单身宿舍的墙上,每个月总有那么几天,熄灯后窗外透进的月光足以使躺在床上的他看清那幅画,这时他就开始默数那组成曲线的雨花石,让自己的目光像一个甲虫沿着曲线爬行,一般来说,当爬完一趟又返回一半路程时他就睡着了,在梦中继续沿着那条来自太阳的曲线漫步,像踏着块块彩石过一条永远见不到彼岸的河……

"你能够查到十年前的那条太阳闪烁曲线吗?日期是那年的 4 月 23 日。"

"当然能,"她用很特别的目光看了他一眼,显然对他如此清晰地记得那日期有些吃惊。她来到电脑前,很快调出了那列太阳闪烁波形,然后又调出了墙上的那幅画上的人马座 α 星闪烁波形,立刻在屏幕前呆住了。

两列波形完美地重叠在一起。

当沉默延长到无法忍受时,他试探着说:"也许,这两颗恒星的结构相同,所以闪烁的波形也相同,你说过,A 类闪烁是恒星深层结构的反映。"

"它们虽同处主星序,光谱型也同为 G2,但结构并不完全相同。关键在于,就是结构相同的两颗恒星也不会出现这样的情况,都是榕树,您见过长得完全相同的两棵吗?如此复杂的波形竟然完全重叠,这就相当于有两棵连最末端的枝丫都一模一样的大榕树。"

"也许,真有两棵一模一样的大榕树。"他安慰说,知道自己的话毫无意义。

她轻轻地摇摇头,突然又想到了什么,猛地站起来,目光中除了刚才的震惊又多了恐惧。

"天啊。"她说。

"什么?"他关切地问。

"您……想过时间吗?"

他是个思维敏捷的人,很快捕捉到她的想法:"据我所知,人马座 α 星是距我们最近的恒星,这距离好像是……4 光年吧。"

"1.3 秒差距,就是 4.25 光年。"她仍被震惊攫住,这话仿佛是别人通过她的嘴说出的。

现在事情清楚了:两个相同的闪烁出现的时间相距 8 年零 6 个月,正好是光在两颗恒星间往返一趟所需的时间。当太阳的闪烁光线在 4.25 年后传到人马座 α 星时,后者发生了相同的闪烁,又过了同样长的时间,人马座 α 星的闪烁光线传回来,被观测到。

她又伏在计算机上进行了一阵演算,自语道:"即使把这些年来两颗恒星的相互退行考虑进去,结果仍能精确地对上。"

"让你如此不安我很抱歉,不过这毕竟是一件无法进一步证实的事,不必太为此烦恼吧。"他又想安慰她。

"无法进一步证实吗?也不一定:太阳那次闪烁的光线仍在太空中传播,也许会再次导致一颗恒星产生相同的闪烁。"

"比人马座 α 星再远些的下一颗恒星是……"

"巴纳德星,1.81 秒差距,但它太暗,无法进行闪烁观测;再下一颗,佛耳夫 359,2.35 秒差距,同样太暗,不能观测;再往远,莱兰 21185,2.52 秒差距,还是太暗……只有到天狼星了。"

"那好像是我们能看到的最亮的恒星了,有多远?"

"2.65秒差距,也就是8.6光年。"

"现在太阳那次闪烁的光线在太空中已行走了10年,已经到了那里,也许天狼星已经闪烁过了。"

"但它闪烁的光线还要再等7年多才能到达这里。"

她突然像从梦中醒来一样,摇着头笑了笑:"呵,天啊,我这是怎么了?太可笑了!"

"你是说,作为一名天文学家,有这样的想法很可笑?"

她很认真地看着他:"难道不是吗?作为脑外科医生,如果您同别人讨论思想是来自大脑还是心脏,有什么感觉?"

他无话可说了,看到她在看表,他便起身告辞,她没有挽留他,但沿下山的公路送了他很远。他克制了朝她要电话号码的冲动,因为他知道,自己在她眼中不过是一个十年后又偶然重逢的陌路人而已。

告别后,她返身向天文台走去,山风吹拂着她那白色的工作衣,突然唤起他十年前那次告别的感觉,阳光仿佛变成了月光,那片轻盈的羽毛正离他远去……像一个落水者极力抓住一根稻草,他决意要维持他们之间那蛛丝般的联系,几乎是本能地,他冲她的背影喊道:"如果,7年后你看到天狼星真的那样闪烁了……"

她停下脚步转过身来,微笑着回答他:"那我们就还在这里见面!"

时光之二

婚姻使他进入了一种完全不同的生活,但真正彻底改变生活的是孩子,自从孩子出生后,生活的列车突然由慢车变成特快,越过一个又一个沿途车站,永不停息地向前赶路。旅途的枯燥使他麻木了,他闭上双眼不再看沿途那千篇一律的景色,在疲倦中顾自睡去。但同许多在火车上睡觉的旅客一样,心灵深处的一个小小的时钟仍在走动,使他在到达目的地前的一分钟醒来。

这天深夜,妻儿都已睡熟,他难以入睡,一种神秘的冲动使他披衣来到阳台上。他仰望着在城市的光雾中暗淡了许多的星空,在寻找着,找什么呢?好一会儿他才在心里回答自己:找天狼星。这时他不由打了一个寒战。

7年已经过去,现在,距他和她相约的那个日子只有两天了。

天狼星

昨天下了今年的第一场雪,路面很滑,最后一段路出租车不能走了,他只好再一次徒步攀登思云山的主峰。

路上,他不止一次地质疑自己的精神是否正常。事实上,她赴约的可能性为零,理由很简单:天狼星不可能像17年前的太阳那样闪烁。在这7年里,他涉猎了大量的天文学和天体物理学知识,7年前那个发现的可笑让他无地自容,她没有当场嘲笑,也让他感激万分。现在想想,她当时那种认真的样子,不过是一种得体的礼貌而已,7年间他曾无数次回味分别时她的那句诺言,越来越从中体会出一种调侃的意味……随着天文观测向太空轨道的转移,思云山天文台在四年前就不存在了,那里的建筑变成了度假别墅,在这个季节已空无一人,他到那儿去干什么?想到这里他停下了脚步,这7年的岁月显示出了它的力量,他再也不可能像当年那样轻松地登山了。他犹豫了一会儿,最终还是放弃了返回的念头,继续向前走。

在这人生过半之际,就让自己最后追一次梦吧。

所以,当他看到那个白色的身影时,真以为是幻觉。天文台旧址前的那个穿着白色风衣的身影与积雪的山地背景融为一体,最初很难分辨,但她看到他时就向这边跑过来,这使他远远看到了那片飞过雪地的羽毛。他只是呆立着,一直等她跑到面前。她喘息着一时说不出话来,他看到,除了长发换成短发,她没变太多,7年不是太长的时间,对于恒星的一生来说连弹指一挥间都算不上,而她是研究恒星的。

她看着他的眼睛说:"医生,我本来不抱希望能见到您,我来只是为了履行一个诺言,或者说满足一个心愿。"

"我也是。"他点点头。

"我甚至,甚至差点错过了观测时间,但我没有真正忘记这事,只是把它放到记忆中一个很深的地方,在几天前的一个深夜里,我突然想到了它……"

"我也是。"他又点点头。

他们沉默了,只听到阵阵松涛声在山间回荡。

"天狼星真的那样闪烁了?"他终于问道,声音微微发颤。

她点点头:"闪烁波形与17年前太阳那次和7年前人马座 α 星那次精确重叠,一模一样,闪烁发生的时间也很精确。这是孔子三号太空望远镜的观测结果,不会有错的。"

他们又陷入长时间的沉默,松涛声在起伏轰响,他觉得这声音已从群山间盘旋而上,充盈在天地之间,仿佛是宇宙间的某种力量在进行着低沉而神秘的合唱……他不由打了个寒战。她显然也有同样的感觉,打破沉默,似乎只是为了摆脱这种恐惧。

"但这种事情,这种已超出了所有现有理论的怪异,要想让科学界严肃地面对它,还需要更多的观测和证据。"

他说:"我知道,下一个可观测的恒星是……"

"本来小犬座的南河二星可以观测,但五年前该星的亮度急剧减弱到可测值以下,可能是飘浮到它附近的一片星际尘埃所致,这样,下一次只能观测天鹰座的河鼓二星了。"

"它有多远?"

"5.1秒差距,16.6光年,17年前的太阳闪烁信号刚刚到达那颗恒星。"

"这就是说,还要再等将近17年?"

她缓缓地点点头:"人生苦短啊。"

她最后这句话触动了他心灵深处的什么东西,他那被冬风吹得发干的双眼突然有些湿润:"是啊,人生苦短。"

她说:"但我们至少还有时间再这样相约一次。"

这话使他猛地抬起头来,呆呆地望着她,难道又要分别17年?!

"请您原谅,我现在心里很乱,我需要时间思考。"她拂开被风吹到额前的短发说,然后看透了他的心思,动人地笑了起来,"当然,我给您我的电话和邮箱,如果您愿意的话,我们以后常联系。"

他长长地松了一口气,仿佛缥缈大洋上的航船终于看到了岸边的灯塔,心中充满了一种难言的幸福感:"那……我送你下山吧。"

她笑着摇摇头,指指后面的圆顶度假别墅:"我要在这里住一阵儿,别担心,这里有电,还有一户很好的人家,是常驻山里的护林哨……我真的需要安静,很长时间的安静。"

他们很快分手,他沿着积雪的公路向山下走去,她站在思云山的顶峰上久久地目送着他,他们都准备好了这17年的等待。

时光之三

在第三次从思云山返回后,他突然看到了生命的尽头,他和她的生命都再也没有多少个17年了,宇宙的广漠使光都慢得像蜗牛,生命更是灰尘般微不足道。

在这17年的头5年里他和她保持着联系,他们互通电子邮件,有时也打电话,但从未见过面,她居住在另一个很远的城市。以后,他们各自都走向人生的巅峰,他成为著名脑医学专家和这个大医院的院长,她则成为国家科学院院士。他们要操心的事情多了起来,同时他明白,同一个已取得学术界最高地位的天文学家,过多地谈论那件把他们联系在一起的神话般的事件是不适宜的。于是他和她相互间的联系渐渐少了,到17年过完一半时,这联系完全断了。

但他很坦然，他知道他们之间还有一个不可能中断的纽带，那就是在广漠的外太空中正在向地球日夜兼程的河鼓二的星光，他们都在默默地等待它的到达。

河鼓二星

他和她在思云山主峰见面时正是深夜，双方都想早来些以免让对方等自己，所以都在凌晨3点多攀上山来。他们各自的飞行车都能轻而易举地到达山顶，但两人都不约而同地把车停在山脚下，徒步走上山来，显然都想找回过去的感觉。

自从十年前被划为自然保护区后，思云山成了这世界上少有的越来越荒凉的地方，昔日的天文台和度假别墅已成为一片被藤蔓覆盖的废墟，他和她就在这星光下的废墟间相见。他最近还在电视上见过她，所以已熟悉岁月在她身上留下的痕迹，但今夜没有月亮，无论怎样想象，他都觉得面前的她还是34年前那个月光中的少女，她的双眸映着星光，让他的心融化在往昔的感觉中。

她说："我们先不要谈河鼓二好吗？这几年我在主持一个研究项目，就是观测恒星间A类闪烁的传递。"

"呵，我一直以为你不敢触及这个发现，或干脆把它忘了呢。"

"怎么会呢？真实的存在就应该去正视，其实就是经典的相对论和量子力学描述的宇宙，其离奇和怪异已经不可思议了……这几年的观测发现，A类闪烁的传递是恒星间的一种普遍现象，每时每刻都有无数颗恒星在发生初始的A类闪烁，周围的恒星再把这个闪烁传递开去，任何一颗恒星都可能成为初始闪烁的产生者或其他恒星闪烁的传递者，所以整个星际看起来很像是雨中泛起无数圈涟漪的池塘……怎么，你并不感到吃惊？"

"我只是感到不解：仅观测了四颗恒星的闪烁传递就用了三十多年，

你们怎么可能……"

"你是个十分聪明的人,应该能想到一个办法。"

"我想……是不是这样:寻找一些相互之间相距很近的恒星来观测,比如两颗恒星 A 和 B,它们距地球都有一万光年,但它们之间相距仅 5 光年,这样你们就能用 5 年时间观察到它们一万年前的一次闪烁传递。"

"你真的是聪明人!银河系内有上千亿颗恒星,可以找到相当数量的这类恒星对。"

他笑了笑,并像 34 年前一样,希望她能在夜色中看到自己的笑:"我给你带来了一件礼物。"他说着,打开背上山来的一个旅行包,拿出一个很奇怪的东西,足球大小,初看上去像是一团胡乱团起的渔网,对着天空时,透过它的孔隙可以看到断断续续的星光。他打开手电,她看到那东西是由无数米粒大小的小球组成的,每个小球都伸出数目不等的几根细得几乎看不见的细杆与其他小球相连,构成了一个极其复杂的网架系统。他关上手电,在黑暗中按了一下网架底座上的一个开关,网架中突然充满了快速移动的光点,令人眼花缭乱,她仿佛在看着一个装进了几万只萤火虫的空心玻璃球。再定睛细看,她发现光点最初都是由某一个小球发出,然后向周围的小球传递,每时每刻都有一定比例的小球在发出原始光点,或传递别的小球发出的光点,她形象地看到了自己的那个比喻:雨中的池塘。

"这是恒星闪烁传递模型吗?!啊,真美,难道……你已经预见到这一切?!"

"我确实猜测恒星闪烁传递是宇宙间的一种普遍现象,当然是仅凭直觉。但这个东西不是恒星闪烁传递模型。我们院里有一个脑科学研究项目,用三维全息分子显微定位技术,研究大脑神经元之间的信号传递,这就是一小部分右脑皮层的神经元信号传递模型,当然只是很小很小一部分。"

她着迷地盯着这个星光窜动的球体:"这就是意识吗?"

"是的,正如巨量的 0 和 1 的组合产生了计算机的运算能力一样,意识也只是由巨量的简单连接产生的，这些神经元间的简单连接聚集到一个巨大的数量，就产生了意识，换句话说，意识，就是超巨量的节点间的信号传递。"

他们默默地注视着这个星光灿烂的大脑模型，在他们周围的宇宙深渊中，飘浮着银河系的千亿颗恒星，和银河系外的千亿个恒星系，在这无数的恒星之间，无数的 A 类闪烁正在传递。

她轻声说："天快亮了，我们等着看日出吧。"

于是他们靠着一堵断墙坐下来，看着放在前面的大脑模型，那闪闪的荧光有一种强烈的催眠作用，她渐渐睡着了。

思想者

她逆着一条苍茫的灰色大河飞行，这是时光之河，她在飞向时间的源头，群星像寒冷的冰碛漂浮在太空中。她飞得很快，扑腾一下双翅就越过上亿年时光。宇宙在缩小，群星在汇聚，背景辐射在剧增，百亿年过去了，群星的冰碛开始在能量之海中融化，很快消散为自由的粒子，后来粒子也变为纯能。太空开始发光，最初是暗红色，她仿佛潜行在能量的血海之中；后来光芒急剧增强，由暗红变成橘黄，再变为刺目的纯蓝，她似乎在一个巨大的霓虹灯管中飞行，物质粒子已完全溶解于能量之海中。透过这炫目的空间，她看到宇宙的边界球面如巨掌般收拢，她悬浮在这已收缩到只有一间大厅般大小的宇宙中央，等待着奇点的来临。终于一切陷入漆黑，她知道已在奇点中了。

一阵寒意袭来，她发现自己站立在广阔的白色平原上，上面是无限广阔的黑色虚空。看看脚下，地面是纯白色的，覆盖着一层湿滑的透明胶液。她向前走，来到一条鲜红的河流边，河面覆盖着一层透明的膜，可以看到红色的河水在膜下涌动。她离开大地飞升而上，看到血河在不远处分了叉，还有许多条树枝状的血河，构成了一个复杂的河网。再上升，血河细化为白色大地上的血丝，而大地仍是一望无际。她向前飞去，前面出现了一片黑色的海洋，飞到海洋上空时她才发现这海不是黑的，呈黑色是因为它深而完全透明，广阔海底的山脉历历在目，这些水晶状的山脉呈放射状由海洋的中心延伸到岸边……她拼命上升，不知过了多长时间才再次向下看，这时整个宇宙已一览无遗。

这宇宙是一只静静地看着她的巨大的眼睛。

……

她猛地醒来，额头湿湿的，不知是汗水还是露水。他没睡，一直在身边默默地看着她，他们前面的草地上，大脑模型已耗完了电池，穿行于其中的星光熄灭了。

在他们上方，星空依旧。

"'他'在想什么？"她突然问。

"现在吗？"

"在这34年里。"

"源于太阳的那次闪烁可能只是一次原始的神经元冲动，这种冲动每时每刻都在发生，大部分像蚊子在水塘中点起的微小涟漪，转瞬即逝，只有传遍全宇宙的冲动才能成为一次完整的感受。"

"我们耗尽了一生时光，只看到'他'的一次甚至自己都感觉不到的瞬间冲动？"她迷茫地说，仿佛仍在梦中。

"耗尽整个人类文明的寿命，可能也看不到'他'的一次完整的感觉。"

"人生苦短啊。"

"是啊，人生苦短……"

"一个真正意义上的孤独者。"她突然没头没尾地说。

"什么？"他不解地看着她。

"呵，我是说'他'之外全是虚无，'他'就是一切，还在想，也许还做梦，梦见什么呢……"

"我们还是别试图做哲学家吧！"他一挥手像赶走什么似的说。

她突然想起了什么,从靠着的断墙上直起身说:"按照现代宇宙学的宇宙暴胀理论,在膨胀的宇宙中,从某一点发出的光线永远也不可能传遍宇宙。"

"这就是说,'他'永远也不可能有一次完整的感觉。"

她两眼平视着无限远方,沉默许久,突然问道:"我们有吗?"

她的这个问题令他陷入对往昔的追忆,这时,思云山的丛林中传来了第一声鸟鸣,东方的天际出现了一线晨光。

"我有过。"他很自信地回答。是的,他有过,那是34年前,在这个山峰上的一个宁静的月夜,一个月光中羽毛般轻盈的身影,一双仰望星空的少女的眼睛……他的大脑中发生了一次闪烁,并很快传遍了他的整个心灵宇宙,在以后的岁月中,这闪烁一直没有消失。这个过程更加宏伟壮丽,大脑中所包含的那个宇宙,要比这个星光灿烂的已膨胀了150亿年的外部宇宙更为宏大,外部宇宙虽然广阔,毕竟已被证明是有限的,而思想无限。

东方的天空越来越亮,群星开始隐没,思云山露出了剪影般的轮廓,在它高高的主峰上,在那被藤蔓覆盖的天文台废墟中,这两个年近六十的人期待地望着东方,等待着那个光辉灿烂的脑细胞升出地平线。

地球大炮

随着各大陆资源的枯竭和环境的恶化,世界把目光投向南极洲。南美突然崛起的两大强国在世界政治格局中取得了与他们在足球场上同样的地位,使得南极条约成为一纸空文。但人类的理智在另一方面取得了胜利,全球彻底销毁核武器的最后进程开始了,随着全球无核化的实现,人类对南极大陆的争夺变得安全了一些。

新固态

走在这个巨洞中,沈华北如同置身于没有星光的夜空下的黑暗平原上。脚下,在核爆的高温中熔化的岩石已经冷却凝固,但仍有强劲的热力透过隔热靴底使脚板出汗。远处洞壁上还没有冷却的部分发着在黑暗中刚能看到的红光,如同这黑暗平原尽头的朦胧晨曦。沈华北的左边走着他的妻子赵文佳,前面是他们八岁的儿子沈渊,这孩子在笨重的防辐射服中仍蹦蹦跳跳。在他们周围,是联合国核查组的人员,他们密封服头盔上的头灯在黑暗中射出许多道长长的光柱。

全球核武器的最后销毁采用两种方式:拆卸和地下核爆炸。这是位于中国的地下爆炸销毁点之一。

核查组组长凯文斯基从后面赶上来，他的头灯在洞底投下前面三人晃动的长影子："沈博士，您怎么把一家子都带来了？这里可不是郊游的好去处。"

沈华北停下脚步，等着这位俄罗斯物理学家赶上来："我妻子是销毁行动指挥中心的地质工程师，至于儿子，我想他喜欢这种地方。"

"我们的儿子总是对怪异和极端的东西着迷。"赵文佳对丈夫说，透过防辐射面罩，沈华北看到了她脸上忧虑的表情。

小男孩儿在前面手舞足蹈地说："这个洞开始时才只有菜窖那么大点儿呢，两次就给炸成这么大了！想想原子弹的火球像个被埋在地下的娃娃，哭啊叫啊蹬啊踹啊，真的很有趣儿呢！"

沈华北和赵文佳交换了一下眼色，前者面露微笑，后者脸上的忧虑又加深了一些。

"孩子，这次是八个娃娃！"凯文斯基笑着对沈渊说，然后转向沈华北，"沈博士，这正是我现在想要同您谈的。这次销毁的是八颗巨浪型潜射导弹的弹头，每颗当量十万吨级，这八颗核弹放在一个架子上呈正立方体布置……"

"有什么问题吗？"

"起爆前我从监视器中清楚地看到，在这个由核弹头构成的立方体正中，还有一个白色的球体。"

沈华北再次停住脚步，看着凯文斯基说："博士，销毁条约规定了向地下放的东西不能少于多少，好像不禁止多放进去些什么。既然爆炸的当量用五种观测方式都核实无误，其他的事情应该是无所谓的。"

凯文斯基点点头："这正是我在爆炸后才提这个问题的原因，只是出于好奇心。"

"我想您听说过'糖衣'吧。"

沈华北的话如同一句咒语，使这巨洞中的一切都僵滞不动了，所有的人都停下了脚步,指向各个方向的头灯光柱也都不再晃动了。由于谈话是通过防辐射服里的无线电对讲系统进行的,远处的人也都能清楚地听到沈华北的话。短暂的静止后,核查组的成员们从各个方向聚过来,这些不同国籍的人大部分都是核武器研究领域的精英。

"那东西真的存在?"一个美国人盯着沈华北问,后者点点头。

据传说,20世纪中叶,在得知中国第一次核试验完成的消息后,毛泽东的第一个问题是:"那是核爆炸吗?"不知是有意还是无意,这个问题问得很内行。裂变核弹的关键技术是向心压缩,核弹引爆时,裂变物质被包裹着它的常规炸药的爆炸力压缩成一个致密的球体,达到临界密度而引发剧烈的链式反应,产生核爆炸。这一切要在百万分之一秒内发生,对裂变物质的向心压缩必须极其精确,向心压力极微小的不平衡都可能在裂变物质还没有达到临界密度前将其炸散,那样的话所发生的只是一次普通的化学爆炸。自核武器诞生以来,研究者们用复杂的数学模型设计出各种形状的压缩炸药,近年来,又尝试用最新技术通过各种手段得到精确的向心压缩,"糖衣"就是这类技术设想中的一种。

"糖衣"是一种纳米材料,它用来在裂变弹中包裹核炸药,外面再包裹一层常规炸药。"糖衣"具有自动平衡分配周围压应力的功能,即使外层炸药爆炸时产生的压应力不均匀,经过"糖衣"的应力平衡分配,它包裹的核炸药仍能得到精确的向心压缩。

沈华北说:"你们看到的由八颗核弹头围绕的那个白色球体,是用'糖衣'包裹的一种合金材料,它将在核爆中受到巨大的向心压力。这是我们计划在整个销毁过程中进行的一项研究,这毕竟是一个难得的机会,当核弹全部消失后,短时期内地球上很难再产生这么大的瞬间压应力了。在如此巨大的向心压力下试验材料会变成什么,会发生些什么,将是一件很有意思的事,我们希望通过这项研究,为'糖衣'技术在民用领域找到一个光明的前景。"

一位联合国官员说:"你们应该把石墨包在'糖衣'中放进去,那样我们每次爆炸都能得到一大块钻石，耗资巨大的核销毁工程说不定变得有利可图呢。"

耳机里听到几声笑，没有技术背景的官员在这种场合总是受到轻蔑的。

"八十万吨级核爆炸产生的压力，不知比将石墨转化为金刚石的压力大多少个数量级。"有人说。

沈渊清亮的童音突然在大家的耳机中响起："这大爆炸产生的当然不是金刚石，我告诉你们是什么吧：是黑洞！一个小小的黑洞！它将把我们都吸进去，把整个地球吸进去！通过它，我们将钻到一个更漂亮的宇宙中！"

"呵呵孩子，那这次核爆炸的压力又太小了……沈博士，您儿子的小脑袋真的不同寻常！"凯文斯基说，"那么试验结果呢？那块合金变成了什么？我想你们多半找不到它了吧？"

"我也还不知道呢，我们去看看吧。"沈华北向前指指说。核爆炸使这个巨洞呈规则的球形，因而洞的底面是一个小盆地，在远方盆地的正中央，晃动着几盏头灯，"那是'糖衣'试验项目组的人。"

大家向盆地中央走去，感觉像在走下一道长长的山坡。这时，凯文斯基突然站住了，接着蹲下来把双手贴着地面："地下有震动！"

其他人也感觉到了："不会是核爆炸诱发的地震吧？"

赵文佳摇摇头："销毁点所在地区的地质结构是经过反复勘测的，绝对不会诱发地震，这震动不是地震，它在爆炸后就出现了，持续不断直到现在，邓伊文博士说它与'糖衣'试验有关，具体的我也不清楚。"

随着他们接近盆地中心，由地层深处传来的震动渐渐增强，直到使脚底发麻，仿佛大地深处有一个粗糙的巨轮在疯狂旋转。当他们来到盆地中心时，那一小群人中有一个站起身来，他就是赵文佳刚才提到的邓伊文，材料核爆压缩试验项目的负责人。

"你手里拿的什么？"沈华北指着邓伊文手中一大团白色的东西问。

"钓鱼线。"邓博士说着，分开围成一圈蹲在地上的那群人，他们正盯着地上的一个小洞看,那个洞出现在熔化后又凝结的岩石表面,直径约十厘米,呈很规则的圆形,边缘十分光滑,像钻机打的孔,郑伊文手中的钓鱼线正源源不断地向洞中放下去,"瞧,已经放了一万多米了,还远没到底儿呢。经雷达探测,这洞已有三万多米深,还在不断延长。"

"它是怎么来的?"有人问。

"那块被压缩后的试验合金钻出来的,它沉到地层中去了,就像石块在海面上沉下去一样,这震动就是它穿过致密的地层时传上来的。"

"哦天啊,这可真是奇迹!"凯文斯基惊叹说,"我还以为那块合金将不过是被核爆的高温蒸发掉呢。"

郑伊文说:"如果没有包裹'糖衣'的话会是那样的结果,但这次它还没来得及被蒸发,就被'糖衣'焦聚的向心压力压缩成一种新的物质形态,叫超固态比较合适,但物理学中已经有了这个名称,我们就叫它新固态吧。"

"您是说,这东西的比重与地层的比重相比,就如同石块与水的比重相比?"

"比那要大得多,石块在水中下沉主要是因为水是液体,水结冰后比重变化不大,但放在上面的石块就沉不下去。现在新固态物质竟然在固态的岩石中下沉,可见它的密度是多么惊人!"

"您是说它成了中子星物质?"

郑伊文摇摇头:"我们现在还没有精确测定,但可以肯定它的密度比中子星的简并态物质小得多,这从它的下沉速度就可以看出来。如果真是一块中子星物质,那么它在地层中的下沉将如同陨石坠入大气层一样快,那会引起火山爆发和大地震。它是介于普通固态和简并态之间的一种物质形态。"

"它会一直沉到地心吗?"沈渊问。

"也许会吧,孩子,因为在下沉到一定深度后,地层物质将变成液态的,那将更有利于它的下沉!"

"真好玩儿真好玩！"

在人们都把注意力集中到那个洞上的时候,沈华北一家三口悄悄地离开了人群,远远地走到黑暗之中。除了脚下地面的震动外,这里很静,他们头灯的光柱照不了多远就融于黑暗中,仿佛他们只是无际虚空中三个抽象的存在。他们把对讲系统调到私人频道,在这里,小沈渊将做出一个决定一生的选择:是跟爸爸还是跟妈妈。

沈渊的父母面临着一个比离婚更糟的处境:他的爸爸现在已是血癌晚期。沈华北不知道他的病是否与所从事的核科学研究有关,但可以肯定自己已活不过半年了。幸运的是人体冬眠技术已经成熟,他将在冬眠中等待治愈血癌的技术出现。沈渊可以和父亲一起冬眠,然后再一同醒来,也可以同妈妈一起继续生活。从各方面考虑,显然后者是一个明智的选择,但孩子倾向于同爸爸一起到未来去,现在沈华北和赵文佳再次试图说服他。

"妈妈,我和你留下来,不同爸爸去睡觉了！"沈渊说。

"你改变主意了?！"赵文佳惊喜地问。

"是的,我觉得不一定非要去未来,现在就很好玩儿,比如刚才那个沉到地心去的东西,多好玩儿！"

"你决定了?"沈华北问,赵文佳瞪了他一眼,显然怕孩子又改变主意。

"当然！我去看那个洞了……"小沈渊说着向远处那头灯晃动的盆地中心跑去。

赵文佳看着孩子的背影,忧虑地说:"我不知道能不能带好他,这孩子太像你了,整日生活在自己的梦中,也许未来真的更适合他。"

沈华北扶着妻子的双肩说:"谁也不知道未来是什么样,再说像我有什么不好,总要有爱做梦的那一类人。"

"生活在梦中没什么可怕,我就是因为这个爱上你的,但你难道没有发现这孩子的另一面? 他在学校竟然同时当上了两个班的班长！"

"这我也是刚知道,真不明白他是怎么做到的。"

"他的权力欲像刀子一样锋利,而且不乏实现它的能力和手段,这与你是完全不同的。"

"是啊,这两种性格怎么可能融为一体呢?"

"我更担心的是这种融合将来会发生什么?"

这时孩子的身影已完全融入远方那一群头灯中,他们将目光收回,都关掉头灯,将自己完全融入黑暗中。

沈华北说:"不管怎样,生活还得继续。我所等待的技术,也许在明年就能出现,也许要等上一个世纪,也许……永远也不会出现。你再活四十年没有问题,一定要答应我一个请求:如果四十年后那项技术还没出现,也一定要让我苏醒一次,我想再看看你和孩子,千万不要让这一别成为永别。"

黑暗中赵文佳凄凉地笑笑:"到未来去见一个老太婆妻子和一个比你大十岁的儿子?不过,像你说的,生活还得继续。"

他们就在这核爆炸形成的巨洞中默默地度过了在一起的最后时光。明天,沈华北将进入无梦的长眠,赵文佳将和他们那个生活在梦中的孩子一起,继续沿着莫测的人生之路,走向不可知的未来。

苏　醒

他用了一整天时间才真正醒来,意识初萌时,世界在他的眼中只是一团白雾,十个小时后这白雾中出现了一些模糊的影子,也是白色的,又过了十个小时,他才辨认出那些影子是医生和护士。冬眠中的人是完全没有时间感的,所以沈华北这时绝对肯定自己的冬眠时间仅是这模糊的一天,他认定冬眠维持系统在自己刚失去知觉后就出了故障。视力进一步恢复后,他打量了一下这间病房,很普通的白色墙壁,安在侧壁上的灯发出柔和的光芒,形状看上去也很熟悉,这些似乎证实了他的感觉。但接下来他

知道自己错了:病房白色的天花板突然发出明亮的蓝光,并浮现出醒目的白字:

您好!承担您冬眠服务的大地生命冷藏公司已于2089年破产,您的冬眠服务已全部移交绿云公司,您现在的冬眠编号是WS368200402-118,并享有与大地公司所签订合同中的全部权利。您已经完成全部治疗程序,您的全部病症已在苏醒前被治愈,请接受绿云公司对您获得新生的祝贺。

您的冬眠时间为74年5个月7天零13小时,预付费用没有超支。

现在是2125年4月16日,欢迎您来到我们的时代。

又过了三个小时他才渐渐恢复听力,并能够开口说话,在七十四年的沉睡后,他的第一句话是:"我妻子和儿子呢?"

站在床边的那位瘦高的女医生递给他一张折叠的白纸:"沈先生,这是您妻子给您的信。"

我们那时已经很少有人用纸写信了……沈华北没把这话说出来,只是用奇怪的目光看了医生一眼,但当他用还有些麻木的双手展开那张纸后,得到了自己跨越时间的第二个证据:纸面一片空白,接着发出了蓝荧荧的光,字迹自上而下显示出来,很快铺满了纸面。他在进入冬眠前曾无数次想象过醒来后妻子对他说的第一句话,但这封信的内容超出了他最怪异的想象:

亲爱的,你正处于危险中!(大字体)

看到这封信时,我已不在人世。给你这封信的是郭医生,她是一个你可以信赖的人,也许是这个世界上你唯一可以信赖的人,一切听她的安排。

请原谅我违背了诺言,没有在四十年后苏醒你。我们的渊儿已成为一个你无法想象的人,干了你无法想象的事,作为他的母亲我不知如何面对你,我伤透了心,已过去的一生对于我毫无意义,你保重吧。

"我儿子呢?沈渊呢?!"沈华北吃力地支起上身问。

"他五年前就死了。"医生的回答极其冷酷,丝毫不顾及这消息带给这位父亲的刺痛,接着她似乎多少觉察到这一点,安慰说,"您儿子也活了七十八岁。"

郭医生掏出一张卡片递给沈华北:"这是你的新身份卡,里面存储的信息都在刚才那封信上。"

沈华北翻来覆去地看那张纸,上面除了赵文佳那封简短的信外什么都没有,当他翻动纸张时,折皱的部分会发出水样的波纹,很像用手指按压他的时代的液晶显示器时发生的现象。郭医生伸手拿过那张纸,在右下角按了一下,纸上的显示被翻过一页,出现了一个表格。

"对不起,真正意义上的纸张已经不存在了。"

沈华北抬头不解地看着她。

"因为森林已经不存在了。"她耸耸肩说,然后逐项指着表格上的内容:"你现在的名字叫王若,出生于2097年,父母双亡,也没有任何亲属,你的出生地在呼和浩特,但现在的居住地在这里——这是宁夏一个很偏僻的山村,是我能找到的最理想的地方,不会引人注意……不过你去那里之前需要整容……千万不要与人谈起你儿子,更不要表现出对他的兴趣。"

"可我出生在北京,是沈渊的父亲!"

郭医生直起身来,冷冷地说:"如果你到外面去这样宣布,那你的冬眠和刚刚完成的治疗就全无意义了,你活不过一个小时。"

"到底发生了什么?!"

医生笑笑:"这个世界上大概只有你不知道……好了,我们要抓紧时间,你先下床练习行走吧,我们要尽快离开这里。"

沈华北还想问什么,突然响起了震耳的撞门声,门被撞开后,有六七个人冲了进来,围在他的床边。这些人年龄各异,衣着也不相同,他们的共同点是都有一顶奇怪的帽子,或戴在头上或拿在手中,这种帽子有齐肩宽的圆檐,很像过去农民戴的草帽;他们的另一个共同之处就是都戴着一个透明的口罩,其中有些人进屋后已经把它从嘴上扯了下来。这些人齐盯着沈华北,脸色阴沉。

"这就是沈渊的父亲吗?"问话的人看上去是这些人中最老的一位,留着长长的白胡须,像是有八十多岁了,不等医生回答,他朝周围的人点点头,"很像他儿子。医生,您已经尽到了对这个病人的责任,现在他属于我们了。"

"你们是怎么知道他在这儿的?"郭医生冷静地问。

不等老者回答,病房一角的一位护士说:"我,是我告诉他们的。"

"你出卖病人?!"郭医生转身愤怒地盯着她。

"我很高兴这样做。"护士说,她那秀丽的脸庞被狞笑扭曲了。

一个年轻人揪住沈华北的衣服把他从床上拖了下来,冬眠带来的虚弱使他瘫在地上,一个姑娘一脚踹在他的小腹上,那尖尖的鞋头几乎扎进他的肚子里,剧痛使他在地板上像虾似的弓起身体,那个老者用有力的手抓住他的衣领把他拎了起来,像竖一根竹竿似的想让他站住,看到不行后一松手,他又仰面摔倒在地,后脑撞到地板上,眼前直冒金星,他听到有人说:"真好,那个杂种欠这个社会的,总算能够部分偿还了。"

"你们是谁?"沈华北无力地问,他在那些人的脚中间仰视着他们,好像在看着一群凶恶的巨人。

"你至少应该知道我,"老者冷笑着说,从下面向上看去,他的脸十分怪异,让沈华北胆寒,"我是邓伊文的儿子,邓洋。"

这个熟悉的名字使沈华北心里一动,他翻身抓住老者的裤脚,激动地喊道:"我和你父亲是同事和最好的朋友,你和我儿子还是同班同学,你不记得了？天啊,你就是洋洋?！真不敢相信,你那时……"

"放开你的脏爪子！"邓洋吼道。

那个拖他下床的人蹲下来,把凶悍的脸凑近沈华北说:"听着小子,冬眠的年头儿是不算岁数的,他现在是你的长辈,你要表现出对长辈的尊敬。"

"要是沈渊活到现在,他就是你爸爸了！"邓洋大声说,引起了一阵哄笑,接着他挨个指着周围的人向他介绍,"在这个小伙子四岁时,他的父母同时死于中部断裂灾难；这姑娘的父母也同时在螺栓失落灾难中遇难,当时她还不到两岁；这几位,在得知用毕生的财富进行的投资化为乌有时,有的自杀未遂,有的患了精神分裂症……至于我,被那个杂种诱骗,把自己的青春和才华都扔到那个该死的工程中,现在得到的只是世人的唾骂！"

躺在地板上的沈华北迷惑地摇着头,表示他听不懂。

"你面对的是一个法庭,一个由南极庭院工程的受害者组成的法庭！尽管这个国家的每个公民都是受害者,但我们要独享这种惩罚的快感。真正的法庭当然没有这么简单,事实上比你们那时还要复杂得多,所以我们才不会把你送到那里去,让他们和那些律师扯一年淡之后宣布你无罪,就像他们对你儿子那样。我们会让你得到真正的审判,当一小时后这个审判执行时,你会发现如果七十多年前就死于白血病是一件多么幸运的事。"

周围的人又齐声狞笑起来。接着有两个人架起沈华北的双臂把他向门外拖去,他的双腿无力地拖在地板上,连挣扎的力气都没有。

"沈先生,我已经尽力了。"在他被拖出门前,郭医生在后面说,他想回头再看看她,看看这个被妻子称为他在这个冷酷时代唯一可以信任的人,但这种被拖着的姿势使他无力回头,只听到她又说,"其实,你不必太沮丧,在这个时代,活着也不是一件容易的事。"

当他被拖出门后,听到医生在喊:"快把门关上,把空净器开大,你要把我们呛死吗?！"听她的口气,显然不再关心他的命运。

出门后，他才明白医生最后那句话的意思：空气中有一种刺鼻的味道，让人难以呼吸。他被拖着走过医院的走廊，出了大门后，那两个人不再拖他，把他的胳膊搭到肩上架着走。来到外面后他如释重负地深深地吸了一口气，但吸入的不是他想象的新鲜空气，而是比医院大楼内更污浊更呛人的气体，他的肺里火辣辣的，爆发出持续不断的剧烈咳嗽，就在他咳到要窒息时，听到旁边有人说："给他戴上呼吸膜吧，要不在执行前他就会完蛋。"接着有人给他的口鼻罩上了一个东西，虽然只是一种怪味代替了另一种，他至少可以顺畅地呼吸了。又听到有人说："防护帽就不用给他了，反正在他能活的这段时间里，紫外线什么的不会导致第二次白血病的。"这话又引起了其他的人一阵怪笑。当他喘息稍定，因窒息而流泪的双眼视野清晰后，便抬起头来第一次打量未来世界。

他首先看到街道上的行人，他们都戴着被称为呼吸膜的透明口罩和叫作防护帽的大草帽，他还注意到，虽然天气很热，但人们穿得都很严实，没有人露出皮肤。接着他看到了周围的世界，这里仿佛处于一个深深的峡谷中，这峡谷是由高耸入云的摩天大楼构成的，说高耸入云一点都不夸张，这些高楼全都伸进半空中的灰云里，在狭窄的天空上，他看到太阳呈一团模糊的光晕在灰云后出现，那光晕移动着黑色的烟纹，他这才知道这遮盖天空的不是云而是烟尘。

"一个伟大的时代，不是吗？"邓洋说，他的那些同伙又哈哈大笑起来，好像很久没有这么开心了。

他被架着向不远处的一辆汽车走去，形状有些变化，但他肯定那是汽车，大小同过去的小客车一样，能坐下这几个人。接着有两个人超过了他们，向另一个方向走去，他们戴着头盔，身上的装束与过去有很大的不同，但沈华北还是一眼就认出了他们的身份，并冲他们大喊起来："救命！我被绑架了！救命！！"

那两个警察猛地回头，跑过来打量着沈华北，看了看他的病号服，又看了看他光着的双脚，其中一个问："您是刚苏醒的冬眠人吧？"

沈华北无力地点点头:"他们绑架我……"

另一名警察对他点点头说:"先生,这种事情是经常发生的,这一时期苏醒的冬眠人数量很多,为安置你们占用了大量的社会保障资源,因而你们经常受到仇视和攻击。"

"好像不是这么回事……"沈华北说,但那警察挥手打断了他。

"先生,您现在安全了。"然后那名警察转向邓洋一伙人,"这位先生显然还需要继续治疗,你们中的两个人送他回医院,这位警官将一同去了解情况,我同时通知你们,你们七个人已经因绑架罪被逮捕。"说着他抬起手腕对着上面的对讲机呼叫支援。

邓洋冲过去制止他:"等一下警官,我们不是那些迫害冬眠人的暴徒,你们看看这个人,不面熟吗?"

两个警察仔细地盯着沈华北看,还短暂地摘下他的呼吸膜以更好地辨认,"他……好像是米西西!"

"不是米西西,他是沈渊的父亲!"

两个警察瞪大双眼在邓洋和沈华北之间来回看着,像是见了鬼。中部断裂灾难留下的孤儿把他们拉到一边低声说着,这过程中两个警察不时抬头朝沈华北这边看看,每次的目光都有变化,在最后一次朝这边投来的目光中,沈华北绝望地读出这些人已是邓洋一伙的同谋了。

两个警察走过来,没有朝沈华北看一眼,其中一位警惕地环视四周做放哨状,另一名径直走到邓洋面前说,压低了声音说:"我们就当没看见吧,千万不要让公众注意到他,否则会引起一场骚乱的。"

让沈华北恐惧的不仅仅是警察话中的内容,还有他说这话时的样子,他显然不在乎让沈华北听到这些,好像他只是一件放在旁边的没有生命的物件。

那些人把沈华北塞进汽车,他们也都上了车,在车开的同时车窗的玻璃都变得不透明了,车是自动驾驶的,没有司机,前面也看不到可以手动的操纵杆件。一路上车里没有人说话,仅仅是为了打破这令人窒息的沉默,沈华北随口问:"谁是米西西?"

"一个电影明星,"坐在他旁边的螺栓失落灾难留下的孤女说,"因扮演你儿子而出名,沈渊和外星撒旦是目前影视媒体上出现最多的两个大反派角色。"

沈华北不安地挪挪身体,与她拉开一条缝,这时他的手臂无意间触碰了车窗下的一个按钮,窗玻璃立刻变得透明了。他向外看去,发现这辆车正行驶在一座巨大而复杂的环状立交桥上,桥上挤满了汽车,车与车的间距只有不到两米的样子。这景象令人恐惧之处是:这时并不是处于塞车状态,就在这塞车时才有的间距下,所有的车辆都在高速行驶,时速可能超过了每小时一百公里!这使得整个立交桥像一个由汽车构成的疯狂大转盘。他们所在的这辆车正在以令人目眩的速度冲向一个岔路口,在这辆车就要撞入另一条车流时,车流中正好有一个空档在迎接它,这种空档以令人难以觉察的速度在岔路口不断出现,使两条湍急的车流无缝地合为一体。沈华北早就注意到车是自动驾驶的,人工智能已把公路的利用率发挥到极限。

后面有人伸手又把玻璃调暗了。

"你们真想在我对这一切都一无所知的情况下杀死我吗?"沈华北问。

坐在前排的邓洋回头看了他一眼,懒洋洋地说:"那我就简单地给你讲讲吧。"

南极庭院

"想象力丰富的人在现实中往往手无缚鸡之力,相反,那些把握历史走向的现实中的强者,大多只有一个想象力贫乏的大脑,你儿子,是历史上少有的把这两者合为一体的人。在大多数时间,现实只是他幻想海洋中的一个小小的孤岛,但如果他愿意,可能随时把自己的世界翻转过来,使幻想成为小岛而现实成为海洋,在这两个海洋中他都是最出色的水手……"

"我了解自己的儿子,你不必在这上面浪费时间。"沈华北打断邓洋说。

"但你无论如何也不会想到沈渊在现实中爬到了多高的位置,拥有了多大的权力,这使他有能力把自己最变态的狂想变成现实。可惜,社会没有及时发现这个危险。也许历史上曾有过他这样的人,但都像擦过地球的小行星一样,没能在这个世界上释放自己的能量就消失在茫茫太空中,不幸的是,历史给了你儿子用变态狂想制造灾难的机会。

"在你进入冬眠后的第五年,世界对南极大陆的争夺有了一个初步结果:这个大陆被确定为全球共同开发的区域,但各个大国都为自己争得了大面积的专属经济区。尽早使自己在南极大陆的经济区繁荣起来,并尽快开发那里的资源,是各大国摆脱因环境问题和资源枯竭而带来的经济衰退的唯一希望,'未来在地球顶上'成为当时尽人皆知的口号。

"就在这时,你儿子提出了那个疯狂设想,声称这个设想的实现将使南极大陆变为这个国家的庭院,那时从北京去南极将比从北京去天津还方便。这不是比喻,是真的,旅行的时间要比去天津的短,消耗的能源和造成的污染都比去天津的少。那次著名的电视演讲开始时,全国观众都笑成一团,像在看滑稽剧,但他们很快安静下来,因为他们发现这个设想真的能行!这就是南极庭院设想,后来根据它开始了灾难性的南极庭院工程。"

说到这里,邓洋莫名其妙地陷入沉默。

"接着说呀,南极庭院的设想是什么?"沈华北催促道。

"你会知道的。"邓洋冷冷地说。

"那你至少可以告诉我,我与这一切有什么关系?"

"因为你是沈渊的父亲,这不是很简单吗?"

"现在又盛行血统论了?"

"当然没有,但你儿子的无数次表白使血统论适合你们。当他变得举世闻名时,就真诚地宣称他思想和人格的绝大部分是在八岁前从父亲那里形成的,以后的岁月不过是进行一些知识细节方面的补充而已。他还声明,南极庭院设想的最初创造者也是父亲。"

"什么?!我?南极……庭院?!这简直是……"

"再听我说完最后一点:你还为南极庭院工程提供了技术基础。"

"你指的什么?!"

"当然是新固态材料,没有它,南极庭院设想只是一个梦呓,而有了它,这个变态的狂想立刻变得现实了。"

沈华北困惑地摇摇头,他实在想象不出,那超高密度的新固态材料如何能把南极大陆变成这个国家的庭院。

这时车停了。

地狱之门

下车后,沈华北迎面看到一座奇怪的小山,山体呈单一铁锈色,光秃秃的看不到一棵草。邓洋向小山一偏头说:"这是一座铁山。"看到沈华北惊奇的目光,他又加上一句,"就是一大块铁。"

沈华北举目四望,发现这样的铁山在附近还有几座,它们以怪异的色彩突兀地出现在这广阔的平原上,使这里有一种异域的景色。

沈华北这时已恢复到可以行走,他脚步蹒跚地随着这伙人走向远处一座高大的建筑物,那个建筑物呈一个完美的圆柱形,有上百米高,表面光滑一体,没有任何开口。他们走近后,看到一扇沉重的铁门轰隆隆地向一边滑开,露出一个入口,一行人走了进去,门在他们身后密实地关上了。

在暗弱的灯光下,沈华北看到他们身处一个像是密封舱的地方,光滑的白色墙壁上挂着一长排像太空服一样的密封装,人们各自从墙上取下一套密封装穿了起来,在两个人的帮助下他也开始穿上其中的一件。在这过程中他四下打量,看到对面还有一扇紧闭的密封门,门上亮着一盏红灯,红灯旁边有一个发光的数码显示,他看出显示的是大气压值。当他那沉重的头盔被旋紧后,在面罩的右上角出现一块透明的液晶显示区,显示出飞快变化的数字和图形,他只看出那是这套密封服内部各个系统的自检情况。接着,他听到外面响起低沉的嗡嗡声,像是什么设备启动了,然后注意到对面那扇门上方显示的大气压值在迅速减小,在大约三分钟后减到零,旁边的红灯转换为绿灯,门开了,露出这个密封建筑物黑洞洞的内部。沈华北证实了自己的猜测:这是一个由大气区域进入真空区域的过渡舱,如此说来,这个巨大圆柱体的内部是真空的。

一行人走进了那个入口,门又在后面关上了,他们身处浓浓的黑暗之中,有几个人密封服头盔上的灯亮了,黑暗中出现几道光柱,但照不了多远。一种熟悉的感觉出现了,沈华北不由打了个寒战,心里有一种莫名的恐惧。

"向前走。"他的耳机中响起了邓洋的声音,头灯的光晕在前方照出了一座小桥,不到一米宽,另一头伸进黑暗中,所以看不清有多长,桥下漆黑一片。沈华北迈着颤抖的双腿走上了小桥,密封服沉重的靴子踏在薄铁板桥面上发出空洞的声响,他走出几米,回过头来想看看后面的人是否跟上来了,这时所有人的头灯同时灭了,黑暗吞没了一切。但这只持续了几秒钟,小桥的下面突然出现了蓝色的亮光。沈华北回头看,只有他上了桥,其他人都挤在桥边看着他,在从下向上照的蓝光中,他们像一群幽灵。他扶着桥边的栏杆向下看去,几乎使血液凝固的恐惧攫住了他。

他站在一口深井上。

这口井的直径约十米,井壁上每隔一段距离就有一个环绕光圈,在黑暗中标示出深井的存在。他此时正站在横过井口的小桥的正中央,从这里看去,井深不见底,井壁上无数的光圈渐渐缩小,直至成为一点,他仿佛在俯视着一个发着蓝光的大靶标。

"现在开始执行审判,去偿还你儿子欠下的一切吧!"邓洋大声说,然后用手转动安装在桥头的一个转轮,嘴里念念有词,"为了我被滥用的青春和才华……"小桥倾斜了一个角度,沈华北抓住另一面的栏杆努力使自已站稳。

接着邓洋把转轮让给了中部断裂灾难留下的孤儿,后者也用力转了一下:"为了我被熔化的爸爸妈妈……"小桥倾斜的角度又增加了一些。

转轮又传到螺栓失落灾难留下的孤女手中,姑娘怒视着沈华北用力转动转轮:"为了我被蒸发的爸爸妈妈……"

因失去所有财富而自杀未遂者从螺栓失落灾难留下的孤女手中抢过转轮:"为了我的钱、我的劳斯莱斯和林肯车、我的海滨别墅和游泳池,为了我那被毁的生活,还有我那在寒冷的街头排队领救济的妻儿……"小桥已经转动了九十度,沈华北此时只能用手抓着上面的栏杆坐在下面的栏杆上。

因失去所有财富而患精神分裂症的人也扑过来同因失去所有财富而自杀未遂者一起转动转轮,他的病显然还没好利索,没说什么,只是对着下面的深井笑。小桥完全倾覆了,沈华北双手抓着栏杆倒吊在深井上方。

这时的他并没有多少恐惧,望着脚下深不见底的地狱之门,自己不算长的一生闪电般地掠过脑海:他的童年和少年时代是灰色的,在那些时光中记不起多少快乐和幸福;走向社会后,他在学术上取得了成功,发明了"糖衣"技术,但这并没有使生活接纳他;他在人际关系的蛛网中挣扎,却被越缠越紧,他从未真正体验过爱情,婚姻只是不得已而为之;当他打定主意永远不要孩子时,孩子来到了人世……他是一个生活在自己思想和梦想世界中的人,一个令大多数人讨厌的另类,从来不可能真正地融入人群,他的生活是永远的离群索居,永远的逆水行舟,他曾寄希望于未来,但这就是未来了:已去世的妻子、已成为人类公敌的儿子、被污染的城市、这些充满变态仇恨的人……这一切已使他对这个时代和自己的生活心灰意冷。本来他还打定主意,要在死前知道事情的真相,现在这也无关紧要了,他是一个累极了的行者,唯一的渴望是解脱。

在井边那群人的欢呼声中,沈华北松开了双手,向那发着蓝光的命运的靶标坠下去。

他闭着眼睛沉浸在坠落的失重中，身体仿佛变得透明，一切生命不能承受之重已离他而去。在这生命的最后几秒钟，他的脑海中突然响起了一首歌，这是父亲教他的一首古老的苏联歌曲，在他冬眠前的时代已没有人会唱了，后来他作为访问学者到莫斯科去，在那里希望找到知音，但这首歌在俄罗斯也失传了，所以这成了他自己的歌。在到达井底之前他也只能在心里吟唱一两个音符，但他相信，当自己的灵魂最后离开躯体时，这首歌会在另一个世界继续的……不知不觉中，这首旋律缓慢的歌已在他的心中唱出了一半，时间过去了好长，这时意识猛然警醒，他睁开双眼，看到自己在不停地飞快穿过一个又一个的蓝色光环。

坠落仍在继续。

"哈哈哈哈……"他的耳机中响起了邓洋的狂笑声，"快死的人，感觉很不错吧?!"

他向下看，看到一串扑面而来的发着蓝光的同心圆，他不停地穿过最大的一个圆，在圆心处不断有新的小圆环出现并很快扩大；向上看，也是一个同心圆，但其运动是前一个画面的反演。

"这井有多深？"他问。

"放心，你总会到底的，井底是一块坚硬平滑的钢板，叭叽一下，你摔成的那张肉饼会比纸还薄的！哈哈哈哈……"

这时，他注意到面罩右上角的那块液晶显示区又出现了，有一行发着红光的字：

　　您现在已到达100公里深度，速度1.4公里/秒，您已经穿过莫霍不连续面，由地壳进入地幔。

沈华北再次闭上双眼，这次他的脑海中不再有歌声，而是像一台冷静的计算机般飞快地思索着，当半分钟后他再次睁开眼睛时，已经明白了一切：这就是南极庭院工程，那块坚硬平滑的井底钢板并不存在，这口井没有底。

这是一条贯穿地球的隧道。

大隧道

"它是走切线,还是穿过地心?"沈华北问,只是思维以语言的形式冒了一下头。

"聪明的头脑,这么快就想到了!"邓洋惊叹道。

"很像他儿子。"有人跟着说,听上去可能是中部断裂灾难留下的孤儿。

"是穿过地心,由中国的漠河穿过地球到达南极大陆的最东端南极半岛。"邓洋回答沈华北说。

"刚才那座城市是漠河?!"

"是的,它因作为地球隧道起点而繁荣起来。"

"据我所知,从那里贯穿地球应该到达阿根廷南部。"

"不错,但隧道有轻微的弯曲。"

"既然隧道是弯曲的,我会不会撞上井壁呢?"

"如果隧道笔直地直达阿根廷,你倒是肯定会撞上,那种笔直的地球隧道只有在贯穿两极之间的地轴上才能实现,这种与地轴呈一定角度的隧道必须考虑地球的自转因素,它的弯曲正好能让你平滑地通过。"

"呵,伟大的工程!"沈华北由衷地赞叹道。

> 您现在已到达300公里深度,速度2.4公里/秒,已进入地幔黏性物质区。

他看到自己穿过光圈的频率正在加快,下面和上面那两个同心圆的密度增加了许多。

邓洋说："关于建造穿过地球的隧道，不是什么新想法，十八世纪就有两个人提出了这个设想，一位是叫莫泊都的数学家，另一位则是举世闻名的伏尔泰。到后来，法国天文学家佛兰马理翁又把这个计划重新提了出来，并且首先考虑了地球的自转因素……"

沈华北打断他问："那你怎么说这想法是从我这里来的呢？"

"因为前面那些人不过是在做思想试验，而你的设想影响了一个人，这人后来用自己魔鬼般的才能促成了这个狂想的实现。"

"可……我不记得向沈渊提起过这些。"

"真是个健忘的人，你做了一个后来改变人类历史进程的设想，却忘了。"

"我真的想不起来。"

"那你总能想起那个叫贝加多的阿根廷人，还有他送给你儿子的生日礼物吧？"

您现在已到达 1500 公里深度，速度 5.1 公里/秒，已进入地幔刚性物质区。

沈华北终于想起来了。那是沈渊六岁的生日，沈华北请在北京的阿根廷物理学家贝加多博士到家里做客。当时南美两强已经崛起，阿根廷对南极大陆的大片陆地提出领土要求，并向南极大量移民，同时快速发展核武器，让全世界大惊失色。在后来的全球无核化进程中，阿根廷自然是以有核国家的身份加入联合国销毁委员会，沈华北和贝加多都是这个委员会中一个技术小组的专家。

那次贝加多给沈渊带来的礼物是一个地球仪，它是用一种最新的玻璃材料制成的，那种玻璃是阿根廷飞速发展的技术水平的一个体现，它的折射率与空气相同，因而看不出玻璃球的存在，地球仪上的大陆仿佛是悬浮在两极之间，沈渊很喜欢这个礼物。

在晚饭后的聊天中，贝加多拿出了一张国内的大报，让沈华北看上面的一幅政治漫画，画上一位阿根廷球星正在踢地球。

"我不喜欢这个，"贝加多说，"中国人对我的国家的了解好像只限于足球，并把这种了解引申到国际政治上，阿根廷在你们的眼中也成了一个充满攻击性的国家。"

"您要知道，阿根廷毕竟是在地球上与中国相距最远的一个国家，你们正在地球的对面。"赵文佳微笑着说，从沈渊的手中拿过那个全透明的地球仪，在上面，中国和阿根廷隔着那个超透明的球体重叠在一起。

"其实我有个办法能够使两国更好地交流，"沈华北拿过地球仪说，"只需从中国挖一条通过地心贯穿地球的隧道就行了。"

贝加多说："那个隧道也有一万两千多公里长，并不比飞机航线短多少。"

"但旅行时间会短许多的，想想您带着旅行包从隧道的这一端跳进去……"

沈华北的本意是想把话题从政治上引开去，他成功了，贝加多来了兴趣："沈，你的思维方式总是与众不同……让我们看看：我跳进去后会一直加速，虽然我的加速度会随坠落深度的增加而减小，但确实会一直加速到地心，通过地心时我的速度达到最大值，加速度为零；然后开始减速上升，这种减速度的值会随着上升而不断增加，当到达地球的另一面阿根廷的地面时，我的速度正好为零。如果我想回中国，只需从那面再跳下去就行了，如果我愿意，可以在南北半球之间做永恒的简谐振动，嗯，妙极了，可是旅行时间……"

"让我们计算一下吧。"沈华北打开电脑。

计算结果很快出来了，以地球理想的平均密度，从中国跳进地球隧道，穿过直径一万两千多公里的地球，坠落到阿根廷，需四十二分钟十二秒。

"快捷的旅行！"贝加多高兴地说。

……

您现在已到达2800公里深度,速度6.5公里/秒,您正在穿过古腾堡不连续面,进入地核。

坠落中的沈华北又听到邓洋说:"在那个晚上,你一定没有注意到,你的儿子瞪圆了那双充满灵气的大眼睛,出神地听着你的话,你更不可能知道,他盯着床头的那个透明地球一夜没睡。当然,你对儿子的这种影响可能有过无数次,你在沈渊的心灵中播下了许多狂想的种子,这只是其中开出花朵的一颗。"

沈华北凝视着周围距自己四五米远处的那一圈飞速上升的井壁,高频掠过的环绕光圈使井壁的表面有些模糊。

"这是新固态材料吗?"他问。

"还能是其他什么?有什么别的材料具有建造这样隧道的强度呢?"

"这样巨量的新固态物质是如何生产出来的?这种比重大得能沉入地层的材料怎样搬运和加工呢?"

"只能最简略地说说:新固态物质是通过连续不断的小型核爆炸生产出来的,核心技术当然是你的'糖衣',其生产线是庞大而复杂的;新固态材料有多种密度级别,较低密度的材料不会沉入地层,用它造出一个面积较大的基础,将高密度材料放置其上,其压强被基础分散,就能够浮在地面上了,用类似的原理,也可以进行这种材料的运输;至于新固态材料的加工,技术更加复杂,以你的知识水平可能无法理解。总之新固态材料已经是一个庞大的产业,其经济规模超过了钢铁,它并不只是用于南极庭院工程。"

"那么这条隧道是如何建成的呢?"

"首先告诉你一点:建构隧道的基本构件是井圈,每个井圈长约一百米,整条隧道是由大约二十四万个井圈连接而成。至于具体的施工过程,你是个聪明人，也许自己能想出来。"

您现在已到达4100公里深度，速度7.5公里/秒，正处于液态地核中部。

"沉井？"

"是的，是用沉井工艺，首先从中国和南极将井圈沉入地层，并拼接成贯穿地球的一条线，第二步是将拼接后的井圈中的地层物质掏出，隧道就形成了。你在隧道入口的外面看到的那些铁山，就是由从隧道的地核部分中掏出的铁镍合金堆成的。具体的施工要由地下船来进行，这种能在地层中行驶的机器也是由新固态材料制造的，有的型号能在地核深度行驶，它们能在地层中使下沉的井圈定位。"

"这样算下来，只需十二万个井圈。"

"超固态物质承受地球深处的压力和高温是没有问题的，但地下还有许多流动体，较浅处是流动的岩浆，更危险的是地核中的液态铁镍流，它们对隧道产生巨大的剪切冲击，新固态材料的强度能够承受这种冲击，但井圈之间的连接处就不行了，所以隧道由内外两层井圈构成，内层的井圈紧贴外层井圈，两层井圈间相互交错，这样就使隧道形成了足够的抗剪切强度。"

您现在已到达5400公里深度，速度7.7公里/秒，正在接近固态地核。

"下面，我想你要告诉我南极庭院工程带来的灾难了。"

灾　难

"南极庭院工程的第一次灾难发生于二十五年前，那时工程进入最后的勘探设计阶段,需要进行大量的地下航行。在一次勘探航行中,一艘名叫'落日六号'的地下船在地幔中失事,并下沉到地核中,船上三名乘员中有两人遇难,只有一名年轻的女领航员幸存,她现在仍被封闭在地心中,将在狭窄的地下船中度过余生。那艘船上的中微子通信设备已失去发射功能,但可能仍能接收。顺便说一句:她的名字叫沈静,是你的孙女。"

沈华北的心抽搐了一下。

在这疯狂的速度下,井壁上的光圈在沈华北眼中已连为一体,使这巨井的井壁发出刺目的蓝光,正在其中飞速坠落的沈华北,仿佛在穿过时光隧道,进入那并不遥远但他不曾经历过的过去。

> 您现在已到达5800公里深度,速度7.8公里/秒,您已进入固态地核,正在接近地心!

"南极庭院工程进行到第六年,发生了惨烈的中部断裂灾难。前面说过,隧道是由内外两层相互交错的井圈构成,在装入内层井圈时,必须首先将已连接好的外层井圈中的地下物质掏空,以免两层井圈间混入杂质,影响它们之间贴合的紧密度。在施工中采用掏空一段外井圈放入一个内井圈的工艺,这就意味着在地核段的施工中,在一段外井圈被掏空而内井圈还未到位的这段时间里,包括接合部在内的两个外井圈将单独承受地核铁镍流的冲击。本来,两段井圈间的接合部采用十分坚固的铆接技术,在设计中,应该能够在相当长的时间里承受铁镍流的冲击。但在进入地核四百九十多公里处,两段刚刚掏空的井圈处有一股异常强大的铁镍流,其流速是以前的大量勘探中观测到的最高值的五倍。强大的冲击力使两个井圈错位,高温高压的地核物质瞬时涌入隧道,并沿着已建成的隧道飞速上升。在得知断裂发生后,作为工程总指挥的沈渊立刻下令关闭了位于古腾堡不连续面处的安全闸门,它被称为古腾堡闸。这时在闸门下近五百公里的隧道中,有两千五百多名工程人员在施工,在得知断裂发生后,他们同时乘坐隧道中的高速升降机撤离，共有一百三十多部升降机，最后一部升降机与沿隧道上升铁镍流保持着三十公里左右的距离。最后只有六十一部升降机来得及通过古腾堡闸，其余都在闸门关闭后被四千多度高温的地核激流吞没，一千五百二十七人殒命地心。

"中部断裂灾难举世震惊，沈渊同时受到了两方面的强烈谴责：一方认为他完全可以等所有升降机都通过古腾堡闸时再关闭闸门，这时铁镍流距闸门还有三十公里，虽然时间很短，但还是来得及的。即使这道闸门没来得及关闭，在上面的莫霍不连续面（地表和地幔的交界面）处还有一道安全闸——莫霍闸。那些遇难者的极端愤怒的家属控告沈渊故意杀人罪。对此，沈渊在媒体面前只有一句话：'我怕出娄子啊。'这娄子确实出不得，有不止一部以南极庭院工程为题材的灾难片，其中最著名的是《铁泉》，在影片中有地核物质冲出地表的噩梦般的景象：一股铁镍液柱高高冲上同温层，在那个高度上散成一朵巨大的死亡之花，它发出的刺目白光使北半球的黑夜变成白昼，大地上下起了灼热的铁水的暴雨，亚洲大陆成了一口炼钢炉，人类最终面临恐龙的命运……这描述并不夸张，正因为如此，沈渊又面临着另一项与上面完全相反的指控：他应该更早些关闭古腾堡门，根本没有必要等那六十一部升降机通过。有更多的人支持这项指控，舆论给他安上了一项临时杜撰的罪名：因渎职而反人类罪。虽然在法律上两项指控最终都没有成立，但沈渊因此辞职，离开了南极庭院工程的指挥层，他拒绝了另外的任命，以后一直作为一名普通工程师在隧道中工作。"

这时，井壁发出的蓝光突然变成红色。

您现在已到达6300公里深度，速度8公里/秒，正在穿过地心！

耳机里响起了邓洋的声音："你现在已达到可以飞出地球的速度，却正处在这个星球的中心，地球正在围着你旋转，所有的海洋和大陆，所有的城市和所有的人,都在围着你旋转。"

沐浴在这庄严的红光中,沈华北的脑海中又响起了音乐,这次是一首宏伟的交响曲,他以第一宇宙速度穿过这发着红光的地心隧道,仿佛漂行在地球的血管中,这使他热血沸腾。

邓洋又说:"虽然新固态材料有良好的绝热性能,现在你周围的温度仍超过了一千五百度,你的密封服中的冷却系统正在全功率运行。"

井壁的红光只延续了十多秒钟,又变回宁静的蓝光。

您已通过地心,现在正在上升,并开始减速。您已经上升了500公里,速度7.8公里/秒,仍在固态地核中。

蓝光使沈华北冷静下来,他已适应了失重,现在缓缓地转动身体,使头部向着前进的方向,以找到上升的感觉。他问邓洋:"好像还有第三次灾难?"

"螺栓失落灾难发生在五年前,那时南极庭院工程已经完工,地球隧道已投入了正式运营,每时每刻都有地心列车穿行于其中。地心列车的车厢是直径八米、长五十米的圆柱体,每列地心列车最多可由二百节车厢组成,可运载两万吨货物或近万名乘客,穿过地球的单程需四十二分钟,运输过程只是自由坠落,不消耗任何能源。

"当时,在漠河起点站,一名维修工人不小心将一颗直径不到十厘米的螺栓掉进隧道,这枚螺栓是用一种能够吸收电磁波的新材料制造的,因而没有被安全监测系统的雷达检测到。螺栓在隧道中一直坠落,穿过地球到达南极站,又从那里向回坠落,在到达地心时击中了一列正在向南极上升的地心列车。螺栓与列车的相对速度高达每秒十六公里,这样的动能使它像一颗炸弹。它穿透了头两节车厢,把沿路的一切都汽化了,这两节车厢的爆炸,使整列列车以每秒八公里的速度擦到井壁上,在一瞬间就被撕得粉碎。大量的碎片在隧道中来回运行,有的一次次穿过整个地球,大部分则因撞击失去了部分速度,只是在地核附近摆动。用了一个月时间才把隧道中的碎片完全清整干净,列车上的三千名乘客的遗体没有找到,地核段的高温已把他们彻底火化了。"

您现在已从地心上升了2200公里,速度7.5公里/秒,已重新进入地核的液态部分。

"但最大的灾难还是这个超级工程本身,南极庭院工程在技术上是人类史无前例的壮举,而在经济上的愚蠢也是空前绝后的,直到现在,人们对这样一个在经济规划上近乎白痴的工程竟得以实施仍百思不得其解,沈渊那魔鬼般的才能固然起了作用,其根本原因可能还在于人们开发新大陆的狂热和对技术的盲目崇拜。在经济学上,南极庭院工程的完工之日,也就是它的死亡之时。虽然通过地球隧道的运输极其快捷,且几乎不消耗能量,用当时人们的话说:'扔下去就到了。'或'跳下去就到了。'但由于工程巨大的投资,使得地心列车的运输费用极其昂贵,这抵消了它的快捷的长处,使得地心列车在与传统运输方式的竞争中没什么明显优势。"

您现在已从地心上升了3500公里,速度6.5公里/秒,正在穿过古腾堡不连续面,重新进入地幔。

"人类的南极梦很快破灭了,蜂拥而来的工业和过度的开发很快毁掉了这个地球上仅存的洁净世界,使南极大陆与其他大陆一样成了一个弥漫着烟尘的垃圾场。南极上空的臭氧层被完全破坏,其影响波及全球,即使在北半球,强烈的紫外线已使人们必须加以防护才能出门,南极冰盖的加速融化也使全球的海平面急剧升高。在经历了一个痛苦的过程后,人类的理智再次占了上风,联合国所有的成员国签署了新的南极公约,使人类全面撤出南极大陆,再次把南极变成人迹罕至的地方,期望那里的环境能够慢慢恢复。随着向南极运输需求的骤减,在螺栓失落灾难后,地心列车完全停止了运营,地球隧道被封闭,到现在已有八年了。但南极庭院工程带来的经济灾难一直在持续,无数购买了南极庭院公司股票的人血本无归,引发了严重的社会动乱,投资的黑洞使国家经济到了崩溃的边缘,现在,我们还在这场灾难的低谷中痛苦地徘徊着……好了,这就是南极庭院工程的故事。"

随着速度的降低,井壁上本是稳定平滑的蓝光开始闪烁,渐渐地,周围的井壁能够分辨出单个的环绕光圈在掠过,向两个方向看,那密密的同心圆靶标又开始呈现出来。

您现在已从地心上升了 4800 公里,速度 5.1 公里/秒,正在穿过地幔的刚性物质区。

沈渊之死

"我儿子后来怎么样了?"沈华北问。

"隧道封闭后,沈渊作为留守人员待在漠河起点站。有一天我给他打了个电话,他只说了一句话:'我同女儿在一起。'后来我才知道,他在这几年中一直过着一种不可思议的生活:每天都穿着密封服在地球隧道中来回坠落,睡觉都在里面,只有在吃饭和为密封服补充能量时才回到起点站。他每天要穿过地球三十次左右,就这样日复一日年复一年,在漠河和南极半岛间,做着周期为八十四分钟、振幅为一万两千六百公里的简谐振动。"

您现在已从地心上升了 6000 公里,速度 2.4 公里/秒,正在穿过地幔的黏性物质区。

谁也不知道沈渊在这永恒的坠落中都干些什么,但据他的同事说,每次通过地心时,他都会通过中微子通信设备与女儿打招呼,他更是常常在坠落中与女儿长谈,当然只是他一个人在说话,但生活在随着铁镍流在地核中运行的'落日六号'中的沈静应该是能够听到的。"

他的身体长时间处于失重状态中,但由于必须在起点站吃饭和给密封服充电,每天还要在地面经受两到三次的正常地球重力,这样的折腾使他年老的心脏变得很脆弱,他在一次坠落中死于心脏病,当时没人注意到,于是他的遗体又在地球隧道中运行了两天,密封服的能量耗尽,停止制冷,地球隧道成了他的火葬炉,遗体在最后一次通过地心时被烧成了灰。我相信,你儿子对于这个归宿是很满意的。"

您现在已从地心上升了 6200 公里,速度 1.4 公里/秒,已经穿过莫霍不连续面,进入地壳。注意,您正在接近地球隧道的南极顶点!

"这也是我的归宿,对吗?"沈华北平静地问。

"你也应该感到满足,临死前,你已经看到了自己想看的东西。本来我们是想在不穿密封服的情况下把你扔进地球隧道的,但现在让你穿上了,完整地看到了你儿子创造的东西。"

"是的,我很满足,此生足矣,我真诚地谢谢各位了!"

没有回答,耳机中的嗡嗡声骤然消失,地球另一端的那几个复仇者中断了通信。

沈华北看到上方的同心圆已经很稀疏了,他两三秒才能穿过一个光圈,而且这间隔还在急剧地拉长,这时耳机中响起了一声蜂鸣,面罩上显示:

您已经到达地球隧道的南极顶点!

他看到同心圆的圆心变空了，不再有新的光圈浮现，中间那个光圈越来越大，终于，他穿过了这最后一个蓝色光圈，以不太快的速度升向一道与隧道另一端一模一样的横过井口的小桥，小桥上站着几个穿密封服的人，在他升出井口时，这些人一起伸手抓住了他，把他拉上桥。

南极站的内部也处于黑暗之中，只有井壁上光圈的蓝光照上来。他抬起头，迎面看到上方悬着一个巨大的圆柱体，其直径比井口稍小，他走到小桥尽头的井边，再向上看，隐约看到上方有一排这样的圆柱体，他数出了四个，再后面的就隐没到高处的黑暗中了，他知道，这就是停运的地心列车。

南　极

半小时后，沈华北同那几名救他命的警察一起，走出地球隧道的南极站，站在已没有积雪的南极平原上，远处可以看到被废弃的城市。低垂在地平线上的太阳把软弱无力的光芒投在这广阔而没有生气的大陆上。这里的空气比地球的另一端要好些，不用戴呼吸膜。

一名警官告诉沈华北，他们是在南极空城中留守的少数警务人员，接到郭医生的报警后，立刻赶到了南极站。当时井口是被封闭的，他们紧急联系地球隧道管理部门打开井盖，正好看见沈华北在蓝光中升向井口，仿佛从深海中浮出来一般。如果晚几秒钟，沈华北必死无疑，密封的井盖将挡住他，使他开始向北半球的另一次坠落，而在他再次通过地心之前，密封服的能量就会耗尽，他将像他的儿子一样在地心熔炉中化为灰烬。

"以邓洋为首的那几个家伙已经被逮捕，他们将被以杀人罪起诉，不过，"警官冷冷地盯着沈华北说，"我理解他们的感情。"

沈华北仍然沉浸在失重带来的眩晕中，他看着天边的太阳，长出一口气，又说了一句："我此生足矣——"

"要是这样，您对自己今后的命运就比较容易接受了。"另一名警官说。

"命运?"沈华北清醒过来,扭头看着那名警官。

"您不能在这个时代生活,否则这样的事还会发生。好在政府有一个时间移民计划,为了减轻人口对环境的压力,强制一部分人口进入冬眠,让他们到未来去生活,现在政府已经决定,您将作为时间移民的一员,重新进入冬眠,这一次要多长时间才能被苏醒,我可说不准。"

沈华北好一会儿才理解了这话的意思,对警官深深地鞠躬:"谢谢谢谢,我怎么总是这样幸运?"

"幸运?"警官不解地看着他说,"即使是这个时代的冬眠移民,也不可能适应未来社会的生活,别说您这样来过过去的人了!"

沈华北的脸上浮现出微笑:"无所谓,关键是,我将看到地球隧道再次成为人类的骄傲!"

警官们发出了几声笑:"怎么可能呢?这个完全失败的超级工程,只能永远作为你们父子俩的耻辱柱。"

"哈哈哈哈……"沈华北大笑起来,失重的虚弱使他站立不稳,但在精神上他已亢奋到极点,"长城和金字塔都是完全失败的超级工程,前者没能挡住北方骑马民族的入侵,后者也没能使其中的法老木乃伊复活,但时间使这些都无关紧要,只有凝结于其上的人类精神永远光彩照人!"他指指身后高高耸立的地球隧道南极站,"与这条伟大的地心长城相比,你们这些哭哭啼啼的孟姜女是多么可怜!哈哈哈哈……"

沈华北张开双臂,让南极的寒风吹透自己的身体,"渊儿,我们此生足矣——"他幸福地说。

尾　声

沈华北再次苏醒是半个世纪以后,他醒来后,几乎经历了与五十年前的那次苏醒时一样的事:被一群陌生人带上车,进入地球隧道的漠河站,穿上密封服(令他不可理解的是,这密封服竟然比五十年前的那身笨重了许多),再次被扔进地球隧道开始漫长的坠落。五十年之后,地球隧道看上去没有什么变化,仍是一条由无数蓝色光圈标示出的不见底的深井。

不过这次,有一个人陪着他下坠,这是一个美丽姑娘,她自我介绍说是他的导游。

"导游?对了,我的预感对了,地球隧道真的成为长城和金字塔了!"坠落中的沈华北兴奋地说。

"不,地球隧道没有成为长城和金字塔,它成了——"导游姑娘在失重中拉着沈华北的手,小心地与他在坠落中保持着同步。

"成了什么?"

"地球大炮!"

"什么?!"沈华北吃惊地打量着周围飞速掠过的井壁。

导游开始回忆:"在您冬眠后,全球的环境进一步恶化,污染和臭氧层破坏使各大陆最后的植被迅速消失,可呼吸的空气已成了商品……这时,要想拯救地球生态,只有关闭人类所有的重工业和能源工业。"

"那样也许能让地球生态恢复,却会使人类文明毁灭。"沈华北插嘴说。

"面对当时的惨状,真有许多人愿意做出这种选择。不过更多的人在寻找另外的出路,最可行的办法,是把地球上的所有工业转移到太空和月球上。"

"那么,你们建立了太空电梯?"

"没有,试了试才知道那比挖地球隧道还难。"

"那么,发明了反重力飞船?"

"更没有,倒是从理论上证明了它根本不可能。"

"核动力火箭?"

"这倒是有,但其运输成本与传统火箭不相上下。如果用这些手段向太空转移工业,就又会发生地球隧道式的经济灾难了。"

"那么你们什么也转移不了了,这么说,"沈华北咧嘴苦笑,"上面是后人类时代了?"

导游没有回答,两人在沉默中向那无底深渊继续坠下去,周围飞掠而过的光环越来越密,最后井壁成为发出蓝光的平滑的一体。又过了十分钟,蓝光变成红光,他们默默地以每秒八公里的速度通过地心,井壁很快又发出蓝光,导游姑娘灵巧地使身体旋转一百八十度,变为头向上的上升姿态,沈华北也笨拙地跟着这样做了。

"噢——"沈华北突然发出一声惊叫,从面罩右上角的显示中,他看到现在他们的速度是每秒八点五公里。

通过地心后,他们仍在加速!

让沈华北惊恐的另一件事是:他感到了重力,在这穿过地球的坠落过程中,本应自始至终是失重的,可他真的感到了重力!科学家的直觉很快告诉他,这不是重力,是推力,正是这推力使他们克服了不断增长的地球引力保持加速。

"一定还记得凡尔纳的登月大炮吧。"导游突然问。

"小时候看过的最愚蠢的一本书。"沈华北心不在焉地回答着,四下张望,想搞清这突然出现的怪事。

"一点儿都不愚蠢,用大炮进行发射,是人类大规模进入太空最理想最快捷的方式。"

"除非你想在炮弹中被压成肉酱。"

"被压成肉酱是因为加速度太大,加速度太大是因为炮管太短,如果有足够长的炮管,炮弹就能以温柔的加速度射出去,就像您现在感觉到的一样。"

"这么说,我们是在凡尔纳大炮里?"

"我说过,它叫地球大炮。"

沈华北仰望着发出蓝光的隧道,努力把它想象成一根炮管,由于速度太快,井壁看上去浑然一体,已没有任何运动感了,他们仿佛一动不动地悬浮在这发着蓝光的巨管中。

"在您冬眠后的第四年,我们又研制出一种新型的新固态材料,除了具有以前这类材料的性质外,它还是优良的导体。现在,在这一半的地球隧道外表面,就缠绕着一圈用这种材料制成的粗导线,使这一半地球隧道变为一根长达六千三百公里的电磁线圈。"

"线圈中的电流从哪里来?"

"地核中有强大丰富的电流,正是这些电流产生了地球的磁场。我们用地核船拖着那种新固态导线,在地核中拉了上百个大回路,每个回路都有几千公里长,用这些回路来采集地核中的电流,并将它汇聚到隧道线圈上,使隧道中充满了强磁场。我们的密封服的肩部和腰部有两个超导线圈,线圈中的电流产生方向相反的磁场,推力就是这样产生的。"

由于继续加速,上升段很快要走完了,井壁再次发出红光。

"注意,现在我们的速度已达到每秒 15 公里,超过了第二宇宙速度,我们就要飞出炮口了!"

这时,在地球隧道的南极出口,停放地心列车的高大建筑早已拆除,地球隧道的圆形出口直接面对着天空,上面有一个密封盖板。扩音器中传出这样的声音:"游客们请注意,地球大炮将进行今天的第四十三次发射,请您戴上护目镜和耳塞,否则对您的视力和听觉将造成永久的损害。"

十秒钟后,隧道口的密封盖板"哗"的滑向一边,露出了直径十米的圆形井口,空气涌入真空的井内,发出尖利的呼啸声。一声巨响,井口喷出了一道长长的火舌,其亮度使南极天边低垂的太阳黯然失色,密封盖板又迅速滑回原位盖住井口,井内的抽气机发出低沉的轰鸣声,抽空刚才盖板打开的三秒钟进入井内的空气,以准备下一次发射。人们抬头仰望,只见两颗拖着火尾的流星正在急速上升,很快消失在南极深蓝色的苍穹中。

沈华北并没有像想象中的那样看到隧道出口迎面扑来,速度太快,他不可能看清,只看到,身处其中的那条发着红光似乎通向无限高处的隧道在瞬间消失,代之以南极的蓝天,两者之间没有任何过渡,快得像屏幕上两幅图像的切换。他猛地回头,看到脚下的大地正在急速退去,他认出了那座南极城市,那城市很快变成了一块篮球场大小的长方形。抬起头,他看到天空的颜色正在迅速地由蓝变黑,速度之快像一块正在被调暗的屏幕。再低头,他看到了南极半岛狭长弯曲的形状,看到了围绕着半岛的大海。他的身后拖着一条长长的火尾,看看身上才发现密封服的表面在燃烧,他被裹在一层薄薄的火焰中。看看在距他十几米处与他一起上升的导游,也被裹在火焰中,像一个拖着长长火尾的小怪物。巨大的空气阻力像一个巨掌狠狠在压在他的头上和肩上,但随着天空的变黑,这巨掌像被另一个更加强大的力量征服了,它的压力渐渐放松。低头看,南极大陆已显示出了完整的形状,沈华北惊喜地发现这块大陆又恢复了它的白色。向远处看,地球已显示出了弧形,太阳正从地球边缘移上来,在薄薄的大气层中散射出绚丽的曙光。再向上看,群星已在太空中出现,沈华北第一次见到如此晶莹灿烂的星星。身上的火光熄灭了,他们已冲出大气层,飘浮在寂静的太空中。沈华北有身轻如燕的感觉,他发现自己身上的密封服——太空服变薄了许多,表面的那层散热物质已在与大气的剧烈摩擦中蒸发了。这时,高速通过大气层时的通信盲区已过,他的耳机中响起了导游的声音:"穿过大气层时的阻力消耗了一部分速度,但我们现在的速度仍超过了逃逸值,我们正在飞离地球。您看那儿——"

导游指着下面已经变得很小的南极半岛,沈华北在地球隧道出口所在的位置看到了闪光,接着一颗拖着火尾的流星从半岛缓慢地飞升而上,在飞出大气层后火光熄灭了。

"那是地球大炮刚刚发射的一艘太空船,它将接我们回去。地球大炮的炮管中每时每刻都同时运行着五六颗'炮弹',这样它每过八到十分钟就射出一艘太空船,所以现在进入太空就如乘地铁一样便捷。在二十年前工业大迁移开始时,是发射最频繁的时期,炮管中往往同时有二十多颗

'炮弹'在加速,地球大炮以两三分钟一发的频率向太空急促地射击,一批批太空船组成了上升的流星雨,那是人类向命运的庄严挑战,真是壮观!"

这时,沈华北在群星中发现了许多快速移动的星星,它们的运动在静止的星空背景上很容易看出来,那些东西一定就在地球轨道上。再细看,它们中相当一部分可以看出形状,有环形的,圆柱形的,还有多个形状组合而成的不规则体,像漆黑太空上精美的小饰件。

"那是宝山钢铁公司,"导游指着一个发光的圆环说,然后又依次指点着其他几个亮点,"那几个是中国石化,当然它们现在不处理石油了;那几个圆柱形的是欧洲冶金联合体;那些是用微波向地球供电的太阳能电站,发光的只是它们的控制中心,太阳能电池组和传输电能的天线阵列是看不到的……"

沈华北被这情景陶醉了,再看看下面蔚蓝色的地球,他的眼泪涌了出来,他现在最大的愿望,就是让参加过南极庭院工程的每一个人,故去的和健在的,都看看这些。他特别想到了其中的一个人,一个在所有人心目中永远年轻的女性。

"找到我的孙女了吗?"他问。

"没有,我们缺少在地核中进行远距离探测的技术,那是一个广阔的区域,谁也不知道铁镍流把她带到哪里了。"

"能不能把我们看到的这些用中微子发向地心?"

"一直在这么做呢,相信她会看到的。"

赡养人类

业务就是业务，与别的无关。这是滑膛所遵循的铁的原则，但这一次他遇到了一些困惑。

首先客户的委托方式不对，他要与自己面谈，在这个行业中，这可是件很稀奇的事。三年前，滑膛听教官不止一次地说过，他们与客户的关系，应该是前额与后脑勺的关系，永世不得见面，这当然是为了双方的利益考虑。见面的地点更令滑膛吃惊，是在这座大城市中最豪华的五星级酒店中最豪华的总统大厅里，那可是世界上最不适合委托这种业务的地方。据对方透露，这次委托加工的工件有三个，这倒无所谓，再多些他也不在乎。

服务生拉开了总统大厅包金的大门，滑膛在走进去前，不为人察觉地把手向夹克里探了一下，轻轻拉开了左腋下枪套的按扣。其实这没有必要，没人会在这种地方对他干太意外的事。

大厅金碧辉煌，仿佛是与外面现实毫无关系的另一个世界，巨型水晶吊灯就是这个世界的太阳，猩红色的地毯就是这个世界的草原。这里初看很空旷，但滑膛还是很快发现了人，他们围在大厅一角的两个落地窗前，撩开厚重的窗帘向外面的天空看，滑膛扫了一眼，立刻数出竟有十三个人。客户是他们而不是他，也出乎滑膛的预料。教官说过，客户与他们还像情人关系——尽管可能有多个,但每次只能与他们中的一人接触。

滑膛知道他们在看什么:哥哥飞船又移到南半球上空了,现在可以清晰地看到。上帝文明离开地球已经三年了,那次来自宇宙的大规模造访,使人类对外星文明的心理承受能力增强了许多,况且,上帝文明有铺天盖地的两万多艘飞船,而这次到来的哥哥飞船只有一艘。它的形状也没有上帝文明的飞船那么奇特,只是一个两头圆的柱体,像是宇宙中的一粒感冒胶囊。

看到滑膛进来,那十三个人都离开窗子,回到了大厅中央的大圆桌旁。滑膛认出了他们中的大部分,立刻感觉这间华丽的大厅变得寒陋了。这些人中最引人注目的是朱汉杨,他的华软集团的"东方3000"操作系统正在全球范围内取代老朽的WINDOWS。其他的人,也都在福布斯财富500排行的前50内,这些人每年的收益,可能相当于一个中等国家的GDP,滑膛处于一个小型版的全球财富论坛中。

这些人与齿哥是绝对不一样的,滑膛暗想,齿哥是一夜的富豪,他们则是三代修成的贵族,虽然真正的时间远没有那么长,但他们确实是贵族,财富在他们这里已转化成内敛的高贵,就像朱汉杨手上的那枚钻戒,纤细精致,在他修长的手指上若隐若现,只是偶尔闪一下温润的柔光,但它的价值,也许能买几十个齿哥手指上那颗核桃大小金光四射的玩意儿。

但现在,这十三名高贵的财富精英聚在这里,却是要雇职业杀手杀人,而且要杀三个人,据首次联系的人说,这还只是第一批。

其实滑膛并没有去注意那枚钻戒,他看的是朱汉杨手上的那三张照片,那显然就是委托加工的工件了。朱汉杨起身越过圆桌,将三张照片推到他面前。扫了一眼后,滑膛又有微微的挫折感。教官曾说过,对于自己开展业务的地区,要预先熟悉那些有可能被委托加工的工件,至少在这个大城市,滑膛做到了。但照片上这三个人,滑膛是绝对不认识的。这三张照片显然是用长焦距镜头拍的,上面的脸孔蓬头垢面,与眼前这群高贵的人简直不是一个物种。细看后才发现,其中有一个是女性,还很年轻,与其他两人相比她要整洁些,头发虽然落着尘土,但细心地梳过。她的眼神很特别,滑膛很注意人的眼神,他这个专业的人都这样,他平时看到的眼神分为两类:充满欲望焦虑的和麻木的,但这双眼睛充满少见的平静。滑膛的心微微动了一下,但转瞬即逝,像一缕随风飘散的轻雾。

"这桩业务,是社会财富液化委员会委托给你的,这里是委员会的全体常委,我是委员会的主席。"朱汉杨说。

社会财富液化委员会?奇怪的名字,滑膛只明白了它是一个由顶级富豪构成的组织,并没有去思考它名称的含义,他知道这是属于那类如果没有提示不可能想象出其真实含义的名称。

"他们的地址都在背面写着,不太固定,只是一个大概范围,你得去找,应该不难找到的。钱已经汇到你的账户上,先核实一下吧。"朱汉杨说,滑膛抬头看看他,发现他的眼神并不高贵,属于充满焦虑的那一类,但令他微微惊奇的是,其中的欲望已经无影无踪了。

滑膛拿出手机,查询了账户,数清了那串数字后面零的个数后,他冷冷地说:"第一,没有这么多,按我的出价付就可以;第二,预付一半,完工后付清。"

"就这样吧。"朱汉杨不以为然地说。

滑膛按了一阵手机后说:"已经把多余款项退回去了,您核实一下吧,先生,我们也有自己的职业准则。"

"其实现在做这种业务的很多,我们看重的就是您的这种敬业和荣誉感。"许雪萍说,这个女人的笑很动人,她是远源集团的总裁,远源是电力市场完全放开后诞生的亚洲最大的能源开发实体。

"这是第一批,请做得利索些。"海上石油巨头薛桐说。

"快冷却还是慢冷却?"滑膛问,同时加了一句,"需要的话我可以解释。"

"我们懂,这些无所谓,你看着做吧。"朱汉杨回答。

"验收方式?录像还是实物样本?"

"都不需要,你做完就行,我们自己验收。"

"我想就这些了吧?"

"是,您可以走了。"

滑膛走出酒店,看到高厦间狭窄的天空中,哥哥飞船正在缓缓移过。飞船的体积大了许多,运行的速度也更快了,显然降低了轨道高度。它光滑的表面涌现着绚丽的花纹,那花纹在不断地缓缓变化,看久了对人有一种催眠作用。其实飞船表面什么都没有,只是一层全反射镜面,人们看到的花纹,只是地球变形的映像。滑膛觉得它像一块钝银,觉得它很美,他喜欢银,不喜欢金,银很静,很冷。

三年前,上帝文明在离去时告诉人类,他们共创造了 6 个地球,现在还有 4 个存在,都在距地球 200 光年的范围内。上帝敦促地球人类全力发展技术,必须先去消灭那三个兄弟,免得他们来消灭自己,但这信息来得晚了。

那三个遥远地球世界中的一个:第一地球,在上帝船队走后不久就来到了太阳系,他们的飞船泊入地球轨道。他们的文明的历史比太阳系人类长两倍,所以这个地球上的人类应该叫他们哥哥。

滑膛拿出手机,又看了一下账户中的金额,齿哥,我现在的钱和你一样多了,但总还是觉得少什么,而你,总好像是认为自己已经得到了一切,所做的就是竭力避免它们失去……滑膛摇摇头,想把头脑中的影子甩掉,这时候想起齿哥,不吉利。

齿哥得名,源自他从不离身的一把锯,那锯薄而柔软,但极其锋利,锯柄是坚硬的海柳做的,有着美丽的浮世绘风格的花纹。他总是将锯像腰带似的绕在腰上,没事儿时取下来,拿一把提琴弓在锯背上划动,借助于锯身不同宽度产生的音差,加上将锯身适当的弯曲,居然能奏出音乐来。乐声飘忽不定,音色忧郁而阴森,像一个幽灵的呜咽。这把利锯的其他用途滑膛当然听说过,但只有一次看到过齿哥以第二种方式使用它。那是在一间旧仓库中的一场豪赌,一个叫半头砖的二老大输了个精光,连他父母的房子都输掉了,眼红得冒血,要把自己的两只胳膊押上翻本。齿哥手中玩着骰子对他微笑了一下,说胳膊不能押的,来日方长啊,没了手,以后咱们兄弟不就没法玩了吗?押腿吧。于是半头砖就把两条腿押上了。他再次输光后,齿哥当场就用那条锯把他的两条小腿齐膝锯了下来。滑膛清楚地记得利锯划过肌腱和骨骼时的声音,当时齿哥一脚踩着半头砖的脖子,所以他的惨叫声发不出来,宽阔阴冷的大仓库中只回荡着锯拉过骨肉的声音,像欢快的歌唱,在锯到膝盖的不同部分时呈现出丰富的音色层次,雪白雪白的骨末撒在鲜红的血泊上,形成的构图呈现出一种妖艳的美。滑膛当时被这种美震撼了,他身上的每一个细胞都加入了锯和血肉的歌唱,这他妈的才叫生活!那天是他18岁生日,绝好的成年礼。完事后,齿哥把心爱的锯擦了擦缠回腰间,指着已被抬走的半头砖和两根断腿留下的血迹说:告诉砖儿,后半辈子我养活他。

滑膛虽年轻,也是自幼随齿哥打天下的元老之一,见血的差事每月都有。当齿哥终于在血腥的社会阴沟里完成了原始积累,由黑道转向白道时,一直跟随着他的人都被封了副董事长副总裁之类的,唯有滑膛只落得给齿哥当保镖。但知情的人都明白,这种信任非同小可。齿哥是个非常小心的人,这可能是出于他干爹的命运。齿哥的干爹也是非常小心的,用齿哥的话说恨不得把自己用一块铁包起来。许多年的平安无事后,那次干爹乘飞机,带了两个最可靠的保镖,在一排座位上他坐在两个保镖中间。在珠海降落后,空姐发现这排座上的三个人没有起身,坐在那里若有所思的样子,接着发现他们的血已淌过了十多排座位。有许多根极细的长钢针从后排座位透过靠背穿过来,两个保镖每人的心脏都穿过了3根,至于干爹,足足被14根钢针穿透,像一个被精心钉牢的蝴蝶标本。这14肯定是有说头的,也许暗示着他不合规则吞下的1400万,也许是复仇者14年的等待……与干爹一样，齿哥出道的征途，使得整个社会对于他除了暗刃的森林就是陷阱的沼泽，他实际上是将自己的命交到了滑膛手上。

但很快，滑膛的地位就受到了老克的威胁。老克是俄罗斯人，那时，在富人们中有一个时髦的做法：聘请前克格勃人员做保镖，有这样一位保镖，与拥有一个影视明星情人一样值得炫耀。齿哥周围的人叫不惯那个绕口的俄罗斯名，就叫这人克格勃，时间一长就叫老克了。其实老克与克格勃没什么关系，真正的前克格勃机构中，大部分人不过是坐办公室的文职人员，即使是那些处于秘密战最前沿的，对安全保卫也都是外行。老克是前苏共中央警卫局的保卫人员，曾是葛罗米克的警卫之一，是这个领域货真价实的精英，而齿哥以相当于公司副董事长的高薪聘请他，完全不是为了炫耀，真的是出于对自身安全的考虑。老克一出现，立刻显出了他与普通保镖的不同。这之前那些富豪的保镖们，在饭桌上比他们的雇主还能吃能喝，还喜欢在主人谈生意时乱插嘴，真正出现危险情况时，他们要么像街头打群架那样胡来，要么溜得比主人还快。而老克，不论在宴席还是谈判时，都静静地站在齿哥身后，他那魁梧的身躯像一堵厚实坚稳的墙，随时准备挡开一切威胁。老克并没有机会遇到威胁他保护对象的危险情况，但他的敬业和专业使人们都相信，一旦那种情况出现时，他将是绝对称职的。虽然与别的保镖相比，滑膛更敬业一些，也没有那些坏毛病，但他从老克的身上看到了自己的差距。过了好长时间他才知道，老克不分昼夜地戴着墨镜，并非是扮酷而是为了掩藏自己的视线。

虽然老克的汉语学得很快，但他和包括自己雇主在内的周围人都没什么交往，直到有一天，他突然把滑膛请到自己俭朴的房间里，给他和自己倒上一杯伏特加后，用生硬的汉语说："我，想教你说话。"

"说话？"

"说外国话。"

于是滑膛就跟老克学外国话，几天后他才知道老克教自己的不是俄语而是英语。滑膛也学得很快，当他们能用英语和汉语交流后，有一天老克对滑膛说:"你和别人不一样。"

"这我也感觉到了。"滑膛点点头。

"三十年的职业经验,使我能够从人群中准确地识别出具有那种潜质的人,这种人很稀少,但你就是,看到你第一眼时我就打了个寒战。冷血一下并不难,但冷下去的血再温不起来就很难了,你会成为那一行的精英,可别埋没了自己。"

"我能做什么呢?"

"先去留学。"

齿哥听到老克的建议后,倒是满口答应,并许诺费用的事他完全负责。其实有了老克后,他一直想摆脱滑膛,但公司中又没有空位子了。

于是,在一个冬夜,一架喷气客机载这个自幼失去父母,从最底层黑社会中成长起来的孩子,飞向遥远的陌生国度。

开着一辆很旧的桑塔纳,滑膛按照片上的地址去踩点。他首先去的是春花广场,没费多大劲就找到了照片上的人,那个流浪汉正在垃圾桶中翻找着,然后提着一个鼓鼓的垃圾袋走到一个长椅处。他的收获颇丰,一盒几乎没怎么动的盒饭,还是菜饭分放的那种大盒;一根只咬了一口的火腿肠,几块基本完好的面包,还有大半瓶可乐。滑膛本以为流浪汉会用手抓着盒饭吃,但看到他从这初夏仍穿着的脏大衣口袋中掏出了一个小铝勺。他慢慢地吃完晚餐,把剩下的东西又扔回垃圾桶中。滑膛四下看看,广场四周的城市华灯初上,他很熟悉这里,但现在觉得有些异样。很快,他弄明白了这个流浪汉轻易填饱肚子的原因。这里原是城市流浪者聚集的地方,但现在他们都不见了,只剩下他的这个目标。他们去哪里了?都被委托"加工"了吗?

滑膛接着找到了第二张照片上的地址。在城市边缘一座交通桥的桥孔下,有一个用废瓦楞和纸箱搭起来的窝棚,里面透出昏黄的灯光。滑膛将窝棚的破门小心地推开一道缝,探进头去,出乎意料,他竟进入了一个色彩斑斓的世界，原来窝棚里挂满了大小不一的油画，形成了另一层墙壁。顺着一团烟雾，滑膛看到了那个流浪画家，他像一头冬眠的熊一般躺在一个破画架下，头发很长，穿着一件涂满油彩像长袍般肥大的破T恤衫，抽着5毛一盒的玉蝶烟。他的眼睛在自己的作品间游移，目光充满了惊奇和迷惘，仿佛他才是第一次到这里来的人，他的大部分时光大概都是在这种对自己作品的自恋中度过的。这种穷困潦倒的画家在二十世纪九十年代曾有过很多，但现在不多见了。

"没关系，进来吧。"画家说，眼睛仍扫视着那些画，没朝门口看一眼，听他的口气，就像这里是一座帝王宫殿似的。在滑膛走进来之后，他又问："喜欢我的画吗？"

滑膛四下看了看，发现大部分的画只是一堆零乱的色彩，就是随意将油彩泼到画布上都比它们显得有理性。但有几幅画面却很写实，滑膛的目光很快被其中的一幅吸引了：占满整幅画面的是一片干裂的黄土地，从裂缝间伸出几枝干枯的植物，仿佛已经枯死了几个世纪，而在这个世界上，水也似乎从来就没有存在过。在这干旱的土地上，放着一个骷髅头，它也干得发白，表面布满裂纹，但从它的口洞和一个眼窝中，居然长出了两株活生生的绿色植物，它们青翠欲滴，与周围的酷旱和死亡形成鲜明对比，其中一株植物的顶部，还开着一朵娇艳的小花。这个骷髅头的另一个眼窝中，有一只活着的眼睛，清澈的眸子瞪着天空，目光就像画家的眼睛一样，充满惊奇和迷惘。

"我喜欢这幅。"滑膛指指那幅画说。

"这是《贫瘠》系列之二，你买吗？"

"多少钱？"

"看着给吧。"

滑膛掏出皮夹，将里面所有的百元钞票都取了出来，递给画家，但后者只从中抽了两张。

"只值这么多，画是你的了。"

滑膛发动了车子,然后拿起第三张照片看上面的地址,旋即将车熄了火,因为这个地方就在桥旁边,是这座城市最大的一个垃圾场。滑膛取出望远镜,透过挡风玻璃从垃圾场上那一群拾荒者中寻找着目标。

这座大都市中靠垃圾为生的拾荒者有 30 万人,已形成了一个阶层,而他们内部也有分明的等级。最高等级的拾荒者能够进入高尚别墅区,在那里如艺术雕塑般精致的垃圾桶中,每天都能拾到只穿用过一次的新衬衣、袜子和床单,这些东西在这里是一次性用品;垃圾桶中还常常出现只有轻微损坏的高档皮鞋和腰带,以及只抽了三分之一的哈瓦那雪茄和只吃了一角的高级巧克力……但进入这里捡垃圾要重金贿赂社区保安,所以能来的只是少数人,他们是拾荒者中的贵族。拾荒者的中间阶层都集中在城市中众多的垃圾中转站里,那是城市垃圾的第一次集中地,在那里,垃圾中最值钱的部分:废旧电器、金属、完整的纸制品、废弃的医疗器械、被丢弃的过期药品等,都被捡拾得差不多了。那里也不是随便就能进来的,每个垃圾中转站都是某个垃圾把头控制的地盘,其他拾荒者擅自进入,轻者被暴打一顿赶走,重者可能丢了命。经过中转站被送往城市外面的大型堆放和填埋场的垃圾已经没有多少"营养"了,但靠它生存的人数量最多,他们是拾荒者中的最底层,就是滑膛现在看到的这些人。留给这些最底层拾荒者的,都是不值钱又回收困难的碎塑料、碎纸等,再就是垃圾中的腐烂食品,可以以每公斤 1 分的价格卖给附近农民当猪饲料。在不远处,大都市如一块璀璨的巨大宝石闪烁着,它的光芒传到这里,给恶臭的垃圾山镀上了一层变幻的光晕。其实,就是从拾到的东西中,拾荒者们也能体会到那不远处大都市的奢华:在他们收集到的腐烂食品中,常常能依稀认出只吃了四腿的烤乳猪、只动了一筷子的石斑鱼、完整的鸡……最近整只乌骨鸡多了起来,这源自一道刚时兴的名叫乌鸡白玉的菜,这道菜是把豆腐放进乌骨鸡的肚子里炖出来的,真正的菜就是那几片豆腐,鸡虽然美味但只是包装,如果不知道吃了,就如同吃粽子连芦苇叶一起吃一样,会成为有品位的食客的笑柄……

这时,当天最后一趟运垃圾的环卫车来了,当自卸车箱倾斜着升起时,一群拾荒者迎着山崩似的垃圾冲上来,很快在飞扬尘土中与垃圾山融为一体。这些人似乎完成了新的进化,垃圾山的恶臭、毒菌和灰尘似乎对他们都不产生影响,当然,这是只看到他们如何生存而没见到他们如何死亡的普通人产生的印象,正像普通人平时见不到虫子和老鼠的尸体,因而也不关心它们如何死去一样。事实上,这个大垃圾场多次发现拾荒者的尸体,他们静悄悄地死在这里,然后被新的垃圾掩埋了。

在场边一盏泛光灯昏暗的灯光中,拾荒者们只是一群灰尘中模糊的影子,但滑膛还是很快在他们中发现了自己寻找的目标。这么快找到她,滑膛除了借助自己锐利的目光外,还有一个原因:与春花广场上的流浪者一样,今天垃圾场上的拾荒者人数明显减少了,这是为什么?

滑膛在望远镜中观察着目标,她初看上去与其他的拾荒者没有太大区别,腰间束着一根绳子,手里拿着大编织袋和顶端装着耙勺的长杆,只是她看上去比别人瘦弱,挤不到前面去,只能在其他拾荒者的圈外捡拾着,她翻找的,已经是垃圾的垃圾了。

滑膛放下望远镜,沉思片刻,轻轻摇摇头。世界上最离奇的事正在他的眼前发生:一个城市流浪者、一个穷得居无定所的画家,加上一个靠拾垃圾为生的女孩子,这三个世界上最贫穷最弱势的人,有可能在什么地方威胁到那些处于世界财富之巅的超级财阀们呢?这种威胁甚至于迫使他们雇佣杀手置之于死地?!

后座上放着那幅《贫瘠》系列之二,骷髅头上的那只眼睛在黑暗中凝视着滑膛,令他如芒刺在背。

垃圾场那边发出了一阵惊叫声,滑膛看到,车外的世界笼罩在一片蓝光中,蓝光来自东方地平线,那里,一轮蓝太阳正在快速升起,那是运行到南半球的哥哥飞船。飞船一般是不发光的,晚上,自身反射的阳光使它看上去像一轮小月亮,但有时它也会突然发出照亮整个世界的蓝光,这总是令人们陷入莫名的恐惧之中。这一次飞船发出的光比以往都亮,可能是轨道更低的缘故。蓝太阳从城市后面升起,使高楼群的影子一直拖到这里,像一群巨人的手臂,但随着飞船的快速上升,影子渐渐缩回去了。

在哥哥飞船的光芒中,垃圾场上那个拾荒女孩能看得更清楚了,滑膛再次举起望远镜,证实了自己刚才的观察,就是她,她蹲在那里,编织袋放在膝头,仰望的眼睛有一丝惊恐,但更多的还是他在照片上看到的平静。滑膛的心又动了一下,但像上次一样这触动转瞬即逝,他知道这涟漪来自心灵深处的某个地方,为再次失去它而懊悔。

飞船很快划过长空,在西方地平线落下,在西天留下了一片诡异的蓝色晚霞,然后,一切又没入昏暗的夜色中,远方的城市之光又灿烂起来。

滑膛的思想又回到那个谜上来:世界最富有的十三个人要杀死最穷的三个人,这不是一般的荒唐,这真是对他的想象力最大的挑战。但思路没走多远就猛地刹住,滑膛自责地拍了一下方向盘,他突然想到自己已经违反了这个行业的最高精神准则,校长的那句话浮现在他的脑海中,这是行业的座右铭:

瞄准谁,与枪无关。

到现在,滑膛也不知道他是在哪个国家留学的,更不知道那所学校的确切位置。他只知道飞机降落的第一站是莫斯科,那里有人接他,那人的英语没有一点儿俄国口音,他被要求戴上一副不透明的墨镜,伪装成一个盲人,以后的旅程都是在黑暗中度过了。又坐了三个多小时的飞机,再坐一天的汽车,才到达学校,这时是否还在俄罗斯境内,滑膛真的说不准了。学校地处深山,围在高墙中,学生在毕业之前绝对不准外出。被允许摘下眼镜后,滑膛发现学校的建筑明显地分为两大类,一类是灰色的,外形毫无特点;另一类的色彩和形状都很奇特。他很快知道,后一类建筑实际上是一堆巨型积木,可以组合成各种形状,以模拟变化万千的射击环境。整所学校，基本上就是一个设施精良的大靶场。

开学典礼是全体学生唯一的一次集合，他们的人数刚过四百。校长一头银发，一副令人肃然起敬的古典学者风度，他讲了如下一番话：

"同学们，在以后的四年中，你们将学习一个我们永远不会讲出其名称的行业所需的专业知识和技能，这是人类最古老的行业之一，同样会有光辉的未来。从小处讲，它能够为做出最后选择的客户解决只有我们才能解决的问题，从大处讲，它能够改变历史。

"曾有不同的政治组织出高价委托我们训练游击队员，我们拒绝了，我们只培养独立的专业人员，是的，独立，除钱以外独立于一切。从今以后，你们要把自己当成一支枪，你们的责任，就是实现枪的功能，在这个过程中展现枪的美感，至于瞄准谁，与枪无关。A 持枪射击 B，B 又夺过同一支枪射击 A，枪应该对这每一次射击一视同仁，都以最高的质量完成操作，这是我们最基本的职业道德。"

在开学典礼上，滑膛还学会了几个最常用的术语：该行业的基本操作叫加工，操作的对象叫工件，死亡叫冷却。

学校分 L、M 和 S 三个专业，分别代表长、中、短三种距离。

L 专业是最神秘的，学费高昂，学生人数很少，且基本不和其他专业的人交往，滑膛的教官也劝他们离 L 专业的人远些："他们是行业中的贵族，是最有可能改变历史的人。"L 专业的知识博大精深，他们的学生使用的狙击步枪价值几十万美元，装配起来有两米多长。L 专业的加工距离均超过 1000 米，据说最长可达到 3000 米！1500 米以上的加工操作是一项复杂的工程，其中的前期工作之一就是沿射程按一定间距放置一系列的"风铃"，这是一种精巧的微型测风仪，它可将监测值以无线发回，显示在射手的眼镜显示器上，以便他（她）掌握射程不同阶段的风速和风向。

M 专业的加工距离在 10 米至 300 米之间，是最传统的专业，学生也最多，他们一般使用普通制式步枪，L 专业的应用面最广，但也是平淡和缺少传奇的。

滑膛学的是 S 专业,加工距离在 10 米以下,对武器要求最低,一般使用手枪,甚至还可能使用冷兵器。在三个专业中,S 专业无疑是最危险的,但也是最浪漫的。校长就是这个专业的大师,亲自为 S 专业授课,他首先开的课程竟然是——英语文学。

"你们首先要明白 S 专业的价值。"看着迷惑的学生们,校长庄重地说,"在 L 和 M 专业中,工件与加工者是不见面的,工件都是在不知情的状态下被加工并冷却的,这对他们当然是一种幸运,但对客户却不是,相当一部分客户,需要让工件在冷却之前得知他们被谁、为什么委托加工的,这就要由我们来告知工件,这时,我们已经不是自己,而是客户的化身,我们要把客户传达的最后信息向工件庄严完美地表达出来,让工件在冷却前受到最大的心灵震慑和煎熬,这就是 S 专业的浪漫和美感之所在,工件冷却前那恐惧绝望的眼神,将是我们在工作最大的精神享受。但要做到这些,就需要我们具有相当的表达能力和文学素养。"

于是,滑膛学了一年的文学。他读荷马史诗,背莎士比亚,读了很多的经典和现代名著。滑膛感觉这一年是自己留学生涯中最有收获的一年,因为后面学的那些东西他以前多少都知道一些,以后迟早也能学到,但深入地接触文学,这是他唯一的机会。通过文学,他重新发现了人,惊叹人原来是那么一种精致而复杂的东西,以前杀人,在他的感觉中只是打碎盛着红色液体的粗糙陶罐,现在惊喜地发现自己击碎的原来是精美绝伦的玉器,这更增加了他杀戮的快感。

接下来的课程是人体解剖学。与其他两个专业相比,S 专业的另一大优势是可以控制被加工后的工件冷却到环境温度的时间,术语叫快冷却和慢冷却。很多客户是要求慢冷却的,冷却的过程还要录像,以供他们珍藏和欣赏。当然这需要很高的技术和丰富的经验,人体解剖学当然也是不可缺少的知识。

然后,真正的专业课才开始。

垃圾场上拾荒的人渐渐走散，只剩下包括目标在内的几个人。滑膛当即决定，今晚就把这个工件加工了。按行业惯例，一般在勘察时是不动手的，但也有例外，合适的加工时机会稍纵即逝。

滑膛将车开离桥下，经过一阵颠簸后在垃圾场边的一条小路旁停下，滑膛观察到这是拾荒者离开垃圾场的必经之路，这里很黑，只能隐约看到荒草在夜风中摇曳的影子，是很合适的加工地点，他决定在这里等着工件。

滑膛抽出枪，轻轻放在驾驶台上。这是一支外形粗陋的左轮，7.6口径，可以用大黑星（注：黑社会对五四手枪的称呼）的子弹，按其形状，他叫它大鼻子，是没有牌子的私造枪，他从西双版纳的一个黑市上花三千元买到的。枪虽然外形丑陋，但材料很好，且各个部件的结构都加工正确，最大的缺陷就是最难加工的膛线没有做出来，枪管内壁光光的。滑膛有机会得到名牌好枪，他初做保镖时，齿哥给他配了一支三十二发的短乌齐，后来，又将一支七七式当作生日礼物送给他，但那两支枪都被他压到箱子底，从来没带过，他只喜欢大鼻子。现在，它在城市的光晕中冷冷地闪亮，将滑膛的思绪又带回了学校的岁月。

专业课开课的第一天，校长要求每个学生展示自己的武器。当滑膛将大鼻子放到那一排精致的高级手枪中时，很是不好意思。但校长却拿起它把玩着，由衷地赞赏道："好东西。"

"连膛线都没有，消音器也拧不上。"一名学生不屑地说。

"S专业对准确性和射程要求最低，膛线并不重要；消音器嘛，垫个小枕头不就行了？孩子，别让自己变得匠气了。在大师手中，这把枪能产生出你们这堆昂贵的玩意儿产生不了的艺术效果。"

校长说得对，由于没有膛线，大鼻子射出的子弹在飞行时会翻跟头，在空气中发出正常子弹所没有的令人恐惧的尖啸，在射入工件后仍会持续旋转，像一柄锋利的旋转刀片，切碎沿途的一切。

"我们以后就叫你滑膛吧!"校长将枪递还给滑膛时说,"好好掌握它,孩子,看来你得学飞刀了。"滑膛立刻明白了校长的话:专业飞刀是握着刀尖出刀的,这样才能在旋转中产生更大的穿刺动量,这就需要在到达目标时刀尖正好旋转到前方。校长希望滑膛像掌握飞刀那样掌握大鼻子射出的子弹!这样,就可以使子弹在工件上的创口产生丰富多彩的变化。经过长达两年的苦练,消耗了近三万发子弹,滑膛竟真的练成了这种在学校最优秀的射击教官看来都不可能实现的技巧。

滑膛的留学经历与大鼻子是分不开的。在第四学年,他认识了同专业的一个名叫火的女生,她的名字也许来自那头红发。这里当然不可能知道她的国籍,滑膛猜测她可能来自西欧。这里不多的女生,几乎个个都是天生的神枪手,但火的枪打得很糟,匕首根本不会用,真不知道她以前是靠什么吃饭。但在一次勒杀课程中,她从自己手上那枚精致的戒指中抽出一根肉眼看不见的细线,熟练地套到用作教具的山羊脖子上,那根如利刃般的细线竟将山羊的头齐齐地切了下来。据火的介绍,这是一段纳米丝,这种超高强度的材料未来可能被用来建造太空电梯。

火对滑膛没什么真爱可言,那种东西也不可能在这里出现。她同时还与外系一个名叫黑冰狼的北欧男生交往,并在滑膛和黑冰狼之间像斗蛐蛐似的反复挑逗,企图引起一场流血争斗,以便为枯燥的学习生活带来一点儿消遣。她很快成功了,两个男人决定以俄罗斯轮盘赌的形式决斗。这天深夜,全班同学将靶场上的巨型积木摆放成罗马斗兽场的形状,决斗就在斗兽场中央进行,使用的武器是大鼻子。火做裁判,她优雅地将一颗子弹塞进大鼻子的空弹仓,然后握住枪管,将弹仓在她那如常春藤般的玉臂上来回滚动了十几次,然后,两个男人谦让了一番,火微笑着将大鼻子递给滑膛。滑膛缓缓举起枪,当冰凉的枪口吻到太阳穴时,一种前所未有的空虚和孤独向他袭来,他感到无形的寒风吹透了世界万物,漆黑的宇宙中只有自己的心是热的。一横心,他连扣了五下扳机,击锤点了五下头,弹仓转动了五下,枪没响。咔咔咔咔咔,这五声清脆的金属声敲响了黑冰狼的丧钟。全班同学欢呼起来,火更是快活得流出了眼泪,对着滑膛高呼她是他的了。这中间笑得最轻松的是黑冰狼,他对滑膛点点头,由衷地说:"东方人,这是自柯尔特(注:左轮手枪的发明者)以来最精彩的赌局了。"他然后转向火,"没关系亲爱的,人生于我,一场豪赌而已。"说完他抓起大鼻子对准自己的太阳穴,一声有力的闷响,血花和碎骨片溅得很潇洒。

之后不久滑膛就毕业了,他又戴上了那副来时戴的眼镜离开了这所没有名称的学校,回到了他长大的地方。他再也没有听到过学校的一丝消息,仿佛它从来就没有存在过似的。

回到外部世界后,滑膛才听说世界上发生的一件大事:上帝文明来了,要接受他们培植的人类的赡养,但在地球的生活并不如意,他们只待了一年多时间就离去了,那两万多艘飞船已经消失在茫茫宇宙中。

回来后刚下飞机,滑膛就接到了一桩加工业务。

齿哥热情地欢迎滑膛归来,摆上了豪华的接风宴,滑膛要求和齿哥单独待在宴席上,他说自己有好多心里话要说。其他人离开后,滑膛对齿哥说:"我是在您身边长大的,从内心里,我一直没把您当大哥,而是当成父亲。您说,我应当去干所学的这个专业吗?就一句话,我听您的。"

齿哥亲切地扶着滑膛的肩膀说:"只要你喜欢,就干嘛,我看得出来你是喜欢的,别管白道黑道,都是道儿嘛,有出息的人,哪股道上都能出息。"

"好,我听您的。"

滑膛说完,抽出手枪对着齿哥的肚子就是一枪,飞旋的子弹以恰到好处的角度划开一道横贯齿哥腹部的大口子,然后穿进地板中。齿哥透过烟雾看着滑膛,眼中的震惊只是一掠而过,随之而来的是恍然大悟后的麻木,他对着滑膛笑了一下,点点头。

"已经出息了,小子。"齿哥吐着血沫说完,软软地倒在地上。

滑膛接的这桩业务是一小时慢冷却,但不录像,客户信得过他。滑膛倒上一杯酒,冷静地看着地上血泊中的齿哥,后者慢慢地整理着自己流出的肠子,像码麻将那样,然后塞回肚子里,滑溜溜的肠子很快又流出来,齿哥就再整理好将其塞回去……当这工作进行到第十二遍时,他咽了气,这时距枪响正好一小时。

　　滑膛说把齿哥当成父亲是真心话,在他五岁时的一个雨天,输红了眼的父亲逼着母亲把家里全部的存折都拿出来,母亲不从,便被父亲殴打致死,滑膛因阻拦也被打断鼻梁骨和一条胳膊,随后父亲便消失在雨中。后来滑膛多方查找也没有消息,如果找到,他也会让其享受一次慢冷却的。

　　事后,滑膛听说老克将自己的全部薪金都退给了齿哥的家人,返回了俄罗斯。他走前说:送滑膛去留学那天,他就知道齿哥会死在他手里,齿哥的一生是刀尖上走过来的,却不懂得一个纯正的杀手是什么样的人。

　　垃圾场上的拾荒者一个接一个离开了,只剩下目标一人还在那里埋头刨找着,她力气小,垃圾来时抢不到好位置,只能借助更长时间的劳作来弥补了。这样,滑膛就没有必要等在这里了,于是他拿起大鼻子塞到夹克口袋中,走下了车,径直朝垃圾中的目标走去。他脚下的垃圾软软的,还有一股温热,他仿佛踏在一只巨兽的身上。当距目标四五米时,滑膛抽出了握枪的手……

　　这时,一阵蓝光从东方射过来,哥哥飞船已绕地球一周,又转到了南半球,仍发着光。这突然升起的蓝太阳同时吸引了两人的目光,他们都盯着蓝太阳看了一会儿,然后互相看了对方一眼,当两人的目光相遇时,滑膛发生了一名职业杀手绝对不会发生的事:手中的枪差点滑落了,震撼令他一时感觉不到手中枪的存在,他几乎失声叫出:

　　果儿——

　　但滑膛知道她不是果儿,十四年前,果儿就在他面前痛苦地死去。但果儿在他心中一直活着,一直在成长,他常在梦中见到已经长成大姑娘的果儿,就是眼前她这样儿。

　　齿哥早年一直在做着他永远不会对后人提起的买卖:他从人贩子手中买下一批残疾儿童,将他们放到城市中去乞讨,那时,人们的同情心还没有疲劳,这些孩子收益颇丰,齿哥就是借此完成了自己的原始积累。

　　一次,滑膛跟着齿哥去一个人贩子那里接收新的一批残疾孩子,到那个旧仓库中,看到有五个孩子,其中的四个是先天性畸形,但另一个小女孩儿却是完全正常的。那女孩儿就是果儿,她当时六岁,长得很可爱,大眼睛水灵灵的,同旁边的畸形儿形成鲜明对比。她当时就用这双后来滑膛一想起来就心碎的大眼睛看看这个看看那个,全然不知等待着自己的是怎样的命运。

　　"这些就是了。"人贩子指指那四个畸形儿说。

　　"不是说好五个吗?"齿哥问。

　　"车厢里闷,有一个在路上完了。"

　　"那这个呢?"齿哥指指果儿。

　　"这不是卖给你的。"

　　"我要了,就按这些的价儿。"齿哥用一种不容商量的语气说。

　　"可……她好端端的,你怎么拿她挣钱?"

　　"死心眼,加工一下不就得了?"

　　齿哥说着,解下腰间的利锯,朝果儿滑嫩的小腿上划了一下,划出了一道贯穿小腿的长口子,血在果儿的惨叫声中涌了出来。

　　"给她裹裹,止住血,但别上消炎药,要烂开才好。"齿哥对滑膛说。

　　滑膛于是给果儿包扎伤口,血浸透了好几层纱布,直流得果儿脸色惨白。滑膛背着齿哥,还是给果儿吃了些利菌沙和抗菌优之类的消炎药,但是没有用,果儿的伤口还是发炎了。

　　两天以后,齿哥就打发果儿上街乞讨,果儿可爱而虚弱的小样儿,她的伤腿,都立刻产生了超出齿哥预期的效果,头一天就挣了三千多块,以后的一个星期里,果儿挣的钱每天都不少于两千块,最多的一次,一对外国夫妇一下子就给了四百美元。但果儿每天得到的只是一盒发馊的盒饭,这倒也不全是由于齿哥吝啬,他要的就是孩子挨饿的样子。滑膛只能在暗中给她些吃的。

一天傍晚,他上果儿乞讨的地方去接她回去,小女孩儿附在他的耳边悄悄地说:"哥,我的腿不疼了呢。"一副高兴的样子。在滑膛的记忆中,这是他除母亲惨死外唯一的一次流泪,果儿的腿是不疼了,那是因为神经都已经坏死,整条腿都发黑了,她已经发了两天的高烧。滑膛再也不顾齿哥的禁令,抱着果儿去了医院,医生说已经晚了,孩子的血液中毒。第二天深夜,果儿在高烧中去了。

　　从此以后,滑膛的血变冷了,而且像老克说的那样,再也没有温起来。杀人成了他的一项嗜好,比吸毒更上瘾,他热衷于打碎那一个个叫作人的精致器皿,看着它们盛装的红色液体流出来,冷却到与环境相同的温度,这才是它们的真相,以前那些红色液体里的热度,都是伪装。

　　完全是下意识地,滑膛以最高的分辨率真切地记下了果儿小腿儿上那道长伤口的形状,后来在齿哥腹部划出的那一道,就是它准确的拷贝。

　　拾荒女站起身,背起那个对她显得很大的编织袋慢慢走去。她显然并非因滑膛的到来而走,她没注意到他手里拿的是什么,也不会想到这个穿着体面的人的到来与自己有什么关系,她只是该走了。哥哥飞船在西天落下,滑膛一动不动地站在垃圾中,看着她的身影消失在短暂的蓝色黄昏里。

　　滑膛把枪插回枪套,拿出手机拨通了朱汉杨的电话:"我想见你们,有事要问。"

　　"明天九点,老地方。"朱汉杨简洁地回答,好像早就预料到了这一切。

　　走进总统大厅,滑膛发现社会财富液化委员会的十三个常委都在,他们将严肃的目光聚集在他身上。

　　"请提你的问题。"朱汉杨说。

　　"为什么要杀这三个人?"滑膛问。

　　"你违反了自己行业的职业道德。"朱汉杨用一个精致的雪茄剪切开一根雪茄的头部,不动声色地说。

"是的,我会让自己付出代价的,但必须清楚原因,否则这桩业务无法进行。"

朱汉杨用一根长火柴转着圈点着雪茄,缓缓地点点头:"现在我不得不认为,你只接针对有产阶级的业务。这样看来,你并不是一个真正的职业杀手,只是一名进行狭隘阶级报复的凶手,一名警方正在全力搜捕的,三年内杀了四十一个人的杀人狂,你的职业声望将从此一泻千里。"

"你现在就可以报警。"滑膛平静地说。

"这桩业务是不是涉及了你的某些个人经历?"许雪萍问。

滑膛不得不佩服她的洞察力,他没有回答,默认了。

"因为那个女人?"

滑膛沉默着,对话已超出了合适的范围。

"好吧,"朱汉杨缓缓吐出一口白烟,"这桩业务很重要,我们在短时间内也找不到更合适的人,只能答应你的条件,告诉你原因,一个你做梦都想不到的原因。我们这些社会上最富有的人,却要杀掉社会上最贫穷最弱势的人,这使我们现在在你的眼中成了不可理喻的变态恶魔,在说明原因之前,我们首先要纠正你的这个印象。"

"我对黑与白不感兴趣。"

"可事实已证明不是这样,好,跟我们来吧。"朱汉杨将只抽了一口的整根雪茄扔下,起身向外走去。

滑膛同社会财富液化委员会的全体常委一起走出酒店。

这时,天空中又出现了异常,大街上的人们都在紧张地抬头仰望。哥哥飞船正在低轨道上掠过,由于初升太阳的照射,它在晴朗的天空上显得格外清晰。飞船沿着运行的轨迹,撒下一颗颗银亮的星星,那些星星等距离排列,已在飞船后面形成了一条穿过整个天空的长线,而哥哥飞船本身的长度已经明显缩短了,它释放出星星的一头变得参差不齐,像折断的木棒。滑膛早就从新闻中得知,哥哥飞船是由上千艘子船形成的巨大组合体,现在,这个组合体显然正在分裂为子船船队。

"大家注意了!"朱汉杨挥手对常委们大声说,"你们都看到了,事态正在发展,时间可能不多了,我们工作的步伐要加快,各小组立刻分头到自己分管的液化区域,继续昨天的工作。"

说完,他和许雪萍上了一辆车,并招呼滑膛也上来。滑膛这才发现,酒店外面等着的,不是这些富豪们平时乘坐的豪华车,而是一排五十铃客货车。

"为了多拉些东西。"许雪萍看出了滑膛的疑惑,对他解释说。滑膛看看后面的车厢,里面整齐地装满了一模一样的黑色小手提箱,那些小箱子看上去相当精致,估计有上百个。

没有司机,朱汉杨亲自开车驶上了大街。车很快拐入了一个林荫道,然后放慢了速度,滑膛发现原来朱汉杨在跟着路边的一个行人慢开,那人是个流浪汉,这个时代流浪汉的衣着不一定褴褛,但还是一眼就能看出来。流浪汉的腰上挂着一个塑料袋,每走一步袋里的东西就叮咣响一下。

滑膛知道,昨天他看到的那个流浪者和拾荒者大量减少的谜底就要揭开了,但他不相信朱汉杨和许雪萍敢在这个地方杀人,他们多半是先将目标骗上车,然后带到什么地方除掉。按他们的身份,用不着亲自干这种事,也许只是为了向滑膛示范?滑膛不打算干涉他们,但也绝不会帮他们,他只管合同内的业务。

流浪汉显然没觉察到这辆车的慢行与自己有什么关系,直到许雪萍叫住了他。

"你好!"许雪萍摇下车窗说,流浪汉站住,转头看着她,脸上覆盖着这个阶层的人那种厚厚的麻木,"有地方住吗?"许雪萍微笑着问。

"夏天哪儿都能住。"流浪汉说。

"冬天呢?"

"暖气道,有的厕所也挺暖和。"

"你这么过了多长时间了?"

"我记不清了,反正征地费花完后就进了城,以后就这样了。"

"想不想在城里有套三室一厅的房子,有个家?"

流浪汉麻木地看着女富豪,没听懂她的话。

"认字吗?"许雪萍问,流浪汉点点头后,她向前一指,"看那边——"那里有一幅巨大的广告牌,在上面,青翠的绿地上点缀着乳白色的楼群,像一处世外桃源,"那是一个商品房广告。"流浪汉扭头看看广告牌,又看看许雪萍,显然不知道那与自己有什么关系,"好,现在你从我车上拿一个箱子。"

流浪汉走到车厢处拎了一个小提箱走过来,许雪萍指着箱子对他说:"这里面是一百万元人民币,用其中的五十万你就可以买一套那样的房子,剩下的留着过日子吧,当然,如果你花不了,也可以像我们这样把一部分送给更穷的人。"

流浪汉眼睛转转,捧着箱子仍面无表情,对于被愚弄,他很漠然。

"打开看看。"

流浪汉用黑乎乎的手笨拙地打开箱子,刚开一条缝就啪的一声合上了,他脸上那冰冻三尺的麻木终于被击碎,一脸震惊,像见了鬼。

"有身份证吗?"朱汉杨问。

流浪汉下意识地点点头,同时把箱子拎得尽量离自己远些,仿佛它是一颗炸弹。

"去银行存了,用起来方便一些。"

"你们……要我干啥?"流浪汉问。

"只要你答应一件事:外星人就要来了,如果他们问起你,你就说自己有这么多钱,就这一个要求,你能保证这样做吗?"

流浪汉点点头。

许雪萍走下车,冲流浪汉深深鞠躬:"谢谢。"

"谢谢。"朱汉杨也在车里说。

最令滑膛震惊的是,他们表达谢意时看上去是真诚的。

车开了,将刚刚诞生的百万富翁丢在后面。前行不远,车在一个转弯处停下了,滑膛看到路边蹲着三个找活儿的外来装修工,他们每人的工具只是一把三角形的小铁铲,外加地上摆着的一个小硬纸板,上书"刮家"。那三个人看到停在面前的车立刻起身跑过来,问:"老板有活吗?"

朱汉杨摇摇头:"没有,最近生意好吗?"

"哪有啥生意啊,现在都用喷上去的新涂料,就是一通电就能当暖气的那种,没有刮家的了。"

"你们从哪儿来?"

"河南。"

"一个村儿的?哦,村里穷吗?有多少户人家?"

"山里的,五十多户。哪能不穷呢,天旱,老板你信不信啊,浇地是拎着壶朝苗根儿上一根根地浇呢。"

"那就别种地了……你们有银行账户吗?"

三人都摇摇头。

"那又是只好拿现金了,挺重,辛苦你们了……从车上拿十几个箱子下来。"

"十几个啊?"装修工们从车上拿箱子,堆放到路边,其中的一个问,对朱汉杨刚才的话,他们谁都没有去细想,更没在意。

"十多个吧,无所谓,你们看着拿。"

很快,十五个箱子堆在地上,朱汉杨指着这堆箱子说:"每只箱子里面装着一百万元,共一千五百万,回家去,给全村分了吧。"

一名装修工对朱汉杨笑笑,好像是在赞赏他的幽默感,另一名蹲下去打开了一只箱子,同另外两人一起看了看里面,然后他们一起露出同刚才那名流浪汉一样的表情。

"东西挺重的,去雇辆车回河南,如果你们中有会开车的,买一辆更方便些。"许雪萍说。

三名装修工呆呆地看着面前这两个人,不知他们是天使还是魔鬼,很自然地,一名装修工问出了刚才流浪汉的问题:"让我们干什么?"

回答也一样:"只要你们答应一件事:外星人就要来了,如果他们问起你们,你们就说自己有这么多钱,就这一个要求,你们能保证做到吗?"

三个穷人点点头。

"谢谢。"两位超级富豪又真诚地鞠躬致谢,然后上车走了,留下那三个人茫然地站在那堆箱子旁。

"你一定在想,他们会不会把钱独吞了。"朱汉杨扶着方向盘对滑膛说,"开始也许会,但他们很快就会把多余的钱分给穷人的,就像我们这样。"

滑膛沉默着,面对眼前的怪异和疯狂,他觉得沉默是最好的选择,现在,理智能告诉他的只有一点:世界将发生根本的变化。

"停车!"许雪萍喊道,然后对在一个垃圾桶旁搜寻易拉罐和可乐瓶的小脏孩儿喊,"孩子,过来!"孩子跑了过来,同时把他拾到的半编织袋瓶罐也背过来,好像怕丢了似的,"从车上拿一个箱子。"孩子拿了一个,"打开看看。"孩子打开了,看了,很吃惊,但没到刚才那四个成年人那种程度。

"是什么?"许雪萍问。

"钱。"孩子抬起头看着她说。

"一百万块钱,拿回去给你的爸爸妈妈吧。"

"这么说真有这事儿?"孩子扭头看看仍装着许多箱子的车厢,眨眨眼说。

"什么事?"

"送钱啊,说有人在到处送大钱,像扔废纸似的。"

"但你要答应一件事,这钱才是你的:外星人就要来了,如果他们问起你,你就说自己有这么多钱,你确实有这么多钱,不是吗?就这一个要求,你能保证做到吗?"

"能!"

"那就拿着钱回家吧,孩子,以后世界上不会有贫穷了。"朱汉杨说着,启动了汽车。

"也不会有富裕了。"许雪萍说,神色黯然。

"你应该振作起来,事情是很糟,但我们有责任阻止它变得更糟。"朱汉杨说。

"你真觉得这种游戏有意义吗?"

朱汉杨猛地刹住了刚开动的车,在方向盘上方挥着双手喊道:"有意义!当然有意义!!难道你想在后半生像那些人一样穷吗?你想挨饿和流浪吗?"

"我甚至连活下去的兴趣都没有了。"

"使命感会支撑你活下去,这些黑暗的日子里我就是这么过来的,我们的财富给了我们这种使命。"

"财富怎么了?我们没偷没抢,挣的每一分钱都是干净的!我们的财富推动了社会前进,社会应该感谢我们!"

"这话你对哥哥文明说吧。"朱汉杨说完走下车,对着长空长出了一口气。

"你现在看到了,我们不是杀穷人的变态凶手。"朱汉杨对跟着走下车的滑膛说,"相反,我们正在把自己的财富散发给最贫穷的人,就像刚才那样。在这座城市里,在许多其他的城市里,在国家一级贫困地区,我们公司的员工都在这样做。他们带着集团公司的全部资产:上千亿的支票、信用卡和存折,一卡车一卡车的现金,去消除贫困。"

这时,滑膛注意到了空中的景象:一条由一颗颗银色星星连成的银线横贯长空,哥哥飞船联合体完成了解体,一千多艘子飞船变成了地球的一条银色星环。

"地球被包围了。"朱汉杨说,"这每颗星星都有地球上的航空母舰那么大,一艘单独的子船上的武器,就足以毁灭整个地球。"

"昨天夜里,它们毁灭了澳大利亚。"许雪萍说。

"毁灭？怎么毁灭？"滑膛看着天空问。

"一种射线从太空扫描了整个澳洲大陆,射线能够穿透建筑物和掩体,人和大型哺乳动物都在一小时内死去,昆虫和植物安然无恙,城市中,连橱窗里的瓷器都没有打碎。"

滑膛看了许雪萍一眼,又继续看着天空,对于这种恐惧,他的承受力要强于一般人。

"一种力量的显示,之所以选中澳大利亚,是因为它是第一个明确表示拒绝保留地方案的国家。"朱汉杨说。

"什么方案？"滑膛问。

"从头说起吧。来到太阳系的哥哥文明其实是一群逃荒者,他们在第一地球无法生存下去,我们失去了自己的家园,这是他们的原话。具体原因他们没有说明。他们要占领我们的地球四号,作为自己新的生存空间。至于地球人类,将被全部迁移至人类保留地,这个保留地被确定为澳洲,地球上的其他领土都归哥哥文明所有……这一切在今天晚上的新闻中就要公布了。"

"澳洲？大洋中的一个大岛,地方倒挺合适,澳大利亚的内陆都是沙漠,五十多亿人挤在那块地方很快就会全部饿死的。"

"没那么糟,在澳洲保留地,人类的农业和工业将不再存在,他们不需要从事生产就能活下去。"

"靠什么活？"

"哥哥文明将养活我们,他们将赡养人类,人类所需要的一切生活资料都将由哥哥种族长期提供,所提供的生活资料将由他们平均分配,每个人得到的数量相等,所以,未来的人类社会将是一个绝对不存在贫富差别的社会。"

"可生活资料将按什么标准分配给每个人呢？"

"你一下子就抓住了问题的关键:按照保留地方案,哥哥文明将对地球人类进行全面的社会普查,调查的目的是确定目前人类社会最低的生活标准,哥哥文明将按这个标准配给每个人的生活资料。"

滑膛低头沉思了一会儿,突然笑了起来:"呵,我有些明白了,对所有的事,我都有些明白了。"

"你明白了人类文明面临的处境吧。"

"其实嘛,哥哥的方案对人类还是很公平的。"

"什么?你竟然说公平?!你这个……"许雪萍气急败坏地说。

"他是对的,是很公平。"朱汉杨平静地说,"如果人类社会不存在贫富差距,最低的生活水准与最高的相差不大,那保留地就是人类的乐园了。"

"可现在……"

"现在要做的很简单,就是在哥哥文明的社会普查展开之前,迅速抹平社会财富的鸿沟!"

"这就是所谓的社会财富液化吧?"滑膛问。

"是的,现在的社会财富是固态的,固态就有起伏,像这大街旁的高楼,像那平原上的高山,但当这一切都液化后,一切都变成了大海,海面是平滑的。"

"但像你们刚才那种作法,只会造成一片混乱。"

"是的,我们只是做出一种姿态,显示财富占有者的诚意。真正的财富液化很快就要在全世界展开,它将在各国政府和联合国的统一领导下进行,大扶贫即将开始,那时,富国将把财富向第三世界倾倒,富人将把金钱向穷人抛撒,而这一切,都是完全真诚的。"

"事情可能没那么简单。"滑膛冷笑着说。

"你是什么意思?你个变态的……"许雪萍指着滑膛的鼻子咬牙切齿地说,朱汉杨立刻制止了她。

"他是个聪明人,他想到了。"朱汉杨朝滑膛偏了一下头说。

"是的,我想到了,有穷人不要你们的钱。"

许雪萍看了滑膛一眼,低头不语了,朱汉杨对滑膛点点头:"是的,他们中有人不要钱。你能想象吗?在垃圾中寻找食物,却拒绝接受一百万元……哦,你想到了。"

"但这种穷人,肯定是极少数。"滑膛说。

"是的,但他们只要占贫困人口十万分之一的比例,就足以形成一个社会阶层,在哥哥那先进的社会调查手段下,他们的生活水准,就会被当作人类最低的生活水准,进而成为哥哥进行保留地分配的标准……知道吗,只要十万分之一!"

"那么,现在你们知道的比例有多大?"

"大约千分之一。"

"这些下贱变态的千古罪人!"许雪萍对着天空大骂一声。

"你们委托我杀的就是这些人了。"这时,滑膛也不想再用术语了。

朱汉杨点点头。

滑膛用奇怪的目光看着朱汉杨,突然仰天大笑起来:"哈哈哈……我居然在为人类造福?!"

"你是在为人类造福,你是在拯救人类文明。"

"其实,你们只需用死去威胁,他们还是会接受那些钱的。"

"这不保险!"许雪萍凑近滑膛低声说,"他们都是变态的狂人,是那种被阶级仇恨扭曲的变态,即使拿了钱,也会在哥哥面前声称自己一贫如洗,所以,必须尽快从地球上彻底清除这种人。"

"我明白了。"滑膛点点头说。

"那么你现在的打算呢?我们已经满足了你的要求,说明了原因;当然,钱以后对谁意义都不大了,你对为人类造福肯定也没兴趣。"

"钱对我早就意义不大了,后面那件事从来没想过……不过,我将履行合同。今天零点前完工,请准备验收。"滑膛说完,起步离开。

"有一个问题,"朱汉杨在滑膛后面说,"也许不礼貌,你可以不回答:如果你是穷人,是不是也不会要我们的钱?"

"我不是穷人。"滑膛没有回头地说,但走了几步,他还是回过头来,用鹰一般的眼神看着两人,"如果我是,是的,我不会要。"说完,大步走去。

"你为什么不要他们的钱?"滑膛问 1 号目标,那个上次在广场上看到的流浪汉,现在,他们站在距广场不远处公园里的小树林中,有两种光透进树林,一种幽幽的蓝光来自太空中哥哥飞船构成的星环,这片蓝光在林中的地上投下斑驳的光影;另一种是城市的光,从树丛外斜照进来,在剧烈地颤动着,变幻着色彩,仿佛表达着对蓝光的恐惧。

流浪汉嘿嘿一笑:"他们在求我,那么多的有钱人在求我,有个女的还流泪呢!我要是要了钱,他们就不会求我了,有钱人求我,很爽的。"

"是,很爽。"滑膛说着,扣动了大鼻子的扳机。

流浪汉是个惯偷,一眼就看出这个叫他到公园里来的人右手拿着的外套里面裹着东西,他一直很好奇那是什么,现在突然看到衣服上亮光一闪,像是里面的什么活物眨了下眼,接着便坠入了永恒的黑暗。

这是一次超速快冷加工,飞速滚动的子弹将工件眉毛以上的部分几乎全切去了,在衣服覆盖下枪声很闷,没人注意到。

垃圾场。滑膛发现,今天拾垃圾的只有她一人了,其他的拾荒者显然都拿到了钱。

在星环的蓝光下,滑膛踏着温软的垃圾向目标大步走去。这之前,他一百次提醒自己,她不是果儿,现在不需要对自己重复了。他的血一直是冷的,不会因一点点少年时代记忆中的火苗就热起来。拾荒女甚至没有注意到来人,滑膛就开了枪。垃圾场上不需要消音,他的枪是露在外面开的,声音很响,枪口的火光像小小的雷电将周围的垃圾山照亮了一瞬间,由于距离远,在空气中翻滚的子弹来得及唱出它的歌,那呜呜声音像万鬼哭号。

这也是一次超速快冷却,子弹像果汁机中飞旋的刀片,瞬间将目标的心脏切得粉碎,她在倒地之前已经死了。她倒下后,立刻与垃圾融为一体,本来能显示出她存在的鲜血也被垃圾吸收了。

在意识到背后有人的一瞬间,滑膛猛地转身,看到画家站在那里,他的长发在夜风中飘动,浸透了星环的光,像蓝色的火焰。

"他们让你杀了她?"画家问。

"履行合同而已,你认识她?"

"是的,她常来看我的画,她认字都不多,但能看懂那些画,而且和你一样喜欢它们。"

"合同里也有你。"

画家平静地点点头,没有丝毫恐惧:"我想到了。"

"只是好奇问问,为什么不要钱?"

"我的画都是描写贫穷与死亡的,如果一夜之间成了百万富翁,我的艺术就死了。"

滑膛点点头:"你的艺术将活下去,我真的很喜欢你的画。"说着他抬起了枪。

"等等,你刚才说是在履行合同,那能和我签一个合同吗?"

滑膛点点头:"当然可以。"

"我自己的死无所谓,为她复仇吧。"画家指指拾荒女倒下的地方。

"让我用我们这个行业的商业语言说明你的意思:你委托我加工一批工件,这些工件曾经委托我加工你们两个工件。"

画家再次点点头:"是这样的。"

滑膛郑重地说:"没有问题。"

"可我没有钱。"

滑膛笑笑:"你卖给我的那幅画,价钱真的太低了,它已足够支付这桩业务了。"

"那谢谢你了。"

"别客气,履行合同而已。"

死亡之火再次喷出枪口,子弹翻滚着,呜哇怪叫着穿过空气,穿透了画家的心脏,血从他的胸前和背后喷向空中,他倒下后两三秒钟,这些飞扬的鲜血才像温热的雨洒落下来。

"这没必要。"

声音来自滑膛背后,他猛转身,看到垃圾场的中央站着一个人,一个男人,穿着几乎与滑膛一样的皮夹克,看上去还年轻,相貌平常,双眼映出星环的蓝光。

滑膛手中的枪下垂着,没有对准新来的人,他只是缓缓扣动枪机,大鼻子的击锤懒洋洋地抬到了最高处,处于一触即发的状态。

"是警察吗?"滑膛问,口气很轻松随便。

来人摇摇头。

"那就去报警吧。"

来人站着没动。

"我不会在你背后开枪的,我只加工合同中的工件。"

"我们现在不干涉人类的事。"来人平静地说。

这话像一道闪电击中了滑膛,他的手不由一松,左轮的击锤落回到原位。他细看来人,在星环的光芒下,无论怎么看,他都是一个普通的人。

"你们,已经下来了?"滑膛问,他的语气中出现了少有的紧张。

"我们早就下来了。"

接着,在第四地球的垃圾场上,来自两个世界的两个人长时间地沉默着。这凝固的空气使滑膛窒息,他想说点什么,这些天的经历,使他下意识地提出了一个问题:

"你们那儿,也有穷人和富人吗?"

第一地球人微笑了一下说:"当然有,我就是穷人,"他又指了一下天空中的星环,"他们也是。"

"上面有多少人?"

"如果你是指现在能看到的这些,大约有五十万人,但这只是先遣队,几年后到达的一万艘飞船将带来十亿人。"

"十亿?他们……不会都是穷人吧?"

"他们都是穷人。"

"第一地球上的世界到底有多少人呢?"

"二十亿。"

"一个世界里怎么可能有那么多穷人?"

"一个世界里怎么不可能有那么多是穷人?"

"我觉得,一个世界里的穷人比例不可能太高,否则这个世界就变得不稳定,那富人和中产阶级也过不好了。"

"以目前第四地球所处的阶段,很对。"

"还有不对的时候吗?"

第一地球人低头想了想,说:"这样吧,我给你讲讲第一地球上穷人和富人的故事。"

"我很想听。"滑膛把枪插回怀里的枪套中。

"两个人类文明十分相似,你们走过的路我们都走过,我们也有过你们现在的时代:社会财富的分配虽然不匀,但维持着某种平衡,穷人和富人都不是太多,人们普遍相信,随着社会的进步,贫富差距将进一步减小,他们憧憬着人人均富的大同时代。但人们很快会发现事情要复杂得多,这种平衡很快就要被打破了。"

"被什么东西打破的?"

"教育。你也知道,在你们目前的时代,教育是社会下层进入上层的唯一途径,如果社会是一个按温度和含盐度分成许多水层的海洋,教育就像一根连通管,将海底水层和海面水层连接起来,使各个水层之间不至于完全隔绝。"

"你接下来可能想说,穷人越来越上不起大学了。"

"是的,高等教育费用日益昂贵,渐渐成了精英子女的特权。但就传统教育而言,即使仅仅是为了市场的考虑,它的价格还是有一定限度的,所以那条连通管虽然已经细若游丝,但还是存在着。可有一天,教育突然发生了根本的变化,一个技术飞跃出现了。"

"是不是可以直接向大脑里灌知识了？"

"是的,但知识的直接注入只是其中的一部分。大脑中将被植入一台超级计算机,它的容量远大于人脑本身,它存储的知识可变为植入者的清晰记忆。但这只是它的一个次要功能,它是一个智力放大器,一个思想放大器,可将人的思维提升到一个新的层次。这时,知识、智力、深刻的思想,甚至完美的心理和性格、艺术审美能力等等,都成了商品,都可以买得到。"

"一定很贵。"

"是的,很贵,将你们目前的货币价值做个对比,一个人接受超等教育的费用,与在北京或上海的黄金地段买两到三套 150 平米的商品房相当。"

"要是这样,还是有一部分人能支付得起的。"

"是的,但只是一小部分有产阶层,社会海洋中那条连通上下层的管道彻底中断了。完成超等教育的人的智力比普通人高出一个层次,他们与未接受超等教育的人之间的智力差异,就像后者与狗之间的差异一样大。同样的差异还表现在许多其他方面,比如艺术感受能力等。于是,这些超级知识阶层就形成了自己的文化,而其余的人对这种文化完全不可理解,就像狗不理解交响乐一样。超级知识分子可能都精通上百种语言,在某种场合,对某个人,都要按礼节使用相应的语言。在这种情况下,在超级知识阶层看来,他们与普通民众的交流,就像我们与狗的交流一样简陋了……于是,一件事就自然而然地发生了,你是个聪明人,应该能想到。"

"富人和穷人已经不是同一个……同一个……"

"富人和穷人已经不是同一个物种了,就像穷人和狗不是同一个物种一样,穷人不再是人了。"

"哦,那事情可真的变了很多。"

"变了很多,首先,你开始提到的那个维持社会财富平衡、限制穷人数量的因素不存在了。即使狗的数量远多于人,他们也无力制造社会不稳定,只能制造一些需要费神去解决的麻烦。随便杀狗是要受惩罚的,但与杀人毕竟不一样,特别是当狂犬病危及人的安全时,把狗杀光也是可以的。对穷人的同情,关键在于一个同字,当双方相同的物种基础不存在时,同情也就不存在了。这是人类的第二次进化,第一次与猿分开来,靠的是自然选择;这一次与穷人分开来,靠的是另一条同样神圣的法则:私有财产不可侵犯。"

"这法则在我们的世界也很神圣的。"

"在第一地球的世界里,这项法则由一个叫社会机器的系统维持。社会机器是一种强有力的执法系统,它的执法单元遍布世界的每一个角落,有的执法单元只有蚊子大小,但足以在瞬间同时击毙上百人。它们的法则不是你们那个阿西莫夫的三定律,而是第一地球的宪法基本原则:私有财产不可侵犯。它们带来的并不是专制,它们的执法是绝对公正的,并非倾向于有产阶层,如果穷人那点儿可怜的财产受到威胁,他们也会根据宪法去保护的。

"在社会机器强有力的保护下,第一地球的财富不断地向少数人集中。而技术发展导致了另一件事,有产阶层不再需要无产阶层了。在你们的世界,富人还是需要穷人的,工厂里总得有工人。但在第一地球,机器已经不需要人来操作了,高效率的机器人可以做一切事情,无产阶层连出卖劳动力的机会都没有了,他们真的一贫如洗。这种情况的出现,完全改变了第一地球的经济实质,大大加快了社会财富向少数人集中的速度。

"财富集中的过程十分复杂,我向你说不清楚,但其实质与你们世界的资本运作是相同的。在我曾祖父的时代。第一地球 60%的财富掌握在 1000 万人手中;在爷爷的时代,世界财富的 80%掌握在 1 万人手中;在爸爸的时代,财富的 90%掌握在 42 人手中。

"在我出生时,第一地球的资本主义达到了顶峰上的顶峰,创造了令人难以置信的资本奇迹:99%的世界财富掌握在一个人的手中!这个人被称作终产者。

"这个世界的其余二十多亿人虽然也有贫富差距,但他们总体拥有的财富只是世界财富总量的1%,也就是说,第一地球变成了由一个富人和二十亿个穷人组成的世界,穷人是二十亿,不是我刚才告诉你的十亿,而富人只有一个。这时,私有财产不可侵犯的宪法仍然有效,社会机器仍在忠实地履行着它的职责,保护着那一个富人的私有财产。

"想知道终产者拥有什么吗?他拥有整个第一地球!这个行星上所有的大陆和海洋都是他家的客厅和庭院,甚至第一地球的大气层都是他私人的财产。

"剩下的二十亿穷人,他们的家庭都住在全封闭的住宅中,这些住宅本身就是一个自给自足的微型生态循环系统,他们用自己拥有的那可怜的一点点水、空气和土壤等资源在这全封闭的小世界中生活着,能从外界索取的,只有不属于终产者的太阳能了。

"我的家坐落在一条小河边,周围是绿色的草地,一直延伸到河沿,再延伸到河对岸翠绿的群山脚下,在家里就能听到群鸟鸣叫和鱼儿跃出水面的声音,能看到悠然的鹿群在河边饮水,特别是草地在和风中的波纹最让我陶醉。但这一切不属于我们,我们的家与外界严格隔绝,我们的窗是密封舷窗,永远都不能开的。要想外出,必须经过一段过渡舱,就像从飞船进入太空一样,事实上,我们的家就像一艘宇宙飞船,不同的是,恶劣的环境不是在外面而是在里面!我们只能呼吸家庭生态循环系统提供的污浊的空气,喝经千万次循环过滤的水,吃以我们的排泄物为原料合成再生的难以下咽的食物。而与我们仅一墙之隔,就是广阔而富饶的大自然,我们外出时,穿着像一名宇航员,食物和水要自带,甚至自带氧气瓶,因为外面的空气不属于我们,是终产者的财产。

"当然,有时也可以奢侈一下,比如在婚礼或节日什么的,这时我们走出自己全封闭的家,来到第一地球的大自然中,最令人陶醉的是呼吸第一口大自然的空气时,那空气是微甜的,甜得让你流泪。但这是要花钱的,外出之前我们都得吞下一粒药丸大小的空气售货机,这种装置能够监测和统计我们吸入空气的量，我们每呼吸一次，银行账户上的钱就被扣除一点。对于穷人，这真的是一种奢侈，每年也只能有一两次。我们来到外面时，也不敢剧烈活动，甚至不动只是坐着，以控制自己的呼吸量。回家前还要仔细地刮刮鞋底，因为外面的土壤也不属于我们。

"现在告诉你我母亲是怎么死的。为了节省开支，她那时已经有三年没有到户外去过一次了，节日也舍不得出去。这天深夜，她竟在梦游中通过过渡门到了户外！她当时做的一定是一个置身于大自然中的梦。当执法单元发现她时，她已经离家有很远的距离了，执法单元也发现了她没有吞下空气售货机，就把她朝家里拖，同时用一只机械手卡住她的脖子，它并没想掐死她，只是不让她呼吸，以保护另一个公民不可侵犯的私有财产——空气。但到家时她已经被掐死了，执法单元放下她的尸体对我们说：她犯了盗窃罪。我们要被罚款，但我们已经没有钱了，于是母亲的遗体就被没收抵账。要知道，对一个穷人家庭来说，一个人的遗体是很宝贵的，占它重量70%的是水啊，还有其他有用的资源。但遗体的价值还不够交纳罚款，社会机器便从我们家抽走了相当数量的空气。

"我们家生态循环系统中的空气本来已经严重不足，一直没钱补充，在被抽走一部分后，已经威胁到了内部成员的生存。为了补充失去的空气，生态系统不得不电解一部分水，这个操作使得整个系统的状况急剧恶化。主控电脑发出了警报：如果我们不向系统中及时补充15升水的话，系统将在三十小时后崩溃。警报灯的红色光芒迷漫在每个房间。我们曾打算到外面的河里偷些水，但旋即放弃了，因为我们打到水后还来不及走回家，就会被无所不在的执法单元击毙。父亲沉思了一会儿，让我不要担心，先睡觉。虽然处于巨大的恐惧中，但在缺氧的状态下，我还是睡着了。不知过了多长时间，一个机器人推醒了我，它是从与我家对接的一辆资源转换车上进来的，它指着旁边一桶清澈晶莹的水说：这就是你父亲。资源转换车是一种将人体转换成能为家庭生态循环系统所用资源的流动装置，父亲就是在那里将自己体内的水全部提取出来，而这时，就在离我家不到一百米处，那条美丽的河在月光下哗哗地流着。资源转换车从他的身体还提取了其他一些对生态循环系统有用的东西：一盒有机油脂、一瓶钙片，甚至还有硬币那么大的一小片铁。

"父亲的水拯救了我家的生态循环系统，我一个人活了下来，一天天长大，五年过去了。在一个秋天的黄昏，我从舷窗望出去，突然发现河边有一个人在跑步，我惊奇是谁这么奢侈，竟舍得在户外这样呼吸？！仔细一看，天啊，竟是终产者！他慢下来，放松地散着步，然后坐在河边的一块石头上，将一只赤脚伸进清澈的河水里。他看上去是一个健壮的中年男人，但实际已经两千多岁了，基因工程技术还可以保证他再活这么长时间，甚至永远活下去。不过在我看来，他真的是一个很普通的人。

"又过了两年，我家的生态循环系统的运行状况再次恶化，这样小规模的生态系统，它的寿命肯定是有限的。终于，它完全崩溃了。空气中的含氧量在不断减少，在缺氧昏迷之前，我吞下了一枚空气售货机，走出了家门。像每一个家庭生态循环系统崩溃的人一样，我坦然地面对着自己的命运：呼吸完我在银行那可怜的存款，然后被执法机器掐死或击毙。

"这时我发现外面的人很多，家庭生态循环系统开始大批量地崩溃了。一个巨大的执法机器悬浮在我们上空，播放着最后的警告：'公民们，你们闯入了别人的家里，你们犯了私闯民宅罪，请尽快离开！不然……'离开？我们能到哪里去？自己的家中已经没有可供呼吸的空气了。

"我与其他人一起，在河边碧绿的草地上尽情地奔跑，让清甜的春风吹过我们苍白的面庞，让生命疯狂地燃烧……

"不知过了多长时间，我们突然发现自己银行里的存款早就呼吸完了，但执法单元们并没有采取行动。这时，从悬浮在空中的那个巨型执法单元中传出了终产者的声音。

"'各位好，欢迎光临寒舍！有这么多的客人我很高兴，也希望你们在我的院子里玩得愉快，但还是请大家体谅我，你们来的人实在是太多了。现在，全球已有近十亿人因生态循环系统崩溃而走出了自己的家，来到我家,另外那十多亿可能也快来了,你们是擅自闯入,侵犯了我这个公民的居住权和隐私,社会机器采取行动终止你们的生命是完全合理合法的,如果不是我劝止了他们那么做,你们早就全部被激光蒸发了。但我确实劝止了他们,我是个受过多次超等教育的有教养的人,对家里的客人,哪怕是违法闯入者,都是讲礼貌的。但请你们设身处地地为我想想,家里来了二十亿客人,毕竟是稍微多了些,我是个喜欢安静和独处的人,所以还是请你们离开寒舍。我当然知道大家在地球上无处可去,但我为你们,为二十亿人准备了两万艘巨型宇宙飞船,每艘都有一座中等城市大小,能以光速的百分之一航行。上面虽没有完善的生态循环系统,但有足够容纳所有人的生命冷藏舱,足够支持五万年。我们的星系中只有地球这一颗行星,所以你们只好在恒星际间寻找自己新的家园,但相信一定能找到的。宇宙之大,何必非要挤在我这间小小的陋室中呢?你们没有理由恨我,得到这幢住所,我是完全合理合法的,我从一个经营妇女卫生用品的小公司起家,一直做到今天的规模,完全是凭借自己的商业才能,没有做过任何违法的事,所以,社会机器在以前保护了我,以后也会继续保护我,保护我这个守法公民的私有财产,它不会容忍你们的违法行径,所以,还是请大家尽快动身吧,看在同一进化渊源的分上,我会记住你们的,也希望你们记住我,保重吧。'

"我们就是这样来到了第四地球,航程延续了三万年,在漫长的星际流浪中,损失了近一半的飞船,有的淹没于星际尘埃中,有的被黑洞吞食……但,总算有一万艘飞船,十亿人到达了这个世界。好了,这就是第一地球的故事,二十亿个穷人和一个富人的故事。"

"如果没有你们的干涉,我们的世界也会重复这个故事吗?"听完了第一地球人的讲述,滑膛问道。

"不知道,也许会也许不会,文明的进程像一个人的命运,变幻莫测的……好,我该走了,我只是一名普通的社会调查员,也在为生计奔忙。"

"我也有事要办。"滑膛说。

"保重,弟弟。"

"保重,哥哥。"

在星环的光芒下,两个世界的两个男人分别向两个方向走去。

滑膛走进了总统大厅,社会财富液化委员会的十三个常委一起转向他。朱汉杨说:"我们已经验收了,你干得很好,另一半款项已经汇入你的账户,尽管钱很快就没用了……还有一件事想必你已经知道:哥哥文明的社会调查员已君临地球,我们和你做的事都无意义,我们也没有进一步的业务给你了。"

"但我还是揽到了一项业务。"

滑膛说着,掏出手枪,另一只手向前伸着,啪啪啪啪啪啪啪,七颗橙黄的子弹掉在桌面上,与手中大鼻子弹仓中的六颗加起来,正好十三颗。

在十三个富翁脸上,震惊和恐惧都只闪现了很短的时间,接下来的只有平静,这对他们来说,可能只意味着解脱。

外面,一群巨大的火流星划破长空,强光穿透厚厚的窗帘,使水晶吊灯黯然失色,大地剧烈震动起来。第一地球的飞船开始进入大气层。

"还没吃饭吧?"许雪萍问滑膛,然后指着桌上的一堆方便面说,"咱们吃了饭再说吧。"

他们把一个用于放置酒和冰块的大银盆用三个水晶烟灰缸支起来,在银盆里加上水。然后,他们在银盆下烧起火来,用的是百元钞票,大家轮流着将一张张钞票放进火里,出神地看着黄绿相间的火焰像一个活物般欢快地跳动着。

当烧到一百三十五万时,水开了。

2018 年

2018 年 4 月 1 日　晴

又是犹豫的一天，这之前我已经犹豫了两三个月，犹豫像一潭死滞的淤泥，我感觉自己的生命在其中正以几十倍于从前的速度消耗着，这里说的从前是我没产生那个想法的时候，是基延还没有商业化的时候。

从写字楼顶层的窗子望出去，城市在下面扩展开来，像一片被剖开的集成电路，我不过是那密密麻麻的纳米线路中奔跑的一个电子，真的算不了什么，所以我做出的决定也算不了什么，所以决定就可以做出了……像以前多少次一样，决定还是做不出，犹豫还在继续。

强子又迟到了，带着一股风闯进办公室，他脸上有瘀青，脑门上还贴着一块创可贴，但他显得很自豪，扬着头，像贴着一枚勋章。他的办公桌就在我对面，他坐下后没开电脑，直勾勾地看着我，显然等我发问，但我没那个兴趣。

"昨晚电视里看到了吧？"强子兴奋地说。

他显然是指"生命水面"袭击市中心医院的事，那也是国内最大的基延中心。医院雪白的楼面上出现了两道长长的火烧的黑迹，像如玉的美人脸被脏手摸了一下,很惊心。"生命水面"是众多反基延组织中规模最大的一个,也是最极端的一个,强子就是其中的一员,但我没在电视中看到他,当时,医院外面的人群像愤怒的潮水。

"刚开过会,你知道公司的警告,再这样你的饭碗就没了。"我说。

基延是基因改造延长生命技术的简称,通过去掉除人类基因中产生衰老时钟的片断,可将人类的正常寿命延长至三百岁。这项技术在五年前开始商业应用,现在却演化为一场波及全世界的社会和政治灾难,原因是它太贵了。在这里,一个人的基延价格相当于一座豪华别墅,只有少数人能消费得起。

"我不在乎,"强子说,"对于一个连一百岁都活不到的人来说,我在乎什么?"他说着点上一支烟,办公室里严禁吸烟,他看来是想表示自己真的不在乎。

"嫉妒,嫉妒是一种有害健康的情绪。"我挥手驱散眼前的烟雾说,"以前也有很多人因为交不起医疗费而降低寿命的。"

"那不一样,看不起病的人是少数,而现在,百分之九十九的人眼巴巴地看着那百分之一的有钱人活三百岁!我不怕承认嫉妒,是嫉妒在维护着社会公平。"他从办公桌上探身凑近我,"你敢拍胸脯说自己不嫉妒?加入我们吧。"

强子的目光让我打了个寒战,一时间真怀疑他看透了我。是的,我就要成为一个他嫉妒的对象,我就要成为一个基延人了。

其实我没有多少钱,三十多岁一事无成,还处于职场的最底层。但我是财务人员,有机会挪用资金。经过长期的策划,一切都已完成,现在我只要点一下鼠标,基延所需的那五百万新人民币就能进入我的秘密账户,然后再转到基延中心的账户上。这方面我是个很专业的人,在迷宫般的财务系统中我设置了层层掩护,至少要半年时间,这笔资金的缺口才有可能被发现,那时,我将丢掉工作,将被判刑、被没收全部财产,将承受无数鄙夷的目光……

但那时的我已经是一个能活三百岁的人了。

可我还在犹豫。

我仔细研究过法律，按贪污罪量刑，五百万元最多判二十年。二十年后，我前面还有二百多年的诱人岁月。现在的问题是，这么简单的算术题，难道只有我会做吗？事实上只要能进入基延一族，现有法律中除死刑之外的所有罪行都值得一犯。那么，有多少人和我一样处于策划和犹豫中？这想法催我尽快行动，同时也使我畏缩。

但最让我犹豫的还是简简，这已经是属于理性之外了。在遇到简简之前，我不相信世界上有爱情这回事；在遇到她之后，我不相信世界上除了爱情还有什么，离开她，我活两千年又有什么意思？现在，在人生的天平上，一边是两个半世纪的寿命，另一边是离开简简的痛苦，天平几乎是平的。

部门主管召集开会。从他脸上的表情我就能猜出来，这个会不是安排工作，而是针对个人。果然，主管说他今天想谈谈某些员工的"不能被容忍的"社会行为。我没有转头看强子，但知道他要倒霉了，可主管说出的却是另一个人的名字。

"刘伟，据可靠消息，你加入了 IT 共和国？"

刘伟点点头，像走上断头台的路易十六般高傲："这与工作无关，我不希望公司干涉个人自由。"

主管严肃地摇摇头，冲他竖起一根手指："很少有事情与工作无关的，不要把你们在大学中热衷的那一套带到职场上来，如果一个国家可以在大街上骂总统那叫民主，但要是都不服从老板，那这个国家肯定会崩溃的。"

"虚拟国家就要被承认了。"

"被谁承认？联合国？还是某个大国？别做梦了。"

其实主管最后这句话中并没有多少自信。现在，人类社会拥有的领土分为两部分，一部分是地球各大陆和岛屿，另一部分则是互联网广阔的电子空间。后者以快百倍的速度重复着文明史,在那里,经历了几十年无序的石器时代之后,国家顺理成章地出现了。虚拟国家主要有两个起源,一是各种聚集了大量 ID 的 BBS,二是那些玩家已经上亿的大型游戏。虚拟国家有着与实体国家相似的元首和议会,甚至拥有只在网上出现的军队。与实体国家以地域和民族划分不同,虚拟国家主要以信仰、爱好和职业为基础组建,每个虚拟国家的成员都遍布全世界,多个虚拟国家构成了虚拟国际,现已拥有二十亿人口,并建立了与实体国际对等的虚拟联合国,成为叠加在传统国家之上的巨大的政治实体。

IT 共和国就是虚拟国际中的一个超级大国,人口八千万,还在迅速增长中。这是一个主要由 IT 工程师组成的国家,有着咄咄逼人的政治诉求,也有着对实体国际产生作用的强大力量。我不知道刘伟在其中的公民身份是什么。据说 IT 共和国的元首是某个 IT 公司的普通小职员,相反,也有不止一个实体国家的元首被曝是某个虚拟国家的普通公民。

主管对大家进行严重警告,不得拥有第二国籍,并阴沉地让刘伟到总经理办公室去一趟,然后宣布散会。我们还没有从座位上起身,一直待在电脑屏幕前的郑丽丽让人头皮发炸地大叫起来,说出大事儿了,让大家看新闻。

我回到办公桌前,把电脑切换到新闻频道,看到紧急插播的重要新闻,播音员一脸阴霾,他宣布,在联合国否决 IT 共和国要求获得承认的 3617 号决议被安理会通过后,IT 共和国向实体国际宣战,半个小时前已经开始了对世界金融系统的攻击。

我看看刘伟,他对这事好像也很意外。

画面切换到某个大都市,鸟瞰着高楼间的街道,长长的车流拥堵着,人们从车中和两旁的建筑物中纷纷拥出,像是发生了大地震一般。镜头又切换到一家大型超市,人群像黑色的潮水般涌入,疯狂地争抢货物,一排排货架摇摇欲坠,像被潮水冲散的沙堤……

"这是干什么?"我惊恐地问。

"还不明白吗?!"郑丽丽继续尖叫道,"要均贫富了! 所有的人都要一文不名了! 快抢吃的呀!!"

我当然明白,但不敢相信噩梦已成现实。传统的纸币和硬币已在三年前停止流通,现在即使在街边小货亭买盒烟也要刷卡。在这个全信息化时代,财富是什么? 说到底不过是计算机存储器中的一串串脉冲和磁印。以这座华丽宏伟的写字楼来说,如果相关部门中所有的电子记录都被删除,公司的总裁即使拿着房产证,也没有谁承认他的所有权。钱是什么? 钱不再是王八蛋了,钱只是一串比细菌还小的电磁印记和转瞬即逝的脉冲,对于 IT 共和国来说,实体世界上近一半的 IT 从业者都是其公民,抹掉这些印记是很容易的。

程序员、网络工程师、数据库管理员这类人构成了 IT 共和国的主体,这个阶层是十九世纪的产业大军在二十一世纪的再现,只不过劳作的部分由肢体变成大脑,繁重程度却有增无减。在渺如烟海的程序代码和迷宫般的网络软硬件中,他们如二百多年前的码头搬运工般背起重负,如妓女般彻夜赶工。信息技术的发展一日千里,除了部分爬到管理层的幸运儿,其他人的知识和技能很快过时,新的 IT 专业毕业生如饥饿的白蚁般成群涌来,老的人(其实不老,大多三十出头)被挤到一边,被代替和抛弃,但新来者没有丝毫得意, 这也是他们中大多数人不算遥远的前景……这个阶层被称作技术无产阶级。

不要说我们一无所有,我们要把世界格式化! 这是被篡改的国际歌歌词。

我突然像遭雷劈一样,天啊,我的钱,那些现在还不属于我,但即将为我买来两个多世纪生命和生活的钱,要被删除了吗?! 但如果一切都格式化了,结果不是都一样吗? 我的钱,我的基延,我的梦想……我眼前发黑,无头苍蝇般在办公室中来回走着。

一阵狂笑使我停下脚步,笑声是郑丽丽发出的, 她在那里笑得蹲下了。

"愚人节快乐。"冷静的刘伟扫了一眼办公室一角的网络交换机说。我顺着他的目光看去,发现交换机与公司网络断开了,郑丽丽的笔记本电脑接在上面,充当了服务器,这个婊子!为了这个愚人节笑话她肯定费了不少劲,主要是做那些新闻画面,但在这个一个人猫在屋里就能用 3D 软件做出一部大片的时代,这也算不了什么。

别人显然并不觉得郑丽丽的玩笑过分了,强子又用那种眼光看着我说:"咋啦,这应该是他们发毛才对啊,你怕什么?"他指指高管们所在的上层。

我又出了一身冷汗,怀疑他是不是真看透我了,但我最大的恐惧不在于此。

世界格式化,真的只是 IT 共和国中极端分子的疯话?真的只是一个愚人节玩笑?吊着这把悬剑的那根头发还能支持多久?

一瞬间,我的犹豫像突然打开的强光灯下的黑暗那样消失了,我决定了。

晚上我约了简简,当我从城市灯海的背景上辨认出她的身影时,坚硬的心又软了下来,她那小小的剪影看上去那么娇弱,像一条随时都会被一阵微风吹灭的烛苗,我怎么能伤害她?!当她走近,我看到她的眼睛时,心中的天平已经完全倾向另一个方向,没有她,我要那两百多年有什么用?时间真会抚平创伤?那可能不过是两个多世纪漫长的刑罚而已。爱情使我这个极端自私的人又崇高起来。

但简简先说话了,说出的居然是我原来准备向她说的话,一字不差:"我犹豫了好长时间,我们还是分手吧。"

我茫然地问她为什么。

"很长时间后,当我还年轻时,你已经老了。"

我好半天才理解了她的意思,随即也读懂了她那刚才还令我心碎的哀怨目光,我本以为是她已经看透了我或猜到了些什么。我轻轻笑了起来,很快变成仰天大笑。我真是傻,傻得不透气,也不看看这是个什么时代，也不看看我们前面浮现出怎样的诱惑。笑过之后，我如释重负，浑身轻松得像要飘起来，不过在这同时，我还是真诚地为简简高兴。

"你哪来那么多钱？"我问她。

"只够我一个人的。"她低声说，眼睛不敢看我。

"我知道，没关系，我是说你一个人也要不少钱的。"

"父亲给了我一些，一百年时间是够的。我还存了一些钱，到那时利息应该不少了。"

我知道自己又猜错了，她不是要做基延，而是要冬眠。这是另一项已经商业化的生命科学成果，在零下五十度左右的低温状态，通过药物和体外循环系统使人体的新陈代谢速度降至正常状态的百分之一，人在冬眠中度过一百年时间，生理年龄仅长了一岁。

"生活太累了，也无趣，我只是想逃避。"简简说。

"到一个世纪后就能逃避吗？那时你的学历已经不被承认，也不适应当时的社会，能过得好吗？"

"时代总是越来越好的，实在不行我到时候再接着冬眠，还可以做基延，到那时一定很便宜了。"

我和简简默默地分别了。也许，一个世纪后我们还能再相会，但我没向她承诺什么，那时的她还是她，但我已经是一个经历了一百三十多年沧桑的人了。

简简的背影消失后，我没再犹豫一刻，拿出手机登录到网银系统，立刻把那五百万元新人民币转到基延中心的账户上。虽然已近午夜，我还是很快收到了中心主任的电话，他说明天就可以开始我的基因改良操作，顺利的话一周就能完成。他还郑重地重复了中心的保密承诺（身份暴露的基延族中，已经有三人被杀）。

"你会为自己的决定庆幸的，"主任说，"因为你将得到的不只是两个多世纪寿命，可能是永生。"

我明白这点，谁也不知道两个世纪后会出现什么样的技术，也许，到时可以把人的意识和记忆拷贝出来，做成永远不丢失的备份，随时可以灌注到一个新的身体中；也许根本不需要身体，我们的意识在网络中像神一般游荡，通过数量无限的传感器感受着世界和宇宙，这真的是永生了。

主任接着说："其实，有了时间就有了一切，只要时间足够，一只乱敲打字机的猴子都能打出莎士比亚全集，而你有的是时间。"

"我？不是我们吗？"

"我没有做基延。"

"为什么？"

对方沉默良久后说："这世界变化太快了，太多的机会太多的诱惑太多的欲望太多的危险，我觉得头昏目眩的，毕竟岁数大了。不过你放心，"他接着说出了简简那句话，"时代总是越来越好的。"

现在，我坐在自己狭小的单身公寓中写着这篇日记，这是我有生以来记的第一篇日记，以后要坚持记下去，因为我总要留下些东西。时间也会让人失去一切，我知道，长寿的并不是我，两个世纪后的我肯定是另一个陌生人了，其实仔细想想，自我的概念本来就很可疑，构成自我的身体、记忆和意识都是在不断的变化中，与简简分别之前的我，以犯罪的方式付款之前的我，与主任交谈之前的我，甚至在打出这个"甚至"之前的我，都已经不是同一个人了，想到这里我很释然。

但我总是要留下些东西。

窗外的夜空中，黎明前的星星在发出它们最后的寒光，与城市辉煌的灯海相比，星星如此暗淡，刚能被辨认出来，但它们是永恒的象征。就在这一夜，不知有多少与我一样的新新人类上路了，不管好坏，我们将是第一批真正触摸永恒的人。